中国文学佳作选

短篇小说卷

王晓君 编

华文出版社
SINO-CULTURE PRESS

图书在版编目（CIP）数据

中国文学佳作选. 短篇小说卷 / 王晓君编. — 北京 : 华文出版社, 2025. 3. — ISBN 978-7-5075-6110-4

Ⅰ. I217.1

中国国家版本馆CIP数据核字第20258Q1K82号

中国文学佳作选·短篇小说卷

编　　者：王晓君
责任编辑：胡慧华
出版发行：华文出版社
社　　址：北京市西城区广外大街 305 号 8 区 2 号楼
邮政编码：100055
网　　址：http://www.hwcbs.cn
电　　话：总 编 室 010-58336239　发 行 部 010-58336212
　　　　　　责任编辑 010-58336197
经　　销：新华书店
印　　刷：三河市人民印务有限公司
开　　本：710mm × 1000mm　1/16
印　　张：19.75
字　　数：325 千字
版　　次：2025 年 3 月第 1 版
印　　次：2025 年 3 月第 1 次印刷
标准书号：ISBN 978-7-5075-6110-4
定　　价：98.00 元

写在前面

有句俗语说：常在河边站，哪有不湿鞋。这句话用在我与这本小说集的关系上颇为恰当。权当是一种自嘲吧。不然，那么多大家名家在那儿，我怎么说呢？

先给大家们鞠一躬。

如果把文学比做一条河，我想我从出生开始就站在她的边儿上了，她的河水流淌蕴含着我精神的全部芬芳和光彩。很明确的开始走上文学之路是在19岁那一年，那一年上了一所和文学有关的学校。之后20多年里所做的工作所认识的人都没有离开过文学和文字。虽然没写出什么大作也没拿什么大奖，有我的简历在那儿，大家看吧；但是我心里依然充满荣耀。就好比你爱一个人，不用非得大家都认可，但是你知道你就是爱这个人，非常爱。

曾经一直以自己不慕功利为荣，年轻时没有，老了老了，就更不会了。除非是有人来找我。是张清芳博士在河水里掀起了浪花，那一朵正好打在了我的鞋上。我和清芳也是因为文学文字结缘。初相识时我在《中国图书商报-阅读周刊》做记者、编辑。我负责的小说版经常需要约一些书评，尤其是名家书评。白烨、孟繁华、贺绍俊、止庵等等这些文学大牌都或多或少地给我们写过。有一次找陈晓明老师约稿，但当时他很忙，没有时间写，他就把他的学生张清芳推荐给了我。

张清芳是山东人，颜值在我所见过的女博士当中堪称最佳，但是不讲究穿着，性格豪爽，爱笑。我们第一次见面，一见如故，又都是1970年代出生的，仅仅在文学方面，我们就有说不完的话。在她在北大读博士的最后一年里，给我写了不下20篇书评，速度之快质量之高让我叹服。从此后就再不想跟她导师约稿的事儿，开会时偶有碰到陈老师，就只说感谢他把清芳介绍给了我。

最近三四年里，除了节假日，每天与我八小时相伴的文学类别就是小说和散文。这也是我的工作。当爱好和职业完美地结合在一起，生活也变得享受和绚烂。在这个追名逐利登峰造极而阅读又相对低迷的功利时代，让人拿出大量时间去阅读，奢侈而又苛求。于我而言，工作即是阅读，从阅读中选择精华篇章，奉献给

《作家文摘》的百万读者。所以当这本书找到我的时候，恍惚间仿佛宿命：我在这里，已等了你很多年……

这些年所看的小说和散文实在是太多了，且都发表在国内优秀的期刊杂志报纸上面。《作家文摘》受版面字数限制，诸多好作品不得不忍痛割爱，割了太多的爱。那天，当张清芳博士跟出版社编辑来谈编选这本书的时候，我的眼前一下子掠过很多作家和小说的名字，这次选编，终于让我在这些精华文丛中找到了安放它们的地方。

作为一个编辑，我想把我看到的最有力量的最美丽的打动人心的东西汇聚在一起，呈现给读者，是无尚的幸福和荣耀。肯定会有许多遗露和不足之处，请专家和读者多多批评指正。

感谢清芳。感谢华文出版社。

特别感谢王干老师百忙之中，为本书作序。

王晓君

2016年12月

序

作家的类型很有意思，有些作家如流星一般，灿烂耀眼，几乎聚集了全身的洪荒之力，放射出令人难以相信的光芒，然后消失。有些作家一开始比较闷，不那么夺人眼球，但却越来越醒目，像恒星一样闪耀在天空。选家要做的事情是，为读者淘选出见证中国文坛实力和活力的作品。作品是选家直接面对的内容，对作家的判断——位置或许可以稍微后置一些，因为作家的类型，需要作家以创作实绩持续自证，也需要我们跟踪、观察后再界定。青年作家作品的意义和价值主要还是要看活力与朝气，青年作家是文坛的新鲜血液。成熟作家作品的意义和价值主要在于稳健与深厚，成熟作家是文坛的壮硕骨骼。关注名家力作，也注重留意文学新人，翻开中国当代文学史，当年的“新人”历经时光淘洗，已是名家大咖。在上个世纪80年代中期曾经叱咤风云一飞冲天的爆红作家，往往绚烂之极，归于平淡，有的则沉没，有的则悄无声息。范小青、苏童、迟子建等也都是80年代冒出来的，但堪称文坛的常青树。他们出道如流星，之后又像恒星一样挺立在文坛的天空。迟子建23岁的时候刚刚发表三篇小说，就有评论刊物为她做评论小辑，算得上少年成名。少年成名不是奇迹，成名之后的迟子建以她稳健的步伐在文坛迈下了一个个脚印，先后获得了三次鲁迅文学奖，一次茅盾文学奖，这样骄人的成绩堪称文学的榜样。已经过了创作青春期的她还在给我们欣喜。她的中篇小说《空色林澡屋》，作品以独特的视角和诚实的叙述态度讲述了一个关于生命的故事，其形态会让人想起她多年以前的《清水洗尘》，但在格局上已经大不一样，文字也老到而收敛，成熟而不失其灵性和温馨。范小青写过插队知青的惆怅、悲凉，写过小巷人物心理的波澜，也写过青年知识分子的生态与心态，她一度洗褪了那种哲学的思辨的推理的色彩，在返璞归真中呈现生活的实相。范小青“清明上河图”式的写作，展示世风民情，她写下了一千多万字的作品，笔者预言多年后它们仍会有史料价值。近年她写了一些游离出现实主义主潮，但看似依旧属于现实主义范畴的作品。她从当下现实生活中提取“巧合”，并让故事一步步上升至魔幻般的效果，在将情节推送到无可置疑与难以置信的艺术境地时，则令人产生张大嘴巴的惊叹。《谁在我的镜子里》是其短篇新作的代表之一，写出了工业时代的“老吴”们生活同质化，失去个性和独特性。苏童近两年中短篇小说非常少，但都值得读者关注，本书所选为《万用表》。苏童无意去消除善与恶、好与坏的界限，他在《万用表》中积极探测着转型中的社会和成长中的人，是如何变成共同体又如何走向悖论的。山里人小康讨厌过城里人大鬼，但小康最后把自己变成了自己讨厌过的那种人，以致让人们觉得大鬼是小康的偶像。然而，大鬼的状态并不适合小康，大鬼和小康的生活本身就各有各的问题。小说的开头，大鬼见到小康，小康骂他是“驴日的二球货”。小说结尾，大鬼知道，或许小康还要骂他“驴日的二球货”。万用表不可以万用，他人的生活方式对自己不一定具有可适性。20世纪80年代初，高晓声的一篇《陈奂生上城》，拉开农民进城的序幕。这序幕是进城小说的序幕，也是生活中中国农民进城的序幕。作家是敏感的，当上个世纪农民进城的潮流还没有兴起的时候，作家“春江水暖鸭先知”，感知到新的生活、新的困惑。相当一段时间内，尤其在上个世纪邓小平南方谈话之后，农民进城成为社会的热潮，也成为文学的热点。进入新世纪之后，农村城镇化的推进，加深了乡村文明的变迁和动荡。乡村文明的挽歌在作家的笔下缓缓地流了出来。描写农民打工大约有两个时段。第一个时段主要写进城的难，写融不进去的困惑和苦恼，当然也有奋斗的艰难和成功的荣光。第二阶段则开始写“回不去”的困惑，农民进城了心还在乡村。吴玄的《发廊》较早地写到了青年一代回不去的困惑，发廊妹回到家乡本想融入故土，而城市的生活让她与故乡变得隔膜。近些年涌现出了大量“返乡”之作，何玉茹的《回乡》正是这一思潮下的作品。巴尔扎克说过，小说是一个民族的秘史，陈忠实还把这句话放在他的“枕棺之作”《白鹿原》的卷首。这个秘史的核心就是人心，人心在史书中很难见到，在野史中也常常被误读或篡改。人心在被高尔基称为“人学”的文学中可以呈现，可以读到。文学史上那些流芳百世的名家，都是时代人心的镜子。诗人屈原一生热爱人民，虽九死而不悔，他的《离骚》是当时人心民意的表达，至今仍发出熠熠光芒。陈忠实的《白鹿原》自然是史诗性的巨著，反映中国社会的变迁，展现的是民心、民意，所以在陈忠实去世后，广大读者心情沉痛，更加热爱他的作品，再度兴起了“白鹿原热”。小说见人心，所以几乎难以回避对善恶美丑的描写。善恶美丑自然不是小说关心的终极目标，但小说里常常会体现善良战胜邪恶的故事。雨果的长篇小说《巴黎圣母院》是他浪漫主义文学的代表作，也是流传甚广的伟大作品，在这部小说里敲钟人卡西莫多丑却愿意为美献身，副主教克洛德貌似正人君子而内心邪恶阴暗卑鄙，吉普赛少女艾丝美拉达则是美的象征。《巴黎圣母院》作为浪漫主义的代表作，寻求一种对立的美学效果，让善更明亮，让恶更黑暗，委实打动了很多的读者。小说中的克洛德的形象塑造，让人想到了宗教对人性的扭曲，而扭曲的人性又是那么恐怖地扭曲社会和世界。很多读者对“选本”很看重，这是对选编者的鼓励也是鞭策。鼓励是因为入选“选本”的门槛高，虽然所收不一定是经典，但读者应相信入选作品乃是一个阶段的佳作，也是一个选编者，一家出版社选编眼光的充分体现；鞭策也会让选编者压力巨大，因为好的小说其实并不是时时出现的，文学创作，是一项特殊的劳动，好小说的出现常常在我们的意料之外。一个选编者，只能以最大的热情和忠诚，为读者挑选出自己觉得最好的当下作品。令人欣喜的是，展读书稿，选编者的执业热情和审美判断，给笔者留下了独特印象。这是一次愉悦的阅读体验。

王　干

目　录

短　篇

中　篇

短篇

谁在我的镜子里

范小青

老吴醒来的时候，愣了一会，才发现自己是在地铁上。

一时想不起什么时候上的地铁，是要从哪里坐到哪里，为什么要坐地铁，平时都是开车的，怎么上了地铁呢？

赶紧看看手提包，虽然已经离开了他的手掌，横躺在旁边的座位上，手机从裤兜里滑了出来，跌在屁股边，还好，前面下车的乘客没有顺手牵羊把他的手机和提包顺走。

现在他清醒过来了，今天是和老婆约了去家装超市看建材看家具，家里换了房，要装修，这是个大事，挺烦人，也挺兴奋，现在比过去方便多了，跑一两趟家装超市，只要不是拖泥带水的性格，装修需要的东西基本都能搞定。

家装超市巨大，建在远郊，到这里来，自己开车不划算，还是地铁快捷方便。

手机铃声响了一下，好几个乘客同时都在查看自己的手机，相同的叮咚声此起彼伏，几乎没有人能够及时而又准确判断这铃声来自于谁的手机，老吴也无法判断，看了一下手机，原来是老婆发来的短信：到哪里了？

地铁正开着，他也不知道到哪里了，问了一下身旁的乘客，才知道坐过站了，老婆是个急性子，时间观念又特别强，自己从不迟到，也不允许别人迟到，他赶紧打电话过去说明情况，老婆果然不高兴，声音也变得有些异样，说，说话不算数，今天来不及了，改天吧。电话就挂了。

坐到下一站，他下了车，再坐反方向的车，还能怎么样，回去罢。

回去的路上，老王电话来了，可能是因为在地铁上，声音都不如平时那么真切和熟悉，老王说，你人呢，约好下午在你办公室见的，你怎么不在？他想了一下，说，咦，我今天没和你约吧，我今天有事，下午不在办公室，不会和你约的。那头老王的声音因为疑惑而更加失真，今天没约吗，嘿，瞧我这记性——不说了不说了，重新约吧，你什么时候在？他说，明天上午吧。

坐地铁回了单位，晚上因为有业务应酬，搞晚了，回家老婆已经睡了，从她的背影就能看出她梦中也在生着气，他没敢再打扰她。

第二天上午到了办公室，没多久，老张进来了，说，老吴，今天总算没有爽约。他看了看老张，奇怪地说，咦，我怎么记得约的是老王。老张不高兴地说，怎么？你就有时间见老王没时间见我？老吴说，我不是这个意思，可我明明记得昨天是老王给我打电话约的，难道我的记忆出了问题？老张“哧”一声说，这有什么稀奇，现在记性差的人多的是，我昨天记着要去买提子，结果买回来的是芒果，我老婆更有意思，站在车前，手里拿着车钥匙，却慌了神，说，不好了，不好了，我车钥匙丢了。

老吴仍有些心不在焉，老张说，哎哟，别这么费神啦，我人都来了，都站在你面前了，还非要认定有约无约吗？你这官你这谱真有那么大吗？你真的这么不想见我吗？就算你真不想见我，但昨天下午我打你电话，是和你约定了的，你也不能反悔呀。

老张谈了后就走了，可老吴内心还在想着老王之约，感觉老王还是会来的，但是等了一上午老王也没有来，他也就认同了老张的话，可能记错了罢，现在人的脑子里塞了这么多东西，每天还在继续拼命往里边塞，怎么不混乱，混乱太正常了，不混乱才怪，这么安慰自己，也就释然了。

昨天家装超市没去成，但总得去呀，还得抓紧去，他们和装修公司签的是半包合同，也就是说，材料自己挑，挑好不用下单购买，回来交给装修公司去进货，装修公司不仅负责进货，他们还有他们自己的渠道，还能再砍价，这样业主又省心又省钱，何乐而不为。

正因为他们要付出的劳动就是这一趟家装超市之旅，所以这一趟既必不可少，又十分重要。

赶紧给老婆发个信息，约定今天下午再去，不过他没再坐地铁，开了车去。

到了家装超市，一等再等，老婆没来，他发短信过去，也没回复，再打电话过去，那边已经是转移呼叫，老婆关机了？几个意思呢，他搞不懂。

晚上回家，虽然老婆大人脸色不好，但他总得问一下下午失约的原因吧，一问之下，老婆说，你什么时候约我下午去了？他说，我给你发了短信，你明明回了的。老婆说，什么鬼？他把手机递给老婆看，说，不是鬼，你看看，你看看，短信还在呢，幸亏我没有删掉。老婆瞄了一眼，上面确实是“老婆”两字，老婆撇了撇嘴说，谁知道你那个“老婆”是哪个老婆，反正我没有收到你短信。

他不知道老婆是开玩笑还是当真的，嘀咕说，事实面前，也不承认。又说，你约我，我迟到，我约你，你不来，正好明天休息，我们俩一起出门去超市，手拉着手，总不会再出差错了吧。老婆呸他说，你左手拉你的右手吧。

终于在休息天夫妻一起去家装超市，一站式服务确实方便，只是他们用大半天时间就要一杆子到底解决几乎所有问题，也确实蛮紧张，期间手机响了几次，有来电，有来信，老吴想看想接，但老婆阻止说，不行，今天任务繁重，谁也不许用手机，你接一个，我发一个，你再发一个，我再接一个，一天忙下来，光顾手机了，还看什么家装材料呀。

老婆的话有道理，老吴完全同意，休息日，想必也不会有什么不得不接不得不回的事情，干脆调到静音，和老婆一起安心看货，这才把任务完成了。

回家的路上，他开车，老婆就忙起来了，她的手机上，内容也不少，先是回电话，接着是回短信发微信，然后欣赏美图视频，老吴心里也惦记自己的手机，手机在他的兜里跃动着，好像那里边包藏着多少宝贝等着他快快打开收获呢，看着老婆津津有味地看着，还笑，还呲牙，还呸，老吴心里早就痒痒的，一直熬到车子开回家，老吴才急急地掏出手机，怎么不是，太多了啦，眼花缭乱。

老吴傻了眼，无论是来电还是来信，有好些显示的姓名，他都不认得，有一个叫唐豆的，另一个叫许正的，等等，老吴挠了挠头，忽然想起以前见过一个说法，说有个二货小说家，在小说中杜撰了一款汉字拆解病毒，把存在通讯录里的人的名字，都拆解了，所以机主就不认得他们了。其实哪里有什么拆解病毒，就是因为存的名字太多，导致记忆衰退罢了。

老吴的手机通讯录里，也存了好多个人名，他偶而拉开来看看，一半以上都想不起来了。所以老吴也没太在意，唐什么也好，许什么也好，谁谁谁也好，既然自己记不得他们了，至少说明这些人和自己的来往早已经不密切了，说不定从前就很少交往，即使存下了名字，也记不住，这很正常。

看一下唐豆的短信，是个段子，无所谓，就回了一个段子给他，算是扯平了。

老吴又看看许正，许正发的是一个饭局之约，老吴回了一个，已另有所约，下次再聚。

但是还有一个人有些离谱了，他告诉老吴，钱小姐已经离开，本来组织个饭局送一送的，但是钱小姐表示不想再见到他，就作罢了。

老吴有些哭笑不得，只好回了个表情。

表情这东西真是太好了。

发明表情这东西真是太好了。不想说话，不能说话，说不了话，或者说得太多了想打住，都可以用表情替代。

表情应有尽有，多到只有你想不到，没有它提供不了。

简直太完美、太中意了。

最后看到一信息，没头没脑，说，合同的事已基本搞定，明天见律师。

老吴觉得像骗子，又担心不是骗子，确实有这事的话，也是不可轻易忽视的，就试探说，你发错人了吧。对方也就不再回了。果然离骗子不远。

现在骗子太多，大家都很小心。

所以有时候错了的就让它错了去。宁可错过朋友，不可踩中地雷。

除了微信短信，还有好几个陌生的未接电话，老吴一概不回，有一个电话打了几次，一直到晚上还在打过来，老吴被盯得无法，发信说，我在开会，不方便接，你有事发信吧。若是骚扰电话或诈骗电话，必不会再发信来了，可这个人很执着，真的发信来了，说，这么晚了还在开会？你比我还忙啊？明天上午九点，到我办公室来一下。

老吴哈哈大笑，很有心情跟骗子再打几个回合，所以回信过去说，过了时的骗局，又拿来用，连与时俱进都不知道，还干这营生？

那边终于不再纠缠了。

总之，这个周末，老吴虽然过得稍有些不同，但他并没怎么往心里去，现在因为手机带来的各式各样的事情，每天都能碰到，没人稀罕。

新一周开始，早晨去上班，一进办公室，老板的电话就打到座机上，口气不怎么好，说，让你到我办公室来一趟，就这么难？老吴脑袋“哄”地一下，想起被他嘲笑过的那个陌生电话，难道是老板打的，可是他也冤哪，老板换了手机，却不告诉他，让他蒙在鼓里，老吴可不愿意吃下这种不明不白的冤枉官司，赶紧辩解说，老板，您换手机我不知道啊，现在骗子太多——老板打断他说，我什么时候换手机啦，我一直是老手机。

这真奇了怪，为什么显示在自己手机上的是另一个陌生的号码呢，难道真如那个异想天开的小说家所预测，病毒来了？

老吴仍然不敢十分相信老板的话，又试探说，老板，因为，因为，骗子的那个“九点钟到我办公室”的段子实在太著名了——老板又劈头打断他说，难道因为骗子用过一次，从此以后，所有的上司都不能叫下级周一见啦？

老板说得有理，老吴赶紧到老板办公室，他一进去，老板就朝他伸手，说，材料呢，你以为我是想看你这张脸？

老吴一拍脑袋，赶紧回办公室，打开手提包，取出材料，再去交给老板，老板这才稍稍满意，收下材料，朝他挥挥手。

到半上午时，老板电话又来了，问他吃了药没，他就料知是那材料出了问题，果然不等他回嘴，老板又说，你过来。他以为问题大了，电话都不能说，要当面刓了，赶紧提着个小心脏往老板那儿去，老板果然不高兴，盯着他看看，面有疑色，说，你也算是老手了，怎么会有这样的错别字？

一开始老吴以为报告出了重大的差错，确实有点紧张，以为要返工了呢，现在老板只是说是错别字，他立刻放心多了，错别字哪个不会写，人人都有错别字的，很多人还故意写错别字，那是潮，但他不便这么直接跟老板回嘴，谦虚地说，哪个字哪个词错了，我马上改。嘴上是这么说，眼睛却朝老板瞄一瞄，看看老板的脸色，平时老板要作报告，只是拿他写的稿子念，有时候到了会场，稿子才递到老板手里，从来没有事先认真准备的习惯，今天不知老板是怎么了，口气严厉地说，幸亏我事先认真准备，否则就出洋相了，你自己看看吧——把报告扔到老吴面前，老吴拿起来一看，赫然的，是标题错了，难怪老板能够一眼看出来。

应该是“关于公司营销情况的报告”，结果变成了“关于公司亏损情况的报告”。老板说得不错，什么都错得，偏偏这两个字错不得，而他其他什么字也不错，偏偏就错这两个字？

老板责问老吴，老吴也是百思不得其解呀，报告明明是他自己亲自起草亲自修改的，怎么会出如此明显的差错，不过好在不是内容要返工，只要将标题上两个错别字订正就行了。

下午老板在公司作报告，会场很安静，没有人说话，都忙着看手机呢。等到散会时，有一个同事面有疑色跟老吴说，今天老板怎么啦？

老吴一时没有理解他的意思，反问说，什么老板怎么啦，老板怎么啦？你怎么啦？

那同事犹豫了一下，说，要开人还是要怎么啦？

老吴仍然没有理解，继续反问说，谁说要开人了，老板说了吗？你怎么会有这种想法，你怎么啦？

那同事赶紧摆正了脸色，说，哦，没怎么。就走开了。

老吴晚上回家，老婆又在看打鬼子的电视，老吴瞄了一眼，感觉画面似乎有所不同，随口说，昨天那个结束了？换一个片子了？老婆说，没结束啊，要打六十集呢，还早呢。他又奇怪说，那你换了台？老婆也奇怪地朝他看看，说，没有换台呀，不还是在打鬼子吗？又白他一眼说，关你什么事，又不是你在看，是我在追着看，内容一直都是连下来的，昨天八路军受了伤，今天就在老百姓家养伤，这不明明是连续着的嘛，我即使脑残，也还没残到连连续剧怎么连下去都看不懂吧。

他没再回嘴，等老婆不注意，偷偷把广播电视报找出来看看，地方台一套播的是《杀鬼子一个不留》，地方台二套播的是《把鬼子杀干净》，确实差不多，老婆说的也不错，反正内容是连贯的，反正打鬼子的过程也都差不多。

他实在想嘲笑一下老婆，可是看到老婆专注的神情，完全被剧情吸引住了，他放弃了嘲笑的想法，坐在自己的电脑面前，在QQ上和负责新居装修的项目经理聊了一下，问问情况，经理发了进货的图片给他看，并说，您放心，一切正常。

他确实可以放心，只需在头一次交接的时候，和项目经理一一对接清楚，后面就不用多操心了。有时间的话，可以过去看一眼，不看也没事。现在的装修跟过去完全不同了，非常规范，非常专业，都有质量承诺，又有第三方监管，更何况，连个干小工的，也比你内行得多，你一开口，他就跟你说专业术语，搞得你完全觉得自己是只多余的菜鸟。即便是路经，顺道去看看，工人们热火朝天干着，切割机钻孔机嘎嘎嘎地叫着，没人会打招呼，也没有人问你是谁，站一会儿，受不了噪声和灰尘，赶紧撤吧。

一集电视剧播完等下一集时，老婆过来转转，看到项目经理发来的图片，有些疑惑，说，这款地砖，颜色好像不太一样？又拿手机上的图来比对，确实有些误差，赶紧打电话问项目经理，经理说，我们是完全按照你们提供的型号颜色买的，上传的图片可能会有色差，如果不放心，可以到现场去看，货已经到了。

到下一个休息日他们去了现场，到小区门口时，项目经理已经在等候他们了，一起引着到新家，亲眼看了地砖颜色，确实和原来看中的那一款有差别，问怎么回事，工人肯定是搞不清的，材料有专人负责进货，就找到进材料的专人，他的手机上也有图有真相，但他手机上的那款地砖确实就是现场的那个颜色，难道在转发的过程中，颜色会自动改变？

幸好老婆是个比较大度的人，说，算了吧，反正这一款颜色也不难看，还过得去，只要没有质量问题就行。

工程还没有全面开始，所以他们又认真地看了图纸，发现了其他一些问题，比如淋浴房的喷淋头应该是安装在竖立面的墙上，水喷洒出来的余地比较宽大，结果设计上却改在了横立面上，怎么看也觉得别扭。项目经理是个细致的人，似乎有些沉不住气，一边道歉，一边委屈地对老吴说，竖面的墙上有管线，不太方便安装，即使硬装，装出来就是偏的，我发短信请教过你，你回信说由我们定，我们就这么定了。老吴觉得奇怪，他完全不记得项目经理跟他探讨过淋浴房的事情呀，项目经理赶紧拿出手机，递到他眼前说，你看，短信我还保留着。老吴一看，果然的，上面是姓名“1202吴”，房号和姓都是对的，不就是他嘛。

既然是经老吴同意的，老婆不好责怪项目经理，自然是要怪罪老吴，老婆说，把装修交给你实在是个错误，下面的事情不要你管了，转给我，我来负责吧。就让项目经理把她的手机记下，说以后碰到任何问题找她就是。

老吴看到项目经理记下了老婆的手机号码，创建新联系人记的是“1202夫人”，老吴无责一身轻，有心情跟老婆开个玩笑说，每幢楼都有1202哦，你不要做了别人家的夫人哦。

老婆朝他翻个白眼，就开始履行“负责人”职责，四处查看起来。

倒是这个项目经理，听了老吴说话，似乎是愣在那里了，老吴不知他是哪根筋搭错了，也不知自己哪句话把他的筋搞乱了，就看到他小眼睛眨巴了半天，忽然开口问道，吴老板，你是姓吴吧。老吴奇怪道，咦，你明明知道我姓吴，我们的装修合同、包括你的手机上存着的，不都是我吗，我生下来就姓吴，没有改过姓哦。

项目经理“哦”了一声，又把手机翻出来看看，念道，1202吴，1202吴，没错。似乎放心了，把手机揣进口袋，赶上老吴老婆的脚步，紧随其后。

回家路上老婆开车，可偏偏手机不停地响，一会儿来电，一会儿来信，老吴想替老婆看看有没有急事，老婆却不在乎说，不用看，不是推销，就是骗子。老吴认同这说法，休息日单位和朋友一般都不怎么打扰，唯有骗子最辛苦，没日没夜没休假，于是感叹说，现在骗子太多，傻子都不够用了。

正这么说着，骗子已经到了，老吴一看，简直气得要笑起来了，骗子真是疯了——哦不，不是骗子疯了，是这个世界疯了，骗子才会这么清醒，这么猖狂。

这一回的骗子，很有点城府，是动了脑筋、创了新的，在短信中说，你拿了我的手机，好几天了，难道都没有觉得有差错吗？过得很自在吗？

老吴碰到骗子，一向很冷静，现在依然是冷静，先研究这条颇有创意的骗术，首先第一步，骗子肯定是想让他回信，如果他回了，骗子下一步会怎么走呢，骗子说老吴这几天使用的是别人的手机，这是什么意思，难不成真会有人相信，然后把手机拱手“还”给骗子，人不能这么蠢吧，如果拱手还是不可能的，那什么是可能的呢？骗子的要领，就是抓住人性的薄弱点，贪钱、怕领导、掩饰外遇等等之类，那么手机有什么软肋呢？

那可多了去了。

心里数着手机的软肋，一二三四五，老吴肋骨都疼起来，心也烦乱起来，那骗子可是个急性子，见老吴没上当，干脆打电话来说，刚才就是我发的短信，你收到没有，为什么不回复？老吴气得说，你这么嚣张，简直都不像骗子啦。那边说，你误会了，我不是骗子，我是你手机的主人。老吴“啊哈”一声说，可是它现在换主人了。电话那头骗子还很执着，还不肯放弃，继续纠缠说，你不相信的话，打开通讯录看看，你认得里边的人名吗。

老吴不知道自己是不是开始着骗子的道儿了，他已经下意识地点开手机通讯录，可看了一眼后，又放心了，怎么不认得，这些人，都是老吴的关系人物和联系对象，“老婆”“老板”“杨秘”“李副总”“刘科”“杨处”“老张”“老王”“大哥”“二弟”“小妹”“二妹”，等等。

当然也有老吴记不得的，这也很正常嘛，谁敢保证存在手机通讯录的那些人脸，个个都历历在目呢。

老吴既然放了心，就干脆再调戏一下骗子，吃吃骗子的豆腐也蛮爽，老吴跟骗子说，你又走错一步棋，你得重新写脚本了，通讯录里的人名，我都认得，这就是我自己的手机。那边骗子真着急了，赶紧说，不可能，不可能，你的手机在我手里呢。

这下子老吴有些吃不准了，把自己手里的手机翻来翻去看了几遍，也没看出这是一部别人的手机呀，手机品牌，手机型号，开锁密码，屏保画面，通讯录里大部分的名字，还有近几天保留的短信，等等等等，没哪个不是他自己的嘛。

老婆在一边看到老吴摆脱不掉这个骗子，问道，你再看看，他打给你用的是什么电话？老吴赶紧将来电显示的电话号码念叨出来，一边念，一边就觉得有怪，老婆听了，也觉得怪怪的，说，咦，这个号码好像是谁的嘛。

两人同时叽叽咕咕念叨几遍后，又同时大喊起来。

老吴喊，我的天，这是我的手机哎。

老婆喊，我的妈，这是你的手机哎。

他们终于记起了老吴的手机号码了。

一旦记起了老吴的手机号码，顿时让他们吓出一身冷汗来了，怎么老吴的手机号码会给老吴自己的手机打电话呢，难道会有两个相同的号码在同时使用？

比神剧还神吗？

还是旁观者比当事人镇定一点，老婆让老吴往她的手机上打一个试试，老吴从通讯录里调出“老婆”拨打出去，结果，老婆的手机一直没响，老婆阴阳怪气地说，看起来，你这个“老婆”不是我。老吴急着解释，却又不知道怎么解释，这时候那边的“老婆”接通手机了，说，喂，说话呀——老吴愣了愣，反问说，你知道我是谁？那“老婆”哼哼冷笑说，你跟我玩变声？老吴说，你难道听不出我的声音？那“老婆”说，声音算什么，样子都能变，性别都能变，声音就不能变吗——看起来那个“老婆”是认定他了，那是当然，她那边的来电显示就是“老公”两字嘛。老吴哭笑不得，又解说不清，只得挂断电话。

事情至此，老吴才相信了那个“骗子”，他们之间真是把手机换错了，但是手机怎么会换错呢，又是在哪里换了的呢，老吴努力回想，终于，他想起了地铁。

就是坐地铁那天，他睡着了，手机从口袋里滚了出来，坐在他旁边的那个人拿着他的手机先下车了。

现在老吴一一回想起来了，不仅手机，还有手提包，还有包里的文件，丢了这些重要的东西，那可真是不得了的大事，可奇怪的是，这一个星期内，并没有发生什么重大的差错，那人提包里的东西，和老吴提包里的东西，实在是大同小异，就算有些小小的差别，也都无关紧要，老吴也不是个十分细心的人，甚至他老板把营销报告作成了亏损报告，老吴也没有听出来，其他大部分人也没有听出来，老吴记得只有一个同事，小小地表示了一下担心，但是被老吴反问了一句，同事立刻知道自己错了，闭嘴走了。

老吴有些惊讶，自己拿着一个陌生人的手机，却没有一点陌生的感觉，靠着另一个手机生活了好几天，日子竟然也一样过，中间也只是有过一些小小的疑惑，比如明明记得约了老王，结果老张来了，可这种事情稀松平常，人人都会碰到，没人会把这样的小差错当回事，没人会顶真的。

第二天他们就换回了手机，日子也还是照常地过，几乎没有人发现老吴的这段遭遇，老吴有一次喝了酒，把事情讲出来，大家听了，也没觉着很稀罕，甚至都很理解，轻描淡写地说，呵呵，现在的手机和手机里的内容几乎是一模一样的。

老吴家的新房子装修好了，工人都撤走了，装修公司等待户主约时间验收，老婆恰好出差了，暂时验收不了，偏巧这天老吴有空，想到新装修房子的新气象，心里痒痒，先上门去看一眼，到了那里，老吴掏了钥匙开门，却怎么也打不开来，再仔细看看，分明就是1202嘛，哪里出差错了呢。

前几次来，因为都有工人在工作，门都是开着的，始终没有用过钥匙，难道是钥匙坏了？老吴赶紧打电话给项目经理，经理赶来了，用他手里的钥匙开了门，老吴进去巡视一遍，装修工程实在无话可说，挑不出一丝毛病，可老吴心里，总有一种隐隐约约的不踏实的感觉，他下楼的时候，注意了一下楼面上的标号，是17幢，心里顿时一惊，却还有些吃拿不准，回家赶紧拿出购房合同一看，他们购买的是12幢。

老吴顿觉天旋地转，头晕目眩，这错误可是错得太大了，整整装了几个月的新房，最后竟然不是自己的家？项目经理一听说，更慌了，那可是掉饭碗的失误啊，赶紧向公司报告差错，公司安排人手一查，才发现他们公司在同一个小区接了两个“1202吴”的活。

两个1202，分别由两位项目经理负责，赶紧把那个经理也找来，大家一核对，都觉得奇怪，怎么两户装修会犯出同样一个错误呢，老吴和老婆没有发现这个1202不是他们的家，就算他们糊涂马虎吧，可那一家的户主怎么也这么糊涂马虎呢?

一伙人赶紧到另一个1202现场去看个究竟，这个1202，才是老吴真正的家，老吴用自己的钥匙，顺利地开了门，可就在开门的那一瞬间，老吴心里怦怦乱跳，十分慌张，完全不敢想象，这个自己从来没有看到过的新家会是什么样了，会不会让人目瞪口呆，老吴踏进门的时候，先把眼睛一闭，再鼓起勇气一睁。

老吴真的目瞪口呆了。

这怎么就不是他的新家呢，这就是他的新家，这个1202，和那个1202，就是同一个1202，一模一样的装修风格，材料，家具，等等，什么都是一样的，唯一不同就是那款地砖颜色稍有差异，但差异真是不大。

难怪那户1202户主，也犯下了和老吴一样的错误，或者说，根本就没有什么错误，他们的房型完全一样，他们挑选的建材和家具也差不多，开工期间那个1202的户主自然也来现场看过，他们当然看不出有什么问题。

如果一定要说这里边有差错，差错就发生在开始的某一天，某一个项目经理在小区门口迎接户主的时候，问他，您是1202的，您姓吴?姓吴的户主说，我是。

只是现在已经搞不清，是两个经理中的哪一个先跨出的这一步，要追责的话，两个人得同时被追。虽然两套1202装修得一模一样，但毕竟装修公司是有误在先的，所以他们和老吴谈了判，商定共同将大事化小，小事化了，瞒着老吴老婆和另一个1202户主，公司主动提出赔偿老吴一笔损失，老吴倒有些不好意思，说，都一模一样，其实没有什么损失嘛。可公司说，那是精神损失，一定要赔的。既然人家这么讲信誉，老吴也就不客气地收下了那笔赔偿金，纳入自己的小金库。

老吴老婆回来验收，老吴带着老婆进入12幢，老婆朝不远处的17幢望望，似乎有些不确定，说，不是那一幢吗?老吴把合同随身带着，这会儿拿出来给老婆看，说，你怎么啦，我们买的就是这一幢嘛，12幢嘛。

上楼，开门，进屋，老婆验收，一切满意，超满意，活儿干得实在太漂亮太完美，甚至把搞错颜色的地砖都换回了原来他们看中的那款颜色，真是一家讲究信誉讲究品质的家装公司。

老吴到穿衣镜前再看看镜子的质量，却在镜子里看到了一个和他长得一模一样的人，高矮胖瘦完全一样，戴着的眼镜是一样的，衣服的颜色是一样的，皮鞋是同一款，手里拿着苹果6，腕上戴着欧米茄。

老吴惊慌失措，喊老婆，你快来看，你快来看，镜子里的是谁?

老婆才不会过来看，只是在那一边骂道，神经病，你还指望人家给装一面照妖镜呢。

老吴自嘲地笑了，朝着镜子里的人说，你和我长得真像哎。

《天津文学》2016年第9期

圆月高悬

周大新

皇上预先就作了交待，船队抵达武城后，原本在船上的人员一律不准上岸，所有人都宿在自己所在的船上，以免频繁扰民。

我记得很清，那天晚膳用罢把碗盘撤下去的时候，月亮已升起来了。大概是南巡船队的动静太大，连武城的月亮都知道是皇上来了，因而也摆起了奉迎之态，让自己变得又大又亮媚态十足。可能是连日阴天加上这个晚上月光太亮的缘故，一时间，南巡船队各个船上的人都出了船舱站到船头上看月亮，一些宫女因为高兴，忍不住把笑声抛撒到了运河的水面上。我看了眼皇上，见他也正面露笑意地漱口擦面，知道他的心情也好，就不再为那些笑出声儿的宫女担心——他平日可是最见不得宫女放声大笑，他喜欢的是笑不露齿。他曾再三说过：一个女人，要是当众浪笑，那会让我反胃……

皇上起身往中舱走时，我趋前报告：明儿午后进德州城的准备都已全部做好。他点点头说：你来一下。我于是随他进了中舱，这会儿忻贵妃和她的一帮侍女都在船头看月亮，中舱没有别人。我以为皇上要细问明天的行程安排，刚想开口说明，未料他突然问道：便服带了几套？

五套，一套私塾先生的，一套马车车夫的，一套庄稼人的，一套串村小贩的，还有一套是富商的。我紧忙说明，不知他这会儿忽然问这个干什么。

把那套庄稼人的拿来。

我不敢怠慢，赶紧把便服从箱子里拿出来，侍候皇上穿上。看来，他今晚是想微服出访了。

你也赶紧换上便服！他一边到镜前打量自己一边对我说。我答：好。之后忙又问，侍卫们去几个？我好通知他们也换衣服。

一个不去。

那不好吧？万一遇上个意外——

你怎么这样啰嗦？告诉御前侍卫们，就说我今晚要读书，谁也不许进来打扰！

官员们谁陪着去?

不用谁陪，只要有人陪，就可能把我私访的消息走露到地方上，弄得我看不到真相。

我不敢再多话，快步回到前舱我的住处换了一套庄稼人的衣服，再对站在前舱值守的御前护卫们做了交待。重来到中舱时，皇上示意我拉开位于中舱和后舱之间的暗舱小门，然后随我进入暗舱，并由此暗舱钻进了停在御船旁边的另一条船上——自打出京南巡以来，尽管对皇上所在御船的警卫做了里三层外三层的布置，可我还是不放心，为防万一，在征得皇上的同意后，我又做了这样的安排，毕竟不是在皇宫，小心些好。

辅船上安排有四名便衣侍卫，给他们的任务是，一旦皇上和我出现在这条船上，他们二话不说，立刻悄无声息地把船向船队的后部划开，以脱离险境。果然，四名便衣侍卫一见皇上和我到了船上，一声不出，迅速地将船向船队后部划去。没有人注意到这只小船的离开，偶尔有其它船上的侍卫们看见，见这小船船头挂着一个写有“巡”字的灯笼，便以为这是一只船队的巡查船，不再查问，直到我们来到船队的尾部。

船队的灯光已照不到我们了。皇上示意停船，让我扶他上岸。我低声对四个侍卫交待：你们就守在这儿，直到我们回来!

来到岸上，皇上看了一眼天上的月亮，长舒了一口气说：终于摆脱束缚了。

我看了一眼远处船队里无数的灯笼，心却不由得抽紧了，现在，皇上脱离了重重保护，一旦出事，可全得由我来担承了!

小五，咱们去武城的大街上随便走走看看。皇上兴致勃勃地径向滨河街走去。我跟在后边，看着他的背影，忽然觉得民间那句“人靠衣裳马靠鞍”的说法真有道理，这会儿弘历没有了皇帝正装的打扮，看上去和一个四十来岁的农民真的没有什么两样。

记住，待会儿到了街上要叫我三哥。他回过头来压低了声音对我交待。

“三哥”，你今晚出来究竟想干点啥?我好安排。我也压低了声音问，我得弄清他的心愿。

你猜猜。他笑笑。这会儿，他不再像一个一言九鼎的皇帝，倒真有点像我远在河北清河乡下的哥哥了。

女人?作为他最贴身的内府官员，他在男女的事情上从不避我，我也因此知道他对女人的全部喜好。这次南巡他虽然带了皇后和几个妃子，可我明白他和她们在一起并不开心，他不止一次地给我说过，他更喜欢那些开朗有趣心地单纯没有经宫中生活熏染过的姑娘，而且他特别在意女人的臀部大小，他喜欢饱满的。

怎么又想到那儿了？是不是你想女人了？他瞪了我一眼，倒没有生气。

主子又拿俺开心了！你明明知道俺是净过身的，偏来刺激俺。

好了好了，委屈你了。他笑着。小五，实话告诉你，我今晚出来，就是想看看这个地方百姓们的真实生活。白天，武城和德州的官员都告诉我说，眼下山东地面上，百姓们全都能安居乐业，吃穿不愁，人们聚会时经常自发地称颂本朝的德政，这让我很高兴。你算一算，我25岁登上大位，到今年已经是16年了，这16年间，我为了大清基业，为了实现先皇遗训，不敢稍有懈怠，可谓呕心沥血，如今总算有了个好结果，我心里也敢舒一口气了。咱们今晚到这武城的街市上走走，看看百姓们平安富裕的生活情景，听听他们的肺腑之言，让我也为自己的治国之绩骄傲骄傲。

听他这样说，我一颗悬着的心也就放下了，看来就是随便走走，没有啥棘手的事需要我安排处理。假若要是找姑娘玩的话，我的麻烦事可就多了，先要物色合他心意的，然后得找一个安全的地方，还要弄清对方有没有脏病传染，嗨，那可要伤透脑筋了。好，只是走走看看好，省我的心。再说，这儿离庞大的南巡船队也不远，不致于会出啥意外的事情。

小五，我问你，你说咱们的大清王朝还能持续多少年？他忽然回头压低了声音问。

我心中一惊，扑通一声朝他跪下说：皇上，您吓死我了，小的怎懂这样的事情？

他四顾了一下，小声喝道：快起来，你这样一跪，要让别人看见，岂不把我们的身份暴露了？

可我咋能懂这样的大事情？我一边起身一边小心地看着他。他为何要这样问我？

上月17日黄昏，你不是在和人讨论王朝的存续时间吗？

我的心猛地提到了嗓子眼，吓得急忙又跪了下去：我们那只是在瞎说，怎么可能当真——

看把你吓成了啥样子，快起来！他又一次朝我低声喝道。

我一边起身一边回想那个黄昏与太后身边的陈山议论王朝存续时间的情景，是哪个杂种偷听了我们的谈话并密报给了皇上，这不是想要我俩的命吗？这只狗！

你以为我不知道你有时间就在看书？能看书的人自然会想诸如此类的问题，这没有什么，我不怪罪。

我又吃了一惊，我以为我平日偷偷摸摸地看点书无人知道，原来皇上知道得清清楚楚，一定是内府里出了奸细，把我的情况随时密报上去，我的身子不由得一抖。皇上，我只是看见书了觉得新奇，随便翻翻，啥也没有看懂。

你不想给我说真话是吧？你反复读《资治通鉴》也是随便翻翻？尽管内庭有不准宦官读书的规矩，但我觉得像你这样与我朝夕相处的，读点书也没有坏处，要不然你啥也不懂怎能同我对话？

谢谢皇上宽容小的，小的幼时在家识字后，就有爱读书的喜好，后来净身进宫，这个喜好一直没有丢下，所以见到书就想读，你让我替你保存那套《资治通鉴》，我一看见书的封面心里就痒痒，就偷偷读了起来，其实，我真的读不懂。

你没读懂就同人讨论起王朝的存续时间了，要读懂了那还得了？说吧，回答我刚才提出的问题。

我们大清王朝还能存续万万年，吾皇还能活万万岁！

好吧，既然小五跟我是两条心，只想跟我说假话，也就罢了，这次南巡结束回京后，你就不要再在我身边干了，去后花园里当个花工吧！

皇上——我一听这个，吓得赶忙想再跪下去。你一定要让我说出心里的看法，你就先要恕小的出言无罪！

我既是让你说，哪还会治你的罪？说吧，把你的真实看法说出来！我想听点真话。

小的以为，所有王朝存在的时间，都没有一个定量，关健要看它老的速度。

老？他扭过脸看定我，脸上的肃杀之气令我打了一个寒战。

一个王朝的生命和一个人的生命有点近似，都有一个由年轻到老的过程，老到一定程度，就死了，就没有了。就像从来没有一个人能一直活下去一样，也从来没有一个王朝能一直存在下去。像汉朝、唐朝，多厉害的王朝，最后不都没了？估算一个王朝的命数，关健是看它老的速度。

老的速度？

也就是身体腐坏的速度。一个人的身体，通常是随着年龄一点一点逐渐腐坏的，但有时因为得了病，加速了腐坏的速度，就可能早离世。一个王朝，通常也是随着时间的延长一点一点失去了活力，不过有时因为得了病，也会很快失去存在的可能。

一个王朝会得哪些病？

主要是腐病。

说明确点！

就是王朝的官吏们再也不为这个王朝着想，大家都想着从这个王朝主子那里偷一点东西归己，都想着怎样欺骗他的上一级，一级骗一级，直到把主子骗过去；还有就是百姓们不再相信王朝颁布的治策和律令，不再对这个王朝抱有希望，与它离心离德，在百姓和朝廷之间，信任已不复存在，愤怒却在人们心里积聚。

你说我们大清王朝如今得没得这个病？

得了，但很轻微。

你估计一下，还能持续多长时间？

小的确实估计不出，小的没有这个本领。

好吧，不难为你了。实话给你说，昨天夜里，我做了一个不好的梦，梦见太后和我还有几个皇儿正在一间大房子里说话，可那房子忽然间摇摇晃晃地塌下来了……

梦是当不得真的，皇上不必把这梦放到心上。

叫我三哥！

对，“三哥”……

武城的滨河街上挂了不少灯笼，把街路上铺的条石都映得清清楚楚。我猜，那些灯笼是为迎接皇上南巡而新挂上的，平时不至于这么讲究。街上的商铺都开着门，顾客也还有不少，我想，这大概是要营造一种热闹祥和的气氛，要不是南巡的船队停靠在附近，大多数商铺可能早就关上门了。

我跟在“三哥”身后，慢步沿街道一侧走着，间或的，他会走进街边的小店里去，看看店里卖的东西，撇着山东腔问问价钱。那些店主们会很客气地应答着。我在后边警惕地注视着四周，防止有不正常的人接近他的身子，还好，月亮很亮，灯笼很亮，间或走过的人也都忙着自己的事，一切正常。滨河路挺长的，我们约摸走到一多半的时候，看见一家挂着“贝州香”匾额的酒馆，小酒馆门前站着一个姑娘，那姑娘不时地对着路人喊：喝一杯了，喝杯贝州香，烦恼全忘光；喝杯古家酿，身暖心情爽！及至看见“三哥”和我，便马上亲热地喊：二位叔叔，要不要进店喝一杯？俺们老古家酿的贝州香，那可是武城出了名的好酒，当年武松路过的时候，一连喝了五大碗！

嗬嗬，你倒是敢说！“三哥”被那姑娘逗笑了。

叔叔不信是吧？那姑娘歪了头笑问“三哥”。

当然。

那俺告诉你，她的声音忽然压低了：俺也不信。可是一说武松喝过就有人进店买酒，俺就只好这样说了！

“三哥”再次被逗笑了：好，那我俩就也进去喝一杯！

好的，爹，新到客人两位！——

那姑娘随之对着店内高声喊道。

我跟在“三哥”身后进店一看，果然是一家小酒店，只见店堂里摆着十来张条桌和木凳，有几张桌前坐着人对酌。“三哥”进门就在一张酒桌前拉过一个条凳坐下了。

欢迎来到小店！两位大哥，先来两壶？一个肩膀上搭条布巾的五十多岁的汉子应声由柜台后边出来，对“三哥”和我招呼着。

有几种酒？“三哥”装成一副正宗酒客的样子问。

就一种，贝州香，自家酿的，这城里的名酒。

放心喝吧，老弟，古家多少辈子传下来的酿造手艺，你一喝保准满意。旁边桌上那两位老汉中的一位转对“三哥”说道。

那好，就先来两壶！“三哥”见那酒客叫他老弟，笑了，显然是为自己的化装成功高兴。

好的，两壶。下酒菜要几个？有鲜藕片，猪耳朵、牛舌头、羊腰子。

各来一盘！“三哥”豪爽地伸出四个指头。

稍候就到！那原本在门口招徕客人的姑娘这时进店对我们说，之后就朝后厨高喊：娘，两壶酒，四个菜——边说边向后厨走去。

不过片刻功夫，就见那姑娘端着一个放了酒菜的托盘向我们走来，借着店里的灯笼光线，我开始细看那姑娘，这一看让我很吃了一惊，没想到这个小地方还能长出如此貌美可人的姑娘，只见她眼瞳大而黑亮，小嘴和鼻子长得十分巧妙，一件蓝粗布绣花的上衣和一条黑粗布细瘦长裤，把美好的腰身全凸显了出来，饱满的前胸和微翘的丰臀散发着一种极其诱人的气息，微带笑意的双颊上漾着一对酒窝，酒窝里蓄满着天真、单纯和一点点野性。她在把两壶酒和四个菜往桌上放时，身子略微前倾，一股淡淡的体香随之沁入了我的鼻孔，我不由得轻吸了一口气。这当儿，只听她含笑说了一句：请二位叔叔慢用，这可是武松喝过的酒！

嗬嗬。“三哥”再次笑了，我们都进来了你还要忽悠？你叫啥名字？

俺只卖酒不卖名字。那姑娘咯咯一笑转身走了。

她叫春儿，老古的宝贝女儿。邻桌的老汉这时给我们介绍。

我注意到“三哥“的一双眼睛已爬到了那叫春儿的姑娘背上，而且紧贴着人家的臀部。

我轻轻咳了一下，让“三哥“的目光收了回来。我和他对视了一眼，想弄清他眼里究竟有无想要的意思，我知道他一向喜欢这种开朗有趣长在民间的清纯女子。

他向我轻微地摇了摇头。

我明白他摇头的含意：今晚不近女色。我再次松了口气，这姑娘肯定是这个小酒馆主人的掌上明珠，要把她弄走可不容易。

来，尝尝这贝州香！“三哥”很豪爽地把壶里的酒倒进杯子，然后举杯朝我碰过来，我慌忙举起杯子，象征性地抿了一口。

怎么样？旁边那一桌上的老汉扭过头来问。

果然是香，好酒！“三哥”翘起大拇指夸了一句。

在武城，能喝到古家的贝州香那可真是一种享受，老古家多少辈人都做酒，有秘不传人的本领。

老哥看来是经常到这酒馆喝了。“三哥”和那老汉搭讪着。

是呀，来人世上走一遭，别亏待了自己，该吃就吃，该喝就喝。听口音知道老弟是外乡人，一个外乡人能找到这“贝州香”酒馆，证明你有口福呀！

老哥的眼睛厉害哩，一下就看出我不是本地人，实话告诉你，我家住邯郸那边，俺们那里今年天旱，庄稼收成不好，吃的成了问题，没办法，就想来你们这边买点粮食，今后晌才到，在大车店里吃了饭来街上闲逛，被春儿喊进了这贝州香酒馆，没想到进对了。来，喝，小五！“三哥”又把杯碰过来。我朝他使了个眼色，示意他悠着来，别自己把自己弄醉了。

你们来武城买粮食可是找对了地方，托老天爷的福，这儿连续两年小麦、包谷、小米、地瓜都收成不错。

那老百姓的日子肯定好过。

照说是该好过的，可——那老汉看了一下门口，压低了声音：可经不住官府里以各种名目强收呀，交罢皇粮之后，一会收修河粮，一会收修路粮，一会又收迎官粮，名目多着哩，几遍收下来，百姓的粮囤就差不多空了，就得勒紧裤腰带过日子了。

迎官粮是干啥的？“三哥”的眉头皱紧了。

迎接官员用的呀，俺们这靠近运河边的地方，来往的官员多，官员来了，本地的官员就要接待，除了安排他们吃，还得安排他们到花街上找姑娘玩呀，临走还要送上一堆礼物，这钱从哪里出？收了百姓们的粮食卖呀，卖出的钱本地官员也顺便留一点装进自己的腰包。就说这次过船队，船队不还停在河边吗？每个人头又收四十斤包谷。

哦？

说到底，咱们种地是苦差事，还是当官好呀，当了官才能多贪点多占点，现如今，老百姓无论想办成啥事，都要先给官员送礼，要不然他就卡你。所以老百姓说呀，大小当个官，强似卖水烟。

老哥说得好呀。“三哥”的脸阴沉了下来。你说这收礼的官员，十个中间能有几个？

几个？七八个吧。已经形成风气了，现在老百姓盼的就是你收了礼最好能把事办成。

这当儿，酒馆门外忽然响起了一声响亮的呼喊：古老大，还不快出来迎接华二爷！

酒馆里的众多酒客一听到这声喊叫，像刷地一下拧上了喉咙里的开关，倏然间都断了话音，一齐扭了头朝酒馆门口看。

一个穿着讲究的中年汉子走了进来，他的身后，跟着两个膀大腰圆的黑脸小伙，一看就知是随身的保镖。

华二爷来了，你可是贵客，快请坐。那个姓古的老板这时忙从柜台后迎过来，拉开凳子让坐。

嗬，喝酒的人还真不少呐！那位华二爷一边大品品地在一张酒桌前坐下，一边傲然地扫视了一眼店里的酒客。

给你们准备四凉四热八个菜，烫三壶酒？

你看着办吧，我等三人奉命夜巡，为保证皇上南巡的重要船队安全累得够呛，你也该慰劳慰劳了！那华二爷说罢将一条腿跷到旁边的空桌沿上抖着。

叫你家春儿出来给华二爷捶捶腿吧。两个保镖中的一个对老古说。

老古闻言急忙摇头：那孩子小，哪知道怎么捶？还是我来捶吧。说着就想趋前给华二爷捶腿，不防一下子被一个保镖推了个趔趄：听不懂话还是怎么的？叫你家春儿来！

老古咽了口唾沫，低声下气地说：春儿在帮她娘给你们准备下酒菜，那孩子也小，不懂给官人们服侍的礼数。

你喊还是不喊？不喊我就进屋去找她了！另一个保镖恶声恶气地叫。

不用找，俺来了。春儿这当儿走了过来。

店堂里此时依旧鸦雀无声。我注意到“三哥”眯了眼在看那个华二爷，我知道“三哥”的脾气，只要他眯了眼看你，接下来他准就会朝你发火撂狠话。我急忙又咳了一声，提醒他今晚所扮的身份。果然，听见我这一咳，“三哥”的眼睛才又恢复了原状。

华二爷好！春儿姑娘的脸上倒没有什么胆怯之色，只见她径直上前用两个轻握的拳头为那个华二爷捶起了腿。

嗯，好，春儿这一捶，我的劳累就不翼而飞了。那华二爷这时笑道，说罢，又转而看着那古老板问：我上回给你说的那事，你想好了没有？

哪个事儿？古老板脸上堆笑，赔着小心。

把你这几间旧房子和地皮卖给我呀，忘了？你的忘性可不小！连二爷我交待的事情都敢忘？

没忘没忘，只是这几间房和地皮是俺祖上传下来的，也是俺一家三口安身的唯一处所，你要买走了，俺可咋过日子呢？

你不会再去别的地方买一所房子？活人叫尿憋死了？

那二爷你为何不会到别的地方去买，偏要买我这旧房子？

我不是给你说过了，我已经买下了你邻居的房子和地皮，我想将那些房子扒了盖一所新的大宅邸，没有你家这块地皮能行吗？你不是存心要和我做对吧？

哪敢呐，俺这小家小户实在是折腾不起呀，再说，你出的价也根本不够俺再买块地皮再盖个酒馆，你说，俺要没酒馆了，俺指望啥赚钱谋生呢？求求你可怜可怜俺们。

嗨，听你的口气，好像是我在欺负你，你他奶奶的是存心要气我是吧？告诉你，你要真惹恼我了，姓古的，我一个钱不给，你也照样得给我搬走！你家西邻卖杂货的单家，他们的房子是不是被知县大人的小舅子给硬拆了？

是呀，知县的小舅子那是硬欺负人呐！老爷你就行行好吧。老古努力笑着。

老子也会派人给你全拆了，你信不信？！

华二爷，你要把俺们的房子拆了，让俺们住哪？一直在默默为华二爷捶腿的春儿这当儿停手慢声问。

好办呀，你实在没地方去了，就去我家呀，去当我的第四房太太。告诉你，我早就喜欢上你了，而且我已经正式升任县衙的主薄了，正九品，你只要去我家，不仅你爹妈的住处能解决，而且你今后就是九品官的夫人——

啪！那华二爷的话音未落，就见“三哥”猛地拍了一下桌子站起来叫：欺人太甚！

一屋子的人都把目光转向了“三哥”，我心中一惊，也忙站了起来。

他娘的，从哪儿跑出条乱叫的狗？！还有这种多管闲事的傻逼！那华二爷呼地推开春儿站了起来，转向“三哥”气势汹汹地问：你小子在说谁欺人太甚？

你！“三哥”的眼眯了起来。

嗬，可见到个敢向老子叫板的人了，好，我正负责警卫皇上的船队，正愁没有捣乱的人犯捉哩，有人撞上来了，其他的人都给我滚出去！你们两个，去把他给我捆了！

其他的酒客闻言全向门外跑了。华二爷的两个保镖向“三哥”身边走过来，我见状慌了，高叫道：你们谁敢胡来？！你知道你们想绑的人是谁吗？

是邯郸来的买粮食的！“三哥”瞪我一眼，显然不想让我亮明身份。

你就是来买金子老子今天也要治治你！捆好，先扔到河里让他洗个澡清醒清醒，要不然他不知道这是谁的地盘！

最先走到“三哥”身边的那个保镖刚要朝“三哥”伸手，不想被“三哥”一脚踢倒在了地上。我知道“三哥”年轻时练过武，会一点拳脚，可要面对这么三个年轻力壮的汉子，他肯定要吃亏。

给我抽刀，捅了他！有谁追究起来，老子出面！那华二爷这时嗖地从腰里抽出了一把明晃晃的短刀，那两个保镖也一下子抽出了相同的刀。我的心呼一下缩紧了，万一皇上受伤，自己必是死无葬身之地，于是，一边急忙去掏揣在兜里的显示皇帝身份的专用金符，一边就想喊出“这是皇上”几个字，不料就在这当儿，忽听春儿平静地叫了一声：华二爷，且慢，春儿答应做你的四太太，俺家的房子和地皮也按你出的价卖给你！你犯不着和这位买粮食的叔叔生气，请你先坐下！

那华二爷被这陡然出现的局面弄得一怔，大约是他的两个愿望都已实现，没有了再发怒的理由，便收回了刀，慢慢坐到了凳子上，并示意他的两个手下也放下了刀。

“三哥”也是一愣，有些意外地看着春儿。连春儿的父母也惊看着女儿，他们显然也没想到女儿就这样答应了对方。

来，来，每个人都喝杯酒，消消气！那春儿这时已端着个托盘走过来，先将三杯酒分别递到华二爷和他的保镖手上，又过来给我和“三哥”各递了一杯。来，喝！春儿自己也端起一杯酒。这杯酒算我春儿敬你们的，华二爷和你的手下是想让我和爹娘跟着你们享福，这两位买粮食的外地叔叔是想替我们一家说话，都是为我们好，春儿感激你们！春儿说罢，仰头就把手中的酒喝了。那华二爷和他的两个手下见状，也就举杯喝了。“三哥”和我，也只好喝下了杯中酒。杯中酒喝进口时，我觉得这酒和我们刚才喝的酒有点不一样，淡得厉害，几乎没有啥酒味，正有些疑惑，却忽然感到有一股让人身酥骨软的东西由腹内向外发散开来，使我很想摊开手脚坐下去，就在我向凳子上坐下时，我的两个眼皮猛然间强烈地想要闭合起来，我看到的最后一幅影像是“三哥”向桌子上趴了下去……

不知道过了多长时间，我才又慢慢醒了过来，我醒过来睁开眼看到的第一个情景是：“三哥”也正揉着眼睛从桌子抬起头来。随后，我看见春儿和她父母三口人都是一幅出门远行的打扮，且每人肩上都背了一个包袱。接下来，我看到华二爷和他的两个保镖都还躺在店堂的地上，三个人全鼾声如雷睡得正香。

两位叔叔，很抱歉，刚才让你们喝了俺家窖藏五十年的酒头，使你们睡了一觉。那春儿这时低沉地开口道，不用这个办法，你俩可能会被他们戳伤，春儿一家三口感谢二位叔叔仗义执言，呶，这是俺们的一点谢礼。说着，给“三哥”和我面前各放了一陶瓶酒。现在，请二位叔叔走吧，走得越远越好，不要让他们再找到你俩。她说着又指了一下躺在地上呼呼大睡的华二爷他们三个。我给他们喝的是俺家窖藏八十年的酒头，他们不睡到日上三杆是起不来的，你们快走吧！

那你们——“三哥”问。

俺们也得立刻逃离这儿，姓华的既然盯上了俺和俺家的房子与地皮，他不达目的是不会罢休的，他哥哥是德州府的六品官，到哪里打官司也是他们家赢，俺们惹不起，只有逃了，逃到河南那边投奔亲戚，你看，俺们趁你俩刚才醉睡的当儿，已经收拾好了，你们走后，我们稍等一会，就也要走了，趁天还没亮，好走些。

春儿，你很有本领！“三哥”的口气转为轻松和赞许。好吧，既是这样，我俩告辞了，祝你们路上顺利平安！“三哥”说罢，转身拉上我就出了酒馆的门。

门外的大街上，月光依然很亮，只是因为夜已深到接近黎明，已经没有行人了。

“三哥”和我几乎是跑着回到了小船上，尔后让四个侍卫拼力划着小船向御船飞去。当我们重新出现在御船上时，皇上发出的第一个指令就是：迅速派兵包围贝州香酒馆！

兵士们出发之后，皇上这才由书案上拿过一支毛笔，在春儿赠送我俩的那两个陶酒瓶上各写了一个字：“春”，字是写在原有的商标“贝州香”仨字下边的，写完了，还手拿着瓶子长时间地看。

我有点明白他的心意了，就凑上前轻问：要不要宣春儿上船？5号船上还有房间。

皇上先是沉默了一刹，而后轻声叮嘱：想办法让她悄悄上船，先别让忻妃她们知道，记住，在我写的这个字旁用上印，天亮之后，再给她送回去一个酒瓶，算是咱们的一份回礼。

我颔首。

之后，他就出舱上了船头。

我记得很清，那个时候，运河岸边有些人家的鸡已开始打鸣，但西移的月亮还很明亮。皇上先是仰头看了一阵月亮，尔后说：告诉他们，把那个姓华的和他的两个手下关进大牢，但对外不公布缘由，我不想让更多的百姓知道大清王朝下边的吏如此可恶，他们是朝廷的基础，现在是康雍盛世，我才执掌家国16年，不能让人知道大清基业的基础已开始变朽……

我点头……

《十月》2013年第4期

万用表

苏　童

1

大鬼第一次看见小康，是在红旗瓷厂的宿舍里。

小康当时正站在窗边。大鬼推门的动作很野蛮，吓到了小康，他的身体颤了一下，脑袋向后转，转一半，又坚定地拧回去，对准窗外了。看小康的身形，还是个少年。一头乱发灰扑扑油腻腻的，脖子细长，背部稍显佝偻，他穿着肥大的深蓝色西装，衣袖是挽起来的，手在西装的口袋里掏，掏出了一个东西，是小孩子吃的那种彩色果冻。大鬼看着小康用牙齿咬开塑料封纸，吐掉，然后是哧溜一声的吸食，那一小团橙色立刻消失了，剩下一个空瘪的果冻壳，被他随手扔在地上。大鬼叫起来，往哪儿扔？小康僵住，慢慢蹲下来，捡起果冻壳放在墙角的字纸篓里。大鬼嗤地一笑，说，你是小弟弟还是小妹妹，喜欢吃果冻的？

等不到小康的回应。大鬼坐下来换鞋，瞥见对面的床铺已经铺好，花布被子和花布枕头，都是用旧了的色泽，看起来脏兮兮的，枕边放了一只铝皮手电筒。床底下已经塞满，两双旅游鞋，一双黑色的在地上，里面窝着袜子，一双白色的应该是新鞋，隆重地放在纸箱上。有一只鼓鼓囊囊的红白条蛇皮袋很抢眼，袋子中央用墨汁写了个大大的康字。大鬼咳嗽了一声，说，你就是老康的儿子？到窑上做加料工？好，你前途无量么。小康在吃另一个绿色的果冻了，又是哧溜一声，他似乎在犹豫是否要回应这次搭讪，大鬼已经失去了耐心，拍一下桌子：你是哑巴还是聋子？你他妈的只会吃果冻，不会说话的？

小康终于回过头来，目光像一只惊鸟撞过来，撞在大鬼的脸上，稍作停留，又匆匆飞走了。大鬼听见了小康的嘟囔声，说什么？我不说话的。

并不像他父亲。小康的面孔算得上白净，清秀，唇上一圈又黑又密的胡须，不知道是刻意蓄留的，还是因为懒得修剪，看起来那是男性荷尔蒙张贴的告示。他的无礼，甚至是那圈胡须，都冒犯了大鬼，但那张脸上的少年稚气无可隐藏，它提示大鬼，对方几乎还是个孩子，不必过于计较。

说几句话会把你累死？大鬼脱下袜子，在空中啪啪地摔打，他说，老康是你爸爸不是？老康那么懂礼貌，见人三分笑，怎么会教育出你这么个儿子？你是扮哑巴还是学高仓健？你到底是不是老康生的？

这次，小康说话了，小康对着窗外说，驴日的二球货。

大鬼确定小康是在用方言骂人，只是不太相信自己的耳朵。他走到窗边朝外面瞟一眼，窗外并没有人迹，大鬼搭住了小康的肩膀，问，你刚才在骂我？二球货，是你们那边的骂人话吧？

小康要扒开大鬼的手，没有成功。手放开。小康说，我没骂你。我没跟你说话。

你没跟我说话，那你在跟树说话？你没骂我，那你在骂树？树是驴日的二球货？我请教你，什么驴能日出一棵树来？

小康转过脸，避开大鬼的眼睛。我没跟树说话。他说，我也没跟你说话。

窗台上放着一只搪瓷碗，面条早被大鬼吃光了，汤和葱花还在碗里，大鬼端起来闻了闻，怪笑一声，我们食堂的面条汤，很香吧？猝不及防的，大鬼将搪瓷碗扣在了小康的脸上。面汤四溅之际，小康愣在窗边，大鬼甚至有时间欣赏了酱色的面汤在小康脸上流淌的辙痕。大鬼说，怎么样，香不香？小康的嘴边有一撮葱花，他对着地上啐了一口，忽然跳起来，像一头疯牛朝大鬼俯冲而来。小康的脸像一块石头，尖锐而沉重地撞在大鬼的手臂上。

而且，小康咬了大鬼一口。

咬得很深，也很精确。小康的牙齿似乎长了眼睛，恰好咬在大鬼的刺青部位上。事情顿时就严重了。大鬼的刺青在瓷厂是著名的，它是上下结构，内容互相冲突。上方一只虎头，下方一个文字：忍。它们代表虚无的荣耀，也是最通俗的座右铭。现在，一排牙痕镶嵌其中，虎头开始刺痛，荣耀在破碎，忍字开始刺痛，座右铭在摇晃。大鬼把小康推到了门边，轻易地掐住了小康的脖子。从小康脆弱的喉结上，大鬼感受到了自己非凡的腕力。小康挣扎了几下便不再抵抗，他在窒息中流出了眼泪，目光绝望地瞪着大鬼的手臂。大鬼不清楚小康是在欣赏自己的牙痕，还是在品味刺青的意味。虎头。忍。大鬼说，现在，你还能不能好好说话了？小康的喉结在大鬼手里蠕动，大鬼听见他艰难的声音，我，忍。大鬼说，不是你忍，是我在忍。我问你，你到底为什么不跟我说话？大鬼看见小康闭起了眼睛，再睁开，那双眼睛里的泪水已经干涸，小康的怒吼冲出了大鬼五指的封锁，我偏不说话，驴日的二球货！

2

大鬼在瓷厂当电工，已经很多年了。

他的家在城北桑园里，离瓷厂不算很远，照理说没有资格住集体宿舍，但他自称家庭关系不睦，看见父亲就想骂，看见弟弟就想打，家里不宜久留，总是赖在厂里。他原本带了条毯子在各个宿舍打游击，东睡西卧，是模具工老秦给了他机会。老秦患了白血病，常年住在医院里，大鬼趁机占了他的床铺。那间宿舍还住了杨会计，人很文静，又要求上进，平素醉心于各种自学考试。他不敢驱逐大鬼，只能向有关领导诉苦，说跟大鬼住一起，他度日如年，已经连续两门自学考试没有通过了，再这样下去肯定影响工作，瓷厂的账目若是出了差错，怪不得他。厂里的领导对大鬼都有所忌惮，不想惹他，又格外器重杨会计，便专门在阅览室里为他隔出一个小房间，供他学习。杨会计起初是回宿舍睡觉的，回宿舍便会受到大鬼的骚扰。有时候骚扰以谈论国家大事为名，有时候是黄色笑话，有时候是半夜咕咚咕咚喝啤酒的声音。最离谱的一次遭遇，缘于杨会计不屑于回答大鬼的一个问题，大鬼问他，你怎么不交女朋友？问了三遍不回答，当天夜里大鬼便动手，扒了杨会计的内裤检查，说，你问题不大，就是包皮过长，割了就可以了。杨会计忍无可忍，第二天就把床铺被褥也搬去了阅览室。过了很多天，杨会计没有回来，也没有其他人愿意做大鬼的室友，大鬼便用红色墨水在宿舍门上写了两个大字：鬼屋。既是宣示产权，又威胁了别人。久而久之，别人的集体宿舍，便被大鬼独占了。

小康搬进来之前，后勤科来过人，带来一瓶油漆，刻意用白色油漆刷了宿舍的门。鬼屋两个大字被盖住了，门板上隐隐泛出些红色，像是两朵被埋葬的大红花。大鬼没有追究此事，他心里清楚，这个小康无处可去，从此以后，他必须与小康朝夕相处了。

他们之间的敌意是一场暴风雨，来得猛，去得也快。应该说，这是大鬼的功劳，他觉得与小康这种山里人较量，总归是杀鸡用牛刀，还落个欺负人的名声，没意思。大鬼当时正与东方电影院的一位女售票员恋爱，那姑娘有个美妙的绰号，叫东方梦露。每逢周末他都要去与东方梦露约会。这样的早晨，他的心情总是很好，盥洗完毕便来到小康的床边，用牙刷刷小康的唇须，嘴里还用英文喊早安，古德毛宁！古德毛宁！那把牙刷被小康打飞了好几次，直到有一次，小康不再还手，只是在枕头上转过脸来，打量着大鬼脚上铮亮的尖头皮鞋以及身上时髦的丝光恤衫，突然问，你女朋友，见过你的刺青吗？大鬼一愣，说，你难得说句话，我怎么听不懂？小康转过脸去说，要是在我们那儿，正经姑娘不敢跟你的。大鬼明白过来，咯咯笑起来，真是乡下人。刺青算什么？人家是东方梦露，该见的不该见的，都见过啦！

大鬼对小康的热络，多少显得鲁莽。这一点，大鬼自己也是清楚的。他的与人相处之道一向怪诞，若是作恶，一切便自然而然，若是善意或友爱，偏偏就表达不当，弄不好就令人生厌，成为别人的负担。对于小康来说，这负担便是骚扰式的交谈。小康终究不是哑巴，渐渐愿意跟大鬼说话了，只是谈话不对等，通常大鬼说了半天，只能等到小康的只言片语，不是否定，便是拒绝。大鬼最擅长的黄色笑话，有一半小康听不懂，再三提示解释之后，才能勉强博他一笑。大鬼觉得无趣，邀请小康一起到别的宿舍打扑克，小康说，不打。大鬼说，你不会打扑克？小康说，你们赌钱，我不赌。又邀请他一起去外面的卡拉OK唱歌，小康摇头说，我不会唱歌。大鬼说，你不是陕西的吗，陕西人不会唱歌？山丹丹开花红艳艳不会？小康茫然，谁说陕西人都会唱歌？我就从来不唱歌。我们那里，男人不唱歌。大鬼同情地看着小康，问，那你会什么？看电影总会的吧，我陪你去东方电影院？美国的香港的，枪战片警匪片武侠片什么都有，不花你一分钱。小康想了想，似乎有兴趣，最终却还是摇头，反正都是瞎编的，算了。小康说，我明天还要上班。

遇到发薪水的日子，大鬼都要出去与东方梦露约会，有一次不知为何留在了宿舍里。他邀请小康一起去瓷厂后面的新丰村走一趟。小康说，去那儿干什么？大鬼对他挤眼睛，那儿有个洗头房，叫夜巴黎，对面还有一个维纳斯，洗脚的，你不知道啊？小康说，花钱去洗头？花钱去洗脚？不去。大鬼怪笑起来，你是真纯洁还是装糊涂，你不知道夜巴黎维纳斯有小姐？小康眼睛一亮，闪避着大鬼的目光，你去过了？犹豫了一下，又问，你跟你女朋友，吹了？大鬼挥挥手说，小姐归小姐，女朋友归女朋友，你别管我，我看你憋了一脸青春痘，为你考虑呢。看小康僵在窗边，大鬼先发制人地说，别再跟我说不会不会，打炮你总会吧？这件事情，你总会的吧？小康对着窗子说，不打，我的钱不往那儿扔。大鬼说，我就知道你不舍得钱，我请客，你出炮我出钱，这样总行了吧？小康拿起窗台上的水杯，咕咚咕咚喝了一大杯水，忽然正色道，请客也不行，犯法的，我不做那种事。

大鬼很失望。无论是作为他的马仔，还是作为他的哥们，小康都没有培养前途。毕竟不是一路人。大鬼对小康有一种恨铁不成钢的遗憾。有时候他尝试与小康认真地说说话，谈谈瓷厂的前景，谈谈各自的前途，谈谈爱情的困扰，甚至严肃地谈谈女人的肉体，一看见小康多疑而警惕的目光，他就泄气了。他知道自己在小康的眼里，已经丧失了严肃与认真的资格。

3

窑上有人告诉大鬼，说小康已经结了婚，老婆在老家的山村里，是个民办教师。还说看到过他们的结婚合影，小康的老婆虽然土气，但有一双乌溜溜的大眼睛。

这个消息让大鬼很惊讶，在他的眼里小康还是个少年，怎么也没想到，小康竟然已经结了婚。大鬼多少有点悻悻然，想想别人居然能够看到小康的结婚照，他跟小康朝夕相处，他待小康那么友好，却享受不到任何信任。小康那天下班回宿舍，顺手从桌子上拿他的香烟抽，大鬼拍了下桌子，那是谁的烟？要抽烟自己买去！小康不知所措，看看他的脸色，又把那支烟塞回香烟盒里去了。大鬼冷眼注视着小康，这样过了几秒钟，他的表情缓和了一些，但也显出一丝异样的严峻，他说，小康，我要和你好好谈谈。小康眨巴着眼睛打量大鬼，眼神里渐渐有了一种惧色，他下意识地转过身，嘴里嗫嚅道，谈什么？你能跟我谈什么？大鬼怪笑一声，谈你，谈你的事。大鬼走过去，一只手重重地搭上小康的肩膀，小康慌张地甩脱了他的手，但大鬼的手不依不饶，又在小康的头皮上拍了一下，然后手掌摊开，对准了小康的脸。结婚照拿出来！大鬼以命令的口吻说，你的结婚照，还有你的老婆，拿出来让我欣赏一下！

小康的表情与其说是腼腆，不如说是一种不安。他垂首思考，起码过了一分钟，从墙架上抽出一本杂志，抖出来一张彩色照片。看就看吧。小康的目光在照片上一跳，弹起来投在大鬼的脸上，忽明忽暗的，像是在期待什么，也像是躲避什么。

但大鬼用手掌把照片捂住了。大鬼闭上了眼睛，一副享受悬念的样子。听说有一双乌溜溜的大眼睛？大鬼夸张地做着呼吸的姿势，啊，激动人心的时刻到了，我要深呼吸。小康的脸已经涨得通红，要看就看，少来那一套，你女朋友是东方梦露，我老婆一个山里女子，土里土气的，有什么可激动的？

说不定你老婆是山里梦露呢。大鬼盯了小康一眼，嘴角上仍有笑意，但揶揄的目光几乎有点凛冽了，小康，你要跟我比老婆吗？小康一惊，想说什么又没说。他紧张地瞪着大鬼的手，目光缓缓爬行，爬上大鬼手臂的刺青部位。虎头。忍。昔日的牙痕已经消失不见了。小康抱住了脑袋，喉咙里咕噜一响，他说，不该给你看的，你快点啊。

大鬼的手慢慢移开了，他低下头，以一种庄严的姿态欣赏照片。是那种典型的县城照相馆风格的结婚照，背景是一片蓝色幕布，有两根白色罗马柱，一片粉红色的玫瑰，两个飞翔的小天使悬在空中，手里拿着爱神之箭。他看见小康穿着那件肥大的深蓝色西服，喜悦之色被拘谨与腼腆遮蔽，看起来接近无助的状态，他的脸上当时没留胡须，显得格外稚气。旁边的姑娘穿一件红色的呢子大衣，黑色健美裤与白色球鞋，怀里抱着一束鲜花，仔细看，她烫了头发，戴了一个红色的发箍，容貌稍嫌老气。两个人站在一起，是各自僵立，谈不上甜蜜，也谈不上亲密，似乎一切都只是强人所难。姑娘的一双眼睛确实很大，很黑，但因为紧张地关注着摄影师的镜头，眼神凝滞，并没有多少神采。大鬼是忽然狂笑起来的，乌溜溜的大眼睛？乌溜溜倒是乌溜溜，眼袋怎么这么大？你养过金鱼吗？那是乌溜溜的大水泡啊，哈哈，山里梦露！她只比你大一岁？你要不说，我还以为是你妈！

只是一刹那的震惊。小康瞪着大鬼，面孔发白。他在辨别什么，很明显他从大鬼脸上发现了某种深刻的恶意，但并不确定它的来历，这使他的眼神出现了短暂的迷茫。那一丝迷茫很快消退，有一片隐隐的泪光，交织了羞耻与痛楚，开始在小康的眼睛里涌动。小康突然朝大鬼扑过来，夺下了大鬼手里的照片，小康嘴里发出一声莫名其妙的冷笑，你们这些二球货，我骗你们的。这不是我老婆，是我姐姐！

4

大鬼知道自己伤了小康，伤得不轻。

做错了事，他心里有歉意，只是没有道歉的习惯。照片事件过后的第二天，他特意买了一包中华烟，趁着小康上班时放到他的枕边。傍晚，那包香烟原封不动出现在桌子上，大鬼猜小康是不接受他的歉意，不接受他就自己抽，拆开烟盒抽出一支，叼着香烟去食堂吃了晚饭。等他回到宿舍，发现桌上那盒香烟不见了。他好奇，擅自去检查小康的抽屉，抽屉上了挂锁，勉强还能打开一条缝，大鬼看见了那包中华烟，它已经躺在了小康的抽屉里。

锁好了那包香烟，并不代表小康接受了大鬼的歉意。小康变回了哑巴，好多天没与大鬼说过话。直到有一天，大鬼下班回宿舍，发现小康正摆弄他忘在桌上的万用表，神情专注，像一个孩子在钻研新鲜玩具。大鬼莫名地高兴，说，这是万用表，要不要教你用？小康没有搭理他，过了一会儿，突然丢下万用表，轻蔑地说，不就是测个电吗，凭什么叫万用表？

大鬼本能地维护起万用表的名誉，凭什么？我告诉你，这玩意不光能测电，它什么都能测，所以才叫万用表！

小康笑了笑，笑声也是轻蔑的，他懒懒地躺到床上，用左脚挠着右脚，还能测什么？好人坏人能不能测出来？穷人富人能不能测出来？谁要是得了癌症，能不能测出来？

很少听到小康一口气说这么多话，口齿如此流利。大鬼依稀觉得小康在发泄什么，影射什么，同时，似乎向他发起了某种挑衅。他不习惯这样一个小康，先是有点恼怒，继而莫名地亢奋起来。万用表还能测什么？大鬼的想象力经过了一番茫然的飞翔，之后忽然下坠，大鬼的目光也下坠，嗖地滑向了小康的裤裆，测那些有什么意思？大鬼说，我先问你，你搞过多少女人？

小康愕然，怒声道，你问这个干什么？

我研究这个。大鬼说，其实不用你告诉我，你搞过几个女人，自己说了不算，我拿万用表一测就知道了。

你自己测自己吧。小康冷笑了一声。

看起来，小康再也不会上他的当了。大鬼拿着万用表在小康身边绕了几圈，没有造次，最后将万用表的端子搭在了自己的两侧腹股沟上，你看着，我很诚实的，不像你假正经。大鬼一本正经地说，你看你看，看见了吧？我搞得太多，一测就爆表了。

小康当时就笑了，只是笑得不甘心，为了不让大鬼看见他的表情，他朝墙的一侧翻了个身，并且补充一声：二球货。大鬼听见他又在骂人，这次是笑着骂人，大鬼没有计较。不管怎样，他在小康面前的表演总算成功了一次。

说起来，那是大鬼在瓷厂的最后一个春天了。

最后这个春天，大鬼失恋了。他与东方梦露的恋爱开始得容易，结束得更加容易。为了一只来自法国的包包，他们在百货公司赌气分手，分手以后东方梦露就再也不愿见大鬼了。大鬼痛定思痛，将一切归咎于他拮据的荷包，他动了下海经商挣大钱的念头。曾经有几次，大鬼很想与小康探讨女人的心，探讨下海挣钱的各种方法，但只要他正经起来，小康便高度防范，用戒备的眼神告诉他，别来这一套，我不上当。有一次他拿出一张裸女照片，试图让小康辨认，那是夜巴黎还是维纳斯的小姐，小康居然从抽屉里拿出一张纸，用圆珠笔写了几个字，谢绝交谈！一眨眼，那张纸已经被小康张贴在宿舍的门背后了。大鬼一时张口结舌。小康的目光从他脸上一掠而过，眼神里是刻意张扬的厌恶之色。大鬼清楚地意识到，那不仅仅是冒犯，更是一种绝交的宣誓。他当时心寒，说了声好吧，走出宿舍去厕所撒了一泡尿，撒尿的时候他嘴里还骂骂咧咧，之后就想通了，想想这个春天他不仅放弃了爱情，还准备放弃工作，难道还在意放弃一个小康吗？

大鬼骗取了病假单，跟着几个朋友到广东福建的沿海地区走了一趟，在广东的时候他有心贩卖电磁炉，转到福建晋江一带，他决定参与朋友们的走私服装生意了。回到瓷厂已经五月将尽，他径直去了厂部办公室，办好了停薪留职的手续。之后，大鬼到宿舍去收拾他的东西，首先发现了门的变化。他不知道门上的油漆为什么会发生如此奇异的剥落现象，白漆到处都是好好的，唯有鬼屋那两个字，脱颖而出了。大鬼看着自己当初的杰作，一时竟然有点心惊。他把耳朵贴在门上，听了听里面的动静。对于大鬼来说，这是一个极其反常的动作，大鬼自己都难以解释，那动作代表了对小康的关注，还是意味着某种忌惮。他甚至不清楚，自己到底是希望小康不在，还是希望遇见小康。

迟疑了一会儿，大鬼终于拍了下门，大声问，屋里有鬼吗？

小康一定在窑上上班。宿舍变暗了，也变乱了。凝滞的空气里弥漫着一股浓烈的香烟味，混合着腐烂的水果与运动鞋散发的臭气。一条破床单被两颗图钉钉在窗框上，强充了窗帘。大鬼留在床底下的一双名牌新运动鞋，虽然还在原处，但鞋头反了，他敏锐地发现了问题，摸一下鞋垫，还湿湿的，很明显，那是被小康穿过的。大鬼有点惊讶，半个月的功夫，小康成功地把这间宿舍变成了他一个人的世界。大鬼去扯窗上的床单，发现窗玻璃上多了一张电影海报，是玛丽莲·梦露撅着臀部，在风中捂着裙子。梦露。好莱坞的梦露。大鬼有点惊讶。他不清楚小康的动机，他把原版的梦露请到窗玻璃上，是为了瞻仰她，还是为了亵渎她？是为了比较什么，还是为了反省什么？大鬼走到门背后，摘下他的电工包，发现那张纸条还勉强地粘在门背后，谢绝交谈！四个大字仍然透出一股锐利的寒意。大鬼心里忽然有点难受，难受过后是愤懑，他揭下那张纸团了团，扔到小康的床上。纸团落在小康的枕边。大鬼看见自己的万用表替代了原先的手电筒，它正静静地躺在小康的枕边，闪烁着一小片矩形的幽光。

大鬼有点惊讶，他不明白小康为何对万用表如此着迷。万用表总是有用的，他决定把它带走，留作纪念。大鬼拿过万用表扔到电工包里，食指上黏了一根软软的乌黑发亮的头发。毫无疑问，那是小康的头发。大鬼对着头发吹了一口气，那根头发飘进了他的电工包，仍然粘在万用表上。应该说就是一根柔软的头发，让大鬼动了恻隐之心，他最终把万用表放回了小康的枕边。

5

大鬼的创业生涯是从锦绣街开始的。

锦绣街在我们这个城市算得上是个热闹去处，大鬼随时随地都会遇到瓷厂的熟人。熟人们给他带来瓷厂的种种消息，大鬼并不在意，一切都与他无关了，小康也淡出了大鬼的生活，但偶尔有人谈起小康时，大鬼还是有兴趣听。人们告诉大鬼，他一走，小康就跑到厂部要去顶他的缺，厂里当时没有答允，后来听说是送了礼通了关系，现在他跟着贾师傅到处爬上爬下的，开始做电工了。人们指着大鬼脖子里的金项链说，小康脖子上最近也开始挂金项链了，不知是真货还是地摊货。有人断言大鬼是小康心里的偶像，小康从发型到穿着都模仿大鬼，甚至走路的样子，现在都有点像了。大鬼摇头说，怎么可能？我老寻他开心，他都恨死我了。但持此观点的熟人越来越多，大鬼相信了，得意之外多少有点迷惑，说，那他不是不学好了吗？他原本可是好孩子啊。

夏天的一个黄昏，大鬼在锦绣街的时装店里看店，发现玻璃门外有一对打扮时髦的年轻情侣，对着橱窗里的模特指指点点的。男孩女孩都面熟，他先认出了谈小菲，她是瓷厂医务室的护士，因为大鬼不正经，她曾经拒绝为大鬼注射青霉素。然后，男孩摘下了墨镜，也就是这个瞬间，大鬼几乎惊叫起来，那个染了一绺金发的墨镜男孩，那个穿着红色无袖衫和夏威夷短裤的时尚男孩，竟然是小康。

大鬼不敢相信，他的离开如此有效地改变了小康，甚至加快了小康的成长发育。小康长高了，变魁梧了，大鬼清晰地看见小康结实的大臂肌肉，上面纹了一个醒目的硕大的刺青，是彩色的，是一条张牙舞爪的飞龙。

他迎出去的时候，谈小菲的身影在旁边的巷口一闪，不见了。小康也想走，一条腿跨下台阶，身体却留在台阶上，转过来面对着大鬼。有一丝不自然的表情在小康脸上掠过，很快他就坦然了，主动向大鬼伸出手掌，生意怎么样？大鬼潦草地碰了下小康的手，问，谈小菲呢？她跑哪儿去了？小康的微笑看起来有点狡黠，什么谈小菲？大鬼指着小康，脑子里蹦出来一句老话，他说，士别三日真要刮目相看么，他妈的。

他们在店门口站了一会儿，谈及瓷厂的现状和未来，小康说，瓷厂迟早要倒闭，我也准备不干了，到时候来给你看店，混口饭吃怎么样？大鬼笑起来，你要给我看店，我不也没饭吃了？做服装生意，赚少赚多全凭一张嘴巴，你不是谢绝交谈吗，怎么替我做买卖？小康略显尴尬，眼睛看着橱窗里模特身上的一条裙子，欲言又止的样子。大鬼说，谈小菲现在越来越漂亮了么，很多人追她追不上，没想到看上了你，这不是鲜花插在牛粪上吗？小康不接话茬，眼神里有掩饰不住的骄傲，他的手在牛仔裤口袋里掏了一会儿，又空手而出，手指弹了几下橱窗，问大鬼能否把橱窗里那条裙子先给他，等下个月发薪水再把钱送来。大鬼慷慨地答应了，他把那条裙子包好交给小康，小康抓住塑料袋，他抓住了小康的胳膊，这么大一条龙，让我欣赏一下。大鬼说，我要好好欣赏一下。

大鬼记得小康的大臂肌肉当时绷得很紧，那条龙的眼睛便一下瞪大了，看起来很凶恶。大鬼说，这么大一条龙？不是贴纸？纹得还很细，是东门卷毛的手艺吧？小康说，怎么样？刺了二十天，把我的钱都刺光了。大鬼不置可否，忽然捏了一下龙的眼睛，捏得很重，小康一下便把胳膊抽回去了，面露愠色，你捏我干什么？大鬼笑了笑，我没捏你，我捏的是龙，龙眼睛。大鬼端详着小康，神色渐渐严峻起来，我劝你以后注意一点，这么大一条青龙纹在胳膊上，出门要小心了，你知道我现在为什么穿长袖吗？大鬼拍了拍胳膊上的刺青部位，声调听起来很诚恳，懂我的意思吗，我知道你是个老实人，别跟人学坏了。小康看着自己的胳膊，伸出左手，揉了揉龙的眼睛，目光斜斜地升起来，射到大鬼的脸上，我跟谁学坏了？你怎么知道我是老实人？大鬼讪笑起来，挥挥手说，我才不管你要做什么人，我现在做服装生意，提醒你一句，你要是到北门一带，千万别穿这种无袖衫，北门的三霸你听说过的吧？他说遇到你这样的人，见一个收拾一个。

小康愣了一下，低头注视着自己的刺青，突然一笑，说，怕个球，我最近在练散打，我的堂兄是陕西省散打冠军。

整整一个夏天，大鬼都没有等到小康。倒是谈小菲爱逛锦绣街，大鬼在国庆假期期间见过她一次，身边的人不是小康，是一个胖姑娘。谈小菲从邻近的服装店袅袅婷婷地出来，几个购物袋都在那胖姑娘手里提着。路过大鬼这里，他们欲走还留，目光在橱窗的模特身上一番流转，看见大鬼出来，谈小菲脸上浮现出一种嫌厌的表情，扭身便走。大鬼对她喊，你跑什么？我又不找你打针！小康呢？谈小菲头也不回，是那个胖姑娘站住了，忿忿地朝大鬼翻了个白眼，什么小康大康的？我们不认识他！

大鬼没有想到，小康后来真的惹了麻烦。当然他也没有料到，小康遇到了麻烦，会来向他求助。离开瓷厂宿舍两年之后，他终于获得了小康的信任，或许小康最终把他当成了一个朋友，遗憾的是，大鬼不再是瓷厂的那个大鬼，小康怎样看待自己，大鬼早已经不作计较了。

是十月里的一个下雨天，锦绣街上人迹寥寥，大鬼在店堂里与人下棋，忽然有个人头顶一摞报纸，湿漉漉地走进来，站在门边对他哈腰，说，鬼哥，我来还钱了！

又见到了小康。他穿了一件条纹衬衫，手臂上醒目的刺青被遮蔽了，脸上却多出一只大口罩。大鬼注意到他的眼角上有明显的淤青，过去摘下他的口罩，发现小康鼻青脸肿。大鬼下意识地问，你去北门了？遇上三霸他们了？不听我的警告，吃苦头了吧？小康颓然地坐在一只纸箱上，说，我没去北门。是我老婆。我回了一趟老家。让我老婆打了。大鬼想笑，忍住了，观察着他的神色，你回家做什么，去离婚了？为了谈小菲？小康不说话，似乎默认了大鬼的猜测。大鬼说，你老婆用什么东西打你的，打得脸上这么花哨？小康沉默几秒钟，说，万用表。大鬼一时反应不及，什么表？小康叫起来，万用表，我们的万用表啊！大鬼一愣，然后便没心没肺地大笑起来，笑过之后想想此事蹊跷，他又追问小康，我还是糊涂，她为什么要用万用表打你？小康迟疑着，他眼角的淤青在店堂的灯光下泛出紫色的光芒，我们村里的人没见过万用表，我带回去了，给他们看个新鲜。小康开始躲避大鬼追询的目光，他转过脸看店堂里的试衣镜，捂住了脸孔，又掉转脑袋，望着门外的锦绣街，锦绣街上仍然一片雨雾。我骗她了。她不肯离婚。小康说，谁让她不肯离婚？我测了她，我用万用表测她了。大鬼心里已经猜到了什么，嘴里还是忍不住问，测她什么？小康终于低下头，用手捂住脸，过了一会儿抬起头，用一种怪诞的眼神看着大鬼，测那事。她自己让我测的。小康说，是她自己嚷嚷要测的，还让我当着家里人的面测，说她清清白白，测一百次也不怕。小康抱着脑袋思考了一下，喉咙里似有一阵哽咽，又很快恢复了镇定，我不是故意给她栽赃，我就是想跟她离婚。小康的目光热切地投在大鬼脸上，眼睛开始释放求助的信号，她疯了。昨天她找到瓷厂来了，她要把我拽回家，去给她恢复名誉。我也要被她逼疯了。

大鬼打量着小康，脸上的笑意慢慢地冻结。他的棋友已经离去，留下一颗烟蒂，还在烟灰缸里燃烧。大鬼穿越店堂，走到小桌边掐灭了烟蒂，他看着残存的棋局，忽然说，小康，不是我把你教坏的吧？

鬼哥，我没那么说。我从来没那么说过。我是来找你还钱的，那条裙子的钱，还记得吧？小康的表情看起来有点卑下，又有点可怜。他跟到大鬼身边，看看棋盘，看看大鬼的面孔，从口袋里掏出几张钞票，压在棋盘下。鬼哥，你不是认识三霸吗？能不能帮我个忙？小康又掏口袋，这次掏出一盒皱巴巴的中华牌香烟，递一支给大鬼，我老婆最怕三霸那种人，鬼哥你能不能让三霸到瓷厂跑一趟，吓唬吓唬她，让她别闹，赶紧回家去？大鬼斜睨着小康手里的那支香烟，嗤地一笑，你好聪明，可惜生意太小，三霸不会做的。小康说，怎样才算大生意？多少钱以上才算大生意？大鬼冷冷地看了小康一眼，动刀子，做掉，都是大生意，做掉你懂吗？大鬼说，你要不要把你老婆做掉？

小康打了个冷战，大鬼清晰地看见他打了个冷战。不，不动刀子，不做掉。小康的声音已经发颤，他说，只要吓唬吓唬她就行了，她一个山里女子，就是犟一点，吓唬一下她肯定就走了。大鬼笑了一声，推掉小康手里的香烟，说，自己吸吧，我现在不吸烟，只喝茶。然后大鬼开始动手泡茶，他只泡了自己的一杯，呷了一口说，普洱茶，养生的。小康茫然地瞪着他茶杯里深红色的茶汁，好，养生好。大鬼又呷一口茶，说，我好像是把你带坏了。你是不是要让我对你负责到底？我就负责到底，干脆我去瓷厂跑一趟，亲手把你老婆做掉，怎么样？店堂里的空气顿时凝固，小康手里的那支香烟掉到了地上。小康瞪着大鬼，似乎在竭力判断那是否是大鬼对他的又一次作弄。大鬼在微笑，那种微笑持续了几秒钟，渐渐露出讥讽的端倪，带着些蔑视，还带着些厌恶，然后大鬼在椅子上欠了欠屁股，对不起，大鬼说，我要放个屁。喝了普洱茶，我老是放屁。

大鬼知道他在刹那间压垮了小康，不仅靠那句话，不仅靠那一个屁。小康忽然蹲在地上，嚎啕大哭起来，我知道你在耍我，我就知道你又耍我，你这个二球货，驴日的二球货！

6

大鬼没有见到小康的老婆。

后来，他也没有再见过小康。

听瓷厂的人说，见到过小康老婆的人寥寥无几。他们只是听见过那山里女子沙哑的哭声，她从早到晚呆在小康的宿舍里，从不出来，唯有哭声确凿地证明了她的存在。偶尔几次，小康夫妇用家乡方言激烈地争吵，大多内容是能够听懂的，住在隔壁宿舍里的人，能分析出女方此行的目的，她誓死要把小康带回老家。至于那对小夫妻之间到底发生了什么事情，为什么小康刚回来又必须回去？当时整个瓷厂无人知晓。

有人八卦，以为小康的老婆会去医务室大闹一场，但这样的热闹并没发生。医务室离集体宿舍其实不远，谈小菲也曾经听到过小康老婆的哭声，她还问别人，那是猫在叫，还是有人在哭？有人机智地开玩笑，谁知道，那儿不是有间鬼屋吗？说不定真的是闹鬼了。当时有很多人在场，听到了那个精彩的玩笑。很多人后来都为谈小菲作证，说要相信谈小菲，她与小康不过是普通的朋友关系，什么都没有发生。

大约是一个礼拜之后，鬼屋终于安静，一切都平息了。那天天蒙蒙亮的时候，两个食堂女工去市场买菜归来，看见小康提着一只漂亮的拉杆箱，铁青着脸走出瓷厂的后门，后面跟着一个穿红色呢子大衣的女人，左手右手各提了一只纸箱，对他们谦恭地微笑。食堂女工眼睛打量着她，嘴里问小康，这就送老婆走了？不留她多住几天？小康没有说话。那女人说，不住了，我在这儿呆不惯。低头走了几步，忽然对着食堂女工说，我不是小康的老婆，我是他姐姐呀。

瓷厂的人们后来都在谈论这件事。两个食堂女工口径不同，一个说小康的老婆当时流着眼泪，另一个则坚持，小康的老婆说那句话时，脸上挂着不正常的笑容。大家不知道该相信哪一种说法，想想她能说出这样的话，无论是哭是笑，都是正常的。

还有人在她到达瓷厂那天见过她，说那山里姑娘的水泡眼，或许是哭得太多的原因，如果忽略了水泡眼的得失，她看起来并不丑，精神似乎也是正常的，只不过，相比如今的时尚青年小康，那样子确实是有些显老，有些土气了。

没有人料到小康会一去不返。走之前他跟瓷厂请了五天假。五天以后，他打了长途电话给厂里，说家里出了点事，还要过五天才回瓷厂。此后就没有音讯了。瓷厂的生产经营当时已经很不景气，常常发不出工资，少一个人，便少一份负担，所以并没有人去过问小康的下落。过了好久，有个小伙子穿着硫酸厂的工作服，跑到瓷厂的集体宿舍来，说是小康的表兄，受小康委托来收拾东西。人们问他小康为什么不回来，表兄说是家里人不准他回瓷厂了，看别人茫然不解，又补充一句，小康在瓷厂学坏了。有人打听小康家里出了什么事。表兄说，他老婆跳了崖，没死成，落了个全身瘫痪。人们一片惊叫，急着追问究竟。表兄摇头，似有难言之隐。拗不过众人热切的目光，他勉强开口，这件事也不好说，清官难断家务事。表兄说，反正家里人都怪小康，是小康不好，他在瓷厂学坏了。

小康留在宿舍里的东西，都被表兄扔进了一个蛇皮袋里。最后撬开了小康的抽屉，一眼看见一个万用表，静静地匍匐着。表兄也没见过万用表，拿起来问，这是什么东西？是听音乐的吗？旁边有人说，那不是听音乐的，是电工用的万用表。又提醒表兄，那不是小康的东西，是厂里的公物。表兄的手像是被烫了一下，把万用表扔回了抽屉，是公物我就不收拾了。他说，麻烦你们，把它交还给厂里吧。

大鬼有一阵子老是接到一个莫名其妙的电话，对方从不说话，偶尔可以从电话那端听见狗吠鸡鸣之声。查找来电区域，应该来自陕西。大鬼猜到了对方的身份，不知为何发慌，再也不敢接听。有一次恰逢酒后，酒意为大鬼平添几分勇气，他接了电话问，你是不是小康？又变回哑巴了？那边还是沉默。大鬼说，你什么时候回来我给你接风，先喝酒吃饭，再去水晶宫洗桑拿，怎么样？也就是这时候，大鬼听见那边有什么东西掉在地上了，咣地一响，发出清脆的震颤，然后是杂沓的来回穿梭的脚步，伴随着一个女人的哭声。大鬼拿着电话听，一边耐心地等待，终于等来了小康，准确地说，是等来了小康的呼吸。小康急促的呼吸慢慢转变为压抑的哭声，他在哭，哭得越来越响，像个伤心的孩子。恰逢酒后，酒意让大鬼的心肠变得很软，平生第一次，他的眼睛也湿润了。小康，你又不肯说话了？大鬼说，你不肯说话就别说了，我替你说，大鬼是二球货，大鬼是个驴日的二球货。

大鬼掐掉了电话。从店堂的试衣镜里，他看见自己的面孔，有点苍白，有点浮肿。他喝了一口普洱茶，想起电话那端咣的一声脆响，是什么东西掉在地上了呢？不是万用表。那不是万用表。大鬼思索了半天，断定那是一只搪瓷扁马桶的声音，是一只搪瓷扁马桶掉在地上了。

《钟山》2016年第1期

乌金肺

刘庆邦

睡觉，对康新民来说，现在成了一个问题。吃、喝、拉、撒、睡，这五条都是必须的，少了哪一条都不行。前四条问题都不大，康新民每天进行得还可以，只是第五条睡觉有些麻烦，构成了他一个难以解决的问题。

康新民年轻时的睡觉能力好得很，甚至有一些嗜睡。瞌睡上来，他倒头便睡，一睡就是十万八千里。他睡觉不择地方，土垃窝里，柴草堆里，都能睡得很香。他熟睡时，天上打雷，他听不见。有人用草穗儿拨弄他的鼻孔，他都不醒。那么有人捏住了他的鼻子，不让呼吸了，看他还怎么睡。好嘛，把他的鼻子捏住了，他把嘴张开了，改用另一个呼吸道吸气出气，照睡不误。

康新民现在瞌睡少了吗？不，他成天昏昏沉沉，瞌睡似乎比以前还多。他真想痛痛快快睡上一觉，睡他个地老天荒，海枯石烂。可是不行啊，不管他怎么努力，就是睡不着，整夜整夜都睡不着。他站着的时候瞌睡得摇摇晃晃，眼看就要摔倒，躺在床上就是睡不着。他的上下眼皮是合着的，仅从眼皮上看，他是睡觉的状态。可合上眼皮与睡觉是两码事。眼皮想开就开，想合就合，可以掌控。而睡觉就不是自己所能掌控，不是想睡就能睡着。比如眼皮是两扇门，人们把门关上了，不等于人不在里面活动。有时门关得越严，人上蹿下跳，在里面活动得越厉害。康新民目前的状况就是如此。他的眼皮之门虽说是关着的，但里面两个圆圆的眼珠子，像是地球和月球，老在不停地转动，一会儿明了，一会儿暗了；一会儿地震了，一会儿发水了，搅得他老是不得安宁。

他不只是睡不着的问题，更严重的是，他躺在床上还出不来气，不管是仰卧，侧卧，还是趴卧，都呼吸困难。他躺下刚想睡着，突然间像被人掐住了脖子一样，掐得他喘不过气来。求生的本能使他挣扎了一下，一口气才回来了，总算没有死掉。

夜里不能睡觉怎么办呢，康新民只能悄悄来到院子里，在院子里站一会儿。这年的春节过去了，元宵节也过去了，但正月还没有结束。月亮从不圆到圆，又从团圆到半圆，现在只剩下弯弯的一块。月亮不是很亮，边缘像是发生了霉变，生出一些细细的绒毛。从月亮所处的位置来看，这会儿应该是后半夜。在朦胧的月光中，他看得最多的是他家的房子。他看着看着就走了神，走神走到不知名的地方。回过神来，他接着看房子，老也看不够。他家的房子是两层小楼，一层五间，二层五间，钢筋水泥为基础，浑砖砌墙，预制板盖顶，结实得很。一层二层都建有廊厦，往厦檐下面一站，下雨下雪都不怕。他家以前的成分是地主，爷爷是地主分子，爹是地主分子，他被说成是地主羔子。听他娘讲，他家以前是有楼的，是两层楼。后来闹了革命，地主分子一被打倒，他们家的楼房就充了公，成了生产队的队部。再后来，生产队盖饲养室需要砖头和房檩，就把楼房扒掉了。楼房是全村惟一一座楼房，楼房扒掉以后，村里再也没有了楼房。他们一家被从楼房里赶出来后，只能住在两间坯座草顶的趴趴屋里。康新民就是在趴趴屋里出生的，从没见过他家以前的楼房是啥样子。眼前的楼房，是康新民用外出打工挣回的钱，一手盖起来的。他舍不得吃，舍不得穿，攒下的钱都用在了盖楼房上。当年一听说他要盖楼房，村里人几乎惊掉了下巴。有人说他借盖楼房报复村干部，有人说老地主借孙子的身体还魂，又回来了。还有人私下里劝他，说树大招风，盖楼房太显眼了，会招人眼气。可康新民下定了决心，他就是要盖楼房，就是要争一口气。他说他的钱是辛辛苦苦挣来的，每一分钱都浸满了汗水，他问心无愧。平地起楼，人们远远地就把康新民的楼房看到了。也就是几十年的时间，村里从有楼到没了楼，从没了楼又起了楼，是康新民把这个村楼的历史重新衔接起来。这时村里的舆论也有了一些变化，说看看吧，人家地主家的后代就是勤快，就是能吃苦，就是聪明，就是会创业。村里人甚至上溯到康家的前辈，说其实康新民的祖爷爷、爷爷和爹，也都是好人，都是勤劳的人，因为他们勤劳，才置了地，盖了楼，积累了财富。康新民想听的就是这样的话。上级为他家摘掉地主帽子是一个方面，另一方面，村里人有这样的认识和说法，才使康新民感觉到了真正的平反。

楼房立起来之后，康新民很快就娶到了老婆。结婚不到三年，老婆生下了一儿一女两个孩子。正当康新民家的日子如石榴开花越来越红火时，正当康新民继续打工挣钱，准备将来为儿子娶媳妇时，他的身体却不行了。具体来说，是他的肺不行了，动不动就气短，喘不上气来。康新民记得，他爹就有这样的毛病。他爹的病说是哮喘，又说是支气管炎，他到底也不知道爹得的是什么病。他只记得，爹的两个膀尖越来越高，脖子越来越短，一次感冒之后，爹的一口气就没了。康新民原以为，他的毛病跟爹是一样的，是遗传基因在作祟。他到镇上的医院看过，也吃了不少药。但吃药没有使他的病情有丝毫减轻，反而加重了。镇上的医生建议他到县医院检查。他到县医院拍了片子，病才得到了确诊。医生让他看片子之前，先跟他交谈了几句，问他是不是下过煤窑？他说下过。医生问他下了多少年，他想了想，说有十来年吧。医生说这就对了。医生这才拿起片子指给他看，说他得的是职业病，也叫煤肺病。你看你看，你的肺都变成黑的了，都变成两块煤了。康新民以前从没有看见过自己的肺，肺在胸腔子里装着，他对自己的肺是忽略的。他只见过一些动物的肺，知道动物的肺是粉红的。而他的肺却成了黑的。他听到过黑心人的说法，却没有听过黑肺人的说法。医生的诊断让他有些不爽，他问医生，那怎么办？有没有办法治疗？医生的回答是没办法治疗。医生又说，煤窑是不能再下了，重活儿也不能再干了，只有好好休息，好好享福。医生看出他情绪低落，大概是为了让他放松些，还跟他开了一个玩笑：你去挖煤，谁让你去贪污人家的煤呢！一贪污不要紧，想还给人家都还不成了。

老婆从楼里出来了，对康新民说：新民，夜里冷，你不能老在外面站着。医生说你的病最怕感冒，你要冻着就不好了。

过了雨水季节，地下的潮气开始上升，天气不再是干冷，变成了湿冷。特别是到了后半夜，又是雾又是水的，湿冷的气息更浓。有夜鸟在飞行，翅膀显得有些滞重。不知从谁家院子里，传来一两声狗叫。康新民说：没事儿，我穿得厚，不冷。说了没事儿，他却咳嗽起来。他一咳嗽，喉咙眼里就喀喀的，像卡了什么东西。可他咳了一阵，什么都没咳出来。

看看，冻着了吧，赶快回屋里暖暖。老婆说着，过来扶住他的一只胳膊，把他往屋里扶。

他不让老婆扶他，说松开我，我还没有老成那样。

你的岁数是不老，只是力气不跟你了，别再逞强了。老婆没有松开他，坚持把他扶到床边，为他脱掉棉鞋，让他上床。老婆说：好了，睡一会儿吧，老不睡觉怎么得了！

与白天和黑夜对应，人需要吃饭，也需要睡觉。不吃饭就没有能量，生命就不能维持。同样，人老也不睡觉，也活不下去。康新民躺着是睡不成了，他现在想睡一会儿，只能采用两种办法。一种办法是跪在床上，撅着屁股，头抵在床铺上。另一种办法是他坐在床上，老婆坐在他前面，他的两只手搭在老婆的肩膀上，头抵着老婆的后脖梗。这两种办法都是老婆帮他试出来的。通过试验，他总结出来了，他的肺不能平放，什么都不能靠，后背不能靠，前胸也不能靠，靠什么都会受到挤压，都出不来气。只有把肺提溜起来，提溜得悬空着，四面不靠，才可能得到一点点呼吸，才能睡一会儿。前一种办法，身体的平衡不太好掌握，往往是他刚睡着，身体一歪，就倒下来。一倒下来，他就醒了。而后一种办法，由于老婆的配合，实行起来比较有保证。

康新民的一双手搭在老婆的两个肩膀上，一闻到老婆身上的气息，难免想起他和老婆刚结婚的时候。那时候，他使用老婆使用得太狠了，简直像在井下挖煤一样。挖煤需要打钻，他就在老婆身上打钻；挖煤需要放炮，他就在老婆身体里放炮；挖煤需要用大斗子铁锹一锹一锹往外挖，他挖老婆也挖得格外来劲，有时连挖一夜的情况也是有的。现在老婆还是老婆，他还是他；老婆还需要他，他也需要老婆，可他一点儿都挖不动了。别说使用老婆了，他连想都不敢想。过去他以为人想点儿什么不用花力气，想怎么想，就怎么想，想得云天雾地都可以。现在他算是知道了，连想点儿什么都需要花气力啊！人没有了气力，连想都想不起啊！

老婆说：肺要是能换就好了，我把我的肺换给你一叶子。

我可不跟你换，我的肺里装的都是金子。

怎么说？

你没听人家说嘛，乌金乌金，煤就是金子。我肺里装满了煤，不就成了金肺嘛！

我听说金子特别沉，人的肚子里是不能装金子的，怪不得你的肺成了这样。我明天去赶集，再去医院给你买一袋氧气回来。

康新民不说话了。

你不要舍不得钱，人的命比钱重要。

我看你还是嫌我死得慢，要想让我死得快一点儿，你就买。氧气也是一种药，康新民去镇上医院看病时，医生用开药的处方给他开过氧气，老婆也去医院给他买过氧气。氧气不就是空气之一种嘛，以前康新民从来不把空气当回事，空气看不见，抓不着，好像空气从来不存在一样。他万万没有想到，空气也是值钱的东西，把空气收集起来也能卖钱。拿买一袋子氧气来说，要花好几十块钱呢。别看一袋子氧气那么轻，它的价钱顶得上整整一鱼鳞袋子小麦的价钱。一袋子小麦磨成面，够他们全家人吃半个月的。而一袋子氧气呢，他省着省着，只吸三四个钟头就完了。照这样的吸法，谁会吸得起。他存的是还有一些钱，但两个孩子都在上学，花钱的日子长着呢，花钱的地方多着呢，如果把钱换成气儿消费掉，孩子上学怎么办！康新民说着有些生气，又吭吭地咳嗽起来。他既然生了气，气应该多一些才是呀，不料他越是生气，越是气少。看来生气不增加气，而是消耗气。他一咳嗽，全身都在震动，以致他的脑袋像油锤一样锤在老婆的后脖梗上，锤了一锤又一锤。

老婆咬牙坚持着，不敢再说话，也不敢动。

康新民的娘在东间屋里睡，娘七十多岁了，耳朵还不聋。康新民一咳嗽，娘就听见了，娘呻吟了一声，说遭罪呀，遭罪呀！自从康新民的肺出了毛病，娘心里就一直不平。过去戴着地主帽子时，一家人被无形的帽子压得抬不起头来，喘不过气来，都跟着遭罪。熬呀，熬呀，总算熬到摘去了地主帽子，争气的儿子也挣到了钱，盖起了楼房，谁知道呢，我的老天爷，儿子的身体却出了毛病。人说老天爷最公平，娘觉得老天爷太不公平，出了那个井，又进了这个井，老天爷就是不让人有好日子过。

康家做饭不再烧煤。或许是因为煤存在康新民的肺里，使他们对煤有一种忌讳。或许是因为康新民闻不得烧煤的气味，一闻就出不来气。反正他们家一天三顿饭都是烧柴火，一点儿煤都不烧。他们这里是平原，没有煤矿，煤都是从几百里远的山区运过来的。几十年前，煤对他们来说可是好东西，稀罕东西。别看煤是黑的，拿一斤细白细白的白面，都换不到一斤煤。那时各家各户都无煤可烧，只有在生产队的打铁炉子里才能看到煤。黑黑的煤块子，一经点燃，拉动风箱一吹，煤块子就变得通红通红。把铁块子放进煤火里烧，不一会儿，黑色的铁块子也变得通红通红，真是好看！康新民小时候爱看煤火在炉子里一跳一跳的样子，还喜欢闻煤在燃烧时所散发出来的香味。真的，康新民在燃烧的煤里的确闻到了一股一股的香味，他不用特意吸鼻子，香味就沁入到他肺腑里去了。他拣一小块煤，放进自己的口袋里。没烧过的煤不敢拣，他只能从烧过的煤里拣出了一小块炼成琉璃的煤渣，闻来闻去，玩来玩去，玩了好长时间。

因为对煤有这么好的印象，后来有机会下到煤窑里看到那么多的煤，他才格外欣喜，挖煤挖得格外卖力。用小簸箕一样的大斗子铁锨挖一锨煤，他就想，这一锨煤，够我们家烧好几天的。挖一天煤，他估算了一下，他一天挖的煤够全村人烧一个月的。一个月挖下来，他把煤换算成了砖头，要是用他挖的煤到砖瓦窑上换砖头的话，盖一座楼房足够了。康新民还想到，挖煤比种庄稼来钱快多了。哪样庄稼都得长好几个月才能收割，打下粮食也卖不了多少钱。而煤是现成，弄到井上就能换回不少钱。他哪是挖煤，简直是在挖钱啊！崩煤的炮声刚刚响过，工作面浓浓的炮烟子和稠得打脸的煤尘尚未散去，他就冲进工作面去了，开始架棚子，攉煤。有人怕炮烟子，他不怕，他闻着炮烟子也有一股子香味。有人不愿让汹涌的煤尘扑到嘴里，干活儿时尽量闭着嘴。他觉得无所谓，吃点煤怕什么，下班洗澡时把煤吐出来就是了。他常常干得大汗淋漓，身上的毛孔都张开着，嘴巴和鼻子也张开着。包工头见他干得好，就表扬他，让别的挖煤的人都向他学习。得到包工头的表扬，他难免有一些感动。在生产队里干活儿时，他也从来不偷懒，不耍滑，干活儿干得也很好。可因为他家是地主成分，他本人是地主羔子，表扬不可能轮到他头上。得到了表扬，康新民挖煤挖得更来劲。窑上实行的是计量工资，谁挖的煤多，挣的工资就多。为了多挣工资，康新民一个班都舍不得歇，月月都是满班。

康新民只知道煤尘能扑到嘴里，钻进喉咙里，跑到肚子里，从不知道煤尘会被吸到肺里。肚子上下都有通道，煤尘跑到肚子里，在肚子那里是存不住的，要么吐出来，要么排出来。煤尘到了肺里就麻烦了。肺像是一条死胡同，煤尘只能进，不能出。或者说两个肺叶子像是两只口袋，东西可以装进口袋里，想把东西从口袋里取出来就难了。当康新民知道了煤尘可以通过气管和支气管吸进肺里，已经晚了，他的肺里已经吸进了不少煤尘，日积月累，煤尘已经在他肺里沉淀下来。原来他肺上有很多气泡，每个气泡里装的都是气体。现在他肺上的气泡变得很充实，每个气泡里都填满了物质性的煤。甚至可以说，那些煤都是优质煤，不用洗选，发热量就很高。他的肺原来软得像海绵，富有弹性。现在他的肺硬得像石头，一点儿弹性都没有了。

对于康新民来说，黑夜很长，白天也很长。在大长的白天，他也只能是坐着或站着。他不能多走动，也不能多说话。不管是走动，还是说话，都需要气力。气力气力，有气才有力，没有了气，就没了力。过去他不懂，以为人的力量长在肌肉上，肌肉发达，人的力量就大。现在他才明白了，人活一口气，人的力量全在气里。院子里，一只公鸡在追一只母鸡。母鸡跑得很快，公鸡跑得更快，公鸡到底还是骑到了母鸡背上。公鸡得胜之后，很是自豪地叫了一声。公鸡的行为很是让康新民羡慕，他现在连一只公鸡所具有的气力都没有了。

院子一角有一口压水井，康新民的弟弟康新生正在压动压井的手柄，从井里往上抽水。楼房建成后，康新民立即请人在院子里打了这口压水井。康新民领风气之先，在村里盖楼房的，他是第一人；在村里打压水井的，他还是第一人。以前，村里人吃水都是到村南的那口井里去挑，全村人共用一口。挑水要走一段路不说，水还不是很干净。打了压水井就好了，不出院子就能从地下抽出水来，而且水清凌凌的，喝到嘴里又凉又甜。压水井打好后，抽水大都由康新民操作。他不必用两只手摁手柄，只须一只手，就把抽水的皮碗子摁得呼呼响，水头蹿得老高。康新民的个头并不是很高，但他长得磨实，是全村有名的大力士。麦子打完了，要把石磙推到场院边上立起来。有人两只手上去，脸憋得通红，都不能把石磙立起来。康新民过来了，他说他试试。他一只手抠住石磙的下沿，只用一口气，吭地就把石磙掀得站立起来。从坑里刨可以作肥料用的坑泥，用铁锨把坑泥从坑底甩到岸上。坑泥又沉又粘，从低处甩到高处不是很容易。有的力气小的男劳力，只能把坑泥甩到坑的半坡。而康新民呢，每次都能把满满一铁锨坑泥甩到岸上。有一次，康新民没把力气掌握好，嗖地一下子，坑泥飞到岸边的树上去了。树上有一个老鸹窝，把老鸹吓得呱呱直叫。现在康新民不行了，按他自己的说法，他是彻底完蛋了。别说让他掀石磙了，他似乎连掀锅盖的力气都没有了。别说让他甩坑泥了，撒完了尿，他好像连甩甩尿鸡子都甩得少气无力。那么，家里还有一些重活怎么办呢？亏得康新民还有一个弟弟，他不能干的活儿，只能由弟弟代替。

不看弟弟压水还好些，看弟弟压水，康新民实在替弟弟着急。弟弟一只手摁不动压水的手柄，只得两只手都上去摁。弟弟摁得很慢，抽出来的水在水簸箕里流得很细，放在水簸箕口接水的小桶半天都接不满。不管水流得有多细，压水井的铁制水筒子里不能缺水，一旦缺了水，水筒子里的水就降下去，里面都成了空气。要是想压出水来，得重新往井筒子里的皮碗子上面倒引水，由于引水的密闭作用，才能保证抽出来的是水，而不是空气。弟弟的两只手摁了一会儿手柄，张着嘴在那里喘气，弟弟的气力似乎也不够用了。为了使水不致断流，弟弟只能把小肚子也压在铁手柄上，借助身体的重量，把手柄压下去。看着弟弟那费劲的样子，康新民真想过去一把将弟弟拉开，他自己去压水。可是不行啊，他哪里还有拉开弟弟和压水的气力呢！

康新民感到痛心的不仅是他自己，还有他的同胞弟弟康新生。康新民到煤窑挖煤挣到了钱，盖了房子，成了家，他希望弟弟跟他一样，也能尽快挣钱盖房，自立门户。爹去世了，康新民作为当哥的，他觉得他有责任帮助弟弟成家立业。于是有一年过罢春节，康新民也把弟弟带到煤窑里去了，让弟弟跟他一块儿干。他以为自己干了一件好事，其实是干了一件坏事。他以为是一个便宜，其实是一个当。吃苦耐劳的弟弟跟他一样，也把煤尘吸到肺里去了，弟弟的肺也变成了黑色的煤肺。只不过弟弟的病情比他稍稍轻一些，低一个级别，他的尘肺病是三期，弟弟是二期。弟弟呼吸起来不像他那么费劲，体力活儿还能干一些。弟弟的身体成了这样，老婆是找不到了，只能跟他这个当哥的一块儿过。

听本村在外面当干部的人回来说，像康家兄弟这样得职业病的情况，应该到挖过煤的小煤窑那里要求赔偿，每人获赔二十万或三十万，都是有可能的。听了干部的话，康新民有些动心，心想，要是能得到一些赔偿，就算自己花不成，留给老婆孩子也是好的。肺不行连累得他的腿也不行了，他已经没能力外出，只能让弟弟到小煤窑去问一问。弟弟去了几天回来了，说那个小煤窑没有了，井架子拉倒了，井筒子也炸塌了，只剩下一个黑洞洞的洞口，洞口周围长满了荒草。弟弟听人说，那个小煤窑属于非法开采，是上级派人把煤窑炸掉的。至于那个小煤窑主，谁都不知道他跑到哪里去了。

康新生去小煤窑讨赔偿，娘抱了很大希望。见二儿子空着两只手回来，娘失望地哭起来，哭得一把鼻涕一把泪。他不埋怨人，只埋怨老天爷。她的埋怨还是老一套，还是把戴着地主帽子时和现在一起埋怨。她说老天爷呀，过去俺家的日子不好过，眼巴前儿俺家的日子还是不好过。俺家两个儿子的肺都坏了，家里老的老，小的小，今后的日子咋过呀！老天爷呀，你咋不睁开眼可怜可怜我的两个儿子呢！难道你的肺也坏了吗！

初春的天气真是变幻不定，冷冷暖暖，暖暖冷冷，让人无所适从。农历过了二月二，龙的头都抬起来了，却又下起了雪。雪下得还不小，铺了天，又盖地。杏花本来就要开了，雪花一开，就把杏花给盖了。患尘肺病的人经不起忽热忽冷，下雪天寒气袭来，康新民连用来咳嗽的力气似乎都没有了。不管是站着，还是趴着，跪着；不管他是头朝上，还是头朝下，都呼不出多少气，也吸不进多少气。他把嘴巴和鼻孔都张到最大限度，甚至连身上的汗毛孔好像都打开了，仍无济于事。他的脸憋得黑紫，紫得他的脸好像也变成了一块煤。由于憋气，他的眼珠子越鼓越高，似乎眼看就要从眼眶里掉下来。他的眼睛还能看见自己的老婆，还想跟老婆说话，就是说不出话来。康新民真恨自己啊，恨不得把自己的肺扒出来，喂狗吃。又一想，连狗都不吃他的肺啊！康新民心中也有不平的地方。村里的那些懒人，人家都活得好好的。就是因为他太勤快了，太能干活儿了，就成了今天这个样子。难道这个世界不需要勤快人了吗？难道人越勤快就越遭殃吗？

康新民的老婆悄悄把康新生叫到一边，让他赶快到镇上为康新民买一袋氧气。她知道，丈夫不愿再花钱买氧气，不想让家里重新返贫。可是，她实在不忍心眼看着忠厚的丈夫离她而去，丈夫能够多活半天也好啊！

冒着大雪，康新生到镇上的医院为哥哥买回了一袋氧气。在回家的路上，走在雪地里的康新生已累得气喘吁吁，跌跌撞撞。他跌倒了，趴在雪地里喘口气，再爬起来往家里赶。他怀里紧紧抱着那袋子鼓鼓囊囊的氧气，如同抱着哥哥的肺。他在心里呼喊着：哥，哥，你别急着走，你千万要等着我啊！要是康新生打开氧气袋子吸上两口氧气，他走得可能会稳当些，也快一些，因为他也是尘肺病患者。可康新生只想着哥哥，吸氧气的事他想都没想。

然而，康新民拒绝再吸氧气，看见氧气袋子，他摆了一下手，头一歪，就死去了。

雪还在下，树上、柴火垛上、房顶上都是白的。

娘哭得更痛心痛肺些。她的哭诉没有什么新观点，只是埋怨老天爷的同时，把矛头指向了自己：你咋还不死呢，不该死的死了，你还活着干啥呢！

康新民去世一段时间后，在村民的撮合下，康新生和嫂子结了婚。哥哥死了，嫂子不愿离家，便和弟弟结了婚，这不算什么稀罕事。

乌金虽好，到了人的肺里就不好了。康新生哪里知道，人的肺一旦变成了乌金肺，一旦呼吸困难，就做不成男人了，一次都做不成了。

结果，结婚第三天，康新生就上吊自尽了。

《山花》2016年第11期

莫尔道嘎

徐则臣

那两年生意砸得厉害，见了鬼，下的力气越大赔得越狠。朋友说，别跟运气对着干，出去走走，没准回来百无禁忌了；趁车还在。朋友的意思是，别把车也搭进去。我就开着我的斯巴鲁越野出来了。放松地跑，当然要去大草原，我把油门一脚踩到底，就到了呼伦贝尔。九月的草原天大地大，江水长，秋草黄，一听到马头琴我就忧伤。我得把自己从失败的坏感觉里拽出来，鸿雁南飞，我一路向北。

从黑山头镇沿301省道往东北走，出了第一个加油站天就黑了。在加油站刚喝了一罐咖啡，觉得浑身都是力气，穿过额尔古纳市也没停下。照我的预期，加把劲儿，半夜到根河再住下。天很黑，整条路上看不见别的车开灯，就我一人在大草原上狂奔。这在七八月份的草原上是不可想象的，那时候旅游的人多如牛毛。现在呼伦贝尔冷起来，车里必须开着暖气才能把路一直跑下去。但黑暗和孤独慢慢侵占了斯巴鲁的空间，也可能是因为马头琴的音乐一直开着，我在忧伤之外感到了恐惧，就像被整个世界遗弃了。不管如何努力生意依然每况愈下时，我感受到的恐惧与此刻一模一样。我的后背开始发凉。仅有力气是跑不了长途夜路的。就是在这时候我遇到了老哈。路拐了一个缓慢的弯，在山坡的另一边他站在路边，旁边是他的摩托车，尾灯在闪。他高举交叉的两臂对我摆。

“借个火。”他站在我车灯的灯柱里，证明他只是求助。他把头盔和手套都取下，一身的户外行头，防风，保暖，穿一双山地靴。“撒了泡尿把打火机给弄丢了，”他抽烟的样子有点狠，憋坏了。“兄弟你要不来，今晚我能不能撑到图里河都难说。”他吐了一口浓烟，眼眯起来，“跑长途缺了这一口，等于进了洞房找不到新娘子。”

他自己先笑起来，因为脸黑，显得牙白。有点东北口音。五十多岁的样子，结实的大块头。

“去哪，兄弟？”他问。

“根河。”

“够跑一阵子的。”

我都想跟他一起去图里河了。但我说的是：“是有点累。”

“累了就停下，”他说，“别跟自己较这个劲儿。你去加拉嘎，前头拐个弯就到。我认识牧羊的老包，他家的炕暖和。就说我老哈介绍的朋友。”

这是个话多的老哈。我们各抽了三根烟。上车之前老哈说，去过莫尔道嘎么？走多少冤枉路都值；镇上有家客栈叫“牧马人”，老板娘那叫一个好看。我们一起踩油门，他的摩托车比我快。他不喜欢跟别人一路跑。他在我的车灯柱里从摩托车座上抬起屁股，像支箭钻进了黑夜里。

一个半小时后，我已经躺到了老包家的热炕上。老哈说的没错，你能在老包的皱纹里至少找到两根羊毛。老包说：“好好闷一觉，明早起来跟我放羊去。”

我跟老包放了三天羊。一大早出门，带上大饼、羊肉和一大保温罐奶茶，把四百只羊赶到他们家草场上。羊吃草，我们找个避风的山坡躺着晒太阳，有一搭没一搭说话和抽烟。话题自然离不开老哈。他们俩认识四年，每年九月老哈都会到老包的牧场上来。他喜欢心无挂碍地躺在草原上。他骑着摩托来，住上三五天，离开，下一次再见可能得明年，也可能过上个把星期他又来了。来了还是放牧，半天跟老包说上一句话。

“狗日的老哈，”老包说，“马骑得是真好。到底是个牧马人。”

我一下子来了精神。

“没跟你说？这老哈，在新巴尔虎左旗当过知青，放了三年马。”

我仔细想了一下昨天晚上见到的老哈，好像两条腿是有那么一点罗圈。这个张嘴一口东北味儿的青岛人，按老包的说法，算是活明白了。你能想象这老小子六十岁了么？退了休开始周游世界，就一辆摩托车，山南海北地跑。九月份准时到呼伦贝尔，比寒流来得还准。

“为啥九月？七八月草原那才叫美。”

“九月二十六号他得赶到莫尔道嘎。”

我笑起来。“为了牧马人客栈漂亮的老板娘？”

“那你得问狗日的老哈。”

不得不说，幕天席地的生活会改变一个人。天地间只有你和一群羊，你会觉得除了这群生灵，什么都可有可无。放过羊的人和没放过羊的人不是同一个人。老包说，他阿爸是放羊的，他阿爸的阿爸也是放羊的，他阿爸的阿爸的阿爸也是放羊的。他躺在草原上看着这群羊，觉得他阿爸、他爷爷、他太爷爷都活在他的身体里，他们跟他一起放羊，他们跟他放的是同一群羊。羊的身体里也活着羊的祖先。我的悟性不够，但多少也感受到了一点跟听了马头琴那样的忧伤，只是这忧伤是饱满、明亮和喜悦的，而在车里听马头琴，那忧伤像只空荡荡的口袋，整个人都饥饿，肚子里全是恍惚的风。我跟老包说，生意的事问题不大了，可以离开了。

“回北京？”他问。

我想是吧。但出了老包家，我突然决定去莫尔道嘎。再跑几天，把整个人彻底“放空”，像下坡时给车挂一个空档。

莫尔道嘎很有名，但莫尔道嘎的确不大，刚转到第三条街就看到老哈的摩托车停在一座三层小楼前。没错，牧马人客栈。办好入住手续我才向前台打听老哈住哪里，竟然就在我隔壁。我在老哈极具穿透力的呼噜声里也睡了过去，从加拉嘎到根河再到莫尔道嘎，我在斯巴鲁里坐了大半天了，腰都快断了。被敲门声吵醒时天已经黑了，老哈在门外喊：

“兄弟，一块儿喝两杯。”

“你咋知道我来了？”

“前台的丫头是我干闺女。”

因为经他引荐我才来莫尔道嘎，老哈坚决要到附近一个馆子里给我接风。现在是旅游淡季，整个客栈加我才住了八个人，“牧马人”的厨师请假回老家了，开不了伙。穿过大堂，前台的姑娘没叫他“干爹”，叫的是“哈叔”。

当然是吃羊肉。手把肉。老哈很讲究，肉热腾腾地上来时，不像我穷凶极恶地扑上去，而是从口袋里摸出一把小刀，慢悠悠地在一只瓷碗底下咔嗤咔嗤磨起来，磨完这面磨那面。要我看，那刀锋利得很，根本用不着磨。磨完了，我都吃下好几块肉了，他割下一块连骨肉，刀锋向内，慢条斯理地再割下条条块块的肉，用手捏着放进嘴里。“要吃肥的，”老哈说，“只挑瘦的那不叫吃羊肉。香不起来。”

我们喝蒙古王酒。劲儿大，过瘾。累了一天整上个二两老烧，神仙日子也不过如此。老哈用指头蘸上酒，敬过长生天才喝。他说多少年都这样，礼数不到心里不踏实。

“在家也这么用刀？”

“用。过去蒙古人出门做客都带自己的刀。”他把小刀举起来给我看，刀把上缀着一颗狼牙。刀和狼牙都有了一层厚腻的包浆。“在青岛我自己做手把肉。”

“说说放马时候的事呗。”

“老包又多嘴了？”

“他可没提老板娘。”

酒是个好东西，两杯下肚我就觉得跟老哈是亲兄弟和忘年交了。我举着羊肉开起了玩笑。老包的确什么都没说。

“嗨，”老哈打了一个嗝，“那时候真是他妈的年轻啊。”

故事肯定要开始了。我不吭声，勤快地给老哈满酒。

“刚到新巴尔虎左旗那年，我十九岁，高中刚毕业。”老哈说，“都说当知青光荣嘛，我死活要去。临走时我妈隔着绿皮火车窗玻璃跟我说的最后一句话是：草原上夜里冷，千万别蹬被子啊。”

“啥时候遇到的老板娘？”

老哈没搭我的茬儿。随他去，真有事他肯定憋不住。他跟我讲起四十年前的知青生活。他的运气实在太好了，他们那个知青点只有两个人被挑去放马，他是其一。在整个牧区，最好的工作就是牧马，“自由。骑着高头大马，那真叫拉风，吆喝一声就下去四十里地，”老哈说，“马倌可以骑最好的马。好马跑起来速度就是快。那真是快。”老哈眯起眼，身体开始前后上下颠动，四两酒就可以把他送回新巴尔虎左旗的草原上。次之是放牧牛和羊。牛羊没那么快，但它们起码在动，一天下来总能像乌云或白云那样刮过一大片草地。知青们最不愿干的是当猪倌，臭哄哄的一群趴在那里，吃了睡，睡了吃，看着它们自己身上也跟着长肉。他们宁愿随屯田的牧民去开荒种庄稼。“姑娘都喜欢马倌，嘿嘿。”老哈说。

我以为要入正题了，老哈话锋一转，说：“那时候我做梦都想来莫尔道嘎。”

“年轻人有心事了。”我坏坏地笑，我猜某个姑娘，比如现在“牧马人”的老板娘，就是莫尔道嘎人。

“牧民们都说莫尔道嘎好，原始森林像海一样大。我一个青岛海边长大的，水见得多了，想看看树。他们不说我也要去。莫尔道嘎，听听这名字。头一回听我就喜欢上了。就冲着这名字我也得去看看。”

这我能理解。我也喜欢很多地名，耶路撒冷，伊斯坦布尔，阿姆斯特丹，圣彼得堡，不知道它们在哪里的时候，我就想去了。这辈子的愿望之一，就是把想去的地方都走一遍。“你来了？”我给老哈倒上酒。

老哈一口干掉。“倒满。请不下来假。兄弟，干了！”

上个世纪六十年代的呼伦贝尔草原，火车跑得很慢。老哈得头一天从驻地骑马到海拉尔，住一夜，赶第二天早上海拉尔去根河的火车。到根河停下，住一夜，再等根河去莫尔道嘎的火车。有可能还要住两夜，去莫尔道嘎的火车两天一班。等那慢悠悠的小火车晃到莫尔道嘎，三四天已经过去了。在那里转一圈打道回府，又三四天过去了。生产队里都忙着大生产，没那么多时间让他去搞闲情逸致。一个萝卜一个坑，他溜号就得别人顶上来，这个账没法算。

问题在于，想去莫尔道嘎的不仅是老哈，老哈的马倌搭档巴图也想去。巴图大老哈三岁，赤峰人，比老哈早一年来这个知青点。老哈叫他巴哥，但在生活和牧马上，巴图是他师傅。要去得两人一块去，老哈这个海边人有点晕草原，一个人出远门想想都犯怵。两个人坐火车去莫尔道嘎，理论上无论如何都行不通。

还有一种可能，骑马去。从知青点到莫尔道嘎直线距离不到三百公里，一匹好马悠着点跑，得两天，歇一天，再跑回来，又两天。五天也不短，还得确保天公作美，马也不出问题。但这是他们去莫尔道嘎的唯一可能。老哈和巴哥达成共识，等机会。

“等到机会了？”我问。

老哈说：“喝酒。”

一瓶“蒙古王”下去了。

老哈终于说：“等到了。”

他们跟生产队长做了个交易，每次把马群里最好的驯马给队长骑。这是个了不得的待遇。马倌要伺候的官人能数出一串子，谁需要马就得给谁提供，队长排在这条串子上差不多最下面，但凡有另外一个领导有要求了，最好的马就到不了队长手里。但县官不如现管，领导指示下来了，老哈和巴哥就借口“乌云”身体不适，把“赤兔”给了领导；领导一走，“乌云”就到了队长的屁股底下。条件当然只有一个：合适的时间让他们俩骑马去一趟莫尔道嘎。

老哈当知青的最后一个冬天，机会来了。前两天刚下过一场说大不大说小不小的雪，天不错，朗月当空，队长在他们俩宿舍里喝了半瓶酒，脑袋一热，舌头就大了，说：“只要你们敢现在出门，我就答应。”那会儿已经晚上九点，整个草原都睡着了。老哈和巴图一对眼，卷了简单的行李和吃食就出了门，胳膊底下夹着一套马具。“乌云”和“赤兔”都不能动，以备领导不时之需，他们俩骑了次一等的两匹马，巴图的是枣红色，老哈的是白马。呼伦贝尔大草原如同一个冰冷清澈的梦，他们俩上了马就往东北跑。月亮在星星就在，他们盯紧了星星跑。老哈说：“有种不真实感。”他们跑了差不多一个小时，巴图突然勒住马，说：

“那儿！”

老哈看见白银般的月光底下坐着一头狼，它缓慢地站起身，想从山包上退下去。老哈踢了一下马肚子，挥起套马杆，“追！”

月夜下两个人纵马逐狼的画面确实有种不真实感，但老哈知道这事假不了。躲在羊皮棉帽里的耳朵听得见马踏残雪的声音、月光打在枯草上的声音，甚至他胯下的白马出汗的声音，他感到草原从未如此辽阔，他听得见呼伦贝尔在马蹄下像布匹一样蔓延和展开的声音。那头狼几乎在和他们平行地跑。老哈听见巴图喊：“它吃得太多啦！”这从那头狼的体型和奔跑的速度就可以看出，它有点吃力。这是个好消息，它耗不了多久。

问题是，老哈也耗不了多久；准确地说，是老哈的马耗不了多久。这是匹好马，但年龄偏大，短跑显不出来，五十公里之后就有点使不上劲儿。他眼看着巴图的枣红马多出他半个身位、一个身位、两个身位，他们的距离越拉越大。月光底下枣红马像团黑红的火焰，巴图的套马杆平稳地与身体一起摆动。老哈希望那头狼最好能立马就跑不动，他套过马、套过牛、套过羊，没套过到狼。正在他希望破灭之际，狼艰难地停下了，老哈打马直奔过去。那狼突然对天长嗥，然后勾着脑袋，扭曲着身体，老哈明白复燃的希望再次破灭了。果然，狼在呕吐。它把身体的负担全吐了出来。在巴图的枣红马离它三十米时，那头狼又长嗥一声，四蹄悬在半空一般消失在一个山包之后。老哈喊：“巴哥，追！追！”巴图显然也有此意，鞭子抽到了马屁股上。他们都舍不得，狼皮八块钱一张。八块钱在当时，是笔不小的财富。可以买书，买衣服，也许他们俩都想到了，可以给喜欢的姑娘买件礼物。

巴图追到山包的另一面，接着是老哈。等巴图追到另一个山包的对面时，老哈再跟过去，狼和巴图都不见了。他只能隐约听见孤零零的马蹄急骤地击打大地的细小声音。他骑着马在周围的几个山包间转圈子，两棵白杨树提醒了他，这地方有个羊场。

跟着星星走，二十分钟后，老哈看见了牧羊人的蒙古包。如他所料，迎接他的是牧羊人的女儿乌兰娜。她给他打了洗脚水，倒了热奶茶，铺好了热被窝。他冻坏了。他甚至都没想清楚乌兰娜若是穿上汉人的连衣裙会有多漂亮，就歪着头睡着了。

天快亮时，他觉得脚头一阵冷风，激灵一下，醒了。巴图疲惫地坐在床铺的另一头，掀开被子盖到了腿上。巴图的右脚露在被子外面，在微小的羊油灯下，包住脚的布全是黑红色的。

“怎么回事？”老哈问。

“没事，血止住了。”巴图笑了笑，指指外面。

老哈正好要起身去小便，昨晚乌兰娜倒的两大碗奶茶他全喝了。在蒙古包外木栅栏上，他看见挂着的一张狼皮，旁边还有一张，他凑近了看，还是狼皮。老哈抽了一口冷气。

那天晚上，巴图一个人穷追那头狼，在它筋疲力尽的时候套住了它。但就在他套那头狼的时候，不知道从哪里又蹿出来一头母狼，完全是以玩命的方式向他扑过来。马受了惊，狂乱地跑，好处是把套到的那头狼给拖死了，坏处是，它不停地转圈子给新来的母狼提供了机会。母狼咬住了巴图的右脚，咬住了就不撒嘴。难以想象，那头母狼分寸把握得如此之好，一口下去竟然没碰到马蹬。直到巴图抽出打狼棒击碎了它的脑壳，母狼也没有松口。

母狼咬断了巴图的脚筋。这是老哈后来才知道的。巴图当时也没意识到问题如此严重，他撬开母狼的牙齿，下马收拾两头狼尸时，只觉得走路不得劲儿，除了流血和疼，他没往深处想。用行李袋里的药粉止了血，撕一块衣服简单包扎了一下，就把死掉的两头狼往马背上捆。刚安静下来的枣红马哪里愿意，一直暴躁地踢踏，巴图没办法，只好在月光地里掏出刀子，现剥了狼皮。他把剥下来的狼皮皮毛向内卷成两团，枣红马才允许捆到它背上。

这个血性的故事让我们俩酒兴大发，一杯接一杯地干。除了有限的几次跟财神级顾客这么玩命地喝，我想不起来什么时候如此渴望过酒。然后老哈就沉默了，换了我开始说。

如果有人喝高了喜欢一声不吭，那老哈就是高了。那晚的后半段我肯定也高了；我一高就管不住自己的嘴。我跟老哈说，你知道吗老哥，我的生意砸了，一塌糊涂，一塌糊涂啊。后来说了啥我完全没印象，只迷迷糊糊记得我架着老哈，老哈也架着我，我的两条腿木木的跟白桦树一样不打弯，我们俩像双头鸟一样跌跌撞撞回了客栈。竟然都顺利地躺到了自己的床上。

一觉睡到中午，头没疼，说明酒跟人一样醒得彻底。想到楼下找点东西吃，前台老哈的“干女儿”说，哈叔嘱咐了，我起来就带我到“她家”。

她家在马路对面，一楼。进了门看见老哈坐在客厅的沙发上，旁边是把老式藤椅，铺着一张熊皮。一个中年女人在收拾碗筷，一桌好菜。如果那女人再瘦一圈、年轻二十来岁，完全可以分毫不差地重叠进“干女儿”的身体里。一对漂亮的母女。老哈向女主人介绍我：

“这我小兄弟，小穆，北京来的。”

女主人大方地和我握手、问好，松开手后转向老哈，说：“叫嫂子。”

“你看——”老哈说。

“叫嫂子。”

“好，嫂子。嫂子。”老哈说，烟叼到嘴上又取下来塞进烟盒里。“我把穆兄弟请来，是想给咱巴哥热闹热闹，生日嘛。”

“谢谢你来给我们家老巴庆祝生日，”那女人给我斟上奶茶，“我叫乌兰娜。”

“我知道。”我可能不该这么回答，但进门第一眼看见她，我就知道她是乌兰娜。千真万确。那天晚上的蒙古包，牧羊人的女儿。

“你还知道什么？”乌兰娜的脸红了一下。她的皮肤很好。然后她转向老哈。

我赶紧说：“就这些。”

老哈也赶紧说：“就，这些。”他不敢确定昨天晚上究竟对我说了多少。

小乌兰娜已经在蛋糕上插好了蜡烛。“阿妈，我把阿爸推过来？”

老哈站起来。我也跟着站起来。乌兰娜坐着没动，似乎颇费了一番踌躇才点了点头。

三分钟后，小乌兰娜推着一个轮椅进来，寿星老巴图斜靠在轮椅背上。腿上搭着一条羊绒毯子，两只手放在毯子底下，因为看见毯子的抖动，我才注意他庄严的蒙古男人的脸。老巴图的脸不对称，右边的眉毛、眼角和嘴吊起来，用不同的节奏在一起微微地抖。老哈走过去，一只手搭在老巴图的肩膀上，说：

“巴哥。”

老巴图一动不动，两眼空空荡荡；除了抖，表情也是空的。

“他说不了话了。”乌兰娜说。

“去年不是好好的么？”老哈说。

“去年已经过去了。”乌兰娜从毯子底下拿出老巴图的手握着，说，“老巴，咱们过生日，好不好？还有新朋友小穆，他特地来咱们牧马人客栈。”

老巴图和刚才一样，脸上没有任何时间经过的痕迹。

接下来就剩下了程序。切蛋糕。唱生日歌。吃饭，典型的蒙古餐，有手把肉。老哈没有用自己的刀。乌兰娜一顿饭的三分之二时间都在喂老巴图，而喂进去的食物三分之二都漏了出来，幸好喂食之前给他戴上了一个巨大的围嘴。我们的话很少，大部分时间只能听到吃饭本身的声音。在断断续续的四个人的对话里，我得到了如下信息：

老巴图的腿脚一直不好（从打狼的那夜开始），走路是瘸的；后来腿部肌肉萎缩，行动逐渐不便，只能深居简出；去年的某一天（肯定在老哈来给他过生日之后），摔了一跤，突然中风，或者突然中风才摔了一跤；总之，这就是现在的老巴图。

饭后，我们沉默着喝奶茶。老哈放下杯子蹲到收拾干净的老巴图面前，把手伸进毯子底下握着他的手。老哈说：“巴哥，你还认识我吗？我是小哈啊！”

除了抖，老巴图有的只是一张庄严、空白的脸。老哈眼泪唰的就下来了。他站起来，急急地出了门。

回到客栈我们就退了房，去老包的牧场。老哈说，他有话想跟我们说，跟我和老包。他要当着我和老包的面说。我们原路返回，从莫尔道嘎到根河，然后回到加拉嘎老包家的牧场。我开车跟在老哈的摩托车后面，从半下午一直开到夜里。除了抽烟上厕所，我们一直在跑。老哈不敢停下，他说停下了可能就再也开不了口了。

如你所知，谎言总是没完没了，而真话通常只需要几句。

坐在老包家的火塘边，老哈一杯杯地喝奶茶，声音断断续续。

“……那天晚上，老巴只想专心赶路，是我想追那头狼的，我想给乌兰娜送个礼物……我喜欢她，我也知道她喜欢我……我是看见那头母狼才装作被落下的……我的确怕了……不过我的确也追不上老巴，他的马比我快很多……可是，我可以一直跟着他们跑，只要找，总会找到他们，就算给老巴提个醒也好……狼太狡猾了……或者叫上乌兰娜的阿爸一起去找也行……我没有……凌晨老巴回来，很快就睡着了……我知道老巴没法再跟我一起去莫尔道嘎了，但我不想失掉这个机会，骑上马一个人出发了……上马前，我带上了一张狼皮……”

“一个人敢出门了？”老包抽着大烟斗问。

“还是怕。可我想，老巴一个人把两头狼都对付了，我不过是赶个路。”

“去了莫尔道嘎？”我说，“买的是啥礼物？”

“从一个二毛子手里买了条俄式围巾，很漂亮，稀罕。那会儿中苏关系已经决裂了。乌兰娜直接从蒙古包里给扔了出来。我就知道，我们没戏了。”

“然后呢？”

“知青返城。我离开了。真像是逃命。”

三个人都不吭声。木头在火塘里噼噼啪啪炸出很多火花。

“要有朋友去莫尔道嘎，”老哈说，“推荐一下牧马人客栈。乌兰娜不容易。”

《长江文艺·好小说》2016年第9期

出　警

弋　舟

大学四年，从警五年，算起来，迄今人生已经在架子床上断断续续睡了九年。没什么意外的话，可能还得隔三岔五地睡九年。躺在上铺往窗外瞧，夜色氤氲，所门口的警灯无声闪烁。对面超市门前的投币木马也旋转着同样的彩灯，没谁玩，它也播放着儿歌。这让人产生错觉，仿佛我们是一家游乐场的守夜人，身后有摩天轮隐现或者七个小矮人出没。

此刻要是从宿舍冲进夏夜，不啻于跳进沸腾的大锅。和冬泳一个道理，那得有点儿勇气。楼下值班室的电话响个不停，好在没什么大事需要出警，但谁也说不准。外面太热，晚上好像更甚，地面蓄积了一天的热力开始蒸腾。暑气弥散，像是黑夜对白昼的反攻倒算，还好所里给装了空调。去年夏天，宿舍还是靠风扇降温的。

报纸上说这个夏天的高温破了六十年的纪录。我还不到三十岁，反正长这么大我没被这么热过，小吕却认为这在他们家乡根本算不得什么——如果他们家乡的夏天是一百度，现在我们承受着的，顶多才六十度。小吕是新疆人，住在火焰山脚下，那儿真会这么热吗？他的说法让人感觉大家是被扔在同一口大锅里的青蛙，但一般苦，两样愁，有人已经将要被煮熟，有人却还在惬意地蛙泳。

我还是挺爱值班的，因为接着可以休息一天。再过一周，我就要去封闭集训，市局组织篮球赛，我被挑中了。那样一来，就有段日子不能回家了。小吕和我心思一样，他是想值完班就能多出一天时间去陪女朋友。小伙子正在热恋，女孩刚刚大学毕业，还没找到工作，有大把的时间需要有人陪着一起打发。而我是想在家多陪陪我妈。

我们每隔四天值一次班。我是主班，小吕是副班，还带着几个协警。他警校毕业分配到所里，我们就成了搭档。我算是他师父。值班当天，小吕会提前准备好休息日的便装——这像是吹响了他约会的预备哨——牛仔裤什么的，能让他摇身一变，精精神神地去约会。他长得帅，个头和我差不多，要不是单薄些，肯定也会被抓去打篮球。因为个儿高，有几次我俩还被法院临时借去押嫌疑人上庭。都是大案子，电视台要播新闻，两个高大的警察上镜，将嫌疑人夹在当间儿，那效果不言而喻。

值班的时候小吕很快活，一副随时会唱上几句的高兴劲儿。其实我也是这样的心情，一般早早地就让妻子做好了我妈爱吃的东西。这种精神状态不会影响工作，因为我们都感觉有了个近在眼前的盼头，心里得到了鼓舞。人的盼头很多，但近在眼前的却很少。

那天一共接警二十多起，跟高峰期比要少得多。按规定，要是没有突发事件，我们可以在夜里十一点睡觉，凌晨五点再爬起来出警。那时我们已经躺在宿舍的架子床上了，我跟他聊起片区的老奎——就是被报社记者写进文章里的那个主角。小吕听了我讲的一切后，陷入了沉思，他肯定受到了不小的启发。后来他就跳进了外面那口沸腾的大锅，等他回来，晨光熹微，黎明已近。他好像完全忘了还要摇身一变这档子事儿。

我们这一行也是师父带徒弟。我的师父是老郭。他教会了我怎么做警察，可惜三年前查出了喉癌，提前退休了。前段时间我去看他，老头看来已经挺不了多久了，整个人出气多，进气少了。我进所的时候他可健康着呢，黑脸，皱纹像是用刀子削出来的，胸脯拍上去，让人相信能听见金属发出的咣咣声。我觉得他长得很像写《白鹿原》的那个作家，都是那种典型的关中老汉的样子。

老郭烟瘾大。后来满世界开始禁烟，所里也禁，他得空只好跑到院子里，找个拐角蹲着抽几口。有时候太忙，他忘了这茬儿，嘴里不小心叼上了烟，结果被所长撞到，挨了批评还得罚款。这规矩不太通人情。要说喉癌可能跟吸烟会有点关系，可我觉得要是放开让老郭抽，他没准儿现在还带着我巡街呢。烟就像是老郭的口粮，每天在所里抽根烟都跟做贼似的，可能就叫度日如年吧。真是委屈了老郭。他在所里干了一辈子，架子床可是没少睡。

我们这个派出所在城乡接合部，高楼大厦的背面弄不好就藏着块儿菜地。咖啡馆里坐着的，经常是光着膀子打麻将的人。一开始，要是老郭不带着我到片区走一趟，我肯定得迷路。那就是一个迷宫。有的窄道楼挨着楼，只容得下一个人通过。如果迎面也有人走进来，脾气不好的话，往往就会形成对峙的局面，搞不好还能腾挪不开地打一架。上帝说通往天堂的是窄门，每次从这种窄道挤过去，我都幻想会有一个天堂等在前面。有一回，一个女孩走进窄道里，没遇到歹徒，却遇到两条流浪狗，一前一后，前后夹击，预谋好了似的。女孩被吓惨了，打电话报警。等我们赶过去，她裙子尿得湿漉漉的。于是我挥舞着套狗杆，又充当了一回打狗人。对付流浪狗，也是我们的工作。

我师父老郭跟谁都熟，谁见着他都会给他让烟，有点儿妇孺皆知的意思。很多不吸烟的人，见了他也能摸出一根皱巴巴的来，像是专门为了见他备了好几天似的。他有一个铝制的烟盒，上面刻着天安门前的华表，看上去恐怕有些年头了。收了递上来的烟，他就放进铝烟盒里。巡逻一圈回来，差不多能装满一盒。他也给别人让烟，但收到铝烟盒里的他不会再让出去，递给对方的，肯定是他自己的烟。这里面就有了原则和讲究，是一种德行，也是一种从警之道。我觉得，我就是从这种你来我往的让烟里，开始领悟做一个警察的真谛。老实说，这和我入行时的想象不太一样。我师父老郭穿上警服也还是个大爷。何况，现在跟警服差别不大的制服也太多了，所里的协警，超市的保安，跟我们站一起，没点儿专门知识，你分不清谁是谁。巡逻的时候我腰里会有警具，可保安的腰里也有根棍子呢。

每个辖区都会有几个狠角色，我们的专业术语叫“重点人口”。对这些人，你得盯着点儿。老奎就是这么个人物。我到所里时他已经七十出头了。在我眼里，他要是还能算得上“重点”，顶多也就是上路碰个瓷，伏地不起，讹点儿钱什么的。可我师父老郭不这么看，他跟我说：“别看这老汉走得慢，腰里别的都是万。”“万”就是“万货”，方言里指“东西”和“玩意儿”。好像老奎腰里缠了一圈暗器，随便亮出一件，就能吓你一跳。

我觉得老奎和老郭长得也有点儿像。第一次老郭带着我上门“认人”，我都以为他俩是亲戚。他们两个对坐在老奎家被烟熏得四壁焦黄的客厅里，彼此互不搭理，都埋着头使劲抽烟。烟是老奎自己卷的。他把烟丝铺在两指宽的报纸上，搓成棒，用舌头舔一遍，递给老郭。老郭接了，点上，反手也给他递根自己的烟。老奎应该比老郭大个二十多岁，但除了腿脚没老郭利索，背驼得厉害，看上去两个人没多大差别。也不知道是老郭显老还是老奎显小。可能关中男人上了岁数都像是一个模子倒出来的吧，跟兵马俑一样。他让老郭坐在沙发上，自己搬张板凳，矮上那么一截地坐着。老郭跟他介绍我，他瞟了我一眼，就像瞟了眼他的孙子。他可没孙子，就是一个孤老头。

按制度，对重点人口，每个月走访一次就行。可老郭基本上每周都会带着我上老奎家转一趟。有时候巡逻遛到了老奎家楼下，他也要上去歇个脚。我猜老奎沾着唾沫卷出的烟，挺对我师父的口味。

他们第一次当我面说起老奎的案底时，我已经不算个新人了，已经习惯了偶尔上街去打打狗什么的，也不再盼望窄道的尽头就是天堂。老奎闷头抽烟，突然来了一句：“早知道当年把人弄死算了，活着就是受罪么！”这话跟他嘴里的烟一同喷出来，格外呛人。他的老底儿我知道，故意杀人，致人残疾，被判了十八年。可我没料到时隔多年，他还能放出这种狠话。

老奎说完扔了手里的烟卷，伸出穿着懒汉鞋的脚使劲踩。旁边就有烟缸，可他故意这么干，说明他是意欲摆出一个凶狠的态度。我静等老郭发话。我猜他会训一顿老奎，至少脸色会严肃起来，低沉地说：“你这么想不对，想早死也不能拿别人的命垫背么。”老奎呢，就会垂下脑袋说：“对么，你说得对。”因为我已经训过不少家伙了，基本上没遇到过跟我顶着干的。我想，此时老奎要是不垂下脑袋挨训，我会让他把刚刚跐灭了的烟头捡起来吞下去的。然后老郭会说：“有问题就跟政府说么，你现在有啥困难？”然后老奎就会诉诉苦：肉价太贵，假货满天飞，乃至人心不古，女孩子穿得太暴露什么的。老人们经常就是这么跟我抱怨的。疏导民意也是我们的职责，这么一番对话，是我心里的套路。我算是个内心戏比较多的人。

可老郭压根儿没接茬。他只是递了根烟过去，然后就聊起医保、天气和附近即将拆迁的居民楼。老郭平时也不是个话多的人，这有些难为他了。他有一出没一出地说，老奎有一句没一句地听。说什么可能也不重要，就是有人说话有人听。说到拆迁，老奎身上也有劣迹。他家老屋拆得早，是这一带最先被开发了的。也就两间小平房，当年硬是被他置换成了两套一居室的楼房——不能得逞的话，他扬言就要再杀一次人。说到做到，他天天敞胸露怀坐在自家门口，地上撂着把杀猪刀，随时要给谁开膛破肚的架势。这都是老郭告诉我的。

那天老郭跟他东拉西扯了半天，临走还给他扔下半包烟。出门时我回头看了眼老奎，怎么看，埋头坐在小板凳上的这个老恶棍，都只是个与世无碍的废物了。脊柱都像是被重锤给敲弯了，还咋呼什么？

从那以后老郭带着我去的次数更多了，隔三岔五就得去看看老奎。在我看来，这事好像被搞颠倒了。老奎放了句狠话，老郭没教育他，反而像是被他吓住了。退休前老郭还专门叮咛我，让我没事也多去瞅一眼老奎。后来我一个人上门，老奎听我说老郭得了癌，那眼神，就像是挨了一棍子似的。他当时的表情，让我相信了，这厮其实早就被我师父驯服了。

我不抽烟，跟老奎没法坐一块儿。我师父跟他坐一块儿，即使没话，也是心照不宣和意味深长。我跟他可没什么默契。他干脆连句狠话也不给我撂。我自然也就没去落实老郭的叮咛，顶多每个月去看一眼，例行公事而已。

我太忙了。派出所警察干的事情，说出来你能当笑话听。更多的时候，我们就是个片区里跑腿的，而且谁都能使唤我们。没了老郭带着，同样的事，我干起来手忙脚乱。那些鸡零狗碎的小案件、小纠纷，老郭处理起来就是烟来烟往，举重若轻，可是让我来，怎么就有了疲于奔命的感觉。如今我成了小吕的师父，我该拿什么给他言传身教？

小吕这个人挺爱自己琢磨事，责任心也挺强，就是跟我才入行时差不多，想象力还没落到地面上。在他心目中，警察就该是神探，破大案，捕顽凶，除暴安良，跟打狗赶鸡没半毛钱关系。我想这可能跟他正在谈恋爱有些关系，男人在谈恋爱的时候，可不都会把自己想象成一个英雄吗？否则好像就配不上一个美人。这情绪我也有过。直到今天，我也不太跟妻子说我每天都忙活些什么。我不做英雄梦了，但希望我妻子还接着做，那样回了家，我才可以心安理得地喊累。所以有时候遇着邻里纠纷之类的事儿，我都不忍心让小吕去处理。我怕这会过早地消磨了一个男子汉的英雄气。小吕和我不同，我是跨了专业，半路出家，考公务员干上的警察，他却是从火焰山脚下走出来的正规警校毕业生。我愿意看到他成长为一个我从前想象过的那种警察。

把那天我俩的值班情况捋一捋，你就能明白现实跟梦想之间有多大的差距。

早上八点半报到，户籍室打来电话，要进行境外人员办证提醒。这事让小吕来，他英语不错。但是有个别电话已经停机，只有等方便的时候上门找人了。

打完电话开始巡逻。一看油表，发现油箱存量不多，先开到加油站加油，免得在半路上抛锚。我可是吃过这种亏。

十点多，接到报警，公墓边上的苗圃有人打架。到现场才知道，昨天早上两个工人为小事动了手，其中一个吃亏大点儿的，睡了一夜气不过，醒来后索性报案。秋后算账，当事人都是一副养精蓄锐后的样子，精神头十足，谁也不让谁，只能拉回所里处理。回去后跟他们掰扯了半天，俩人还是要较劲。我当然又想起了老郭。可能这事他用两根烟就打发了，而我就得把自己弄得口干舌燥。

正感慨，有人报警，说是接到了反动电话。我让小吕出警，过了会儿他把人也带回来了，是个满头大汗、一看就知道警惕性很高的那种大妈。询问，登记。兹事体大，要向上级汇报。

处理好已经过了饭点儿，食堂打饭的窗口空无一人。幸好食堂阿姨还在，不然又得上对面的小饭馆吃油泼面。那面不好吃，就是便宜。

刚端上碗，接到有人打架的报警。我让小吕接着吃，自己带了几个协警过去。路远事急，报案人情绪激动，像是要出人命的架势，上车后于是一脚油门踩到底。

边上的协警落实当事人的具体方位，对方却报出了邻近派出所的辖区。这叫错报，汇报给指挥中心，掉头回去接着吃。

也就是刚放下碗，所长指示：最近辖区盗窃案件多发，最好召集几个小区的物业开会通通气，想想对策，同时给居民拟一份“警方提醒”。这活儿我干吧。说实话，我不太好意思让小吕去趴着写安民告示。

才开了个头，接到报警，某公司门口发生纠纷，小吕跟着我一起赶过去。烈日之下，一派安宁，压根儿没什么状况。街面上几乎没有人影，别说人影，连阴影都没有。正午的艳阳直射着，马路明晃晃的宛如一匹发光的银练。跟公司的门卫打听，原来人已经走了。“就是小两口闹别扭。”门卫的答复听上去还有点儿幸灾乐祸。

回到所里，有报案人等着，是个姑娘，说是“心爱的”电动车被盗了。她说不出电动车的型号，只说得出电动车对她的重要性——男朋友送的生日礼物，“是世界上最漂亮的电动车”，小吕耐着性子做笔录，我继续写安民告示。

刚写好，有人报警在饭馆被偷。还没赶到现场，又接到报警，一家塑胶公司发生了纠纷。兵分两路，小吕去处理饭馆盗窃案——好歹这也算是个刑事案件。我到了塑胶公司，却是一场劳务纠纷。打工的觉得老板给的少了，双方不同意调解，我只好告知他们可以到劳动仲裁部门处理。

回所的路上接到社区的电话，说他们晚上有个群众活动，可能参与的人比较多，需要我们帮助维持秩序……

差不多就是这些事。

黄昏的时候稍微消停点儿，小吕自己去了片区。有人报警说邻居在家里制毒，我没怎么考虑就把这案子交给了小吕。开始他挺兴奋的，像是张网以待，翘望已久，终于来了条大鱼。涉案的那栋楼我知道，教育局盖的，里面住的都是中学老师。报案人是位退休的校长，信誓旦旦地说，以他对化学知识的丰富掌握，完全能够通过阳台上飘来的怪味儿做出判断。他的邻居也是一对教师，两口子带着个十多岁的孩子，女主人倒还真是个教化学的。可查来查去，一点儿证据都没有。小吕不太甘心，加上老校长半年报了五十多次警，这个案子就成了小吕的心事。他不觉得我们就只能写写安民告示、追回一辆“世界上最漂亮的电动车”。倒也是，前几天别的片区还发生了大案子，几个女孩把个酒吧老板捅了足有几百刀。

回来后小吕眉头不展。他说他又趴在老校长家的阳台上闻了半天，隔壁飘来的只有红烧肉味儿。我想的却是这会儿的阳台上怕是得有五十度的高温。不知怎么，在这个夏天我总是觉得夜晚比白天更难熬。白天的热正大光明，不由分说，但晚上的热却显得没有道理。没有道理，就热得更加令人不堪忍受。

那天晚上社区的活动就是广场舞表演，实际上围观的人并没有他们想象的那么多，他们高估了自己的风头。过去后看了看情况，安排几个保安维持秩序，我和小吕徒步去人员密集的场所巡逻。小吕懂事，他以见识过真正酷暑的火焰山人的善意，让我尽量钻到商场里去，巡街的苦差由他来干。真是热啊。巡逻时还得扎起腰带、戴上帽子。从商场走到街上，我感觉会被烫一下，从街上进到商场，我又感觉会被冻一下。每次进出，心里都一惊一乍，让人畏缩。我本来是农大毕业的，“解民生之多艰”是我们的校训。眼下干的活儿，冷热交替，打摆子一样，让我觉得真是“多艰”。

那天算得上是平安无事，我们本来可以睡个好觉。顺利的话，第二天早上八点半交了班，小吕就能摇身一变，去会女朋友了。我也可以带着冻好的饺子去看看我妈。我爸去世得早，年前我妈起夜时摔了一跤，摔断了股骨头，手术后就卧床不起了，只好找了个小保姆陪着。结果当我说完了老奎的事，小吕又跑出去忙活了大半夜。他不在，我也没睡踏实。一开始他可能并没留意听我说话，躺在下铺憧憬第二天的约会。可我是故意要说给他听的，就一直往下说。他果然听进去，领会了我的苦心。我只是没想到他会那么雷厉风行，当机立断就跑去印证自己的猜测了。

老郭退了休，我按部就班，每个月顶多到老奎家转一圈。后来有一次我再去的时候，家里却没人了。我当时也没怎么放在心上，下楼顺便问了句，一个老太太告诉我有日子没见着老奎了，“不知道死哪儿去了。”她这么一说，我就有点担心。老年人鳏寡孤独，死在家里都没人知道，这事也不是没发生过。回去跟所领导做了汇报，我喊来锁匠打开了老奎的家门。屋里空空荡荡，家徒四壁，死的和活的都没有，但看得出有日子没人烟了。

老奎他失踪了。这看上去也不能算是件事儿。老奎有老奎失踪的自由，谁也没规定他只能窝在屋里卷烟抽。我猜他没准出门旅游去了。他的经济状况还过得去，有套房子出租给别人。如今这一片的房价可不低。我让锁匠师父换了新锁，给邻居留了话，关上了老奎的家门。

我去看我师父老郭时，把这事跟他说了。他一听就有些要跟我急的样子。“旅游个屁！他老奎要是会去旅游，我就会去逛窑子了！”老郭冲着我吼。我一下子没太听明白，但我不想惹老郭生气，他正在进行保守治疗，效果如何，谁都没底儿。“你去申请协查一下，看看市里有没有发现无人认领的死尸。”他这么说我就听懂了，他是担心老奎真的死在外面了啊。“也去收容站问问，人老了糊涂，说不定遛个弯儿自己就找不回去了。”老郭接着指示我。

回去后，这两件事我一一落实了，但都查无其人。就在我发愁该怎么给老郭交代时，半个月后，老奎自己冒出来了，而且冒出来的方式完全出乎人的意料。一天夜里，他竟然打报警电话，说是自己在家摔倒了，现在根本爬不起来。赶过去的路上我还纳闷，新锁的钥匙在我手里，他是怎么进的家门呢？

老奎家的门虚掩着。我推门进去，以为会看到卧地不起的老奎——年前我妈摔断腿就在地上躺了一夜。我妈常年独居，电话又不在手边儿，第二天早上邻居听见屋里有人哭才发现出了事。看到我后，我妈委屈得像个孩子那样号啕不已。我从没见我妈哭得那么凶过，她真是伤心极了。可是老奎佝背坐在小板凳上。客厅灯泡的瓦数太低，就照亮着他头顶那一圈，其他角落一派昏暗。他就像是孤零零坐在一个黑暗的舞台上，被追光灯示众般地圈定着。

老奎三十岁才娶上老婆，当时这块地方还是一片良田。他就没干过什么农活。换一个时代，他能在梁山上谋个差事。入狱前他就是村里的混混。三十五岁的时候，他终于把自己混到大牢里去了。十八年后回来，老婆孩子都没了。二十多年过去，良田变成了高楼，姑娘们的裙子越穿越短，当年的村霸一个人坐在了三十瓦的灯泡下面，就这么苟延残喘着老去了。

他并没摔跤，更谈不上爬不起来。说白了，老奎报了个假案。可我不知道他意欲何为。看到我，他也没话，并不解释自己的作为。我拉下脸批评了他几句。他就那么听着，过了会儿，开始卷烟。卷好后，下意识地给我递过来。我猜他把我当成老郭了。递烟的手在半空有个停顿，随即他醒悟过来，缩回去塞到了自己嘴里。点火，手哆哆嗦嗦，看着让人着急。想到了老郭，我就对他客气点儿了。问他这段日子跑哪去了，他也不吭声，就是埋头抽他的烟。间或把一口痰吐在地上，然后用脚蹭。我没话找话，问他怎么进的家门。他不屑地回我一句：开个锁费啥劲么？我去看了看，门已经换了锁。这钱我得给他，毕竟前面那锁是我给他换的。他不说要，也不说不要。我没什么耐心了，塞给他二十块钱。我的手跟他的手相触的那个瞬间，他连钱带手一起抓住了我，像是激起了某种动物性的应激反应。可能不到一秒钟的时间，但我有着突然被什么抓牢了的感觉。

这事还不算完，几天后老奎又报警了。还是说他摔得起不来了。即使知道这回八成还是个假案，我也得上门去看看。果然，老奎照旧坐在小板凳上，臊眉耷眼，像个坐在黑暗舞台中央的老猿猴。不同的是，这回他竟然泡好了茶等着我。茶泡在一只破搪瓷缸子里，我闻了闻，可能是那种需要熬制的砖茶。我像是能听到熬茶时发出的噗噗声。那么好吧，既然请我喝砖茶，老奎你总得跟我说说干吗老折腾我？

他不作说明，倒是跟我聊起他前段时间跑出去干嘛了。我从来没听过他说那么多话。其实，我差不多就没怎么听过他说话，但这天晚上他却对我打开了话匣子。

老奎说他是去找自己的闺女了。

他先去了重庆的云阳县。循着记忆，他看到的却是一片滔滔江水——当年这里不是连绵的青山吗？那一刻，他以为自己真的是老糊涂了。原来那里如今已是三峡库区，昔日的村落十几年前就搬迁了。这就叫天翻地覆，沧海桑田。老奎不甘心啊。他走了那么远的路，孰料已经换了人间。他在江边硬是坐了三天，好像那样就能等来一个水落石出的奇迹。三天后，他动身前往上海。他打听到了，当地的移民都是迁到了上海的青浦镇。上海滩带给他的冲击恐怕不亚于滔滔江水。想必那里的一切对于他来讲，就是光怪陆离的另一个世界。溜门撬锁他不在话下，可是要在上海找到个人，这事儿他根本办不到。青浦镇倒是找着了，但当年移民来的人，十有八九继续流动，早已四散。他还是不能甘心。青浦镇西面是上海最大的淡水湖，十万亩烟波浩渺，他又在湖边对着水面海枯石烂地坐了三天。他没找到闺女，感觉是从天而来的大水带走了所有的人间消息。

我对他的家事没什么兴趣，也搞不懂他干吗跟我说这些。但我看出来了，可能说什么对他也没那么重要。重要的是说话本身。他的嘴巴就像是台生锈了的老机器，重新运转，吱吱嘎嘎地颇为费力。而这费力的运转，却能带给他不一般的快感和惊喜。他矮一截地坐在我对面，边说边吞咽口水，润滑着他喉咙里那尘封已久的轴承。他的眼神混浊而又迷乱。没错，他有点儿亢奋。我在想，这老头大概有许多年没这么滔滔不绝地跟人说话了吧。他都快把自己给说醉了。一边说，一边打着气味难闻的醉嗝。为此，我耐心地喝了两缸子茶，权当自己听了个没多大意思的故事。我猜，最后他会提出要求，让我们帮着他找闺女。他要是真这么要求，我就又多了件事。我都想好了，回去先跟上海警方联系一下。但临了他也没跟我提这茬。

破天荒地，这回我走的时候老奎还送了送我。他趿拉着懒汉鞋，颤巍巍地踅到门前替我开门。手伸出去，捞一把，又捞一把，第三把才捞到门把手上。我就知道了，这老头是真的老到头了。明摆着的，身体已经不听使唤了。

又是几天，还是在半夜，老奎的求助电话又来了。他好像专门找我值班的日子这么干。我让一个协警过去看看。小伙子回来跟我说，老奎点名要我去。这我的气就不打一处来了。问明白他没什么事儿后，干脆就置之不理了。谁知第二天一大早老奎竟然找上门来。

我刚在值班室坐下，打算整理一下头天的值班记录，一抬眼，看见老奎隔着窗子矮一截地出现在我面前。他不说话，我也懒得理他，自顾干事。过了会儿他敲了下玻璃。我抬眼看到他翕动着嘴在嘀咕什么，模样就是动物园里跟游客隔窗龇牙咧嘴的大猩猩状。我低头继续忙活，他继续敲玻璃。这下我听见他说什么了。我以为自己听错了，歪着头瞅他。他的嘴在张合，但隔着层玻璃，让我感觉那是声腹语。一只看不见的手把老奎的肚肠搅和得翻腾不已，发出了不受他支配的神秘气声。他又咕哝了一遍。没错，他就是说“我要自首”。

不管真的假的，事儿来了。我用手示意他进来说。隔着窗子，我看他扶着墙往里走的时候，脸上竟然有股掩藏不住的幸福感。

直接说了吧，老奎二十四年前从监狱里一放出来，转身就把自己的闺女给卖了。

就在老奎出狱的前一年，他老婆跟人跑了。对此我挺怀疑的。那个时候，老奎已经五十多了，他老婆也不会年轻到哪儿去吧？谁会带着她跑呢？要跑，也是自个跑了的吧？可老奎认定他老婆就是“跟人跑了”。好像不如此，不足以强调他内心的愤怒。可即便这样，他被强调起来的怒火也还是难平。坐了十八年的牢，他肚子里可是没少憋着邪火。所以他才有资格做个“重点人口”。这种家伙仇视万物，是该盯着点儿。老奎重返社会，举目四望，十八年过去，世界变得跟火星似的，让他老虎吃天，根本无从下嘴。但他有邪火，要抗议。没个泄愤的地方，就盯上自己闺女了。

老奎的闺女那年二十三岁。你都能想到，这种家里长大的孩子会有什么好？倒不是说那女孩品行不端，她挺好的，就是太单纯孤僻。怎么能不单纯孤僻呢？老爹坐牢，老娘撒手跑了，换了谁可能都一样。女孩小学毕业就辍学了，在路边摆了个菜摊，冬天还卖烤白薯。按说老奎回家了，当钉子户搞到了两套房子，守着闺女过日子也挺好，可他偏不这么干。人性不就是这么叵测吗？否则也用不着警察这个行当了。我听说南方有钱人还盛行吃婴儿呢。虽然我每天面对的都是些鸡零狗碎，走的路也多是窄道，但仔细想想，世态炎凉，里面确乎有惊涛骇浪。比方说，妻子跟踪丈夫，丈夫跟踪妻子，这些事儿，让你都不知道世界到底怎么了。但你能感觉到，它们正在改变那些赋予你生活意义的重要信念。

老奎在监狱里有个狱友是重庆云阳县人，服刑时跟他开过玩笑，说出去后要把他闺女买了当老婆。想到这茬，邪火攻心的老奎开了窍。他联络上了这个人，带着闺女上路了。坐了两天两夜的火车，到了地方，老奎一看，山清水秀，适于人居——这可能是他最后的一点儿良心了——当即拿了那人两万块钱，撂下闺女就走了。他跟我说他压根没打算在那人家里过夜。我想我明白他的意思。他的邪火发到这儿就算到头了，再烧下去，会把他也活活烧死。两万块钱多吗？这恐怕不是个问题。钱不是他的目的，没准两百块钱他也要这么干。他就是想报复，至于报复谁，他都说不清楚。人性中那块最为崎岖陡峭的暗面，早把他黑晕了。他想要报复的对象，是他老婆，是带走他老婆的某个人，是世道和人心，没准，连他自己也能算在里面，那是种连自己都一并仇恨厌弃的情绪。他跟我说，那钱直到今天他都没动过。当年他转身而去，走在山路上，脚底发虚，轻飘飘的像是腾云驾雾。后来还跌进了沟里。旷野无人，他在野地里昏睡了一宿。醒来后，山风浩荡，感觉像是死过了一回。

当年老奎的女儿不见了，群众都想当然地认为女孩是找自己的亲妈去了。谁知道背后藏着个天大的秘密。

不折不扣，这是罪行。

可是怎么处理呢？却非常棘手。拐卖人口罪，最长的追诉期是二十年。不放心，我还特意又查了下刑事诉讼法。就是说，时光已经赦免这桩令人发指的罪行了。如果要把老奎绳之以法，得报请共和国的最高人民检察院核准。他肯定还够不上这资格。我做完笔录，上楼去给领导汇报。出门时老奎喊住我，问我干吗不把他铐起来。我瞅了他一眼，用指头点点他，意思是你给我等着。至于等着又如何，我也不知道。在我眼里，他当然是个混蛋。可是我还没见过这么老的混蛋。不是吗，一个混蛋老到这种地步，混蛋的程度都要打折扣了。

所长听了我的汇报，跟着我去了值班室。他也只能歪着头瞅了半天老奎。但毕竟是领导，一开口就问出了我心里面纠结的疑惑。

“我说老奎，”所长捏着自己的下巴问，“你咋今天才想着要来自首呢？”

老奎活动着嘴。刚才他说了不少，肯定也说累了。但他只是活动嘴，像空转着的马达，就是不启动，让人干着急。

他是为了逃避打击吗？那么他压根就不需要跑来认罪。是他的良心终于发现了吗？看起来也不像。你从他脸上根本看不出痛苦和悔意，反倒有股兴奋劲儿。就像那天晚上他跟我滔滔不绝后一样，脸上洋溢着的，是一股“可是给说痛快了”的惬意。我都想踹他一脚。

所长拍板，让老奎先回去。他却不走了，无论如何也要让我们把他先关起来。关起来谈何容易！对于这种根本不能批捕的案子，你没法把人送进看守所去。留在所里更是不可想象，等于是弄来了个祖宗，得专门派人伺候着。怎么办？急中生智，我想到了老郭。

一段时间没见，老郭真的瘦成了一张纸片。他像是飘到所里来的，让我不禁一阵心酸。看到老郭，老奎一下子就蔫了。刚才他看上去还得意扬扬的——好像回光返照，又成了当年那个臭名昭著的滚刀肉。但老郭只给他递了根烟，他就像条老狗似的，佝背塌腰地跟着老郭走了。他们一同消失在派出所的门廊前，飘进炽白的光里，就像是羽化成仙，遁入了虚空当中。

我以为这事就算完了，至少是可以暂时搁置起来了。但过了大概有半个月，报纸上居然登出了报道，题目是——老浪子昔日卖女，今日终于投案自首。还配了照片，老奎在镜头里正说得眉飞色舞。然后就有不明就里的群众往所里打电话，义愤填膺地质问我们，干吗不把这没人性的老东西逮起来？所长被搞得恼火，指派我专门答复这样的质询。好像这事儿是我惹出来的一样。我当然更恼火，每天的琐事已经够多的了，还得在电话里苦口婆心地普法。同事们也故意逗我，一接到这种电话，就大呼小叫地喊我。

是老奎自己跑到报社爆的料。他像是专门要给我找事。

这事闹了有小半年，我被折腾得够呛。后来有一天我在家休息，中午时老郭给我打来了电话。他让我找辆车，马上到老奎家去。我到了的时候，他们已经等在楼下了。两个老头都蹲着抽烟，旁边撂着一捆包袱。老郭得病后就戒了烟，我看出来了，这会儿他也就是做做样子。好像不做做这个样子，就不能跟老奎打成一片。

上了车，我才知道这是要把老奎送到养老院去。地方是老郭找的，离得也不算远，还在我们派出所的辖区里。这家养老院是私营的，规模不小，据说条件不错，住进去不容易，有的老人已经排了两年的队。天知道老郭是怎么搞定的。我想这事儿，怕是不会像让两根烟那么轻而易举。这就是我师父。他除了跟老奎长得像点儿，俩人之间既不沾亲又不带故。再说了，他已经退休了，自己还在跟喉癌死磕。

两个老头都不说话。我偶尔回头，看到坐在后排的他们，居然手拉着手。两只满是老年斑的手彼此扣着，像盘根错节的枯树根咬合在一起。车里有股老年人身上特有的怪味儿。这气味还带着颜色，青灰，又泛着点儿苔藓长着毛的墨绿。没错，你也可以说那就是死亡的味道。

到了地方，老奎却不想进去了。老郭也不劝他，让我跟他在院门口等着，自己蹒跚着进去找人办手续。老奎的包袱扔在地上，他一屁股坐了上去，从口袋里拿出只铝烟盒。这只铝烟盒我太熟悉了，现在竟然到了他的手里。铝烟盒里装着烟丝，估计不够他抽几回的。也就是说，用这只铝烟盒来装烟丝，实用性不大。它更像是个装饰品或者是纪念物。不知为什么，我还觉得拿在老奎手里，它也像是个女人用的粉饼盒。尽管它也算不上太讲究，但对于老奎来说，还是精致了点儿。

他开始卷烟。我跟他说这家养老院有多好。我的话他压根没往耳朵里进。他抽着烟，眼睛空洞地望出去，像是曾经望着滔滔的江水。最后我还是忍不住又问了那个问题。它挺困扰我的，我当时想的是，我要是再不问一下，可能就永远不会得到答案了。我装作漫不经心地问老奎——为啥要在一把年纪了的时候想到来自首？老奎不搭理我，抽他的烟，望他的水。问完我才明白，其实我也没那么想得到个答案。这世界上说不清的东西太多了，而有答案的东西却太少。法律写得倒是清楚，那也可能是一部分答案，但如果世界的问题犹如滔滔江水，法律的答案扔进去，顶多是颗微不足道的石子。明白了这点，你大概才能当好一个警察。

"就是孤单么，想跟人说话。"冷不丁，老奎来了这么一句。

我听见了。但当时像没听见一样。随后我才意识到，"孤单"这个说法，我压根就没跟他挂上过钩。这个词不该在他老奎的词库里。我认为有些情感是他无从觉醒到的。哪怕它们已经实实在在地攫紧了他的心，疯狂地荼毒他。就好比如果他真的被"孤单"所煎熬，恐怕他也只会本能地有所不适而已——那情形完全是生理上的，在他，可能就像是嗅到了一股令人反胃的恶臭。他没法将之上升为一种情感。所以，我以为听见了另外一个人说话。

他还是不看我。但我没看错的话，他的眼角有混浊的老泪。你见过人的眼泪像洗过抹布的脏水吗？当时我就见识了。他还能流出脏水一样的眼泪，这算是上帝对他的一个优待。你知道，动物们只能干瞪着眼睛默默承受。不过这可不像一辈子都让上帝头疼的那个老恶棍。他敢杀人，敢卖闺女，敢当钉子户，可是不敢承受老了的"孤单"。

他坐在那儿，整个人蜷缩着，像是被人扔出去时还揉成了团的废纸，你要是想重新弄平整，得用熨斗使劲熨才行。报纸卷出的烟卷都快烧到他指头上了。有一阵，我甚至动念，是不是想办法帮他把闺女给找回来。但这念头立刻打消了。还是算了吧。有什么好说的呢？你要是也被自己的亲爹卖过一回，你就会明白我的意思。

"从上海回来，咋就觉得屋里更空了。"他说，"我都后悔为啥非要那么大的房子，不如回监狱去待着。"

那房子并不大，一居室而已，凑合着住倒是够了，可已经放不下一个老混蛋的"孤单"——这玩意儿好像有体量，而且呈弥漫状，随物赋形，无孔不入，能把整个世界都塞得满满当当的。

老郭在院子里朝我们招手。我把老奎拎起来，还替他拎起了包袱。这两样都不重，轻飘飘的。不是的，我没有同情他的感觉。或者说，仅仅光是同情他并不足以说明我的情绪。我只是被更加虚无的东西给裹住了。就像是掉进了云堆里。怎么说呢，嗯，我是有点儿伤感。

我师父老郭站在不远处。几个统一穿着橘红色马甲的老人在窗口探头探脑。条件再好，在我眼里，这里也是生老病死的所在，是荒凉之地。但你无能为力。可能最后我也得把我妈送进来。可能最后我自己也得被人送进来。我们向老郭走过去，我突然觉得我师父也是轻飘飘的，大概也已经瘦到了能被我一只手就拎起来的地步。时值仲秋，天高云淡，但那一刻，我的感觉并不比待在六十年未遇的酷暑中好受多少。那是浩渺的炽灼跟微茫的薄凉交织在一起的滋味。

本来小吕是要求睡上铺的，他觉得下铺是我应该享受的待遇。但我还是坚持睡了上铺。我觉得在那样一个上不着天、下不着地的高度躺着，人像是躺在了另外的一个维度里。这能让我有种无从说明的平静之感。我说过，我是个内心戏比较多的人。我睡在上面，看不到下面的情况，说话就像是自言自语了。说完这些后，下面半天都没声音。我以为小吕已经睡着了。

“孤单。”他突然发出了一声叹息般的回味。

我探出头，看到小吕的头枕在自己胳膊上，一脸若有所思的样子。又过了一会儿，小吕就跳了起来。临出门他还没忘记戴上帽子。他就是这样，注重警容，比我强，是个当警察的好苗子。他没跟我说要去干嘛，但我大致能猜出来。我从窗子望出去，看见他跑进夜色里，于是开始将他想象成一只在六十度的水温里畅游着的青蛙。

我想睡，但是却不怎么能睡得着了。夜深人静，万籁俱寂，连值班室的电话都不再响了，对面超市门前的木马却还在唱着儿歌。我也想过要提醒超市的老板夜里就把它给关了，费电，也有点扰民。但我没那么做。我想，这世上的人干世上的事，恐怕都有他的理由。如果对别人妨碍不大，就由他们去吧。儿歌里唱到“天上的眼睛眨呀眨，妈妈的心呀鲁冰花”，我开始想我妈。我想，她老人家现在孤单吗？

小吕出门时替我关了灯。外面旋转着的警灯把斑斓的光投射在天花板上。我举起手，光着的胳膊被照进的彩光裹缠，红红绿绿，像是文了身。这一刻，我又想到了我们农大“解民生之多艰”的校训。随后，我也感到了那大水一般漫卷着的孤单。

天边露出鱼肚白的时候小吕才回来。我迷迷糊糊地被他吵醒，看见他兴奋地趴在我床沿上，腋窝下全是汗渍。

“没错，老校长承认是报假案了。”他说，“本来问清楚我就打算回来，可老头硬是拽着我说了一宿的话。他儿子去美国三年了，平时连个说话的人都没有。”小吕的眼睛里有血丝，不像青蛙，着实像兔子了。

“他那是诬陷，”我说，“涉嫌犯罪了。”

我当然早料到了，否则干吗半夜跟他聊老奎？

“我教育过他了。”他说，“老头就是见不得邻居一家三口其乐融融，说是看了堵心。”

小吕的口气里有着替人辩护的味道。我想我没看错人，这小伙子没铝烟盒，也能当个好警察。

我翻下床准备洗漱。洗澡间在对面食堂的楼上，从宿舍走过去，盛夏清晨的空气都开始隐隐发烫。冲澡的时候小吕一直围在我身边说东说西。这个晚上，可能让他有了不少感触。为了让他更高兴些，我在水花中拍了拍他肩膀。

再有半个小时，五点半，就得在值班室里就位了。但愿八点半交班前不用出警。不是厌战畏难，是天太热，都破了六十年的纪录了。人活着已经是在苦熬。

《人民文学》2016年第7期

回　乡

何玉茹

今天，我们到万庄采摘园去。

他开车，我坐车。这样他是喜欢的。若是相反，他会有点伤自尊。他这个人，是愈发地像个小孩子了。

车外一辆接一辆的汽车，看得人眼晕。想起当年骑自行车上班时，那蚁群般的自行车，也是叫人眼晕。如今，那成千上万辆的自行车也不知哪里去了，万花筒似的，稍稍一转，就换了成千上万辆的汽车了。

我跟他一起学的开车。我的车感好，倒车、爬坡、过路障，都好过他，唯有最后的上路，竟远远地不如他了。是因为，对面一有车开过来，我就觉得人家是要撞上来，早早地就往人行道上躲。而他，像是巴不得对面有车，有车开过来他就不由地要加速，要迎了人家去了。这样，他自是要超车的，一辆一辆地超，一辆一辆地迎，身边的教练都常常要吓出汗来了。

现在，我们当然都从容多了，但他超车的毛病还是没改，他把前面的车视为障碍，不冲破障碍他心里不痛快。我呢，躲车的毛病也还是没改，离前面的车永远不少于10米，倘若有车夹塞儿，会毫不犹豫地礼让。对这类车，我总会生出恐怖的想象。

你什么时候能改改呢？我说。明知他改不掉，我还是忍不住要说。

他不吱声。

不吱声就意味着你说的是废话。每天每天，我多半都在说着类似的废话。他抽烟，饭后一支烟，睡前一支烟，开车前一支烟，下车后一支烟，无所事事时一支烟，忙了累了一支烟，这都是铁定的，谁说也不肯改的。但我还是要说。说的结果，他是一支没少抽，只从屋里转到阳台上抽去了。他还喜欢排队买便宜的东西，说不清是为了俭省，还是喜欢那东西，还是长长的排队吸引他，不知不觉地，他的两条腿就往那里去了。和我一起时，我会拽他，让他的两条腿跟我走；可到一个人时，他就管不住自个儿了，一大堆塑料袋包裹的东西，买回来往案台上一放，白花花的，散发出混杂的难分辨的气味儿。我一样一样地收拾着，嘴里也开始着又一轮的废话。常常说着说着回头一看，背后空空的，那被说的人早不知哪里去了……

老杨，听见了吗？我说。我不能容忍他的不吱声，虽说大半辈子了他都这样我还是不能容忍。

听见了。

听见了你总得说点什么。

有什么好说的。

那你说，超车是好事还是坏事？

天天是这话，就不能换点别的？

只要你不改，我就天天说，月月说，年年说。

哼，又不是阶级斗争。

我便有些想笑，要他改正的顽念一下子瓦解了不少。我们的谈话，多半便是这样不了了之了。

也不知打哪天起，我就叫他老杨了。楼里的小孩子也管他叫爷爷了。他只大我一岁，但还没小孩子叫我奶奶。为此他有喜也有忧。我感觉他的喜占了大半，对我有好处的事，他从来是真心喜欢的。可我自个儿已开始紧张，就像一段扑朔迷离的距离，说不清哪会儿，距离的尽头就到了。那像是段强加于身的距离，跟自个儿压根儿没关系似的。

立秋已很有些天了，车里却还是离不开空调。车窗关闭得紧紧的，窗膜就如同隐身衣，让人有一种舒适、安全感。我看到窗外骑自行车、电动车的人，一个一个地闪过去，男的，女的，老的，少的，带孩子的，带东西的……一个与我年龄相仿的女人，好像车链子掉了，弯腰查看，摸了一手的油。她就那么乍了一只手，无助地站着，满头、满身的汗水，后背的衣服都塌湿了。她的车筐里，五颜六色的蔬菜挤挤攘攘地探出头来……我想起自个儿也有过这难堪，因此他才最后下了买车的决心。如今骑自行车的人，吸汽车的尾气不算，还要躲闪与行人争道的汽车，也实在骑不得了。这车不过十几万元，却是我们的全部积蓄。这对他一个俭省惯了的人，是须要咬咬牙的。当然他也是喜欢汽车的，原来他开火车，汽车比火车还小不少，他自是不甘心只做个旁观者。可空气一天比一天差起来了，谁都知道这跟汽车尾气有关，汽车尾气又跟权钱有关，老杨他也知道，但他有时站在窗前，看到马路上一辆挨一辆排了长队的汽车，就仿佛看到超市里人们的排队一样，两条腿便不由自主地走动起来了……

万庄在城东50公里的地方，那里有大片的果园，还有红薯、花生、毛豆等等。

据说万庄的土地没分给个人，一直还吃着大锅饭，改革开放都三十多年了，万庄人仍然是集体劳动，集体享用劳动的果实。

我对万庄没什么兴趣，他说过多次，我总是摇头。我从小就是在那样的村庄长大的，一直长到近三十岁，才跳出火坑嫁给了城市里长大的他。每说到火炕，他总是一脸的麻木，毫不为之所动，因为我也曾把他所在的城市叫做火坑。这一回，是我看出他太想去了，那万庄的梨园都进到他的梦里了，说一个挨一个的黄梨吊在树枝上，直打他的脑袋。我便只好说，就跟你跳一回火坑去吧。

自打买了这车，我们已经有过许多次的出行了，或远或近，或乡村或城市，或山区或水乡，虽没有太多的惊喜，却也其乐融融。我喜欢坐在车里看车外的感觉，何况是坐行上百里上千里呢。可去这万庄，我怎么也难高兴起来，看着窗外，莫名地会有瞬间的心烦；偶尔在十字路口处，什么影子嗖地一闪，窗缝便插上来一张名片，明知是假发票广告的散发者，心里还是会吃一惊，仿佛处在了难料的危险之中。

我转过脸看老杨，见他的头发好像又白了不少，脸上也多了几分粗糙。他从不用护发素什么的，脸上也不抹护肤霜，说那都是女人用的，男人涂来涂去的像什么话。有一天我翻到一张他年轻时的照片，瞬间还以为是哪个不相干的人的，白净，俊气，一头的黑发……待终于明白过来，还是不能把照片上的人和跟前的老杨联系起来。

我说，老杨，那瓶大宝快要过期了。

他说，给儿子吧。

我说，儿子才不用大宝呢，人家用的是兰蔻。

儿子在北京工作，他不用大宝不是不想用，是他的老板和员工都不用。现在一个老板的权力，不知为什么常让我想起过去时代的生产队长。

他说，那就给大哥。

我说，是我给你买的。

他说，早说过我不用那玩意儿。

我说，有空也照照镜子，看那脸还能要不。

正在十字路口处，黄灯已开始闪了，他一加油门，车就越出白线，紧随前面的车去了。

我终于急道，又抢了又抢了，你就不能不抢啊？

我知道，说了也是白说，急了也是白急，可我还是忍不住要说，忍不住要急。

车子驶出市区了，视野渐渐地开阔起来，近的树木，远的庄稼，总不像高楼大厦那么挡得慌了。可马路没显出宽来，车辆也没显出少来，特别是又高又长的货车，也不知打哪儿冒出来的，前后左右几乎都能见着它了。货车司机居高临下地看着我们，就像一只大象看一只蜗牛。这时的老杨倒是来了精神，他可以名正言顺地超车了，骄车当然是不能甘于货车之后的。超过一辆，于他就好比打败了一个敌人吧。可有时这“敌人”也不是好惹的，它们双双地挡在两条道上，好半天也不肯闪开。它们突突突地喷发着尾气，尾气是黑色的，升到空中，使本就藏在云后的太阳愈发地不敢出来了。空气灰蒙蒙的，路两边的树叶子、庄稼叶子都不那么清爽了，蓝底白字的路标也不那么醒目了，就连环卫工人鲜亮的工作服都须走近了才能看见了……唉，乱糟糟，乱糟糟啊。

老杨在大车之间左左右右地穿行着，我盼他早早地突围出去，却又不喜欢他那股劲儿，他像是在乱糟糟的路况中变得暴躁、粗野了，前倾的脑袋就像时时准备着要跟人决斗一样，有时，嘴里竟会意外地甩出句脏话来。我冷眼瞧着他，并不认为是那黑烟和高高在上的司机逼出来的，反感觉他的情绪里，有几丝不易察觉的兴奋和得意，也许，他巴不得有这机会骂一骂人呢。

终于，从大车堆里突围出来了，周围显得清爽了许多。虽是暂时的，我还是长长地舒了口气。

这一回，我没因他的粗野再说“废话”，反而久久地沉默着。

他侧脸看看我。隔一会儿，又侧脸看看我。我目光朝了前方，嘴巴闭得紧紧的。

我听到他说，生气了，又生气了。

听不到应答，他又说，还真生气了？

他就是这样，我说话的时候他不肯听，不说话了他又着起慌来。

我自是不大高兴，他明知我不喜欢听脏话的。他还知道我不喜欢听脏话是因为年轻时挨过一个生产队长的辱骂。他大概觉得这是太久的事了，早已不算什么了，一个人长到六十岁，没挨过骂才是怪事。

我听到他说，那些脏话搁在肚子里会长成疮的，得把它们扔出去。

他又说，如今出门就是不讲理的事，谁还不骂个脏话。

我说，我最恨的就是骂了人还有堂而皇之的理由。

我想起那个贫农出身的生产队长，每天有上百个理由辱骂劳动中的社员，锄掉了一棵苗或是留下了一棵草，干慢了或是干快了，干活儿的时候唱歌了或是话多了……不仅因为劳动，还因为出身。母亲由于出身富农，就成为他第一个批斗的目标。母亲站在一圈人中间，一圈人想骂什么就骂什么。因为他们有比劳动中的失误更刚硬的理由，那理由来自国家统一的不可违抗的指令。母亲的事我从没跟他提起过，不是不想，是说出来好像要费太大的劲儿，就像连根拔起一棵庄稼，地要湿润土要松软手还要有力气，不然庄稼会拔断，手也会伤着的。

他说，你呀，这辈子最受不了你的，就是小题大做了。

我说，老杨，你以为我是小题大做?

他听出了我的郑重，赶紧偃旗息鼓说，不以为，我没以为，是我大题小做了。

我便也不再说什么。

但心里，却有一种莫名的痛。这痛在身体里不知不觉地扩散着，渐渐地，扩散到了身体的表面，脸有些发热，一双手却又冰凉，想抓住点什么又实在没东西好抓……

老杨看一看我，悄没声地打开了音乐。是一首忧郁的大提琴曲，我最爱听的。对音乐他说不上喜欢，也说不上反感，我听他就随了听，我不听他也从想不起。现在，他竟想起了大提琴曲，我便以长长的一口叹气做了回应。

在我们终于到达万庄的时候，我的第一个感觉，就是我们车里的音乐和万庄的音乐太不和谐了，万庄的大喇叭里播放的是明快、简单的《社会主义好》的歌曲，那雄纠纠的气势，一下子就把大提琴压过去了。好在老杨知趣地关了“大提琴”，在“社会主义好”的旋律中向万庄的采摘园驶去。

采摘园在万庄的村东，我们从村西先经过万庄，然后经过大片的玉米地，再经过大片的棉花地，便看见那采摘的进口处了。

万庄村里没留下太深印象，不过是普通的北方村庄罢了，平顶的房屋，宽大的门洞，没有树木的灰秃秃的街道，街道中心一两家卖食品或卖百货的铺子。街上人很少，偶尔碰上一个，也是低了头匆匆行走的样子。好容易抓住一个多说了几句，才知那人是某生产队的保管员兼出纳。我告诉他，我也曾干过生产队的保管员兼出纳，是个费心费力还遭人忌妒的活儿。他眼睛一亮说，就是就是，一沾钱物人们想法就多，这差事啊，非得找那跟钱物不亲的人干才行。言外之意，他便是跟钱物不亲的人了。他已是五六十岁的样子，而我干时只有二十来岁，不过只干了半年，就因为母亲的出身被另外的人顶替了。我看了他想，我就是个跟钱物不亲的人，那半年里，仓库里保存的花生种子，我一颗都没吃过。

离开那人，老杨问我，你当过保管兼出纳?

我说，是啊。

他说，怎么没听你说过?

我说，你没听说的多了。不过你的事，我没听说的也多了。

他说，你想听什么，我讲。

我说，不必。

一些事，也许只有两人共同经历或熟悉的，才有兴致听或说吧。这么想着，我的心思仍在那人身上，感觉他就像40年前顶替我的那个人物，平头，粗短的身材，一双脚有些内八字，走起路来腿之间能越过一条狗去……

那片玉米地紧挨了村子，给人的感觉万庄人依然是靠地吃饭，不像时下的许多村庄，出村就是高高的脚手架和圈起的田地，为了乡村城镇化几乎是有点夸张地折腾着。

这是一条长长的土路，坐在车上晃晃悠悠的。两边的玉米棵子高高地挺立着，就像威严的被检阅着的士兵。走啊走，好半天也走不出这绿森森的世界。正有些急，就见从玉米地里走出来十几个提了锄头的汉子，往地头上一坐，你递支烟我点个火的，抽起烟来了。

这情景是太熟悉了，不就是劳动中的放歇么，前晌一歇，后晌一歇，再苛刻的生产队长也不能坏了这规矩的。那时候，我们一下地就盼着这一歇，就像盼着天大的解放一样。因为几十号甚至上百号人在一起劳动太紧张了，谁都想拔个尖给人看，谁都不想让队长逮着辱骂的机会。只要一说放歇，队长他就等于下岗了，没一个人肯再看他的脸色了。

我让老杨把车停下来，隔了窗跟放歇的人说了会儿话。

我说，你们是在放歇吧？

就像是对上了行话，他们立刻眉开眼笑起来，说，是啊是啊，你是……

我说，早先我也是生产队的。

他们说，噢，老前辈到了啊。

我说，是啊，那会儿你们约摸还没上小学呢。

他们说，那如今你是……？

我说，退休了。

他们说，退休了好啊，省得听旁人的了。

我说，如今还是要听生产队长的？

他们说，是啊，谁让人家有权呢。

我说，好省心啊。

他们说，想费心人家也不干啊。

我说，你们，其实是想自个儿干的？

他们说，唉，平头百姓，想也是白想。

我说，收入咋样?

他们说，不咋样，跟物价涨势没法比，这村的后生媳妇都快娶不起了。

我说，那还等什么呢?

这时，我觉出老杨在背后直捅我，我却有些不管不顾的，说，再不分，这辈子可就没机会听自个儿的了。

我说得有些认真，他们便呵呵地笑起来。这一笑，我便知他们是不认真的了。我想起从前生产队总有一伙这样的人，喜欢发发牢骚，说说风凉话，却甭指望他们干成任何事情。

我还想说点什么，车却开动了，很快就拉开了和他们的距离，只剩了和他们招招手的机会了。

我说，我说错什么了?

他说，你没说错，可没必要。

我说，我知道没必要，可就是想说。

他说，你想说不是分不分的事，是因为亲近吧。

我诧异道，跟谁亲近，跟他们?

他说，这些年，你跟陌生人还从没这么热情过。

我看着他，吃惊着他的敏感。我一向认为他对任何事都是漫不经心甚至是迟钝的。可他说的“亲近”，是我自个儿也没意识到的。我可不想认为我跟这些人有什么亲近，可自个儿的热情，又是打哪儿来的呢?

再往前走，便是那片棉花地了。棉花棵子长得足有一人高，叶子绿得发黑，枝条们旺盛地伸展着，若有什么人走进去，一准儿会被吞没的。

车窗被我打得大开，看不见一个人影，却又分明有隐约的女人的笑声。棉花地是属于女人的，或者说女人是属于棉花地的，锄草、喷药、掐尖、打杈、摘花，哪一样都是女人来干的，偶尔有男的加入，也显得笨手笨脚的，会猛遭女人们的耻笑……却有一个遭女人耻笑过的男人，有一天用他的嘴皮子把女人们征服了，他讲《红楼梦》，讲《聊斋志异》，专讲里面的女人，一天讲一个，讲到林黛玉的死时，他在我心里却活起来了，一天到晚耳边都是他的声音，想不听都不行了。直到有一天，他替代原来的生产队长也开始一个人说了算了，我才心惊地发现他也是个会骂人的，肚子里除了林黛玉还装了更多的脏话……

老杨坚持说没听到什么声音，他怀疑我出现了幻听，他甚至说我有点不对劲，面色苍白，眼神呆滞……没等他说完我就往棉花地里一指，欣喜地叫道，看，那是什么？

就见远远的地方，有女人的脑袋从绿色中露出来，有的戴了草帽，有的扎了头巾，有的则是乌黑的发辫。她们大约是在掰棉花杈吧，身子弯得太久了，需要站起来伸一伸懒腰了。

可奇怪的是，老杨还是坚持说什么都没有，既没有声音也没有什么女人。我有些生气地让他停下车，自个儿开门跳了下去。他说，你要干什么？我没理他，顾自往棉花地里走，那群女人吸引着我，我要与她们攀谈，也要证明我是对的，他是错的。

走在棉花棵子之间，才知自己的个子好像矮了不少，那时是可以露出头顶的，现在却只看得见眼前密不透风的枝叶和灰蒙蒙的天空。我就这么深一脚浅一脚地往里走，脚下是松软的土地，泥土混杂了绿叶的味道，是一种久违的难以言说的香气……我不由地停下来，觉得这香气里像是还有点什么的，嗅啊嗅，想啊想，忽然明白了，香气里原来含了太多的人气呢！女人们率真的笑声，那个讲故事的男人的声音，还有，一种羞答答的喜悦和甜蜜……那时候，每天下半晌，一个叫杨和平的年轻人就在地头上等她了。他骑了辆飞鸽牌自行车，一身蓝色路服，钮扣是鲜亮的金黄色。他的自行车铃只响一声，但足以令她惊心动魄了，她便在女人们的哄笑声中不管不顾地朝地头儿跑。太阳落山才能下工，但他来的时候太阳离山顶总还有一拃的距离。女人们说小心扣你的工分啊，那个讲故事的男人说你要错过一个好故事了啊。她却头都不回一下，工分、故事，比起她的杨和平，就什么什么都不是了。有一回碰上生产队长，他往地里走她往地外走，他问她去干什么，她说有人等她；他说是那个铁路的吗，她说是；他说那就叫他等，这会儿工夫都等不了还搞鸡巴什么对象。她不再理他，转身就走。他说，你敢走，扣你一天的工分！她说，你随便。他说，妈拉个X，你娘反革命，你也想反革命吗？她回过头看了他，说，你再说一遍。他说，再说一遍咋了，你心思不往社会主义集体上使，天天他妈的搞资产阶级男女关系，我一句话，你就得在社员会上做检查！她把嘴唇咬了又咬，忽然弯下腰抓把土，准确地打在了他的脸上……在这之前她可是万万不敢的，有了杨和平她仿佛有点胆大包天了，什么什么都不怕了。就这么，她不管不顾地等他，他也不管不顾地来接她，接她到20里外的他家所在的城市看场电影，然后再把她送回村。她整整掰了一星期的棉花杈子，他就往村里跑了一星期，她坐在他的自行车上，脑袋贴在他的后背上，那份幸福，那份心无他顾啊！他是在外地跑车，回来休探亲假的。杈子掰完了，他的探亲假也休完了，那片棉花地，就像是他们恋爱的一个见证呢。可多少年后，提起棉花地，杨和平却没一点印象了，他说村口的果园倒是记得，好像他送她回来，他们总在果园边上告别。那时正是树上挂满梨子的时候，他太想体验一下摘梨子的感觉了，可她不提，他到底也没好意思说出来……而她这里，刻骨铭心的却是队长扣了她整整一星期的工分，还要开她的批判会，要不是所有的姑娘媳妇都站在她这一边，队长还真就得逞了。姑娘媳妇们说，人这辈子不就搞一回对象，谁那时候不是糊涂的，就饶了她吧。据说队长老婆都跟队长说这话了。那时的她却坚持说，我没糊涂。女人们说，还不是哄他的话，谁让人家管着咱呢。即便这样，那以后她也再没理过队长，她暗下决心，以不跟他再说一句话作为对他辱骂的惩罚。当然，她也为此付出了代价，派给她的活儿总是又脏又累；多少次到城市打工的机会都因他拒绝开证明信而泡汤；她的工分也多少次无缘无故地被扣罚。即便这样，她仍执拗地坚持着，不看他，不理他，无视他的存在。直到有人替代了他的生产队长，直到他后来得脑中风，自个儿先失去了说话能力……

我在一人高的棉花地里走啊走。早已看不见老杨的身影了。渐渐地，对面的地头儿都能望见了，那里有一座机井，机井周围有几棵粗大的杨树。可就是看不见女人们的身影，她们的笑声也奇怪地消失了。我心想，怪事，莫非真是幻觉？

我没耐心再往前走，只好原路返回。途中我听到了响亮的汽车喇叭声，一声接一声的，无疑是老杨着急了。我想到了当年那个叫杨和平的青年，他摁的是自行车铃，只是一声，却足以令我惊心动魄了。不知为什么，我鼻子一酸，眼泪哗哗地流了下来。摁汽车喇叭的老杨，和摁自行车铃的杨和平当然是同一个人，可是，他们当真是同一个人么？

万庄的采摘园里有不少的采摘项目，葡萄、苹果、鸭梨、花生、毛豆、红薯……它们的价格都高得吓人，能超过市场价的 2 到 3 倍。一向俭省的老杨，在这里却像换了个人，葡萄要摘，苹果要摘，鸭梨要摘，就连花生、红薯，也拿起镢头兴致勃勃地刨了一份。我有些不以为然地随他去了这里又去那里，觉得他到底是城市人，来到乡村，什么都稀罕，什么都变成好的了，喜欢的样子简直有点夸张，就像有意要在宽厚的村人面前撒一撒娇作一作态似的。事实上如今的村人哪里还有宽厚，高得惊人的定价，还要加上每人20元的门票，哪里还有宽厚啊。

梨园是我们最后光顾的地方。进口处是个四五十岁的女人把守。她戴了顶草帽，脸色稍黑，牙齿很白，眼睛很亮。我们把门票给她看，她瞟了一眼就放我们进去了，人也没跟进来。不像前几处，总有个人跟着，生怕你有什么破坏的举动。

真走进梨园，来到梨树下，才知梨树真大，一棵树的枝叶真多，就像一个人挑了数不清的担子，人不高，担子却重得惊人，每一个枝头，都挂了数不清的金钟一样的梨子。从枝头下走过，当真是要被打到脑袋的。

我看到老杨不去摘梨，只仰了脑袋傻瓜一样地乐。继而过瘾似的在树下来来回回地走动，有意让梨子敲打着他的脑袋……

我说，老杨，做梦呢?

他说，是啊，跟我梦见的一模一样。

我说，好，梦想变成了现实了。

他示意我别吱声，想起了什么似的停下来，鼻子急促地抽动了几下。

我问，怎么了?

他说，好熟悉的一种味儿。

我说，什么味儿?

他说，梨园的味儿。

我说，废话。

他说，不是这个梨园的味儿。

我说，梨园的味儿还不都一样。

他忽然一拍脑袋，说，想起来了，你们村的梨园!

我说，我们村梨园早没了，岂止梨园，村子都没了，变成一片高楼大厦了。

他说，知道早没了，是过去的梨园，记得不，我送你回家……

他又提起送我回家的事。我当然记得，每回送到村口的梨园，他都像个贪婪的孩子，要吻我一口才肯离开……可他却不记得那块棉花地了。我便说，不记得了。

他说，怎么会不记得，你怎么会不记得呢?

我说，就是不记得了。

他说，梨园的味道还是你先说的呢。

我说，怎么可能。

他说，你在一封信里说的，一下就把我对梨园的感觉说中了。

我茫然地回想着，却怎么也想不起来了。那时候我们身居两地，互通的信件是很多的，谁记得哪封信里说到了梨园呢。不过说起信，倒让我想起我们那些年的不易了，自从和我认识之后，他开始千方百计地做一件事，就是从千里之外的一个城市调回到我身边。这事他历经艰难，一直坚持不懈地做了八年。八年中的种种阻力他很少说起，就像村里的种种不如意我也很少说起一样。后来终于调动成功来到我身边的时候，我竟意外地发现，他有时也会骂一骂脏话了。有一回他解释说，是让那些权力在握的人逼的。我不容置疑地回应他说，我也被那些人逼过。

我说，是信让你记住了味道呢，还是味道让你记住了信呢?

他说，都有。可惜信找不到了，肯定是有这么一封信的。

这些年，我们不知搬了多少次家，先是住在市郊的我家，后又搬到城市的他家，后又搬到我城市的家（我在城市找到一份工作，并分了房子），后又共同买了属于我们两人的房子。那些信，不知怎么就见不到了，好像它们自知已完成了使命，自个儿就悄悄地离开了。抑或是，我们只顾了当下的日子，生养孩子，照顾老人，打拼工作，应对人事，而有意无意地将它们丢弃掉了？

他说，知道不，你嘴里也有股梨园味儿。

我怔了一下，说，梦还没醒呢？

他说，是那时候的你。

我们已有很多年不知对方嘴里的味道了。但即便是那时候，也从没听他说起过。

奇怪的，是我的脸竟有些发热，不自觉地转过脸，以摘梨子来掩饰自个儿不该再有的窘迫感。

好在，这时不知从哪里有歌声传过来，是一段老旧的歌曲：

金瓶似的小山，山上虽然没有寺，美丽的风景已够我留恋。明镜似的西海，海上虽然没有龙，碧绿的海水已够我喜欢。东方那边的金太阳，虽然上山又下山，你给我的温暖却永在我身边……

我终于听出是从梨园安设的音箱里传出来的，它也许是作为红色歌曲播放的，可却是我青少年时期的最爱。杨和平那时也知道的，因为我曾无数次地为他小声哼唱过。

正当我摘下一个鸭梨，转身要递给老杨的时候，却惊愕地发现，老杨竟伴随了歌曲手舞足蹈起来了！

老杨是一个唱歌就跑调的人，他的节奏感也不敢叫人恭维，可眼下，他竟以他老迈的身体、笨拙的姿式跳得激情澎湃，跳得自由自在、无拘无束。

我看着，眼睛不由地有些湿润。我扔下梨子，也情不自禁地加入了进去。

梨树间的趟子平坦而又宽阔，趟子里铺满了树叶、杂草，我们舞在上面，发出沙沙的有节奏的声响。

我的加入，倒使老杨有些不好意思了，他没跳一会儿就停下来，看我一个人跳，他说，这辈子，跳舞、唱歌是赶不上你了。

我说，那就等下辈子。

他说，好，就等下辈子！

我想起我们争吵的时候都似曾说过，下辈子死也不会跟你做夫妻了……我不由自主地想笑，终于忍不住笑出了声来，终于笑得舞蹈也停了，只剩了咯咯的抑制不住的笑了。

他说，你笑什么？

我不答，仍是笑。

他说，笑我下辈子仍不如你？

我笑得更欢了，眼泪都要流出来了。

他不再理我，开始仰起脑袋，抬起双手，选摘中意的梨子。

我最爱的歌曲结束了，接下来是一首雄纠纠气昂昂的《飒爽英姿五尺枪》。我停了笑，将目光也投向了树上。

我们各自只摘了十个鸭梨，但已是相当满意。我忽然感到，这最后的梨园之舞，才更该算作此行的意义吧。

那个脸色稍黑、眼睛发亮的女人在出口处迎着我们，她露出雪白的牙齿表现着她的热情和亲切。这使我又忍不住和她聊了一会儿，有一刻我甚至把她当作了我的早已过世了的母亲。我奇怪着这不该有的颠倒，我的年龄比她几乎要大出十几岁呢。

我们终于满载采摘的收获，离开了万庄。

坐在返程的车上，我把对那女人的感觉告诉老杨。老杨说，你这哪是去采摘，你是回乡呢。

我不由地吃了一惊，那个生我养我的乡村如今已经不在了，莫非我是在想念它么，那个曾被我叫作火坑的地方？

老杨又说，其实我也是在回乡。

我说，你回什么乡？

老杨说，回你的乡，就想起我的乡来了。

他一副少有的若有所思的模样。我看着他，想不到他竟可以说出这话的。是啊，哪个人的心里，没有一个属于自己的家乡呢。

一路上，路还是那么宽，车还是那么多，老杨却没再骂一句脏话。我的“废话”也少了许多。我们更多地在谈论着万庄的前景，他认为万庄的集体模式不会坚持多久了，因为干活儿的人中已看不到一个年轻人。可我却坚持说外出的年轻人早晚会回来的，万庄会永远有一批上了年岁的人来经营，因为如今的年轻人，除了权力相逼还有金钱相逼，他们在这境况下很难坚持到老。只要他们回来，只要有棉花地有梨园有集体的耕地，我们就不愁没个着落。他问我什么着落？我一时有些发怔，脱口说道，青春，青春的着落。我心想，没错，我们这代人的青春，不都是在那种地方度过的？但我内心深处好像还有个声音在说，物转星移，一切都不过是昙花一现吧……在谈论着这些的时候，我看着老杨那只右手熟练地挂挡、换挡，手脚的配合和谐而又流畅。一瞬间，我忽然发现，他右手的食指和中指有浅浅的黄色，那是与他第一次见面我就发现过的颜色，一个抽烟人的手指必有的颜色。可此刻，我却透过手指，依稀看到了当年的杨和平的影子……

《人民文学》2015年第9期

戏

范　迁

全家人都是戏迷。

阿婆七十三了，一口大烟抽得见风就摇摆，整天盘在卧榻上像只虾米，只要胡琴一响，精神就来，巍巍颤颤站起，乌脏的袖子一甩，莲步徐徐，兰花指翘起，放出二八佳人才有之媚态与身段。半辈子的大烟薰染，嗓子早就倒了，戏韵节拍倒还在那儿，嗡动着瘪嘴，一线口涎淋漓挂下，和了人家的唱腔，那颗鸡皮鹤发的脑袋上下拨动，犹自陶醉。

舅公也六十九了，一辈子的光棍，倒也不是没女人缘，早年间家道还好，人也算登样，只是经不住他吃喝嫖赌，票戏玩局，一份家产直如水般地流走，到了耄耋之年，愈发潦倒，至今寄食在外甥女屋里，白眼也着实吃了不少，只是死皮赖脸地耗着。外甥女口无遮拦，在饭桌上当了面说他一生不学好，只有那手胡琴还有几分颜色。舅公听了此话，似喜似悲，吩咐阿三头拎个瓶子去隔壁小店赊酒来。二两黄酒落肚，脸色潮红，不多的几根鬓毛乍起，春凳上一坐，勾了个头，眼皮半耷，手腕一抖，只听得'咿呀'一响，声如裂锦，滴水穿石。

那天晚饭期间，莫名其妙地跟外甥女婿赌了气，挟了胡琴抢出门去，到了夜间，小镇万籁俱寂，突然河边传来一把凄凉琴声，如怨如泣，合了一个苍老的嗓音：伍子胥过昭关啊，一夜间白了头啊……

娘就擎了灯起来，来房里叫他：去把死老头子叫回来，七十岁的人还要小孩脾气，街坊邻居还以为怎么亏待了他呢，一天三餐的，还不就是少吃了一顿红烧肉……

他睡眼惺忪，万分不情愿地捱出门去。脚步迤逦地往河边寻去，桥洞里，夜泊的乌蓬船头，如戏台大小的一个镇子，再无他处。

此事多少由他惹起；家里不见荤腥已久，镇头上人家杀猪，爹一狠心赊了两斤后腿肉回家，砂锅里放上黄酱橘皮大料，炖在灶上，整个天井里飘荡着一股浓郁的红烧猪肉香味。引得他和三个弟弟都流着口水在天井里转悠，一个个都是精瘦伶仃，面有菜色。小的两个手腕脚踝都露在外面，穿的是他和大弟弟的旧衣服，缩了水，娘用相近的布色在袖管裤脚处接了一截，就这样也嫌小了。阿婆一直唠叨：早间我们家的孩子，哪穿过别人的衣服？初一端午中秋重阳，一年四季衣装早早置下了，春着绸缎夏披纱，年节时裁缝是上门来的……阿婆话还没讲完就被娘打断：阿姆，你讲这个有啥意思呢？彼一时此一时，又不是不晓得；一口鸦片烟吃得家里早败空了，连饭也快没得吃了。

阿婆不声响了，嘴巴瘪了瘪：作孽……

是的，养活一大家子人实在不易，如今百物昂贵，家里什物也卖得差不多了，剩下这幢老宅，也是千疮百孔，修不尽修，补不胜补了。好在还有个遮盖，不然离贫户也不远了。爹是个闷头，除了开口唱戏，平日几乎一句话也没有，人说上门女婿都是这个样子。娘年轻时唱青衣的，音容俱佳，省里的大官人说要讨去做小，几经周折，毕竟还是挂记老娘，没去做了姨太太。后来世道变幻，大官人被充军去边远之处，娘招了上门女婿，一转眼四个萝卜头出世，柴米油盐，衣帽鞋袜，一个娇俏的青衣成了个烧火娘子，才真叫做作孽。

话说四个萝卜头守了砂锅，像煞了四条流着涎水的饿狗盯住骨头，那光景实在令人凄惶。娘看不过去，挥手赶人：看什么看！肉还得两个时辰才熟，早着呢。四弟兄只是在天井里兜圈，记得上一次吃肉还是过年时，总有四五个月了，平日是餐餐红糙米饭和清水煮茄子，一星油水也无。才十来岁的后生伢子，最是要吃能吃的时候，叫他如何能抵御这肉香？尽管由娘挥赶呵斥，却是怎么也不肯离去。正在这时，房里响起阿婆的叫唤：阿妹啊，快来搀我一把……娘转身进房前，嘱咐他：给我看着点，别让三个小猢狲撞翻了砂锅。

他就如领了圣旨，一本正经地在砂锅旁巡视，不时弯腰看炉火是否还燃着，间或训斥弟弟们：你是否不想吃红烧肉了？靠这么近。离远点离远点。三个小猢狲可怜巴巴地，保持着三步的距离，只是把头颈伸长了，张大了鼻孔吸那个肉香。间中舅公从外面回来，一步跨进天井立定，抽动鼻子，诧异道：打牙祭了？也不顾他阻拦，犹自上前揭了锅盖：红烧肉！好东西啊好东西。看样子今晚我得去沽四两酒来。阿三头抢白道：上次隔壁店家说过，你已欠三十个铜子了，已经是最后一次赊给你了。舅公脸上不自然起来：小人家子懂什么。沽他的酒是给面子，挑他生意做，没人上门，他就得关店的。阿三头嘀咕：反正我是再不去的。舅公说：我自己不生腿？稀罕！下次吊嗓子不要来找我伴琴，找我就跑马跑死你这个小鬼。

就提了个瓶子出去，一盏茶后，再提了空瓶转回来，满脸的晦气，四个小鬼一边唧唧窃笑。舅公站定脚步，口沫横飞，冲了隔壁撒气道：针眼这么小的一个店还要拿跷作怪，我有票友在镇上开着大酒家，一直殷殷招我去饮酒，就为了省几步腿脚，倒还不曾去过。今天索性厚了脸皮，提了瓶子上门去，怕不给我灌满了带返家来？真正是些没见过世面的。

他倒是跟了爹去过那大酒家一次的，有钱人家设酒宴庆生，召了爹去唱段“秦琼卖马”助兴，那大酒家的串烧猪头肉很有名，酒宴后犒赏戏子，饭桌上有一小碟，爹让他尝了两片，香糯鲜美。爹说这是济公活佛传下来的秘方，只用了一根稻草就煮烂了整个猪头。舅公一说起大酒店，他就想起那两片猪头肉，口水一下子涌上来了。

舅公进屋，换了套登样些的衣服，拎了空酒瓶，将跨出门之际，又转身返来，操起搁在灶边的筷子，揭开砂锅盖子，不管肉还未曾熟透，也不顾他阻拦，一筷子剜下一块连皮带筋的肉，也不怕烫，一仰头吃进嘴去，喉头耸动几下，吞落下去，手上流下的汤汁在衣襟上擦了擦，才哼着“将得令”出门而去。

小男孩们面面相觑，半晌二弟才说：娘如要骂起人来，你得说是舅公偷吃的。

阿三头心疼道：好大一块哟。

听阿三一说，他心里一咯噔，揭了砂锅盖子一看，真是的，老头子下手真够狠，二斤猪腿肉，本来就没多大的一块，下水一煮就缩了好多，再被连皮带肉揪去秤砣般大的一块，看起来更小了。

二弟平时是个胆大耍浑的，凑将过来：我们何不也尝个味道，既然舅公吃得，我们也吃得。

一听到“吃”，两个小的跨前一步，口水都挂出来了，很响地咽了回去。

他犹豫着，二弟又道：要吃就快，娘一出来，就吃不成了。

肉香弥漫中，心神流荡，他下个狠心：每人一块，不能多。

两个小猢狲的脸上现出狂喜的表情，差点就雀跃了，被二弟一根指头吓了回去：嘘……

他操了长筷，第一筷子小心地撕下一条瘦肉，筷子还在空中，两张嘴巴就像待哺的小鸟似的凑了上来，阿三头人大些，动作也敏捷些，第一口肉进了他的嘴巴，也不见怎么咀嚼，就下了肚，意犹未尽，舌头伸出，舔咂唇边余汁。

撕下的第二块是带皮夹肥的，给了最小的。这么小的人也是不怕烫嘴，只顾直着脖子急急地吞咽。老二接过筷子，为自己剜了一块肥瘦适中的肉，足有银元大小，一仰头扔进嘴里，一面嘶嘶地吹气，满脸是陶醉的神情。

阿三头不干了：二哥吃了这么一大块，阿弟也吃着了肥肉。我才吃那么一小条瘦肉，不公平。我得再来一块才是。

他生怕阿三吵将起来，安抚地又撕了一小块带皮的肥肉给他。小的跳脚叫道：他吃了两块，你们欺负我，我……嘴一扁，要哭的样子。

他最疼这个小弟，才七岁的人，头大身子细，像根豆芽似的，格外令人怜爱。平时像根小尾巴，老是跟在他屁股后面转悠，也跟他一样学青衣小生，童嗓未开，却也圆润嘹亮，走起台步来，也是一板一眼地端足功架。

他又剜下一块，宣布道：这块该是我的。却不急于送入口中，小心地一分两半，大的一块给了小弟，剩下如小指般粗细的一条，再送入口中。

哦，久违了，香喷喷的红烧肉，神仙也抵御不了的人间绝色，那一小方带皮的肥油，如透明之软玉，入口即化，甘美如贻，肥肉之上的肉皮还未完全煮透，但也软韧耐嚼，敏感的舌尖能触摸到瘦肉丝丝入扣的肌理，香酥绵软，每一条肉丝在齿舌之间留下的那个鲜美和芬芳啊，直透门囱。可恨的是喉头不受控制，还未细细品味，竟然一口就咽了下去。

回过神来，六只眼睛盯紧了他，看他咽下，三张嘴巴同时‘咕咚’咽下唪沫。二弟一向精怪多谋，眼睛眨了几下，怂恿道：阿哥啊，这点肉填不够牙缝，吃了也像煞没吃，馋虫倒是被吊出来了。依我说，索性再吃个痛快。到时就推在舅公头上好了。

两个小的跳了脚一迭声叫好，他犯了踌躇，娘是叫了他看着沙锅，肉少了挨骂的肯定是他，就是推到舅公头上也没用。既然如此，肉少了多少没区别。但又转念一想，家里真的很久没有荤菜上桌过了，爹爹阿妈阿婆都是脸色蜡黄，头发干枯，原指望是家人聚集一块，好好地享受一餐久未品尝的美餐的……

他先摇头，面对了三双盼望着又黯淡下去的眼睛，于心不忍，又点头说：真是馋死鬼投的胎，就知道吃，吃，吃……每人再一块，不能再多了。遂小心地在肉边上挟下三块，分给三个弟弟吃了。

娘当然一眼就看出了肉被偷吃了，虽然众兄弟异口同声地说是给舅公吃去的，但如何能瞒得过去？娘用长筷子夹头夹脑地抽了他一顿：老头子进来出去就一眨眼的功夫，如何能吃去这么大一块？明明是你们四个猢狲偷吃了，还谎话连篇，就凭这点也要打你个坐东朝西。二弟和阿三煞白了脸，一声不吭。倒是小弟站出来：姆妈，你别打阿哥了，他没吃什么，都是我们三个吃了的。你要打就连我们一块打。娘哆嗦了半天，手扬起又垂下。最后叹了声：真是作孽……扔下筷子进房去了。

晚餐桌上照例是清水煮茄子，红米饭，只有一小碗红烧肉，放在阿婆的面前，老太婆眯了眼，凑得很近地看了看碗里的肉：阿妹，就这点肉啊。娘说我们都吃过了，这碗是给你留的。阿婆的筷子颤巍巍地伸出，一下就挟起了一块连皮带肉的红烧肉，众兄弟的眼光随了那只筋骨嶙嶙的枯手，筷尖乌鸦叼食似的携了好大一块红烧肉，肉汁在桌面儿上淋淋漓漓地滴过去，再放入一张没剩几颗牙齿的瘪嘴里，蠕动着，咀嚼着，喉头一耸一耸地吞咽着……筷子又一次地伸出，四个脑袋像是被牵线的木偶般的，在肉碗和那张瘪嘴之间转动。

娘一个麻栗敲在他头上：看什么看！吃你的饭。一面把肉碗里的汤汁，倒了些在两个小的碗里，拌了拌。老二迟疑着也把碗伸了过来，娘只给了他个白眼，结果是爹看不过去，闷声不响地从老婆手里夺过肉碗，在每个孩子的碗里都浇了些。

门突然推开，舅公兴冲冲地跨入房来，提了半瓶酒，一屁股在桌旁坐下，开心地搓着手：一路紧赶慢赶，回家正好赶上吃夜饭。

娘站起身来，给他盛上红米饭，放在他面前。舅公满脸疑惑地抬头问道：还有红烧肉呢？

满桌噤声，只有阿婆懵里懵懂地说：红烧肉？好吃得很，吃光哉。

娘满脸歉意地把肉碗里剩下的汤汁浇在舅公的红米饭上：我们想你的票友留了你在酒家吃夜饭了。阿舅，你且将就些吃了，明朝叫孩子爸再去赊两斤来……

舅公怔了怔，鬓毛耸起，下嘴唇耷了下来，一下发作了：这不是欺负人吗？大家一个桌上动筷子，怎么一转身我就没份了？这个宅子还是我祖上传下来的，烧香倒赶出和尚了？

这就有些指桑骂槐的意思了，老姐和他从未分家，外甥女又是当家娘子，四个孩子也都姓他家的姓，只有孩子爸是上门女婿，外姓人，应在那句‘烧香赶走和尚’的话上。

爹闷头扒饭，没作声，只是一张脸憋得紫红，阿婆的嘴瘪啊瘪的，嗫嚅道：他们都吃过了，就你没吃到？

无异是火上加油，舅公猛然站起身来，手一扬，那碗红米饭撒了一桌：好，好，我让你们，我让了你们……

他左手提了酒瓶，右手携胡琴，大门被摔得山响，扬长而去。

窄窄的石板路上，高耸的山墙投下浓重的暗影，两边人家早已熄灯就寝，间或有方昏黄灯光从狭弄里透出来，闪烁得像只窥视的眼睛。虽然他在这条路上行走多次，但在暗夜里独行还是胆战心惊，特别是野猫‘嗖’地从脚下蹿过。好在前面就是石桥，沿了陡直湿滑的阶梯下去，桥下有一方石阶，一条石凳，一个佝偻的身影踞坐在石凳上，他慢慢地拾步而下。

几步之外就闻到一股浓重的酒气，混合了河里腾起的水腥味。夜里的风一吹，舅公身上的布衫飘荡，布衫下耸起的肩胛骨清晰可见。他怯生生地拉了下老头的后襟：舅公，回去吧。

舅公转过头来，在惨白的月光下，苍老的颧骨上竟有两块绯红，眼神蒙眬，一个酒呃打上来，唱道：我酒席还未吃完，阿大——你，且莫来打扰，我正跟刘皇叔煮酒论英雄啊，不醉不归啊……

他知道老头喝多了，这醉了六七分之时，是舅公最难讲话，也是最好讲话的时候。

他就顺了老头的杆子，也唱道：舅公，谁人请你吃酒席啊？

省里来的大官人，官拜两江总督，钦命在身。他却是……跟我阿姐旧情难忘啊……

席上有些啥吃的？

山珍海味，龙心凤肝啊，都数不过来哟！

有没有串烧猪头肉？

那还用说？第一道头盘上来的就是串烧猪头肉。

济公活佛用一根稻草烧出来的？

那当然，那僧人敝衣破帽，芒鞋蒲扇，王母召开蟠桃宴，神仙坐在上头，他犹自在厨下烧火，烧好了又亲自捧了上来。

那滋味又如何？

滋味嘛……锵得里锵锵……好极了，活佛烧出来的嘛。

是不是又香又糯？

呔，香得如阿姐房里的大烟味，糯得像阿弟的那把童嗓子。

是不是好吃得连舌头都一起吞下肚去了？

老头被这话问住了，偏了头，想了想，又把嘴张开，两根指头伸进去摸了下，满脸迷惑道：舌头跑到哪去了？

他也吓了一跳：真没了？

你不妨来摸摸看。

老头伸长舌头，叫他过去摸。

他摸了，遂大惊小怪道：真不得了，舌头都一块咽了下去。

老头醉眼蒙眬：阿大，你摸到什么？

摸到一块串烧猪头肉。嘻嘻……

夜深了，月色朦胧，夜雾飘荡，少年单薄的身影架了一具衰老的身驱，脚步蹒跚地在青石板路上走回家去，不时停下来换个肩，舅公酩酊大醉，却一路上不停嘴，哼哼叽叽，过门唱腔不断——锵得里锵锵，锵得里锵锵，人生如戏哟……

选自《见鬼》小说集

中篇

空色林澡屋

迟子建

去年花开时节，我率领着一支森林勘察小分队，自察卡杨北上，来到中国北部的乌玛山区。我们此行的目的，是对停伐五年后的乌玛山区的自然状况，作实地勘察。看看休养生息后的森林，野生动物是否多了，消失的溪流是否如闪电一样，依然给大地撕开最美丽的裂缝。

因为要穿越大片的无人区，风餐露宿，猛兽、不可预知的自然灾害、匮乏的野外生存经验，对我们来说都是一道道看不见的网，构成威胁。我们托当地林业局的同志，帮我们请了一位山民向导，并为他配备了一杆猎枪。

他叫关长河，戴一顶有帽遮的鹿皮小帽，个子矮矮，罗圈腿，黝黑的扁平脸，塌鼻子，看人时喜欢眯起一只眼，眉毛疏淡得像田垄上长势不佳的禾苗，额头有两道深深的横纹，像并行的车轨，那额头就给人站台的感觉。但这样的站台，注定是空空荡荡的了。他不用嘴时，嘴唇也鱼嘴似地翕动着，好像在咀嚼空气。他牵来一匹鄂伦春马，驮运帐篷等物资。

进山第一天，他牵着马在前引路，不时嘟嘟囔囔地骂着什么，让人好生奇怪。晚上宿营时，我们才明白他嫌子弹配备多了，三十发——这分明是对他的枪法不信任嘛。他说非到万不得已，自己是不会动枪的。要是滥杀动物，乌玛山区的各路神仙，就会把他变成瘫子！

他带了一箱塑封的散装土酒，半斤装的。傍晚支起帐篷，燃起篝火，他就取出一袋，用牙齿在一角咬出豁口，将酒倒进一个漆面斑驳的搪瓷缸，随便倚着篝火附近的一棵树或是树桩（若倚着树桩，他头顶戳着一截黑黢黢的东西，便像旧时披枷戴锁的犯人了），耷拉着眼皮，十分享受地喝起酒来。他喜欢空口喝上小半缸，再凑过来吃饭。我们带了不少肉食罐头，他闻了总是蹙眉，宁愿吃他带的马鹿肉干，它们看上去像切断的棕绳，干硬干硬的，我们的牙齿对付不了，他却像嚼松脂油，毫不费力。我们带来的食物，他唯有对挂面情有独钟，他会把顺路采的野菜，水芹菜呀，柳蒿芽呀，或是蕨菜，在河中晃荡几下，算是洗了，也不用开水焯，更不用刀切，直接拌在面里。所以他碗里的面条总是绿白相间，像是一丛镶嵌着阳光的绿柳。

出发的第一周，我们发现几处落叶松林，有被盗伐的迹象。树墩横切面现出的白茬，还是新鲜的。关长河告诉我们，所谓停伐，只是不大规模采伐了，林场的场长们，各踞山头，还是偷着砍木头，运出卖掉，以饱私囊。怕劣迹暴露而被追究责任，狡诈的林场主，将盗伐的林子放上一把火，烧个光秃秃，就说是雷击火引起的，瞒天过海。但是一周之后，当我们深入到密林深处，离公路铁路越来越遥远，连山间小路都难得一见的时候，我们如愿看到了繁茂的树，看到了在溪畔喝水的马鹿，看到了在柞木林中追赶山兔的野猪。我们还看到了硕大的野鸡——这森林中飘曳的彩虹，当它掠过树梢时，那泛着幽光的五彩翎毛，简直就是给绸缎庄做广告的，让人惊艳。

森林中最可怕的野兽不是狼和熊，毕竟遭遇它们的几率小，再说有关长河和他的猎枪护卫着。比野兽更凶猛的，是拂之不去的蚊子和小咬。尤其是不出太阳的日子，森林缺了阳光这味药，它们就猖狂起来了，抱团飞旋，跟着你走，将我们的脸叮咬得到处是包——它们恨我们侵入它们的领地吧，在我们的脸上埋下地雷。所以宿营的时候，我们总是先笼火熏蚊子，再支帐篷。我们还在篝火旁撒尿，不然裤带一解开，蚊子小咬有如发现了乐园，一拥而上。关长河对我们在篝火旁撒尿很鄙视，说火神会怪罪的。他不怕蚊子小咬，有时还伸出舌头，舔几只吃。晚上他独自睡一顶帐篷，月亮好的夜晚，我们起夜时，不止一次看见他酒后站在泛着幽蓝光泽的林中，朝着月亮张开双臂，手掌向上，像是要接住什么的样子。我们当中有人按捺不住好奇，问他夜半那姿态是干吗？他说，月亮太明亮了，怕是天也难容，万一月亮被推下来，我还能救它一命。不然月亮的脸破碎了，夜晚就没亮儿啦。他那郑重的语气，让人不敢发笑。

一路上我们只吃了两次野味。一次是我们发现一只折断了翅膀的大雁，匍匐在沼泽地上，关长河说失去了天空的飞鸟，生不如死，开枪射杀了它，这也是他此行开的第一枪。当晚我们将大雁拔毛，烤了吃了。另一次是从猎人下的套中，获得一只死狍子。我们逢着它时，它的身子还没凉透，嗅觉灵敏的鹰隼闻风而动，盘桓在上空，准备饱餐一顿。关长河先是责骂给狍子下套的猎人，所选择的树下没青草，让被缚的狍子失去口粮，活活饿死。之后他低头念了几句咒语，掏出猎刀，熟练地肢解了狍子。那晚在营地的篝火旁，我们用吊锅煮狍子肉。关长河采了一把野韭菜，掺着盐切碎了，狍子肉蘸野韭菜的味道，美妙极了。关长河没少吃肉，也没少喝酒。我们问他有老婆吗？他说老婆是天上的云，不能要。我们笑，又问他有情人吗？他说情人是地上的霜，千万不能踏。我们笑翻了，问他真没碰过女人吗？他很认真地说，碰过，女人给我洗澡。我们问，是城里洗浴中心的小姐吗？他摇摇头，说给他洗澡的是个老太婆。我们只当他胡说，不再追问。

关长河第二次开枪，是因为行程的最后几天，一条狼总是在黄昏时，跟在我们身后。它的气息扰得鄂伦春马心烦意乱，走不稳路，一会儿吊锅从马背掉下来了，一会儿盐袋落下来了，一会儿测量仪器又滑下来了，马背仿佛成了滑坡事故现场了，他不得不开枪吓跑狼。关长河不瞄准它，说是孤狼都有一肚子的心事，得留它一命。不过当晚到了营地后，他就自责带上弓箭好了，它完全能呵退狼，不该浪费那颗子弹。他还赌气地冲他的马说，一队人跟着，狼又吃不了你，瞧你慌张的，好像丢了屌，真没出息啊！马摇晃了一下脑袋，屙下一堆圆鼓鼓的粪球，像是无数只愤怒的眼，在瞪着他。关长河无奈地笑了，拍着马屁股说，我一说你，你就拿这一招对付我啊！

我们走出森林的前夜，考察接近尾声了，大家都很感激关长河，白天时特意在一条小河上，用石头垒坝，憋了十几条半大不大的鱼，傍晚宿营时，燃起篝火烤鱼，轮番给他敬酒。关长河对鱼没什么兴趣，只吃了半条鲶鱼。他对酒倒是热情万丈，来者不拒。他对我们说，明天出了山，会看到一个只有三户人家的小驿站，那里有个澡屋，叫空色林，是个老太婆经营的，她一天只烧一锅水，给一人洗澡，而她给人洗澡不收钱，只收吃食。其实那锅的直径，少说也有半丈吧，一锅热水洗两人绰绰有余。但如果真是两个人去了，都想洗，另一人就得等着，第二天再享受。

我们问关长河，你说的给你洗过澡的女人，就是她啦？

关长河眯起一只眼，点了点头。

她多大年纪了？

她开这澡屋，快二十年了吧。多少岁数，她不说，咱也不问，我估摸着，少说也有七十几了。她原来挺高的，现在一年比一年矮了，人一抽抽儿，就是老啦！

她只给男人洗澡吗？

关长河说，南来北往跑运输的，哪个不是男人？再说了，女人哪有男人风尘多！

那你是完全脱光了，让她洗吗？

关长河翻了一下眼珠，反问一句，你们见过在水里穿裤衩的鱼吗？

我们大笑起来。

关长河说陪我们走了一路，分别之际，他没什么好送的，就送这个老婆子的故事给我们听。

我们知道这该是个很长的故事，纷纷起身，有给篝火添湿枝丫的（这样它能燃烧得长久些）；有去小解的（听精彩的故事，最怕憋尿）；还有加衣的（森林夜露浓重，月亮给加的衣服，毕竟太薄了）。我们为了迎接关长河送的别致礼物，做好了准备。

在乌玛山区，冬天时老天是昏庸懒政的皇上，天门晏开早闭，几不理朝；夏天则改朝换代了，一派勤政之气，天门洞开，有点夜不闭户的意思。太阳落山了，西边天上，还浮游着丝丝缕缕的晚霞。它们是仙女们准备的金丝线吧，预备着缝补月亮。而那晚的月亮，确实缺了一角。

关长河故事的主人公，是一个女人，三个男人，和一条叫白蹄的狗。

这女人是旺河人，她来到乌玛山区时，还是个少妇。她带着儿子，投奔在翠岭林场的丈夫。那时乌玛山区刚开发，她男人是首批进驻的工人，带家属的男人少而又少。

他们的婚姻是父母包办的，男方并不想娶她。因为这男人生得俊朗，女人却很丑。她高个子，身材也匀称，就是脸面与常人不同。别人的鼻子，是脸颊的中界线，可她的鼻子，偏袒一方，致使左脸辽阔，右脸一派失地气象，狭窄逼仄。脸不对称，就给人扭曲之感，她不得不梳一缕长长的刘海，遮住半个左脸，削弱它的势力范围。但麻烦又来了，她的眼睛不歪不斜，这缕浓密的刘海，常让左眼失陷，使她看上去像是独眼女人。据说她丈夫只身来到艰苦的乌玛山区，就是想摆脱她。不料她跟过来，并在此扎根。

这女人在家属队干活，夏季种菜，冬天拉雪爬犁运粮油。她力气大，好脾气，乐于助人，所以人缘不错。女人们尤其喜欢她，因为所有的女人在她面前，都是美人了。她说话有个特点，但凡说到自己，不是以"我"或"俺"自称，而是"咱"，好像谁和她都是一体的。自打她来了翠岭林场，她男人就没气顺过，常跟她找碴儿。她受了委屈无处哭诉，就在吃食上为难男人，做夹生饭，将菜炖得齁咸，把玉米饼子贴得跟石板一样坚硬，折磨得她男人胃痛，他怕坐下病，就收敛些。

她有两大嗜好，洗澡和喝酒。那时还没水井，他们吃水靠的是河。春夏秋季倒好说，河水是活的，灌到桶里，担回就是。冬天河冻住了，就得用冰钎凿冰，将冰块装进麻袋背回家，像柴草那样堆在户外，随用随取。即便取水困难，她冬天照例每周洗一回澡。她一洗澡，她男人就挖苦她：你还能把自己给洗俊了？女人噙着泪花说，除了这张脸，你说咱身上哪点对不住你？也是，她夏季下河洗澡时，不止一个女人，看过她光着身子的样子。她肤色微黑，但皮肤细腻，双腿修长结实，腹部无赘肉，双乳坚挺，屁股圆润而微翘，的确是完美的身躯。只可惜造化弄人，把她的妙处都藏起来了，而把她最没风光的地方，一览无余地展现给了世人。有次她喝多了酒，有个好事的妇女逗弄她，问她男人和她同房时，是不是得用布遮着她的脸？毫无城府的她“啊呀——”大叫了一声，瞪着乌溜溜的黑眼睛，说，你咋知道的？每回他都用枕巾蒙着咱的脸，好像咱是驴！他还想从后面来，咱一屁股把他顶到地上了，咱又不是狗，凭啥那样？这番话传遍了翠岭林场，爱开玩笑的男人见了她就说，跟咱睡吧，不蒙你的脸，让你当褥子在咱身下！她撩开那绺长刘海，扒开眼皮，露出白眼仁，龇着牙，做出狰狞的样子，气呼呼地说，你跟咱睡，那你得让你家女人预备着针线，好缝你被咱吓破的胆儿！

这个女人成了翠岭林场的名女人。她婚姻的解体，源于一个瞎眼的算命先生。

那是个夏天的傍晚，一个穿灰布褂的男人，一手拄棍儿，一手打着竹板，来到了翠岭林场。这儿的人，对这类走江湖的人并不陌生。劁猪的，算命的，磨刀的，打家具的，崩爆米花的，甚至是说媒的，在那个年代走村串镇，都能混上口饭。这算命的看来道行浅，他来的那晚，林场绝大多数人，都到附近的雪岭林场看露天电影去了，留在家里的没几人。那女人没去看电影，是想趁着林场的人走空后，在月夜独享那条河流，把它当成自己的大澡盆，痛快洗个澡。谁想她洗完澡上岸，清清爽爽地回家时，在路上遇见了算命先生。他叫了多户门，都没打开，倒让一户人家的看家狗，给咬了一口。那女人遇见他时，他正坐在场部大松树下的石头上，用唾沫擦拭腿上的伤口。

那女人看他可怜，就把算命先生带回家，点燃蜡烛，帮他清理伤口。听他肚子饿得咕咕叫，还给他做了半锅疙瘩汤。算命先生感激不尽，坐在女人家窗下的矮脚方凳上，让她报上家人的生辰八字，给他们无偿算命。他舞动着手指，翻着眼珠，把她家人的命，掐算得天花乱坠。最离谱的是说她母亲，明明老人家过世了，可他说她能活到九十六岁。他还说歪鼻子的她花容月貌，十七岁时，就有三个男人争相娶她。女人苦笑一声，意味深长地说，看来你真是看不见啊。她知道这瞎眼先生为了糊口，只是顺情说好话。被算的命没了曲折，一派阳光灿烂，听着也没趣儿。她乏了，可看电影的人还没回来，她也没处打发这算命的，想着他两眼一抹黑，没甚威胁，就吹了蜡，瞎编了几个生辰八字报给他，由他胡说，自己悄悄去炕上歇着了。

她是在睡梦中被男人给揪起来的，他揪的是她遮脸的那绺刘海。男人带着儿子看电影回家，见屋里没亮儿，就打开了随身携带的手电筒。往炕上一照，发现她身边躺着个男人，火冒三丈，恨不能拿菜刀把他们一块儿剁了。男人唤儿子点起蜡烛，自己则挥舞着手电筒，朝向那算命的，把他打得嗷嗷叫。

那时候他们住的家属房是四家一幢，间壁墙不隔音，同样看电影归来的邻居们，听到他家闹得沸反盈天的，以为夫妻干仗，怕出人命，纷纷过来劝架，谁想到中间夹着一个瞎眼的算命先生呢！

男人骂女人，说她趁他和孩子不在家，和狗男人偷情。女人赌咒发誓地说没有，她不过是乏了，想眯一会儿，谁想睡过去了。瞎子也说自己是被冤枉的，他根本没碰女人。他算着算着命，听见女人的呼噜声，便摸到炕上，也想歇歇。谁知一躺下就睡着了，他太累了。当事者都说没想睡，却睡过去了，愈发让男主人怒不可遏。他扔掉手电筒，从园田的豆角蔓间抽出一根柳条，当鞭子使，抽得那瞎子陀螺似地转圈，爹一声妈一声地惨叫。男人边打边骂，说，他们蜡也不点，肯定干了不正经的事情！女人说，在一个瞎子面前，点蜡不是白费亮儿吗？咱还不是为了给家里省截蜡！女人还说，他一个瞎子，腿还让狗咬了，能干啥呀！男人瞪着眼珠说，他上面瞎，下面不瞎！他快活起来，哪还顾得上疼！男人不依不饶，打完瞎子，又打老婆，边打边说女人的身子是臭水沟了，他不能再碰了，当着众人，说要和她离婚。据当年在场的知情人回忆，这女人听到“离婚”二字，像下完蛋的母鸡似的，张着双臂，“咯咯咯——”地叫了半晌，然后跌坐在地上，凄凉地对她男人说，咱再丑，一铺炕也滚了十来年了，这事你都不信咱了，那就离吧。咱啥都不要，把儿子留下就行。没等男人说不可，孩子很干脆地表态，说他不跟妈妈，要随着爸爸。女人眼含热泪地看着儿子，说，你也嫌咱丑是吧？孩子不吭气，女人便对他们父子说，从此后你走你们的阳关道，咱走咱的独木桥，两不相干。记着，有一天咱就是快饿死了冻死了，路过你们门口，咱也不会吃你一粒米，喝你一口热水！女人取了剪子，一低头，把那绺遮脸的刘海攥在手中，“咔嚓——”一声铰掉。她脸上的那面为丈夫而竖的旗帜，就此倒了。

他们离婚后，翠岭林场的人背后都议论，说那男人其实知道老婆是清白的，只不过他一直嫌弃她，而今找到一个好借口，趁此休掉了她而已。离了婚的女人，并没像人们想的那样离开翠岭林场，回她的老家去。林场边上，有一座筑路工人住过的废弃的小黄房子，她把行李搬进去，抹了墙泥，为房顶苫了油毡纸，将歪斜的门窗修正了，盘了炉子，开始新生活。她家里的家具炊具，大都是同情她的女人们送的。她们的同情心也很有限，把残次的东西送给她，豁了嘴的海碗，裂了纹的盘子，失了耳朵的耳锅。不过她也不介意，能凑合着使就行。她独立门户，有声有色地过起了日子。端午节时，她将门楣插上艾蒿和葫芦；元宵节时，她挂出火红的灯笼。人们以为除夕对她来说最难熬，这屋子会传出哭声，可是没有，她一个人照旧贴春联，放鞭炮，包饺子，喝酒。只是她思念儿子，常在林场学校的围栏外转悠，期待着课间休息时，能远远看一眼在操场上的儿子。

她哭没哭过呢？大家听见的只有一回。小孩子长个儿快，她发现儿子穿的棉裤，裤腿短了，她怕寒风吹着孩子的脚脖子，就拿着省下的棉花票和布票，去供销社买新棉花，扯了二尺蓝布，做了一条棉裤，天黑透时送到她以前的家。守夜的老狗仍认她为女主人，见了她热情地打转，闻裤脚。她没有敲门进去，而是把棉裤放在了桦子垛上，想着第二天早晨前夫出来抱柴生火，一看就明白是她做的，顺手拿进屋了。谁知那天深夜狂风暴雪，冻得瑟瑟发抖的老狗，跟她不见外吧，打起这条棉裤的主意。它蹿上桦子垛，把棉裤叼进窝，撕个稀烂，给自己絮了个暖暖和和的窝。女人观察几天，见儿子没穿上自己做的棉裤，又见那条游荡的老狗，身上沾着白花花的棉絮，要把自己变成白狗的模样，她明白老狗糟蹋了她的心意。她回到自己的小黄房子后，放声大哭，路过的女人听见哭声，进来劝她，这才知道棉裤的事情，不由得跟着唏嘘。也就是这件事，让她前夫下决心远离她。他找到领导，说离异的夫妻在一个林场生活，都受煎熬，希望把他调到别处。那年冬天过后，女人的男人带着儿子和老狗，离开了翠岭林场。不久，传来了他再婚的消息。据说他娶了个离异的不能生养的女人，她模样周正，性情温顺，待孩子特别好，当亲生的养着。前夫和孩子过得好，这女人也不吃醋，时常跟人说，人这一辈子，跟谁不是过呢？人家找着了比咱好的人，该为人家高兴啊。只是她说这话时，眼神是凄凉的，语气是落寞的。

关长河讲完女人和第一个男人的故事时，抬眼望了望天。月亮刚好被一缕云遮了半个脸。他叹息一声说，你又不丑，咋也整绺刘海遮脸呢？我们笑了，抢着给他添酒，夸他会讲故事。我们指责那男人，还说那个不认亲娘的孩子是白眼狼。关长河抿了一口酒，说，男人骂别人都理直气壮的，轮到自己时，也未必比那男人强。他问我们，你们说说，这么丑的女人，你们乐意跟她过一辈子吗？大家面面相觑，有人说可以给她做整形美容，把鼻子给拉回正路上来；有人说可以让她戴纱巾，朦胧的纱巾背后，哪有丑女人呢？关长河再抿了一口酒，将我们挨个瞟了一眼，说，人可真是怪物啊，歪脖垂腰的杨柳，龇牙咧嘴的花儿，奇形怪状的石头，曲里拐弯的河，都说美，轮到人呢，就不一样了，可见人多是没良心的！他用一根桦树枝，捅了一下篝火。一簇火星飞旋而起，篝火上空立刻就有了星空的气象。

关长河的脸在火星的映衬下，就像一尊雕塑，庄严而华美。他知道我们对这故事入迷了，接着讲下去。

这女人与她生命中的第二个男人，是镜子牵的线。

女人因为貌丑，素来不照镜子，她家里也从不摆一块镜子。别的女人去供销社买东西，店员总会推荐摆上柜台的最新式样的镜子，而见到她，则有意识地用身子遮挡，免得她不快。

这男人是个跑船的汉子，靠青龙河吃饭的。有人说他是赫哲人，还有人说是达斡尔人，谁知道呢。

青龙河是乌玛山区最长的河流，支流多，流域广。每到开河时节，这人就驾着独木船，开始他的营生了。他的小船，是用整根松木砍凿而成的，长不过两丈，中间的舱口能容一人坐下，船两头起翘，像一条贴着水面飞的大鱼。这人把船叫威呼，他用威呼打鱼，也用它盛小百货，拿到沿岸的村屯去卖，兼做货郎，这一带的人因此叫他威呼郎。

威呼郎正当壮年，他中等个，黑瘦黑瘦的，刀条脸，头发微卷，眼睛有点凹陷，一只鼻孔豁了，说是他年轻时打鱼，让鱼钩给挂烂的。威呼郎卖货时，会将小船停靠在岸边，挑担上岸。他去的人都是离岸不远的村屯，超过二三十里路的，他极少去。因为他的货好出手，沿岸转一两个村屯，基本就卖光了。

翠岭林场离青龙河有三十多里路，威呼郎只去过两回。头回去是为了收取猎户手中的熊胆，女人那时还没来翠岭林场呢。第二回去是卖货，女人倒是来了，但那是采山时节，穿花衣服的人都在山里转（他们自是无缘见面），威呼郎的货无人搭理，几乎是整担挑回来的，所以他发誓不再去了。

威呼郎是怎么认识的女人呢？这事说来蹊跷。这女人的前夫不是离了婚，又娶了一个吗？虽说后妈待自己的孩子不错，可女人心里还是无限牵念，时常梦见他。如果梦里孩子欢蹦乱跳，面目洁净，穿的衣服不露肉，一派阳光，她醒来心情就很好。可有时她做的是噩梦，孩子让驴踢了，让马蜂蜇了，或是爬树摔了下来，她就闷闷不乐。

有一天夜里，她又做了噩梦。她梦见一个面目不清的女人，坐在幽蓝的山坳里，张着大嘴，“咔嚓咔嚓——”地啃着什么。她问，你吃什么吃得这般香？女人头也不抬地说，兜兜的手指，比新拔出来的胡萝卜还脆生啊！女人醒来一身冷汗，她的儿子小名就叫兜兜。女人早饭也没吃，带着两个凉窝头，一块芥菜咸菜，就上路了。

女人去前夫所在的林场，要到青龙河中游的一个小镇乘船，她一路疾行，到了青龙河畔时，衬衫已被汗水打湿。合该他们有事，她沿着青龙河奔向船站时，威呼郎驾着小船飘忽而下。他见一个女人孤零零走在岸上，就朝她吆喝：哎，买点什么吗？见她不语，他拿出一面拳头般大的圆镜子，晃她，说，这镜子是新出的样式，背面有牡丹喜鹊图，可以便宜卖给你！这女人看到镜子，就像看到千古仇人，停下脚步，怒气冲冲地说，你干脆骂咱得了，拿镜子寒碜咱，有你这么损人的吗？威呼郎放下镜子，将小船划向岸边，终于看清了女人的脸，他非但没被吓着，反而夸她英气逼人，非一般女人可比。他说她的鼻子是匹谁也驯服不了的野马，想踏哪片疆土就踏哪片。女人哪有不爱听好话的？那条船和船上的人，在她眼里是此生见过的最美的水上风景了。威呼郎问她去哪儿，女人告诉了他。再问：去那儿干啥？她说，儿子的后妈，把咱儿子的手指当胡萝卜啃着吃，我要去教训她！威呼郎先是骂那当后妈的蛇蝎心肠，之后靠岸，拉她上船，说要把她送到那儿，帮她收拾那人。女人上了船，等于踏上了一个漂泊的家。据说船行了一半，威呼郎跟女人仔细一聊，才明白她不过是做了一个关于儿子的噩梦。看着阳光下她丰满的胸部，看着她红通通脸上那抹动人的忧伤，威呼郎动了心，他将船泊在一片茂盛的柳树丛，把女人拽上岸，抱她入怀，说他能终止她的噩梦。女人不知道，一个噩梦结束了，另一个噩梦却开始了。她依恋上威呼郎，开始跟着他在青龙河上跑船，打鱼，挑起货担上岸卖杂货，俨然是他老婆了。

但威呼郎有老婆孩子，不能娶她，所以女人只有半年跟着他。冰雪覆盖了大地，河水结冻了，威呼郎收船上岸回家，他们之间的鹊桥也就断了。

女人孤零零地回到翠岭林场时，总是带着女人们喜爱的货品，头绳、发卡、钩针、丝线、鞋垫，脖套、假领子、松紧带、梳子篦子等。这些货品，她得比供销社卖得便宜，且花色和质量要更胜一筹。女人们来她的小黄房子买东西时，爱问她威呼郎对她好不好。她总是平静地说，啥好不好的，他不嫌弃咱，咱就跟他在水上过半年日子呗。女人们说，既然他那么相中你，干脆让他跟老婆离了，娶你得了。她苦笑一声说，咱不能作那个孽，人家把男人半年的筋骨都给了咱！女人们便取笑她，问，啥是筋骨哇？她红了脸，说，筋骨就是筋骨，你们懂啥！

最初几年，她归岸后脸颊是红润的，爱与人交往，眼睛弥散着淡淡的幸福，安然度着漫漫长冬，春节时独自守岁，把那小小的黄房子装扮得喜气洋洋的。她恪守着与威呼郎之间的私下协定，从不去找他，他也不来。可自从她流掉和威呼郎的孩子后，她瘦了下来，眼里透出凄凉的神色了。

那年深秋她上岸后，看上去分外疲惫，走路拖沓，呵欠连天，说话声也低了下去。她说这一季鱼少，他们的网快把青龙河撒遍了，但收获平平，把她累坏了。她勉强撑持着，腌了一缸酸菜，溜了窗缝，便闭门不出了。女人们敲她的门来买小百货，看到的多半是她睡眼惺忪的模样。天冷了，雪来了，她馋酸的馋疯了。以前放在抽屉里的五盒山楂大药丸，被她翻出，吃个精光，她还把没腌透的酸菜，吃掉了大半缸。她发现腿肿了，肚子微微凸起，明白自己这是怀孕了。她不想给威呼郎找麻烦，开不出证明，不能名正言顺去城里医院做流产，她只好自行解决。她家不缺烧的，可她扛起斧头，拉着雪爬犁进山了。她将斧头疯狂地抡向各色树墩，尤其是难砍的老榆树墩，将它们劈成柴拉回家，垛在院子里。第四天的时候，人们看见她步履沉重地拖着满满一爬犁劈柴回来了，她的刘海和睫毛挂满霜雪，眼里泪光闪烁。她身后的雪地上，除了两条爬犁的印痕，还有一道星星点点的血迹。她的院子堆满了柴，而她失去了孩子。那个冬天她很少出门，过年也没挂灯笼，但她家的烟囱炊烟依旧，人们知道她还过着日子。

往年一进三月，她就盼春天了。屋顶积雪融化后，会传来滴水声，那是她最喜欢听的声音了。外出归来的人，若是告诉她，青龙河的积雪薄了，冰面有裂纹了，她就掩饰不住地笑，说咱的好日子要来了！可自打流产后，她就没那么盼春天了。那年开河后，威呼郎来接她，她见着他呜呜哭了，说，咱的孩子没了，你可害死咱了！委屈归委屈，她还是跟着他跑船去了，而且半年后回来，脚步又轻快了，面色又好看了。

他们就这样风风雨雨地又过了几年，直到有一天，威呼郎突发脑溢血，他们才彻底分开。疾病像一张看不见的网，把威呼郎打捞上岸。他保住了命，但是瘫在床上，再也不能到青龙河寻生计了，只能留在老婆孩子身边。这时女人才后悔，她捶着胸口跟人说，原来跟着不属于咱的人，咱最后想伺候人家都不行啊！

她大病一场后，人瘦了许多，头发也花白了许多。她出了趟远门，想把她和威呼郎一起生活的那条船弄回来。他发病时，船就近泊在青龙河中游的一个小村，拴在村边的一棵松树下。可她去了那儿，船却没影了。有人说它被人劈了烧火了。有人说孩子们好奇这船，把它推下水，它像一条大鱼，游向远方了。最让女人不能接受的说法是，船是被威呼郎的老婆给弄走了，说她取船的那天叼着烟袋，哼着小曲，穿一件银光闪烁的袍子，说她男人不能跑船了，威呼不能闲着，拿回家当马槽使。

女人没取回船，回来歇息一日，便带着干粮，朝人借了匹马，进山去了。她转悠了两天，选中一棵粗壮挺直的松树，用弯把锯放倒，截取中段，让马给拖回来。那一年里，她家里不断传来斧凿声。转年春天，她做出一条小船。看来她没白跟威呼郎跑船，把他造船的技艺学来了。

这条船比一般船要小许多，只能坐下一人。船头宽，有个横板；船尾尖，无桨无舱，看上去像只小脚老太穿的鞋。她用这条怪里怪气的船做啥呢？洗澡。她把它横在小屋的中央，当成澡盆。人们说她这么做，是忘不掉威呼郎，她仍幻想着在他怀里。

她又过起了一个人的日子，开荒种地，饲养鸡鸭。她还学会了造肥皂，自己琢磨着，用碱、猪油，和各种花草熬制肥皂。有两种肥皂最为人们喜爱，一种是松露皂，一种是玫瑰皂。她在松露皂中，加了樟子松的松脂，这样做出的肥皂凝脂般细腻，淡黄色，像一片大好月色。而她在造玫瑰皂时，在寻常的制皂原料中，加了野玫瑰的浆汁，还兑了蜂蜜，这种玫瑰皂晶莹剔透，散发着香气，朝霞般鲜润。靠着这两种肥皂，她赚来了油盐酱醋的钱。因为她的肥皂有了声名，人们就此称她为皂娘了。

关长河讲到这儿，望了望升高的月亮。无云遮蔽，它的面庞是如此明净，月亮里好像也点着篝火，而且十分旺盛。关长河收回目光时，告诉我们，他躺倒的时候，常分不清天上人间。有时觉得大地是天空，绿草是云朵，花朵就是星星。而天空就是大地，太阳是做饭的大火炉，月亮是人住的屋子，星星是禾苗。我们当中有人开玩笑，说此刻的月亮更像茅屋。他不高兴了，“霍——”地一下站起来，撂下喝酒的搪瓷缸，说把月亮当茅屋的人，满脑子的屎尿，不配听他的故事。我们赶紧说，月亮是美好的，它像他说的屋子，也像柴垛、粮仓、湖泊，最不济的，也该像皂娘用的澡盆吧。关长河这才不生气了。他转身撒了泡尿，去溪畔洗了手，回来后给马喂了块豆饼，这才舒坦地坐下，接着讲故事。

皂娘一天天老下去啦。人老了跟现在河老了一样，一年年显瘦喽！这时上头来了新令，各林场都不许采伐了，林场转产撤并，搞旅游开发和绿色种植了。城里在造一个模子的房子，就是那种长方形的棺材似的矮楼，把人往里赶。翠岭林场是撤并的林场之一，所有人要搬迁到青龙河下游的安东林业局去。人们大都喜欢去安东，那里有暖气，有煤气灶，不用烧柴取暖做饭了。而且它热闹呀，饭馆、旅社、网吧、书店、发廊、干洗房、珠宝店、点心铺子、农贸市场、服装店、鞋铺，只要有了钱，真是想要啥就有啥。可老人们过惯了山里的日子，就不愿意进城。但儿女们要走，他们只得跟着。城里没有菜园子，没有猪圈羊圈和鸡窝狗窝。那段日子，翠岭林场的家家户户，杀猪勒狗，宰鸡宰鹅，过大年似的日日开荤，吃得人满面油光。

皂娘住在林场边上，跟威呼郎跑了多年船，大家也不大把她当林场人看待了，所以她选择留下，就算是与她还有走动的女人，顶多劝说两句，说一个人留下除了寂寞，遇到难处谁来帮忙呢，不如随大流进城吧。皂娘说，人活着不就是受苦么，咱没享福的命，不怕。女人们也就不管她了。林场的人搬空了，水电自然切断了。不过这对她没啥影响，她的小屋这么多年来，因为跟威呼郎跑船时错过了，始终没有通电和自来水。

她也不是一个人，她有个伴儿，就是白蹄。

翠岭林场的人搬迁前，不是对饲养的家畜大开杀戒吗？王喜山家有一条母狗，通身黑色，但四蹄雪白，所以名叫白蹄。它才两岁，但却是林场里的名狗。

白蹄为什么有名呢？不为它漂亮，而是它四处捣乱，常做些惹人发笑的事情。

比如它跟着主人去参加婚礼，在典礼现场，竟然用嘴撩开新娘的花裙子，那理直气壮的样子，仿佛它是新郎。它知道自家的女主人哭时，喜欢拿块手绢擦泪，它在一个葬礼上，见棺材前挂孝的人哭得稀里哗啦的，手上却什么也没拿，就去人家的灶房，叼来一块脏兮兮的抹布，歪着脑袋，满怀同情地送到那泪流满面的人面前，让吊丧的人哭笑不得。

白蹄还爱管闲事，它一岁时看见公鸡掐架，就去拉架，试图分开它们，谁知两只公鸡把矛头转向它，一起掐它，倒弄它个鼻青脸肿。有回它路过一户人家，透过栅栏的缝隙，看见这家的猪，趁主人都不在，在偷吃园田里的菠菜。它进不了门，想从栅栏钻入，可惜缝隙太小，心急火燎的它便用蹄子刨坑，试图将栅栏弄翻。结果猪主人回家，看见白蹄刨坑，非常生气，说，你咒我死啊，咋不在你家刨坑呢？操起一根木棒打它，让它滚回老窝。这一幕恰巧被邻人看见，说，你先别打白蹄，看看你家的猪在干啥呢？主人一望，知道白蹄是想阻止不良的猪，转而去教训猪。

白蹄受了冤枉也不长记性，有回它跟着男主人去别人家打麻将，发现这家的猫在偷吃碗柜上的鱼，就去叼猫主人的裤脚。人家正摸得一手好牌，在兴头上，哪顾得上其他，踢开它照旧摸牌。白蹄一着急，蹿上牌桌，把牌给搅乱了，气得那人直说白蹄是主人带出的老千，专挖他墙脚的，两个男人还因此闹了不愉快。

最可笑的还不是这些，而是白蹄对性的无知。它一岁半时，见一只公狗骑在母狗身上，就冲上去，拽公狗的尾巴，试图把它拖下来。它也因此惹恼了其他狗吧，那以后它们见了白蹄都不理睬，尽管它常热情洋溢地奔向它们。

翠岭林场的场长有个开金矿的发小，钱没少挣，可却得了严重的抑郁症，整天琢磨自杀的事情。场长知道白蹄能给人带来快乐，跟王喜山商量了，给了他两箱高粱烧酒，带走白蹄，送与朋友逗乐。结果白蹄去了一周，就被送回来了。它不但没给那抑郁症患者带去快乐，反而是苦恼。它不会上楼里的洗手间，把屎尿遗在沙发床下；它见电视里的鬣狗围攻棕熊，便想助棕熊一臂之力，扑向画面，把电视机掀翻在地；它不习惯在阳台守夜，楼下一有汽车经过它就叫，搞得一家人彻夜难眠。那人本想把它送到狗肉馆，但见它一双湿漉漉的眼睛满怀好奇，还看不够这世界的样子，起了恻隐之心，亲自驾车把它送回。

人们因着搬迁而烹鸡煨鸭、蒸猪炖狗时，白蹄失踪了，王喜山知道它是畏惧死亡而逃走了。他其实并不舍得勒死它，想把它带进城，送给哪个单位做看门狗，这样还能时常看看它。可直到他离开，寻遍了白蹄可能去的地方，都没能找到它。

翠岭林场人搬走后的第二天早晨，皂娘一推开门，就发现了白蹄。它趴在她家的窗根下，瘦得皮包骨了。那些天它去了哪儿，无人知晓。皂娘后来跟人说，估计它逃进了深山，因为发现它时，白蹄被蚊虫叮咬得眼睛和嘴巴都肿了，毛发里夹杂着松针。幸好那是秋天，山中还能寻到浆果和蘑菇，不然它早饿死了。

皂娘有了伴儿，就不寂寞了。她带着它拉柴，挑水，打鱼，采山，种田，制皂，形影不离。白蹄出落得愈发漂亮了，它个头高了，力气大了，毛发有光泽了。但它天真未改，依然做些可笑的事情。皂娘制酒，将用糯米做的酒曲子放在搪瓷盆里，摆在屋外晾晒。白蹄以为皂娘给它换了一个狗食盆，将酒曲子吃了，醉得它呼呼睡了一天。皂娘去小溪刷鞋，先将鞋子浸在水中，因为浸透了好刷。怕鞋子被水流冲走，皂娘在鞋窠压上小石头。白蹄在水边看见鞋子不在主人手上，而是在水里，以为它们会漂走，冲向小溪，把鞋子叼上岸，再把鞋窠的小石头悉数掏出，令皂娘无可奈何。

白蹄最让皂娘生气的事儿，是有一回她攀着梯子，去房顶晒干菜，没等她下来，它却给撤了梯子。那天皂娘上梯子时，白蹄正追逐菜圃中一只美丽的蝴蝶。蝴蝶飞向倭瓜花，它也奔向那里，把倭瓜花给打落了；蝴蝶飞向院子的窗户，它就扑向窗户。谁料蝴蝶一转身上了梯子，白蹄没头没脑地扑过去，蝴蝶飞了，梯子倒了。刚上了房顶的皂娘傻眼了，白蹄也傻眼了。皂娘骂它是条蠢狗，说它想害死主人。白蹄顾不得蝴蝶了，它后悔地叫着，用嘴叼，用爪挠，试图把梯子给竖起来。可它使出浑身解数，梯子还是死尸似的打横，没有起立的意思，白蹄快急疯了，在房根下围着梯了团团转。皂娘在房顶等了两个多钟头，看着梯子是扶不起来了，便脱下裤子，把它撕扯成宽布条，连接在一起，拴在烟囱上。可惜一条裤子接成的绳子，长度不够，皂娘拽着绳子向下滑时，绳子端头离地还有半丈，她只能撒手跳下来。皂娘毁了一条裤子不说，还伤了脚踝，所以她再用梯子时，就把白蹄拴上，免得愣头愣脑的它闯祸。

这个爱给人添乱的白蹄，有年冬天从山里，给主人带回一个男人，这是皂娘生命中的第三个男人。

乌玛山区的冬天实在太漫长了。这样的日子对一个孤身女人来说，就像跟在身后的一条饿狼，难缠得很。皂娘在冬天就特别爱喝酒，酒能消磨长夜，还能省下劈柴。你喝得浑身燥热时，是不需要炉火的。

这天中午皂娘喝多了酒，特别想跟谁说说话。没人对话，她就唤白蹄进屋，让它坐在窗下。皂娘说，白蹄啊，你是个姑娘呀，这林场就剩你一条狗了，咱想把你许配给谁，难喽！要不等着开春了，咱领你去有人家的村子，相相亲去？你跟咱说说，你得意啥样的？喜欢长腿的还是短腿的？喜欢眼大的还是眼小的？喜欢黑色的还是白色的？喜欢爱翘尾巴的还是耷拉尾巴的？喜欢性子烈倔的还是温顺的？白蹄不语，它站起来，只是摇摇尾巴。先前皂娘把喝剩的半缸酒，放在了窗台上。窗台矮矮的，白蹄摇尾巴时，把盛酒的缸子扫了下来。白蹄没回应皂娘，还弄洒了她的酒，皂娘好不扫兴，她用鸡毛掸子敲了一下它的狗头，赶它出门。

皂娘酣睡了一场，天将黑时来到院子。以往她一出屋门，白蹄就奔过来，叼她的裤脚。皂娘没见白蹄，以为它生气了，就召唤几声。未见动静，她就房前屋后地找，还是没踪影，皂娘慌了，她走到院外，看到柴垛后有一行新鲜的蹄印，指向山里，她赶紧进屋穿戴暖和了，沿着它留在雪地的蹄印，一直寻到刀锋岭下。落日正红，皂娘终于看见了白蹄。它像个得胜的猎人，雄赳赳地走在前，身后跟着它的猎物，一个又矮又瘦的老头！他黑袄黑裤，戴一顶狗皮帽子，衣帽都是簇新的，眉毛胡须被霜雪染白，但鼻头和嘴唇红通通的。他见着皂娘咧嘴乐了，将紧捏在棉手套里的一封信，递给皂娘，眼泪汪汪地说：你是尚天家的吧，有你家的信！

皂娘接过那封信，等于接过了他这个人。

他姓曲，家在离翠岭林场百里之遥的县城。老曲很不幸，他中年丧妻，一人拉扯大独子，未再娶妻。老曲干了大半辈子的邮递员，快退休时邮局裁员，他被迫买断工龄，提前回家。老曲整日郁闷，精神终于失常了。他最爱倒腾街头的垃圾桶，只要翻出废信封，就如获至宝，也不管多脏，抓在手里，四处敲住户的门，要把信投给人家。老曲的儿子小曲无奈，只得给他买了一箱信封，装上裁好的废报纸，用胶水封上，再在收信人一栏，随便填上地址和姓名，由他去投。他把信拿到手里，发现没邮票和邮戳，就跟儿子急了，说这些信来路不明，不能投。小曲无奈，只得买了邮票，又私刻了一枚邮戳，将信封贴上邮票，盖上邮戳，老曲这才满意地去投信了。老曲病后认人恍惚，但他还认得字。小曲编的名字，有的过于寻常，比如张亮、刘刚、王彩霞、刘桂芝之类的，那城里有叫这名字的人，所以信偶尔也能投出去。小城不大，老曲终日在街上游荡，很少有不熟识他的，所以老曲把信投给谁，谁都接着，表达谢意，老曲这天回家就很高兴，能多吃一碗饭。

小曲是孝子，待父甚好，可他媳妇却对一个疯癫的公公，厌恶至极。小曲在刨花板厂下岗后，靠卖粥赡养父亲，供儿子读大学。他凌晨4点钟就起来煮粥，这样早晨6点左右，能携着热气腾腾的粥现身早市。小曲的媳妇是县公安局的勤杂工，岗位不起眼，挣得也不多，但因为在一个显赫的单位工作，总觉得自己比小曲高出一等，在家颐指气使。她挣的钱，都花在了自己身上。她追逐时髦，讲究穿戴，上班时一件蓝袍子，下班后则花红柳绿的。小曲因为辛劳，头发过早白了，腰也弯了。他媳妇倒是滋润，他们同岁，可她看上去小他一旬的样子。

这年夏天，小曲觉得身体不适，他消瘦，乏力，面色灰黄，有一天早晨他蹬着三轮车去卖粥，晕倒在路上。他进当地医院作了初级检查，医生怀疑他得了胰腺癌，建议他尽快去大城市确诊。小曲没钱，只好求助于民间医生，用土法治疗。然而奇迹并没像他期待的那样出现，雪花飘舞的时候，他病情加重，腹部疼痛难忍，别说卖粥了，连行走都困难了。小曲想着自己死后，媳妇能对儿子好（毕竟那是她身上掉下的肉），可对父亲，她不会孝顺的。因为在他眼皮子底下，她还敢把剩饭剩菜端给公公，从来不把他的衣服和家人的衣服放在洗衣机混洗，说公公身上有细菌。一旦家里缺钱了，她就骂小曲，说他把钱都给老东西买邮票贴信封了，老的和小的都是祸害精！

小曲不想让父亲在他死后，过地狱般的日子，他想趁自己还能动弹，先送走父亲。他去棉活店，给老曲做了棉袄棉裤，又买了顶狗皮帽子和一双翻毛大头鞋。上路那天，小曲带着父亲，先去澡堂子泡澡。老曲满身风尘，难得洗回澡，那池温热的洗澡水，把他洗得婴儿似的，浑身红通通。他们父子俩在热气缭绕的澡堂子里，各自流泪。老曲是美哭的，小曲则是因为愧疚，多年来他忙于生计，很少带父亲来澡堂子了。洗完澡是近午时分了，小曲给父亲穿戴一新后，带他去了饭馆，点了老曲爱吃的酱猪蹄和红烧大鹅，还给他要了瓶好酒，让他畅快吃喝了一场，然后驾驶着一辆从朋友那儿借来的破吉普，载着父亲上路。

他们出了城，一路向西。小曲年轻时学会的开车，并无驾照。多年不摸车，他把车开得醉鬼似的，常常跑偏。好在往来的车辆少，错车时有惊无险。老曲喝了酒的缘故吧，一路上非常快活，看见车窗外的白桦树，就喊“娘子——”看见乌鸦就叫“剑客”。他还哼哼唧唧地唱歌，旋律滑稽，歌词只一句“儿子啊儿子——”听得小曲心痛。看着父亲满面天真的模样，他几乎要掉转车头，把父亲带回烟火人间。但他想自己不在后，父亲会流落街头，没人在意他的冷暖，小曲噙着泪花，加大油门，呼啸着向前。快到刀锋岭时，他停下车，将事先准备好的一封信交给父亲，说前方有片林子，叫空色林，那里有一户姓尚的人家，这封信是投给他家的。老曲下了车，鼓起眼睛，仔细看了看那封信。收信人地址一栏写的是：乌玛山区空色林，收信人的名字是“尚天”，寄信人地址是老曲所生活的小城的邮局。老曲举着这封信，按儿子所指下了公路，乐颠颠地向深山走去。小曲跪下，对着父亲的背影，给他磕了三个响头，号啕大哭。

刀锋岭是乌玛山区著名的迷路岭。那座山岭高耸入云，像一把锋利的刀壁立着。从乌玛山区开发时起，无论是森林勘探队、伐木队，还是生产队、知青队，都有在此迷路的人员。人们说这座山岭是旋转的磨盘，经过它的人，变成了蒙眼的驴子，只能围着它转圈。据说飞鸟经过它上空，也会迷路，所以刀锋岭上空，鸟儿总是盘桓不休。因为它强大的威慑力，无论是打猎的、采药的，还是拉柴的，都不愿去那里，所以刀锋岭的植被未遭破坏，动植物丰富。人们常见狍子从里面没头没脑地跑出来，看见刀锋岭外的松鼠在断粮的时候，去那儿寻松子。

小曲遗弃了父亲，从刀锋岭回返时，有种杀人的感觉，浑身冰凉，手脚哆嗦。他满脑子是父亲最后的影像，他拿着一封信，那么坚信不疑地奔向深山。刀锋岭是不是有狼？想着父亲可能成为狼的大餐，小曲心慌气短，吉普车在他身下也就成了野马，难以驾驭，左冲右突，不走正道，在一个转弯处掉到沟里。事故不大，小曲只是胳膊擦破了皮，吉普车也只是轻微剐蹭。他试图将车从沟里弄出，可他开足马力，它却纹丝不动，仍赖在那里。小曲只得上了公路，求助过往车辆。隆冬时分，公路极少有车辆经过。他在寒风中等了一个小时，才遇见两辆车。一辆是运煤卡车，司机停下车，问他有没有棕绳，可以帮他把车拖上来。小曲说没有，司机说他得赶路，撂下小曲走了。第二辆车是个轿车，车主远远见一辆吉普车掉进沟里，不想惹麻烦，所以加大油门，呼啸着从招手的小曲身边急速掠过。小曲冻得瑟瑟发抖，觉得自己这是遭了报应，不如跟父亲一起死了算了。他没有朝回城的路走，而是奔向刀锋岭。想着父亲在那里，他腿上有了力气。晚上八九点钟，他看见了远方公路的一处灯火，他犹疑着接近那座院落。一只狗汪汪叫着扑来，屋门随之打开了。小曲初见皂娘那张扭曲的脸，以为撞见了鬼，他想这是阎王爷派来收拾他的。谁想进得屋里，见父亲坐在烛光闪烁的餐桌前，正吃着热气腾腾的汤面。老曲见着小曲，抽了一下鼻涕，打着饱嗝说：儿子，可找着空色林的人家了！

皂娘从那封信和老人癫狂的精神状态上，知道他是遭遗弃了。至于被谁遗弃，她想收留了老人后，再作打探，谁知小曲当夜就现身了呢。老曲见着小曲说的第一句话，皂娘一切都明白了。她并没急于谴责他，而是让他烤火，然后给他盛了一碗面，看着他吃完，这才对小曲说，再不济的，他是你爹，咱咋能干出这种事哩。小曲哭了，把心中的苦衷讲给她听。皂娘听了后说，你怕他在你死后受罪，也不能把他往狼嘴里塞啊，要不是白蹄，你就再也见不着爹了！你放心吧，咱家白蹄把他带来了，他就跟咱有缘，不管你将来是死是活，你爹都是咱的人啦！咱会好好待他，不让他受罪。小曲感泪涕零，跪下给皂娘磕头，叫了一声“妈——”。他告诉她父亲做了大半辈子的邮递员，对信最有感情。只要他发病了，塞给他一封信，让他送信去，他就听话了。

小曲回城后，病情迅速恶化。腊月时他强撑着，租了辆车，最后一次探望父亲。他送来了父亲留在家里的衣物，还有一纸箱伪装的信件。小曲勉强过了年，正月一出，人就没了。从此以后，再没谁来探望老曲了。

皂娘收留了老曲，除了白蹄，又多了个伴儿。那时乌玛山区东部发现了金矿，开矿的来了，再加上旅游开发，过往的车辆多了，常有车主在经过她的黄房子时，朝她讨水喝。皂娘觉得这是好商机，便把家改造成小店。热茶、家常菜、自酿的烧酒，使她的小店热闹起来了。客人们进屋后，发现有个船形澡盆，吃饱喝足了，不特别赶路的，就让她烧锅热水泡个澡，松快松快。皂娘年岁大了，男人们也不避讳她，常光着身子，唤她搓澡。皂娘看他们喜欢泡澡，就在屋子东南角，隔出间澡屋，将她打造的那个船形大澡盆搬进去。

从翠岭林场迁走的人，听说皂娘开了小店，赚着钱了，有两户眼热，也回来开起客店。这样，这个本该荒疏下去的地方，因这三户人家，渐渐成了驿站。那两户人家抢了皂娘的生意，她也不恼，因为老曲拿着信在翠岭林场废弃的老房子转悠时，没敲开过任何家门，他们的归来，至少让老曲有了送信之所。为免纷争，皂娘后来干脆不经营饭食了，专给客人洗澡，兼卖手工皂。她用榆木做了一块长方形的匾，将都柿果捣烂，用它靛蓝的浆汁，自上而下，写上“空色林澡屋”五个字，竖立在院外。从此以后，小曲信封上那个虚妄的地名，就有了人气了。

故事讲到这里，关长河再次起身，嚷着喂马。我们说，你先前不是喂过了吗？关长河说，刚才是豆饼，现在得给它点草吃。我们说马拴在草地上，它一低头不就吃草了吗？关长河“咳——”了一声，说，你们懂啥？草里也有坏草。好草跟好人一样，不多，你得去找，好马得用好草养！关长河借着月亮光，去寻他说的好草了。大概半小时后，他回来了，身上果然携带着一股不寻常的草香。不过他湿了一只鞋子，原来他在溪边滑了一跤，一只脚掉进溪里了。他脱下那只湿鞋，放在篝火上，当咸鱼来烤，而它的确散发出咸鱼特有的味道。

不等我们催他，关长河一边烤鞋，一边把故事讲下去。

皂娘给客人洗澡，总是带着老曲，而且无论白天黑夜，澡屋都得点根蜡烛，不然老曲会不安。

客人进了澡盆，先泡上个十分二十分钟的，皂娘这才带老曲进去。为方便给客人服务，皂娘坐在澡盆旁的一只四脚矮凳上，老曲则与她平行着，坐在一把高背椅上。老曲手里攥块肥皂，目不转睛地盯着客人，像警察瞄着小偷。

皂娘给人洗澡，是从脚开始的。她让客人仰躺着，先洗正面。她会把客人的脚趾掰开，轻揉轻洗，好像每个脚趾都是花骨朵，得格外爱惜，不然就被碰落了，这时的她就是个花匠。洗过脚后，她变身为琴师了。她纤细苍老的十指，会将客人的腿认作竖琴，在上面轻轻弹拨，抖掉风尘。男人们腿间的私物（皂娘称之为“淘气包”），她也不避讳，她耐心而轻柔地清洗它们，就像对待婴儿一样。而洗到客人的胸腹部，她就像要为盛宴中的菜肴，找一张光亮的桌子来摆置，反反复复地擦拭，这时的皂娘就是厨娘了。洗过胸腹，她会拎起人的胳膊，把腋窝当鸡窝来打扫。有的人害痒，会呵呵笑起来。客人一笑，老曲也笑，“哗啦哗啦——”的洗澡声，也像是在没完没了地笑。而皂娘是不笑的，她洗过胳膊，会让客人翻身，俯卧澡盆，洗客人的反面——搓背。她先是灌溉农田似的，把温水撩到人的肩背上，然后从尾骨开始向上搓，手指如翻转的浪花，层层推进，一直到后脖颈。她不断重复这个动作，不断加力，清理陈年旧账似的，将脊背的尘垢一扫而光，让它成为朝霞映照的湖面，明媚鲜润。之后她洗他们的臀部，她苍老的手就像受伤的鹰，在努力爬过高山。待到攀至峰顶，她会擂鼓庆祝似的，朝着屁股，快意地“啪啪——”拍打几下，这也是让他们回转身的指令。

客人回到正面后，澡盆的水多半浑浊了。这时皂娘会起身，端来一盆温热的清水，放在她坐的矮凳上，让客人侧身，而她屈身站着，为他们洗头。她洗头很费心思，先是揉捏太阳穴和耳蜗，然后才浸湿头发，从老曲手里取过肥皂（也许是玫瑰皂，也许是松露皂，这得依据客人的喜好了），将头发均匀地打上肥皂，让头发与皂液先亲密接触着，将手移至眉毛，用指甲理顺它们，然后再修剪树木似的，仔细清理了胡须，这才去洗头发。此时的发丝经过皂液的滋润，非常好洗。皂娘洗头的时候，手会淹没在雪白的泡沫里。老曲看不见皂娘的手了，会紧张得跳起来，呜哇喊叫，急出泪来。皂娘就得抽出手，晃晃给他看。沾在皂娘手上的肥皂泡出水后，如绽放的爆竹，“噼啪——噼啪——”地破灭。老曲见皂娘的手在皂花开放后，完好无损，这才坐回去。皂娘洗完客人的头，会把洗头水泼掉，再往澡盆加上几瓢热水，撒上晒干的野菊花瓣，丢下一条干爽的毛巾，让客人独自静默地再泡上一刻，出浴后自行擦干身体，然后她带着老曲，轻轻关上澡屋的门（如果是白天，她会先把蜡烛吹灭了），出去饮酒了。她每给客人洗完澡，都要用一盅酒来慰劳自己。

起先来洗澡的客人们，出浴后会给皂娘留下三四十块钱，后来因为来的人多，价钱自动涨到五六十块了。皂娘带着老曲受羁绊，进城采买不容易，就跟客人说在山里花钱麻烦。有心的客人便问她想买啥，可以给她捎来。皂娘说，人活着最要紧的是打点肚子，吃喝最重要了。皂娘的话传扬开来，客人们再去空色林澡屋，付给她的就是吃食了。鸡鸭鱼肉，烟酒糖茶，大米白面，腊肠豆干，挂面粉丝，瓜果梨桃，油盐酱醋，甚至姜葱蒜，真是要啥有啥。

老曲跟了皂娘，就是掉进福堆了。他胖了，气色好看了，说话声音也洪亮了。他一旦发病，皂娘就往他手里塞上一封信，让他去投。怕他走丢，她会让白蹄带着他。那两户回到林场开客店的人家，不知收了多少信。他们心疼皂娘，信攒了一沓后，又悄悄给她送回来。白蹄有时想撒欢儿，就不把老曲往客店带，而是领进山里。有窟窿的树桩，在老曲眼里就是邮筒吧，他会把信投进那里。皂娘是怎么发现这个秘密的呢？有回她为了得到烧柴，扛着斧子去劈树桩，结果劈出一封信来。

皂娘知道老曲有时连人和邮筒都分不清了，对他更加体贴。白酒要给他温过，茶水绝不让他喝凉的。老曲喜欢吃带馅的东西，包子饺子和馄饨，就是她家灶上的主角。过年时皂娘一身旧衣裳，可她会在腊月带着老曲进城，给他买新衣新帽。她还会给他糊上一盏红灯笼，除夕夜往他衣兜揣上花生瓜子，让他提着灯笼出去转。

皂娘和老曲睡一铺炕，但不是一个被窝。因为老曲来后，她添置了一套铺盖，被褥枕头，一应俱全。他们洗澡时，总是老曲在先，皂娘在后。人们说起他们的事儿，无不哀叹，说要是时光倒流三十年多好啊，皂娘和老曲就能搂在一起睡了。

老曲闲下来时，爱摆弄皂娘的鼻子，他老想做英雄，把它拯救到正路上来。他揪着她的鼻子，执拗地拽向脸颊中央，就像牵一匹不听话的烈马。有好多次，鼻子仿佛是归于正位了，可他一松手，它又回根据地了，让他好不沮丧。皂娘常被他弄疼鼻子，也是烦了，又留起长刘海，遮着那半张脸，这样老曲就放过她的鼻子了。

又过了几年，皂娘把那绺长刘海再次铰掉了，不说你们也明白的，老曲死了！

他是怎么没的呢？说是那年夏天有个客人洗完澡，出了澡屋，掏出一个巴掌大的游戏机，边玩边喝茶。老曲凑过去，见好几只骷髅头在动，大叫一声“捉鬼”，之后一个跟头栽倒在地，瞪着一双惊恐的眼睛，走了。

皂娘把老曲埋葬在黄房子西侧的松林中，逢年过节，不忘了带供品去看看他。每逢吃饺子，还习惯给他留一碗，搁在桌上。看着烛光下的饺子热气散尽，筷子没人碰，她会长叹一声，连喝几盅酒，把凉透的饺子吞掉，然后睡上一场。

皂娘依然给客人洗澡，不过带的不是老曲，而是白蹄了。她白天去澡屋，也不用点蜡了。白蹄坐在老曲坐过的地方（当然把他的高背椅挪开了），跟老曲一样机警地盯着客人，只是它手里不能攥着肥皂。谁要是在皂娘给洗胳膊时，手无意间触着了女主人的脸，它就会汪汪叫着抗议。所以入了澡盆的男人，比老曲在世时还规矩，皂娘让怎样就怎样，不敢有丝毫不恭。

白蹄老了，但它生性难改，还是做些可笑的事情。

有个客人洗完澡，做了个抽烟的动作，说要是在澡盆抽上一棵烟多恣啊。白蹄跟皂娘出了澡屋后，就把桌上的半盒香烟叼起，放进澡盆。想想人抽烟得使火，它又去灶台，取了火柴送去。客人眯着眼享受时，听见白蹄“哈哧——哈哧——”进出不停，也没理会。待到他闻到烟丝的味道，睁开眼时，发现了澡盆上漂浮着的香烟和火柴。客人笑了，捞起它们，送到皂娘面前，说，你看那蠢狗干的好事。皂娘把白蹄吆喝过来，说，白蹄啊，你真是狗脑袋啊，烟丝火柴进了水，等于是人绑着石头投了河，不是找死吗？看在你跟咱一样老了的分上，咱就不揍你啦。从此后皂娘把香烟搁在柜顶，把火柴放在调料架上，都是白蹄难够到的地方。不过半年以后，皂娘又把它们放回原位了，她老得胳膊抬不高，取香烟火柴太费劲了。

关于白蹄，流传着的最令人捧腹的一件事，是有个客人吃饱了过来洗澡，洗到一半，放了一连串响屁，白蹄见澡盆“咕嘟嘟——”地冒出一串气泡，来了神了，以为气泡下面有鱼经过（它跟着主人去溪边时，皂娘指点给它冒气泡的水面下，有鱼活动，它因此练就了从水泡下捉鱼的本领），白蹄兴奋地奔向澡盆，张着大嘴准备逮鱼，被皂娘及时呵斥住。客人吓得双手捂住私物，生怕白蹄把他的宝贝当鱼给捕获了。

来空色林澡屋的，谁没点委屈呢。皂娘给他们洗澡时，那些委屈大的，算是找到了宣泄口，会痛快哭上一场。泪水融入散发着他们体味的洗澡水，就像汇入了世俗生活的洪流，他们拔脚出浴时，轻松了许多。

有个病入膏肓的中年人，怕自己死了再也不见日月，觉也不睡了，昼夜望天，说要多汲取点日月的精华，不然在另一世，会堕入黑暗之中，精神快崩溃了。他听了空色林澡屋的神奇故事后，特意来此洗澡。他是白天来的，但皂娘知道他的事情后，等到天黑才给他洗。她也没点蜡，带着白蹄坐在黑暗中，手指撩着温润的水，就像浇灌久旱的荒山，从他的脚到头，每一寸肌肤都滋润到，揉捏到，爱抚到，让他的每个阻塞的毛孔，都打开天窗。她问他感觉到黑了吗，客人说没有，他感觉全身心沐浴在光里。皂娘说，这就对了，要说黑，心待的地方是最黑的，可它不怕黑。它怎么不怕黑呢？它跳，咚咚咚咚，不停地跳，这样它住的黑屋子就亮了，光也出来了。你不用找光，只要你的心好好地跳，别缩，光就能找你。也怪，洗过澡，这人归于平静，把生死看淡，彻底放下，居然战胜病魔，幸存下来。他每到腊月，会带着鸡鱼猪羊，给皂娘送来年礼。

皂娘上了岁数后，更加心疼白蹄，她想让它多陪自己几年，所以不吝惜把好吃的分给它一些。每天晚睡前，不管多累，她都要蹒跚着走到院子，跟白蹄打声招呼：咱俩得好好的呀，明早不许不醒来！

皂娘最怕的就是自己先死，白蹄没了主人，谁还会收留一条垂暮的老狗呢？为此她跟那两户开客店的人家，努力着搞好关系。客人送来的东西吃不了，就分送给他们，只图万一她没了，他们能善待它。两户人家都表示，开客店剩饭剩菜多，养个白蹄不成问题。皂娘再嘱咐他们，万一白蹄做了错事，呵斥它几句就是了，老狗懂人话，千万别踢它，它老了，不经踹了。还有，万一它死了，别吃它的肉，把它埋了。客店主人都撇着嘴说，一条老狗，有啥吃头？埋，肯定埋！皂娘就安心了，回头再取几块她做的肥皂，给他们送去。

我记得很清楚，当我们还想听空色林澡屋的故事时，关长河抬眼看了下天，长叹一声，说，月亮也是个大澡盆，它用的是银河的水，要是此刻我能飞进月亮，让皂娘给洗个澡多美啊！他那语气和神态，好像皂娘在月宫烧好了一锅洗澡水，正候着他呢。我们意犹未尽，可关长河说时候不早了，该睡了。他起身的时候，朝我们要此行的向导费，说明天就出山了，夜里揣上钱，睡得会踏实。我们没有犹豫，按照事先讲好的，把钱如数给他。他很认真地在月下点过钱，拉长声说“对数——”，跟我们挥挥手，然后指向星辰寥落的东方，有意无意地说，明早朝着那儿走，就能去空色林澡屋泡澡啦。

关长河睡去了，他睡在离马很近的地方，我们在他离开后争论的间隙，还听到过他的鼾声。由于空色林澡屋只收吃食，我们先是在篝火旁，把所剩无几的罐头、干肠和饼干搜罗到一起，然后讨论去空色林澡屋的人选。因为皂娘每天只给一人洗澡，而我们只是路过，不能久留，仅一人有这福气。开始大家都沉默着，没谁主动说去，也没谁说放弃，而沉默总是风暴的前兆。

最先打破沉默的是小李，他从林业大学毕业才一年，这一路他刻意不刮胡子，留起长发，像个落魄的艺术家。也许是在大学熏陶的，他提出了一个AA制洗澡方案。五个人都下澡盆，分别洗头、胸脯、肚子、腿和脚。我们以为他开玩笑，可他认真地说，既然大家都想洗，此分配最为合理，这样每个人都能进澡屋。他说如果大家同意他的方案，他有优先选择权，他要洗脚。因为皂娘给人洗澡，是从脚开始的，那时的洗澡水最干净，而他走了一路，脚疼得很，正需按揉。我们四个比小李年长的人，觉得他这是痴人说梦，异口同声地予以否决。接下来是对领导的话永远言听计从的小许提出的方案，他说应该领导洗。我是此行的队长，那就是说让给我洗。其他人不吭声，我赶紧识时务地说，这可不能搞特权，再说五人当中，有两位比我年长呢，他们应该有优先权。那两位年长我三岁和四岁的人，一个是老孟，一个是老薛。孟薛对望一眼，孟说应该抓阄。薛说拼酒量，把余下的酒喝光，谁没喝倒，就是谁的。老孟的好手气和老薛的好酒量，都是有名的，小李和小许，旗帜鲜明地反对。小李说，抓阄等于绕开了问题实质，张扬中庸之道，应予摈弃。小许说，拼酒量那是野蛮人的做法，极不人道。看大家争执不下，我说，皂娘愿意给风尘大的人洗澡，比一比谁的风尘大，谁就去洗。老薛呵呵笑着说，泥坑的猪风尘最大！我们大笑起来，那一刻气氛是融洽的。最后大家依着我的思路，统一想法，就是敞开心扉，诉说各自的不快，比一比谁的委屈更深，磨难更大，辛酸更多，空色林澡屋就归谁享用。从我开始，按照围坐于篝火的顺时针次序，依次开讲的是：老薛、老孟、小许、小李。

我先说。先说的好处是先声夺人，可把最刺目的痛楚当利剑亮出，让小痛楚在它面前被腰斩。我说，你们看到的我，不是我，而是非我。我自幼喜欢医学，可我那做教授的父亲，认定这地球上最伟大的职业，就是做地质学家，他居然篡改了我的高考志愿，把我送入地质大学。我毕业参加工作后谈了一个女友，是中学音乐老师，可我母亲认为一个搞音乐的妻子，私生活会像五线谱一样混乱，私下约会她，愣说我有相恋多年的女友，两家早就会过亲家了，我爱的女友信以为真，一怒之下离开我。最终我娶的老婆，你们也知道，是父母为我选的图书管理员。她太古板了，一点女人味都没有。我们过了二十几年，我等于在冰窖里活了二十多年哪！那个冷啊，不是一个正常男人过的日子。你们知道吗？我老婆健健康康的，可她说她活着就是为了等死，她厌世得厉害，华服美食，自然美景，音乐美术，男欢女爱，这些能引起人愉悦的事物，她一概没兴趣。我让她去看心理医生，她反说我有精神病。跟你们说真话吧，我受不了她，几年前与初恋女友联系上了。她还当音乐老师，就是日子过得不顺，她丈夫虐待她。为啥呢？不用说你们也猜得出来，她把初次给了我，她男人新婚之夜发现她不是处女，从此酗酒，每次醉酒打她，就逼问破了她处女身的元凶，声言要干掉这家伙。她怕说出我的名字，这男人真会提刀找上门来，所以一直跟他说我得了癌症，早死了！现在你们理解了，为什么我父母相继去世后，我的精神状态反而比以前好了？因为他们再也不能干涉我的生活了！你们说我这半辈子，活得苦不苦？

我以为自己的情感经历，泪迹斑斑，能引起大家同情。谁料先是小李冷笑一声，说，队长看着挺聪明的，没想到是个窝囊废！谁让你当木偶啦？是你愿意啊，不是活该吗？两个人能过就过，不能过就散，你和音乐老师现在也可以重温旧梦呀，这算什么苦呀？接着老孟“哼——”了一声，说，你老婆再冷，这冷宫不是给你孕育了个儿子吗？她要真是冰窟窿，啥种子能发芽啊？这一老一少，戗得我哑口无言。

接下来大倒苦水的是老薛。他像个说书人，清了清嗓子，拍了一下大腿，揉了把脸，说，你们看我这张跟黄土高坡一样的脸，就知道我遭过多少罪吧？我年轻时挖过煤，每天下井的感受你们知道吗？就跟被人抬进棺材一样，随时有被埋掉的危险。为脱离这地狱似的环境，我跟爹娘说，给我半年时间复习吧，让儿子能从地下升到地面，享受到阳光，不然这一生太黑暗了！我家那时穷成啥样呢？房子是漏的，铺盖不够用，米缸常常是空的，肥皂和灯油都使不起，我要是不挖煤，一家人可能会断顿！但爹娘听我这么说，还是咬牙同意了。我不分昼夜地复习，也是争气，当年就考上了大学。我得感谢那时大学为贫困生设立的助学金，没有它，我很难读下来。不瞒你们说，大学时我没添过一件衣裳，吃的是最差的饭菜。大学毕业参加工作后，我挣的钱大都贴补老家的父母了，依然清贫。不怕你们笑话，米面油盐、牙膏厕纸，甚至内裤袜子，无论什么，我都得精打细算，买最便宜的。好在那时单位分了套小房子给我，我才娶上媳妇。就因家庭条件差，媒人给我介绍了四个对象，只有暖瓶厂的一个工人看上我。谁看上我，谁就是我的福音书，我娶了她。接下来的故事你们也知道的，她生的是龙凤胎，对别家而言，这是喜事，可对我们来说，抚养一双儿女成长，天天都得爬坡过日子。后来暖瓶厂黄了，她下岗了，家中用度，全靠我一人了。日子本来过得就难，偏偏我娘得了癌症，把我仅存的一点钱，都烧到手术台上了，娘的命却没保住。我爹受了刺激，高压天天都在200徘徊，最终中风偏瘫，这样我只得把他接进城伺候。因为妹妹嫁了人，我们那里的风俗，女儿是可以不赡养老人的。你们想想吧，一套四十平米的屋子，老少三代挤在一起，是个什么景象！阳台就没晴朗过，天天吊着洗的东西；为了省下买青菜的钱，我家冬天以腌菜为主，本来不大的厨房，摆满了酸菜缸咸菜坛，没个好气味。队长嫌你爹娘干涉太多，给你改了高考志愿，可他们给你遗留了大房子，你再不痛快，也是在大房子里敞敞亮亮的不痛快啊。我呢，伺候生病的老的，还得掂掇这俩孩子上大学的学费，就差卖血啦。说真的，勘察结束，最伤心的是我了，我不愿意回到城里那个小屋子啊！爹在哼哼，媳妇苦巴着脸，我就像在垃圾堆旁找食儿的秃鹫，哪有什么尊严啊。我爱喝两口酒，就想麻醉自己，可我他妈的就是醉不了，心里好像绷着根弦，千万不能倒下。我一倒下，我家就相当于公司破产了。我愿意待在大自然里，这里随处可扎营，我愿意住多大的屋子就住多大的，喝水不用交钱，烧饭不用交煤气费，太阳月亮没有被雾霾遮蔽，黑白都有灯使，电费也省了！老薛说到此时，声音颤抖，用手蒙住脸。他是否哭了？那晚西去的月亮，也许比我们看得更清楚。

轮到老孟说话了，老孟先是对老薛说，管咋的，你还有爹可伺候着。爹是什么？是太阳啊。有爹在，他就是再磨人，相当于乌云遮住了太阳，背后还是亮堂的呀。你们不知道，我是个遗腹子，爹连张相片都没留下，我不知他长啥样。我娘带我改嫁后，继父对我的狠，三天三夜也说不完啊。继父一打我，你们知道我干啥？我就坐在镜子前，对着自己的脸，在作业本的背面画爹。我画完一张，就偷偷给我娘看，我娘一摇头，我就知道画得不像。只是有一回，我拿着画像给娘看，她一看就落泪了，我知道自己画对了，这张画像我一直留着，结婚后把它镶上，除夕在家里的香案摆上相框，给爹磕头拜年。我长大后不止一次问娘，我爹咋死的？娘总是回一句，他寿路到了。直到我娘去世后，我小舅才对我说出实情。饥荒年代，我爹为了给怀孕的娘找吃的，惦记上了盘在村中井壁的一条蛇。他趁晚上井台空荡的时刻，腰间缠了绳子，带着自己用树杈做成的捕蛇器，去了水井。结果爹没捕到蛇，反倒让蛇咬了。爹中了蛇毒，挺了一天，就没气了。那条咬他的蛇，从井壁消失了。村里就这一口井，村人说我爹碰那条蛇，触怒神灵，从此喝这口井水的人都会遭殃，逼我家另打一口井，还不准爹落葬。村中几个瘦得皮包骨的汉子，把我爹抬到山坳，说是惩罚他，让他暴尸荒野，实则把他当成诱饵，打的是捕猎的主意。我小舅说，闹饥荒那会儿，村人把能吃的树都啃秃噜皮了，没啥吃的啦，动物也少，飞禽走兽极难见到。那几个男人在爹身上，设置了各种捕鸟和捕兽的夹子。那段时间，去爹尸首旁等猎物的，接二连三。爹最终为村人猎获了七只乌鸦、两只鹰和一条狼，听说爹最后只剩下几根骨头。村人不能再用我爹作诱饵时，撇下他回村了。我娘生下我后，去山坳寻爹的尸骨，可她一根骨头也没捡着。我小舅说捕获的猎物，让村中濒临死亡的人，活了下来。他们也感念我爹，给我娘分了半只乌鸦。不是这半只乌鸦，我娘都没力气生下我。我不敢想爹的尸首作诱饵的情景。你们没发现吗？这三年来，我头发掉了多半，自打我小舅跟我说了实情后，我整宿地不睡，一闭眼就是乌鸦老鹰的影子。所以你们明白了吗？这一路为啥我听见它们的叫声，就心烦意乱？唉，要是皂娘能给我洗回澡，把憋在心里的委屈洗淡一点，我也不枉在这青山绿水中走一回！

老孟的诉说，应该是打动了在场的每个人。因为大家以哀悼的姿态，低下头来。最终是老薛先抬起头来，叹息一声对老孟说，毕竟都是过去的事了，现在你家过得多好哇，老婆有个好工作，儿子考上了北大，你家的日子，比这团篝火还红火，谁不羡慕啊。老孟说完，拍了一下小许的肩膀，示意该他说啦。

小许一张口，还是强调应该让领导洗。如果领导一定让给手下人的话，谁身上的味儿最难闻，谁就去洗。老薛首先反对，说，你小子脚丫最臭谁不知道？老孟也反对，说，别人都讲委屈，你不能绕过，绕过就等于刺探了别人的隐私，把自己深藏起来，这是叛徒的行为。小许被逼无奈，说他此生最大的委屈是入赘。他家在农村，在城里买不起房，只得娶了个有房的城里人。她老婆在京剧团做剧务，有演出的日子，他们就得分床睡。因为她爱舞台上扮相俊朗的小生，演出当晚回到家，她还痴迷着角色，看小许便百般地不顺眼，他就得给她个心理调整期，分居一两天，让她能够从虚幻的舞台，回到柴米油盐的日子。小许说入赘的男人，就是做了战俘，终生不得翻身。

最后登场的是小李，他先申明他的委屈，不是个人的，而是一代人的，所以他是在争取一代人洗澡的权利。小李说，不管你们有多大的委屈，你们居有定所，毕业后组织给分配了工作，医疗有保障，手捧铁饭碗。我们这代人呢，赶上了高房价、高物价、高污染空气和水源的时代。像他这种毕业后找到工作，算是幸运的。很多大学生，毕业就等于失业了，成了啃老一族。他们蜗居在父母家中，被苍老的翅膀护卫着，怀揣简历，奔波在路上找工作，在夹缝中求生存。这样的青春岁月，就像在荒漠中跋涉，该是多大的委屈！小李说以他为例，他一个月的工资3600块，去除每月房租1200块，伙食费1000块，水电煤气费300块，上网费电话费200块，看电影、日常生活用品等300块，再加上人情往来，真是属于月光一族了。即便贷款买房，五六万的低首付，对他们来说也是天文数字，不要说成家生孩子了。他大学同学中，毕业后唯一结婚的，是个叫方超的人。方超在城里找不到工作，干脆回乡开了养鸭场。他父母说早知道他回来养鸭，就不让他上大学了。方超找了个开鞋店的姑娘，日子过得挺踏实。小李说得兴味寡然，我们也听得兴味寡然。我对小李说，每个人都讲了各自隐秘的事情，你总得说出一桩，不然月亮都不饶你！小李哈哈笑了，指着滑向西天摇摇欲坠的月亮说，你瞧它困得都要回屋睡了，哪还顾得上咱们这帮说委屈的傻瓜！一定让我说一桩的话，我告诉你们，我的女友大学毕业去西北支教了，原想着两年支教结束，她会回城和我团聚，可是三个月前她突然告诉我，她爱上了当地公安局的一个警察，打算留在那里了。她说凡是支教期满主动留下的教师，当地政府会分给一套两居室的房子。我们好了三年，一想到我爱的女人，一生要经受大西北狂风的吹打，我就心痛！我们同居过，她喜欢吃黄瓜，身上总带着一股清香味，现在我夜里睡不着时，真是奇怪了，总能闻着黄瓜香味儿，真是让人伤心哪。小李说完，脸上浮现出奇怪的笑容。

那晚在场的人都道出了委屈，接下来就是品评谁的委屈可以下澡盆接受洗礼了。我们像是一群在婚宴上抢糖果的孩子，争得面红耳赤，互不相让。最后伤了和气，谁都没进帐篷，散开后各自展开睡袋睡下了。关长河的离开，我们毫无察觉。总之早晨醒来，飞舞着阳光的松林里，关长河和他的马，就像昨夜天空的浮云，踪影皆无了。

我们在失去向导的情况下，向着东方，艰难地走出森林。出山后果然在公路旁见到一个小驿站，那里有两家客店，提供简单的吃食。我们分别向主人打听空色林澡屋，打听皂娘和白蹄，他们一脸迷惑，说不知道。我们不相信，返程途中，只要遇见乌玛山区的人，不管他是放马的、护林的、运煤的，还是采山的、种地的、打草的，都会问空色林澡屋在哪儿。可是无一例外，他们都冲我们摇头。

我们的勘察任务完成得堪称完美，各项数据的获取非常翔实，可是我们离开乌玛山区回城后，莫不垂头丧气的。老孟老薛在单位见了我，都躲躲闪闪的。小许则变成了絮叨的老婆子，见了我一遍遍地解释，入赘其实对他来说不算啥委屈，他老婆待他挺温柔的。总之，大家都有说出秘密后，那种难言的空虚和后悔。

有一天下午小李来我办公室，送关于乌玛山区水文方面的勘察报告，这是此行他负责的内容。我问他与大西北的女友真的彻底断了吗？如果忘不了她，还是要去争取。因为在青春时代错过爱情，婚姻很容易坠入世俗的泥潭。小李眨着眼笑了，先拱手对我说，领导对不起了，接着告诉我，他与女友间的悲催爱情故事，是被逼无奈，依照报纸上看到的一条消息，编排到自己身上的；他还没女友呢。

小李见我惊愕不已，说其实关长河讲的故事，也未必真实，不然他为什么在说完空色林澡屋的故事后，不辞而别呢？因为他无法带我们抵达那里。小李还说，他也不大相信那天大家诉说的委屈。真正的委屈，不是那么轻易道得出来的。而能说出的委屈，因个人处境和地位的不同，自然也作了种种修饰或伪装。

小李的话令我动气，我将那份乌玛山区水文勘察报告甩在办公桌上，冲小李吼，你在怀疑老薛老孟和我编瞎话？小李说，领导息怒，我不是不信任你们，我是不信任那晚的场景，它太像电影了！关长河是个好猎手，更是个高超的导演，他把我们往一个情境里赶，就像把猎物圈在他的围场里，他都不用举枪，我们个个中弹，和他故事中的人物，一起成了演员。

小李是什么时候离开的，我毫无察觉。我在办公室，从下午呆坐到黄昏，无论是敲门声还是电话铃声，一概不理。下班后我给老婆打电话，谎称出差，告诉她晚上不回家了。我找了这座城市最偏僻街巷的一家小酒馆，要了油焖河虾、酱焖酥鲫鱼和啤酒，自斟自饮。在小酒馆吃喝的，还有四个出苦力的人，他们显然是进城打工的农民，头发乱蓬蓬，裤子满是灰土，衣裳汗渍斑斑，脚下的绿胶鞋散发着臭烘烘的气味，但他们热情洋溢，高声说笑。他们点的菜比我口味重，麻辣螺蛳和红烧猪大肠是主菜，配菜是花生米和海带丝，一瓶老白干四人均分，一人一海碗米饭。他们连吃带喝，胃口极佳，杯盘碗盏，最终丝毫不剩，光可鉴人，好像刚从洗碗机中出来似的。他们结账，居然采用AA制方式，每人花费32元。他们离席时，其中一人看了我一眼，说，兄弟一人喝酒多没意思呀。我顺势请他们喝啤酒，四人也没忸怩，一人要了一瓶，开瓶后对着瓶嘴，站着一口气喝光，然后快意地谢我。其中有两人还说了祝福语，一个祝我买彩票中奖，一个祝我早日抱上孙子。

我学着那几个民工，把盘中菜吃得光光的，酒也喝得一滴不剩，飘飘忽忽走出酒馆。夜已深了，我去附近的一家快捷酒店登记住宿。一口黄牙的老板娘扫了我一眼，问，就你一个人住？我说是。她诡秘地一笑，压低声说，我知道你们这些男人是来干啥的，我帮你联系小妹吧。你喜欢啥样的？我告诉她，我不喜欢小妹，我喜欢老婆子。有个老婆子叫皂娘，你要是能把她请来，给我洗回澡，我就付她五星级酒店的房费。老板娘把钥匙牌“啪——”的一声摔在柜台上，不再理睬我。

我拎着钥匙，沿着逼仄狭窄的楼梯进了鸽子笼似的房间，一头扑倒在床上。这时手机铃响了，我很想在此时跟谁说说话，按了接听键。电话是个男人打来的，他很客气地自报家门，说他姓部，是乌玛山区林业局帮我们请向导的人，我们见过一面，下午他给我打过两个电话，我没接听，而他要说的事情紧急，所以占用我休息时间再次打来了。老部先问我关长河一路用了多少颗子弹？我想都没想，说了个“二”字。他迟疑一下，说，你说的是“二”，还是“十二”？我捋直舌头，强调是“二”。他微妙地叹息一声，再问关长河的猎枪，是在与狼搏斗中损毁的吗？我“霍——”地从床上坐起，说我不知情，因为出山前夜，他撇下我们，和他的马一起消失了。老部沉吟一下，说，关长河告诉他们，出山前夜勘察队在营地遭遇到狼群袭击，他为了保护我们，独自与狼群奋战，猎枪废了，弃在山中，不能归还，而他总共用掉十二颗子弹，所以行程结束，他只是还回了十八颗子弹。现在需要我们出具一份材料，证明这位向导，在我们勘察过程中协助我们完成了任务，猎枪是因保护我们而损毁的，子弹用掉了十二颗。因为猎枪是从派出所借的，不还回去，当地林业局有责任，而关长河也会因此被视为持枪的危险分子。

我抓住这个机会，问他知道关长河的电话吗，我有事想跟他沟通一下。老部说，关长河从来不用电话，想找他，得通过他人去寻，他常年在山中游荡。我又问，关长河有家吗？老部说，他是个弃婴，当年被人扔在山上的鄂伦春营地，所以他是鄂伦春人带大的。至于他是汉人还是鄂伦春人，无人知晓。但从他的体貌特征来看，他应该有鄂伦春血统。他至今未婚。我再问老部，听说过空色林澡屋和皂娘的故事吗？老部很干脆地说，没有。末了他嘱咐我尽早把证明材料写好，加盖公章，用特快专递寄来，收件地址他随后用短信发送到我手机上。我一边答应，一边乞求老部，如果见到关长河，务必把我电话给他，请他回个电话。老部勉强地说，好吧。

为了给关长河写那纸证明，我们勘察队一行五人又聚集在一起。我转达了老部的话，希望大家充分发表意见，达成共识后出具证明。小许首先表态，他说，领导怎么办，我都没意见。老孟说，那晚没听见狼嗥，所以猎枪是在与狼搏斗中遭损毁这一条，写时要慎重。老薛也说，关长河显然是在撒谎，即便他遭遇了狼群，他有子弹，只要开枪，驱狼那不是轻而易举吗，何至于把枪当长矛使，与狼短兵相接呢？老薛老孟观点的不谋而合，至少冲淡了归来后，弥漫在大家之间的冷漠情绪。轮到小李，他爽快地说，当地让怎么写，就怎么写呗，毕竟关长河一路上为我们立下了汗马功劳。现在假证明满天飞，又不差这一张。小李还分析说，关长河当初嫌配给他的子弹多了，显然那时他还没有私吞子弹的想法，如果他说用掉了十二颗子弹，只有两种可能，他后来变了主意，想留下猎枪和子弹，所以提前离开我们，对当地林业局虚构了狼群的事情。还有一种可能，就是这一切都是老部策划的，关长河是他找来的向导，老部想私藏猎枪和子弹，于是让关长河编瞎话。小李的后一种分析，让我们这些比他年长许多的人，为之侧目，他的判断不是没有道理的。大家多方权衡，反复推敲，最终形成的证明材料中，关于猎枪和子弹的内容，用的是模棱两可的句子：我们在勘察途中几次遭遇野兽袭击，向导关长河用猎枪为我们解除险情，动用了相应数目的子弹。

我将出具的证明材料加盖公章，特快寄出。

三天后我给老部打了个电话，想问问他是否收到证明，再打听一下关长河。可我拨了几次电话，老部始终不接听。直到下班时刻，他才简短回复了一条短信：证明收悉，诚致谢意。

这样的回复，就是告别语。我知道通过他寻找关长河，是不可能的了。

我试图让生活回到正轨，或者说是回到平庸中，可是当空色林澡屋的故事像一道奇异的闪电，照亮了人性最暗淡的角落后，我的整个生活就被它撕裂了。我在空洞的光阴中，能感受到它强烈的光明，不禁又寻着这光明而去。我把春节的休假，放在了乌玛山区。

这次没有任务在身，我谁也没找，就是一个轻松的背包客，一站一站地行进。越向北走，旅人越少。在路上折腾了两昼一夜，除夕夜我到了乌玛山区。那里正是漫天风雪的时刻，连绵起伏的山峦披挂着白雪，看上去像无尽的白色毡房，很有烟火气的样子，而其实人烟寥落。越往乌玛山区深处走，寒流越强，景色也就越壮美。我每到一处驿站，都要打听空色林澡屋和关长河。很多人知道关长河，都说他很难找到，但没人知道空色林澡屋。我每离开有手机信号的驿站，会把自己的电话号码，留给驿站主人，求他们见到关长河后，请他给我回个电话。

我就这样搭乘各色车辆，与乌玛山区冬天特有的麻雀和乌鸦为伴，在茫茫山林中寻找了六天，经过了多个驿站，直到返程在即，也没有见到关长河，更不要说空色林澡屋了。但我收获了辽阔的天空，清冽的空气，洁白的雪，满天的繁星和每家驿站灶上的热汤，它们胜过最璀璨的城市灯火和最丰盛的年夜饭，是我此生过得最知足的一个年。

离开乌玛山区的前夜，我在一家林场酒馆怅然饮酒，手机突然响了，我迫不及待地接起来。送话器先是传来一阵风声，接着是一个人沉重的喘息，一个苍凉而熟悉的声音随之响起，我立刻听出，他就是我苦苦寻找的关长河！他劝诫我不要找皂娘和白蹄了，谁也找不着空色林澡屋的。我急切地问为什么，关长河沉吟一下，说，其实当时他应该对我们说真话的，皂娘遭人举报，指控她在深山搞色情服务，去年深秋她带着白蹄，乘着那个大澡盆，从青龙河顺流而下，不知漂荡到哪里去了。我万分愤慨，说，一个老太婆怎么可能搞色情服务？关长河深深地叹息了一声，又说也有人告诉他，皂娘是洗不动澡了，所以她带着白蹄，去没人的远山修行了，她什么时候回空色林澡屋，那得跟看流星从夜空划过一样，靠机缘了。也许很快，也许数年。我再问他为什么提前一夜离开我们，他真的遭遇了狼群吗？猎枪和子弹还在他身上吗？关长河只回了一句：咱把那个带帽遮的鹿皮小帽给弄丢了。

我以为他以“咱”自称，会以皂娘的说话方式，跟我多聊一刻，可他似乎厌倦了追问，不再言语。听筒最后传来的只是“呵呵——”的声音，像他的笑声，更像那一刻横贯天地的风声。我的眼前闪现出戴着鹿皮小帽的关长河，他顽皮起来像个少年。而当他眯起一只眼时，他就是在打量你了。

关长河挂断电话后，我赶紧回拨过去，可是无人接听。再拨，接电话的是我途经之地的某个驿站的主人了，他告诉我关长河今日黄昏路过此地，他告诉他，有人在找他和空色林澡屋。关长河说找空色林澡屋的人，一准是喜欢和星星一起过日子的人。驿站主人掏出手机，劝他给我回个话，可他执意不肯。驿站主人为了促成通话，特意陪他喝酒。一瓶酒落肚，关长河面色和悦了，主动抓起手机，出门给我打电话。驿站主人说，关长河还回手机，我们通话的一瞬，他已经骑着鄂伦春马，离开了驿站。

我谢过这个热心的驿站主人，出了酒馆，迎着冷风，仰望银河。银河在夜空正以长剑的姿态，洒下亘古的光明，傲然插在茫茫雪原上，期待它以英雄的名义命名它。

不管空色林澡屋是否真实存在，它都像离别之夜的林中月亮，让我在纷扰的尘世，触到它凄美而苍凉的吻。我只身从乌玛山区回城后，生怕自己有一天会因这样那样的原因，淡忘了它，于是用七个夜晚，把这个故事记录下来。因为是复述，故事的情境和人物的对话，难免有语意的微妙差异；而因为一些当事人与我相熟，所以我将他们的真实姓名隐去了。其实真名和假名，如同故事中的青龙河与银河，并无本质区别。因为它们在同一个宇宙中，渡着相似的人。

《北京文学》2016年第8期

东山宴

孙 频

1

若说这水暖村是镶嵌在吕梁山山沟里的一座玲珑塔，一点都不为过。

村子小巧，不过几十户人家，家家住的都是依山势挖出的黄土窑洞。山是竖着长的，他们就竖着挖，结果这几十孔窑洞便一孔摞着一孔，出了自家的窑洞便是站在别人家的屋顶上了。最高的那孔窑洞都快攀爬到山顶了，耸立于众生之上，让人看着都觉得摇摇欲坠，随时会掉下来。

村子小不过是个体积问题，更重要的是内部结构错综复杂而又搭配有致，没有一个人是被浪费掉的，堪比工艺精巧的玲珑塔。张三家的窑洞里住着一男一女过日子，不过这女人本是他嫂嫂，哥哥死后，身为光棍的他便继承了哥哥的窑洞和女人。被继承的女人每日照样活得心安理得，若是这小叔子身板不强壮又死在她前面了，而他又碰巧还有个弟弟，那她还会被一路继续继承下去，说不来她活到耄耋之年还要被更小辈的继承。这女人简直就像是张三家的祖传宝物，必得代代相传下去才好，千万不能流到外人家中。李四家的窑洞里住着一个老女人和两个老男人，老女人的孙子管这两个老男人，一个叫爷爷，一个叫小爷爷。小爷爷年近七十，瘦小加老迈，一副随时准备缩回母亲子宫的架势，因为占地面积太小，稍不留意就四下里找不到人了。已经完全蜕化到废物的行列，终日混吃混喝专心等死。

这小爷爷是老女人的第一任丈夫，比女人大出二十岁，女人年轻时候因为吃不上饭而被小爷爷收留。女人四十岁尚且生龙活虎的时候，小爷爷已经提前返祖变成一只满是老年斑的香蕉了，白天不能养活她，晚上不能满足她。后续无援自然让这男人女人都心生恐惧，毕竟还要死皮赖脸地往下活很多年。于是，女人便携夫嫁给了一个四十多岁的老光棍。嫁给他的前提是，得养活她前夫直到把他养老送终。人活着哪能没有一点良心，如今把他当爹养老送终也是应该的。她的第二任丈夫欣然允诺，老香蕉已经没有性能力了，要是还能做动，他也一定会无私让出来几宿。独自霸着一个女人有什么意思？难道见个人就举着喇叭宣扬，老子的女人生的孩子可是老子的血亲，血统绝对纯正。又不是皇族，血统不纯则丢了江山，谁的孩子生下来不是在这山里照样吃饭照样干活？那么把自己当人真是要被人捂着嘴笑话。虚荣在这吕梁山里不管用，相反，无趣得很。

两个男人相处甚欢，不忙的黄昏，一人抽一支劣质纸烟坐在枣树下聊天，金色的夕阳包裹着他们，令他们全都面目模糊了，同样佝偻着背，同样叼着一支烟，看上去完全就是亲密无间的兄弟俩。

水暖村的人不好面子只讲实效，难道哥哥遗留下来的女人就坐视不管任其饿死或逼她出去卖淫吗？老婆的前男人老了残了就把他当包袱扔掉吗？救人一命胜造七级浮屠。无论日子怎么样艰辛，大家互相搭救一起往下活总比一个人孤零零活着有意思些。再说救人可是积累功德的事，于是水暖村的人人人都觉得自己是闪闪发光的佛陀，不唯有今生，还必定会有修来的璀璨来世，即使死掉那也是上得天堂的。他们对此毫不心虚。于是整个水暖村成了颇为壮观的浮屠塔，在这与世隔绝的深山里自给自足，巍然屹立。

他们不仅善于以各种精巧结构搭伙过日子，还最大限度地发挥了自己作为穷人的才华。吕梁山缺水，水暖村至今吃的都是旱井水，水对他们来说是贵如油的东西。没有水自然就没有鱼，所以鱼对水暖村的人来说堪比贡品。在红白宴上需要上鱼的时候就上条木鱼。看看就算了。两年前王五外出打工，回来的时候带回来几条活鲶鱼。他边流口水边向村民们介绍这鲶鱼肉何等肥美，村民疑惑，比猪肉还好吃？王五不屑于回答，这些山里的鸟人就知道猪肉，却不知道这世上还有鱼肉。他说这鲶鱼不仅肥美，还特别容易饲养，比猪好养多了，还专爱吃粪便和垃圾。他设想如果把它们养在粪池里那简直像给庄稼追了强力肥，不出一年便可肥硕如牛，若过年时把这肥鱼宰了，不仅能省出猪肉，还省了一年的猪饲料。

众人都被这金碧辉煌的前景蛊惑着，前呼后拥来到王五家的粪池边，然后像打发菩萨上天一样虔诚地把几尾鲶鱼放养在臭气熏天的粪池里。村里的厕所都是露天的，粪池终年暴露在光天化日之下，所以养个鱼倒也方便，站在粪坑边上就能看到鱼在里面游来游去。微风过处，众人心情都很不错，觉得自己仿佛也是站在湖边观鱼，风雅得很。

这鲶鱼一入粪池便如虎添翼，不过几天就嗖嗖长了两圈，一年下来果然肥硕如猪，加上周身滑腻，一个人都捞不出来。王五吆喝来几个男人帮忙，将粪池里的大鲶鱼捞出，然后洗净粪便，杀鱼架柴生火，炖了一大铁锅鱼肉分与村民们共享。村民们吃完鱼宴后啧啧称奇，这鱼虽说在粪池里靠吃粪便长大，五脏内却没有任何粪臭，肉质鲜美肥腻，真是天外来物。王五的实验大获成功，一时被誉为水暖村的英雄。接着，王五又潜心于在粪池中培植鱼苗，然后隔三差五将长肥的鲶鱼送于邻里。于是王五的粪池里常年养着几头肥硕的鲶鱼，水妖似的蛰伏着。有客远道而来的时候便捞出来一条宰了待客，至此终于淘汰了祖传了几代的木鱼。

此等盛宴不能不令山外人肃然起敬。

这日，李四家的老香蕉寿终正寝，他早已烂熟，就差这往泥土里的最后一落。一落下去他就会像粒种子一样被种进黄土里，等到再生根发芽的时候就是一个重新开始牙牙学语的婴儿了。众人无不欢喜。一个人能老死是最大的福气，千金难买。他女人送人送到底，极具侠士风骨，虽然一滴泪没有，却还是给死人擦脸理发换寿衣，脸上还擦了两坨浓烈的胭脂，好让这死人看起来容光焕发返老还童。末了，又给已经僵硬的死人嘴里塞上满满一团饭，好让他去了地下也饿不着。

女人的现任男人则给他割好了棺材，棺材上桃红柳绿地画满了山水，花鸟，有菊花有兰花有桃花，看上去金碧辉煌生机盎然，好像人躺进去不是为了入土为安，而是要轰轰烈烈正大光明地开始享受了。水暖村的人喜欢把棺材画得桃红柳绿则是因为，活着时过于沉闷枯燥了。这黄土高原的山沟里，整整半年是冬天，以至于每年春天一看到小草发芽都会让人流泪，觉得总算又活过来了。活着的时候看不到的，只好齐齐都带进棺材里了，活着的人把这些桃红柳绿给死人陪葬上，再看着它们被埋入黄土。最后一缕颜色都被黄土吞没之后，活着的人由衷地在心里笑了，就像看着自己远嫁的女儿在别处享福一样，总算是能心安了。

村里平素没什么可供娱乐的，所以一旦有嫁人死人有红白宴便是全村老小的节日。白宴上，人也埋了，纸也烧了，肥肉和馍馍也吃了，全村人都打着肥肉的饱嗝心满意足散去了，静等着明天再排出肥肉味的粪便。这气味让他们颇为得意，就像是家家户户刚吞下并消化了一头肥猪似的。何等殷实。

这时候天色已晚，月亮出来了，金黄地卡在黢黑的山顶上，住在山腰上的白氏忽然发现孙子阿德又不在院子里了。这孩子一定又把自己留在坟地里了。他像根钉子一样动辄就钉在坟地里。阿德今年五岁，出生的时候头被挤压了一下，成了半个傻子。平日里别人问他什么，他好像都听不见，湿漉漉的舌头半耷拉在嘴唇上不时舔一下嘴唇，他顽固沉默如一座城堞，薄薄几句语言根本轰炸不了他。可是，这傻子只要一看到往土里埋人，就立刻两眼放光。谁家办丧事往坟地里抬棺材的时候，他一定会第一个闻着气味跟过去，辛勤地像蜜蜂一样一路叮着，跟到坟地里一眼一眼看着棺材埋进去。等到众人都散去了，他还戳在那里不肯走，像坟前的石碑一样肃穆安静，是所有葬礼中最忠实的看客。每次，他站在人堆里，大睁着眼睛，伸长着脖子，嘴半张着，粉色的舌头像狗一样半耷拉出来，一眨不眨地盯着每个葬礼的细节。他表情贪婪狂热地看着这个埋葬死人的过程，就像一个学徒抓住一切时机在偷窥师傅的绝技，一心要早日学到自己手里。

白氏打着手电筒朝山下走去，村庄坐落在东面的山头上，而坟地就在对面的西山头上，虽然站在自家门口就可以与那些坟堆遥遥相望，胳膊长点的似乎一伸手都能把那些坟包像馒头一样摘起来了。可是，望山跑死马，又不能凌空飞过去，她只好一步一步蹙到山脚下，东西两座山头之间有一条山路，这路是水暖村与这个世界的唯一脐带。她穿过山路，再一步步爬上对面的山头。近年来体形愈发臃肿，走一步路全身的赘肉都要晃三晃。

坟地里一片死寂，没有墓碑的坟堆晾晒在月光里分外凄清安静，像一堆没人收留的孤儿聚集于此，摩肩接踵相互取暖。远处黑色的树影无声而阴森地摇摆，似很多鬼影正藏在里面向外窥视。即使作为一个资深的剽悍女人，她也不由得有些恐惧，拿起手电筒朝那黑暗处劈了一刀，黑暗处裂开一道口子，黄色的土和绿色的树像肠子一样从里面翻滚出来。她在坟地里走了几步，又胡乱挥了几刀，果然，几刀之后阿德小小的影子被罩进灯光里了，阿德像石马一样守在一座坟堆前纹丝不动，灯光把他罩进去了他也没有动一下。他背对着她，黑暗的轮廓毛茸茸的，看上去，他就像一个黑暗的末日世界边缘处的守门人，身上带着一缕另一个世界里的诡谲。

她走过去，站在他背后说，阿德，回家吧，该吃晚饭了。阿德对着那扁扁的坟堆老成地叹了口气，忽然犹豫而迟钝地开口了，奶奶，你说妈妈在下面吃饭了吗？眼前这个扁平的坟堆下面埋的是阿德的母亲，一个不到三十岁的少妇，去年某一天忽然肚子绞痛，然后开始呕吐，没过一天就死了。去年阿德只有四岁，他亲眼看着母亲被装进棺材里，然后棺材像种子一样被埋进了泥土里。当时他并没有流太多的泪，可就是从那时候开始，阿德表现出了对所有葬礼的狂热，他像个牧师一样认真虔诚地把村里一个又一个的死人送到墓地。别人都离去了，他仍然不肯离去，像是要固执地陪伴那些地下的尸体和他们说话，关心他们吃饭了没有。即使没有死人可埋葬的日子里，他也终日一个人在坟地里晃着，像常驻这里的魂魄一般。似乎此处才是他的乐园，别处都不是人间。别人和白氏说，你家阿德是不是被鬼魂跟上了，一个小孩子怎么成天在坟地里玩？也不害怕？

白氏举着电筒，皱着眉头看着眼前的小孩。阿德见没有得到回答，便缓缓转过身来，把脸正对着那束手电光。他那张迟钝的脸看起来像发光的风筝一样浮动在夜色里，见她不说话，他又试探着怯怯地问了一句，奶奶……妈妈在那里吃饭了吗？

自从他母亲死后，每逢吃饭他便要问一句，妈妈在那里吃饭了吗？他不关心任何人的存在，他只关心那个死人。死人没吃他也吃不下。他是真的吃不下。

一次白氏把饭碗使劲往桌子上一墩，厉声说，你妈已经死了，死人不能吃饭。

什么是洗（死）了。

死了就是闭着眼睛躺在那里，不能吃饭不能说话，谁也看不见她，她也看不见别人。

阿德忽然跳起来尖叫着，我能看到她，我看到她就睡在那里，我知道她就在土里睡觉。

白氏一把捉住活蹦乱跳的阿德，朝屁股上猛扇了几巴掌，看你以后还敢不敢再问死人的事。白氏是个强悍粗鲁的老妇人，自打年轻时男人死后就做了寡妇，不是每个女人都有被男人的光棍兄弟继承的命运。虽然多年没有男人摸了，但因了土豆的滋养，她的屁股和乳房却剽悍地一路自己长下去，肥硕多汁，对于一个寡妇来说真可惜了这对乳房和这盘屁股。她力大如牛，独自在山上开垦出十八弯的梯田，靠种莜麦种土豆养大了一个儿子。干活的时候她总困惑于怎么搁置这对巨大的乳房，因为它们的广袤和肥硕实在是妨碍了她干活时的大好身手。

情夫倒也有过个把，只是那男人骨瘦如柴还外加肺痨，晚上在炕上根本勒不住她的缰绳，只好任由她在他身上自由发挥。不仅如此，自打被睡过之后，那男人的地也得由她来种，搞得她要对这个瘦猴似的男人从里到外承包了。她被他睡，还要给他种地，就这样，一段时日之后，她听见村里的男人在背后怎么议论她了，那女人既好操又像男人一样能吃苦。显然这话是从肺痨嘴里放出来的，如今已经独自成虎成狮满山跑了。她痛恨自己怎么瞎了眼，恨不得把那肺痨一脚踹到山脚下去。自此白氏安心守寡，断绝了再与男人睡觉的心思。奶奶的，就是被猪睡了也不会转身就被卖掉吧。

儿子好不容易娶了媳妇，生了孙子，眼见自己终于熬成别人的婆婆了，还没开始舒畅一天呢，儿媳妇就早早咽气了。儿子三十岁就又恢复成光棍了，终日急得上蹿下跳，看见母猪跑过去都两眼发光。留下这么一个孙子真是可怜，早早就没娘了不说，脑子还不灵光，越是看着阿德傻，白氏心里便越是疼。但是她没有流泪的习惯，从年轻时候就戒了，因为留着没用。任何技能长期不用都会荒废的，她难过的时候只会把泪往里倒流，旁人甭想看到她的一滴泪。她用更流畅更熟悉的身手来掩饰自己的疼痛，比如现在把阿德抓起来粗暴地打一顿。

打过两次之后，阿德果然问得没有以前那么频繁了，可是他并没有善罢甘休，他终日观察着她的脸色，捕捉着她脸上乍现出一丝半缕的晴光，伺机再问。每隔几日，一端起饭碗，阿德的嘴就会娴熟地绕到这个话题上来，那就是关于埋在地下的母亲有没有饭吃的问题。白氏从这堵住，他又会从另一个地方冒出来，简直拦都拦不住。每到这个时候他简直就像一辆上了铁轨的火车，被轨道牵引着，根本无法停下，即使知道哪个站该停他也停不下来。他所有的结论一定会准确无误地庄严肃穆地滑进最终的车站，那就是，他地下的母亲究竟饿着了没。

她看出来了，如果有合适的入口，他一定会钻到地下给他母亲送饭的。不管怎样，这个傻子的悲伤还是让她有些吃惊，她看着他迟钝的脸和半伸出来的舌头，忽然觉得她其实并不真正认识眼前这个小孩。一年前，他母亲去世的时候，他也是木讷的，呆呆的，没有泪。她怎么也没有想到他的悲伤会一直持续到来年去。而且就是到了来年也没有一点刹闸的迹象，他好像不仅没有淡忘了母亲的模样，相反，母亲像只会自己发电的灯泡一样在他身体里驻扎起来了，时不时就自己发出光来。她透过他的瞳孔都能看见那个死去的女人发出的诡谲的光亮，像荒野上亮着的唯一一点鬼魅的灯火。而这孩子，她忧心忡忡地看着他，他正不顾一切地向这点灯火跑去。他那么渴望去接近它。

现在，站在坟地里，阿德又迎面绕到了这个百问不厌的问题上，这简直是一座可怖而坚硬的礁石，似乎只要出海就一定会迎头撞上去。尽管他小心翼翼地怯生生地拎出这个问题，白氏还是生气地一把拽住他的衣领，像拎瓶子一样拎起了他，她像晃瓶子里的水一样把他晃了几下，然后大吼，跟我回家。说完便夹着双脚悬空的阿德离开了坟地。

她心虚地看看周围可有人，深更半夜地在坟地里流连不去，让人们还以为他们祖孙俩是合伙来盗墓的。

2

桌上又是毫无悬念的两碗小米稀饭，一大碗蒸熟的土豆片，土豆片切得敦实有力，一个个都能赛过磨盘，稳稳地盘踞在碗里。就是靠这土豆，山里女人才长出了敦实的屁股和乳房。白氏抢起一块土豆片，蘸了一圈血红的辣椒就往嘴里塞去，土豆片下去了，辣椒酱在嘴唇上落了一圈，像抹了极艳的胭脂，妖媚得很。她吃完两片土豆了，阿德还坐在桌子后面不动。他呆呆坐在灯光下像块煮熟的番薯。白氏敲敲桌子，说，快吃。阿德忽然抬起头偷偷看着她，嘴唇动了动。她生怕他嘴里又说出关于那个死人有没有吃饭的话，连忙去堵他的口，你快吃吧，你妈肯定有饭吃，埋她的时候我在她嘴里塞满了饭，她永远饿不着的。

阿德看着她，眼睛里忽然就储满了泪，泪憋在眼眶里却不往下流，她看得肝肠寸断，她嗓子里一哽，连忙往里又塞了片土豆，好把那哽咽尽快咽下去。阿德的泪转了几圈还是落下来了，他无声地流着泪，忽然大声对她说，你骗我，你就系

（是）骗我，妈妈根本没有饭吃，她洗（死）了。

白氏吃惊地看着阿德，她忽然觉得此刻的阿德就像魂灵附体，他身体里似乎获得了一尊崭新的人格，这个人格通透，聪敏，把那个傻子阿德打压下去了。但是她反而更加感到害怕了，就像是，坐在她眼前的并不是阿德。这时候阿德蹒跚着从自己的椅子上跳了下来，走到她面前，又是那么无声地落着泪看着她。他怎么会这么娴熟地用眼泪摧残她？她一边诧异着，一边抱起了他，把他抱在了怀里。他毕竟只是个五岁的小孩子，一个没了娘的孩子总是可怜的。她把他抱紧了，他也把自己扣在她怀里一动不动，尽情抽咽。她像哄婴儿一样拍打着他，想，过几年他就该淡忘了吧，一个小孩子总不能一直这样沉浸在丧母之痛中。这多少有些不正常。她想，给他养条小狗吧，让他试着去爱别的东西，或许他就可以分出心来。

阿德又抽咽了两声，忽然把手伸进了她的衣服，一边摸着她的乳房一边小心翼翼地观察着她的脸色。阿德从没有吃过母乳，因为他母亲几乎没有奶水，他是靠着羊奶和小米稀饭长到现在的。大约就是因为没有吃过母乳造成的不安全感，阿德对女人的乳房异常迷恋，而且不管老少肥瘦，只要是乳房就行。他母亲还没有死的时候，白氏就已经发现了，但凡她母亲把他抱在怀里，他的两只手一定准确无误地摸在她两只乳房上。虽然没有乳汁可吃，他还是孜孜不倦地终日摸着那两只乳房。结了婚的女人没有什么可畏惧的，他母亲为了让他摸着方便，正大光明地终日把两只乳挂出来让他摸，顺便让村人一路瞻仰，看起来他简直像一只挂在乳房上的猴子。

自从他母亲死后，这个任务只好繁衍到了白氏身上，虽然是松弛干瘪布袋一般的老乳房了，但那也毕竟是乳房。他母亲刚死的时候，他每夜哭着不睡觉，只有白氏把乳房塞给他一只，他才能停住哭泣，然后他专心致志地摸着那只乳房，摸着摸着就睡着了。就是白天不睡觉的时候，他也时不时见缝插针地蹭到白氏身边说，奶奶，让我摸一下。白氏正干着别的活，两手腾不开，只好用下巴叼起衣服，露出两只老乳房让他摸一摸。他摸了两下，她说，可以了吧，不能再摸了啊。他和她讨价还价，再摸一下，就一下。

他父亲本来就嫌弃阿德是个傻子，妨碍了他光宗耀祖，自打死了老婆便终日在外找零活干几乎不管阿德。所以就是去地里干活白氏也得把阿德带上，反正没有旁人，白氏也就由着他摸去，他像玩什么玩具一样终日缠着这两只乳房，恨不得能割下来攥在手里。她一边干活一边由他摸着乳房，想，小孩子嘛，又没吃过奶水，真是可怜。

眼看着阿德已经五岁了，个子又长了一截，这摸乳房的习惯却丝毫没有减损，不仅没有减损，反而还变本加厉，长势葳蕤。有时候她带着他到村大队里开会，坐了一屋子黑压压的人头，阿德又旁若无人把手伸进她的衣服摸起来。他随时随地攀援在她身上，时刻准备摘下这两只乳房。她感觉到这样下去的危险了，再不制止他，恐怕他要一直这样下去了，搞不好到十几岁二十几岁了还这样，当着别人的面就能把手伸进她衣服里摸来摸去。到该娶媳妇的时候了还这样，当着媳妇的面把手伸进奶奶的衣服摸乳房？

她决定帮他戒掉这个不能再往大里长的恶习。一天晚上睡觉之前，阿德的手又熟门熟路地摸了过来，她知道他只要摸上两分钟就会自己睡着，可是，她下定了决心，大喝一声，放开。屋子里出现了一种异乎寻常的宁静，似乎整个世界都被她的暴力喝停了。阿德的手愣了一下，然后这只手像是不相信这虚假的宁静，又独自前往圣地。他的手刚放上去，白氏的大手已经追过来了，啪一声把那只小手打到一边去了，余震太大，打得那只乳房直乱晃。阿德先是无声地把嘴咧开，表示他要哭了，他要吓唬她。然而他发现白氏是无动于衷的，他的眼泪这才放了出来。阿德坐在炕上嚎啕大哭，白氏翻过身继续睡觉，他哭一会也就自己停了，由他哭会儿吧。半天过去了，阿德没有要减弱的意思，坚持不懈地号哭，白氏背对着他一动不动，眼睛却酸得火烧火燎，几乎要把休眠多年的眼泪逼出来了。但她多年炼出的剽悍箍着她让她一动不动。他俩继续较劲。

阿德哭到后半夜哭声渐小渐弱，大约实在是哭累了，自己趴下睡着了。白氏睁着两只血红的眼睛，翻过身来把他轻轻抱在怀里。睡梦中的阿德又挣扎着伸出手来娴熟地搁在了她的一只乳房上，一摸到乳房，他整个人忽然就静下去了，很像深海底的一只珠蚌。白氏又欲落泪，在睡梦中他都能准确地找到那只乳房，他贪恋母亲怀抱而不得，才会这样歇斯底里地向往一只女人的乳房吧。她把他抱得更紧了些，他大约在睡梦中都感觉到温暖了，身体放松了，安稳地扣在她怀里，手在乳房上却抓得更紧了，好像又一次抓住母亲的怀抱了。

她心中一阵悲伤，她突然意识到，他需要的如果仅仅是一只乳房的话，他可以向任何一个女人索取，是不是谁愿意给他一只乳房他就会不顾一切跟着那女人而去？可是她死前寂寥的后半生就只有他了。

她辛辛苦苦一辈子，早年守寡，无人体恤，风骨近于钢铁，又不屑于与猥琐之流搭伙，把自己当牛马使才能撑起这个家。无论怎样，这半傻的孩子还是给她平添了不少干活的能量。她干活干得直不起腰来，说，阿德啊，来给奶奶捶捶背。他就爬过去一下一下给她捶背。她说，来给奶奶唱个歌。他就站在那里五音不全地给她唱放牛郎。有一次祖孙俩坐在崖边数山下的汽车，他突然神秘地对她说，奶奶，我长大了也买辆小汽车，你想去哪我就带你去哪，我还带你去公园好不好。公园二字他说的是普通话，估计是从广播里听来的。他并不知道公园是什么，大约只觉得那是个遥远的好地方。她不搭理他，只起身说要去茅房，一转过身便哗哗流泪，休眠多年的眼泪终究是苏醒了，决堤而下。

这以后，阿德再把手伸过来时总要先观察一下白氏脸色的阴晴，阴天不宜，傻子也怕招来暴风骤雨。晴光潋滟的时候，她也会额外赏他摸几下。今晚阿德大约是在坟地里又想他母亲了，便敢提出这个要求作为对他的犒劳。见白氏不反对，他便爬上她的大腿，放心地把两只手都伸进去。白氏腾出两只手继续喝粥，周身却有一种异样的安泰和宁静，这个挂在她怀里的小孩子就像是她身上长出的一朵蘑菇，他的全部都依赖着她，他的每一天都是她亲手为他制造出来的。他是这世界上唯一一个真正和她血肉相连的人。这种感觉在死去的男人身上没得到，在儿子永泰那里没得到，在情夫肺痨那也没得到。半生渴望，最后倒是一个半傻的孩子给她了。

她唯恐被他窥到表情，倔强地喝粥，差点把整个碗扣到脸上去。

鲶鱼成了水暖村共同饲养的家畜，尽管人们生活不算宽裕，却不吝于把吃剩的饭菜每日倒进王五家的粪池里，在里面尤其以白氏最为慈悲，一天要跑过去看鲶鱼三次，次次不空手，刚煮熟的红薯南瓜也扔给鱼们。鲶鱼们也被喂熟了，一看见粪池边站着人影，便悉数游过来，像群小孩子一样张开嘴等着吃食。天气异常干旱的时候，白氏便从旱井里打出所剩不多的水，浇到王五家的粪坑里。旁人笑，你对鱼比对人还好呵，这鱼又不是你孙子。

过了一个夏天又一个秋天，鲶鱼们长了不少。

转眼又是冬天，暴躁的西北风开始送来大雪。眼看粪坑快要封冻了，人们不担心住在里面的鲶鱼，因为在粪坑的冰面下待一个暖和的冬天之后，它们又会增肥好几圈。等到来年破冰而出的时候，体型硕大魁梧，简直像冬眠于此的鲸鱼。冬天漫山遍野没有一点绿色，人们打开一人高的瓮，满满一瓮酸菜经过一个夏天和一个秋天的发酵，酸得凛冽周正，已经可以名正言顺地上饭桌打发馒头和面条了。整个漫长的冬天，人们就指望这一瓮一瓮的酸菜了。谁家要是没有酸菜瓮，那就准备整个冬天吃白水煮土豆吧。

整个冬天没有农事，人们专心待在家里，白天养膘，晚上配种。中午的时候，村口有阳光的地方总会黑压压聚集着一群人，像群跳蚤在晒太阳似的。男人们清一色穿着面色如土的棉衣，女人们头上裹着五颜六色的头巾以抗议这枯燥的寒冬。男男女女袖着两只手每日东家长西家短，或者数着山脚下过来过去的汽车，要么就数着对面山头上雪白的坟堆。数来数去，今年村里又少了两个人，移到对面的山头上去了。活着时和这些人每天见三回，死了也还是每天见三回，只要抬头就能看见那些新坟和老坟。肥硕的新坟依偎着干瘦的老坟，好似初来乍到人生地不熟，需要些许包庇。老坟虽然枯瘦，却周身阴气更重些，似长了一身的骨头，硌着活人的眼。众人一边与那些坟群遥遥相望，一边唏嘘感叹，大约是庆幸自己还活在这个山头上，可是又不知道哪个早晨就忽然搬到对面的山头上了。人生在世横竖不过无常二字，活过三十岁的人就要暗自庆幸已把半辈子交代了。

有时候眼尖的人会猛然看到白雪覆盖的坟群里有一个小孩的影子像幽灵一样在一闪一闪，便有人亮起嗓门呼唤白氏，你家的阿德可又跑到对面的坟地里去了，不知那里有金子还是银子?

水暖村的春天终于从冰雪里破壳而出，青草稀薄崭新的影子让人们欢呼雀跃，宛如是自己重新活过来一般。人们欢呼主要是因为穿了半年的棉衣可以卸下去了。棉衣整个冬天都不洗的，早结了厚厚一层油垢，刮一刮就是二两油，明晃晃得都能映出人影，镜子似的终日挂在身上。小孩子们的棉衣尤其脏，又没得换，大人们恨不得把棉衣缝在他们身上，又怕虱子吃了他们。鲶鱼们破冰而出，一个个水妖一般魁梧鲜亮，满身是膘，果然不负众望。水暖村的春天来了，永泰的春天也接踵而至。他的第一个女人，也就是阿德的母亲死了，现在，第二个女人要走马上任来补空缺了。

这个女人是媒人从十里之外的一个山村里介绍来的，据说女人是因为不堪忍受她男人的嗜赌和嗜酒，赌博赌得家徒四壁，喝完酒回来还要打她撒气。她一气之下离了婚，本村是不好再嫁了，便翻过一个山头嫁到水暖村来。山里的女人没有经济收入，一旦脱离了一个男人必须得在最短的时间内再依附到另一个男人身上。有的女人眼看卧床生病的男人好不了了，在男人还没有咽气的时候就已经给自己找好了下家，男人一咽气她就拍屁股走人，换一个男人也无非是在晚上被继续睡。前提是先要有口饭吃。

这个女人比永泰大出七岁，已经三十八岁了，还把一个十三岁的女儿留在了前夫家。这是两人订好的婚前契约，谁都不许带孩子。对方带过来一个孩子既不是自己生的，还要多张吃饭的嘴，如果还要上学那就更麻烦了，还得年年交学费。带过来的是女儿那无非是给别人家养着，养大了再嫁出去，如果带过来的是儿子，那分明就是在给自己储蓄一个仇人了，长大了又是自己的首席债主，钱也要，老婆也要，连本带息一齐问他要。至于阿德，他已经和白氏商量好了，从此以后阿德就交给她抚养了。永泰早就为他这个傻儿子发愁，他担心傻子不能给他养老送终就罢了，他还得养傻子一辈子。不过大家就住在一个院子里，每日抬头不见低头见，又不是仇人。只是眼下，他急于迎娶这三十八岁的女人，不得不分开主次，女人虽说年龄大了些，皮糙肉厚了些，可是他这样的光棍还想要什么，只要是个女的就行了。他得把阿德搁置到一边去，不能让这傻儿子在关键时候变成他的累赘。

白氏听了这番话半是喜悦半是悲伤，喜悦的是，这次好像坐实把阿德纳入自己麾下了，他们更要相依为命了。悲伤的是，这孩子死了妈又被爸抛开，她眼睁睁地看着他蜕变成了一个人世间的孤儿。好在他还有她这样一个坚如磐石的亲人，可是，如果有一天她也躺到对面的山头上了，他该怎么办？这个世界上还有人会收留他吗？她用提前过世的眼光审视着趴在窗前的阿德，他背对着他们，透过玻璃呆呆地看着外面，不知道他在看什么，也不知道他是否听懂了他们刚才的对话。她看着他的背影希望他能回过头来和她说句话，可是他固执地趴在那里一动不动。

她从玻璃里看到了他的倒影，粉红色的舌头耷拉在外面，湿漉漉的。他的脸上也湿漉漉的，全是泪。他用力贴在玻璃上，像是要把自己拼命地镶嵌进去。

3

女人人高马大，长着一张银盆大脸，大眼大嘴，身上所有的零件都比别人大出了一号。似乎她身上的器官是在热带雨林里催大的，茂密硕大。和永泰站在一起，比永泰高出一大截子，像个衣柜似的整个能把永泰装进去。永泰猥琐地站在她的影子里倒是不介意，大一点小一点只要好用就行。女人熟门熟路地和永泰住进了一孔窑洞，白氏带着阿德住在另一孔窑洞，两户邻居似的并列着。做饭的时候，女人独霸灶台，炒一顿菜能倒二两油，看得白氏眼睛都绿了，又不好过去把油壶夺下来，毕竟过门没几天。大约因为女人觉得自己虽是二手的，却是赴水暖村来给死人替补空位的，死人睡过的男人她接着睡，死人用过的她接着用，劳苦功高，霸占个灶台多倒点油也是应该的。白氏用屋檐下的小泥炉做饭，搞得她和阿德是受气的小妾。

他们被迫开始了这种明明灭灭的相处，忽而合家团圆，忽而又人鬼两不拢。斗争了几日，白氏喉咙里堵了一团东西几天咽不下去，又没有人可以诉苦，她便见缝插针地捉过阿德抱在自己膝盖上倾诉。阿德反抗，要跳下去，白氏死死捉住他不放，不管他听懂听不懂，她嘴里不停和他说话，阿德啊，你说生个儿子有什么好，就是养一个仇人再娶回来一个仇人。我省吃俭用攒下来的一点家底子几天就要被她榨干了，连点渣子都不留啊。阿德啊，你大了可不能这样啊。她一边说一边使劲把阿德往自己怀里夯，似乎阿德身体里的热量正长出根须来，正往她身体里驻扎，他们像两株植物绞在了一起。白氏继续倾诉，阿德啊，等你长大了在城里买了房子会不会让奶奶住？阿德一边徒劳地挣扎一边嘴里发出呜呜的声音，可以理解成同意也可以理解他不同意，白氏当然是理解成同意了。顿时，她似乎已经把一张未来的通行证握在手里了，简直连月球都去得了了。她更紧地抱住了阿德。

不过她心里明白水暖村之外的世界都是阿德的绝缘体。

在女人过门后的第三个月。一个早晨，有不速之客来访了。天刚亮，白氏是第一个起来的，起来后一开院门她吓了一跳，门口蹲着一个人。再仔细一看，是个十二三岁的小姑娘，她蹲在地上没有起来，翻起眼睛看着白氏，目光一寸一寸在她身上游走，很阴凉。白氏第一眼看到的就是她那两只冻得发青的光脚，她显然是光着脚跑过来的，脚上已经划开了好几道口子。然后她又看到了她那张脸，宽似银盆，大眼大嘴，活脱脱就是新过门的儿媳妇缩小了一号。她倒吸了一口凉气，知道来人是谁了。这才过门没几天油瓶就自己挂过来了。

她把女孩安置在院子里的一张马扎上，由她一个人坐着，然后敲窗户通知那孔窑洞。女孩像个犯人一样坐在空空的院子里，她坐在那里一边用两只光脚互相迟缓地摩擦着，一边偷偷打量着这院子，再不时偷偷看一眼白氏。窑洞的门嘎吱一声开了，儿媳以蓬着头披着衣服的造型出现在那扇黑乎乎的门口。她惊讶而略带慌张地看着坐在马扎上的女孩，似乎正在鉴别她的真假，鉴别完毕之后，她终于缓缓地迈出了一条腿。当她终于走到了女孩的身边时，她仍然用困惑的表情俯视着她，似乎到现在都没搞清楚她怎么会出现在这里的。女孩站了起来，叫了一声妈，眼泪已经下来了。儿媳紧张地看了看周围，与站在门口的白氏飞快地对视了一眼，然后，她低声对女孩说，采采，你怎么跑过来了。采采用一只手擦着眼睛，说，我爸又打我，我不回去了。儿媳又问，你的鞋呢？采采使劲憋着嗓子里的抽咽，憋得自己粗声大气地说，一大早起来我还没穿鞋他就打我，我就跑出来了。

儿媳一只手放在了采采头上，似乎急着把她的话堵回去，她慌乱地又看了看四周，重点看了白氏一眼，白氏头都不用回，只一个脊背就够用了。这么多年熬过来，那脊背早像块结实的案板一样，要不怎么能经得住各种目光在上面剁来剁去。儿媳看了她一眼又扭头看着洞开的窑洞门，生怕那黢黑的门里突然再走出一个人来，她下意识地用一只手挡着采采，似乎想把她藏起来，要是能折起来随身装进口袋里那就最好不过了。

白氏用了一点眼角的余光就看到儿媳拉着那女孩向院门口走去，女孩像头牛一样抵抗着，两只光脚撑着地不愿走。然后儿媳又低声和女孩说着什么，女孩只是耷拉着头抽泣并不说话。忽然之间，女孩昂起头来尖叫了一声，我不走就不走。儿媳赶紧把她往门外拖，一边拖一边看着窑洞里，似乎那里面随时会窜出什么怪兽把她们吃掉。白氏站在后面救死扶伤地发话了，稀饭好了，还是让她趁热喝一碗吧，大早晨跑了十里路也不容易。

采采蹲在地上喝稀饭，这时候阿德起来了，永泰也起来了，一圈人站着，铁笼子似的围观着这地上的小姑娘。早晨的阳光从他们四肢之间的缝隙筛进来，斑斑驳驳地落在了她的光脚上，像长出一层黑白的花纹，越发显出了她的奇异。儿媳束手束脚地站在那里，似乎周身长出了好几双手和脚，都不知道该往哪里搁。她一边目测着采采喝稀饭的进度，一边侧耳聆听着周围几个人胸腔里回响出的算盘声。大约每个人都正在心里打着个算盘吧，要是把这女孩留下，最少要养到出嫁，那得花多少钱啊。不能不给她吃饭吧，也不能让她光着屁股跑吧。不能给他们小看了她们娘俩，儿媳心里冷笑一声，又高声催促采采一句，快点喝，喝完就送你回去。

她提前给他们吃个定心丸，免得吓着他们。这时候白氏又开口了，大清早跑过来，说什么也要吃了午饭再走吧，一碗稀饭管什么用，撒泡尿就没了。儿媳不说话了，似乎得了赦令暂时不用行刑了。白氏站在小泥炉边一副母仪天下的姿态，她从没有像现在这样高看过自己，也从没有这样鄙视过儿媳。白氏已经开始雍容大度地和面，准备做中午的手擀面。自己也不觉得这是加快了赶人走的步子。

一碗手擀面吃下去，采采终究被儿媳拖着出了门。她身体被儿媳押着，眼睛却使劲转过来，绝望地看着他们，似乎想用目光在他们身上抛下锚来。然而她们已经开始下山了，那两缕目光挣扎了几下还是沉下去不见了。永泰干活走了，白氏带着阿德久久站在山崖上看着她们的背影。她眼睛里迅速闪过一道罕见的泪影，然后，像个屹立在山头的菩萨一样她慈悲地说，可怜的孩子啊，遇上这样的妈。

晚上白氏正要和阿德吃晚饭的时候，儿媳独自回来了，看来已经成功把包袱甩掉了。她像个刚从战场上逃下来的伤员，溃不成军地进了窑洞，饭也不吃，灯也不开，倒头就睡在了炕上。白氏对她的鄙视仍然散发着余热，这点余热装在她的胸腔里足够烤熟几个土豆了。她想，这么狠心的女人还配吃什么晚饭。然而，第二天一大早，儿媳器宇轩昂地吃了满满两大碗和子饭，把昨晚没吃的又补上了。她吃得理直气壮，大约是觉得自己刚做了回有功之臣，她刚为这个家赶走了自己的亲生女儿，战功赫赫，理应多吃点。

第三天晚上，刚到了掌灯时分，院门嘎吱响了一声，伴随着几声细碎的脚步声。然后，脚步声消失了，院子里再次寂静下来。白氏心里咯噔一声，从炕头上下来，穿上鞋疾步向院子里走。在她走出窑洞的同时，她看到另一孔窑洞里也急急走出了一个人影，是儿媳。她们两个人无声地对视了一眼，然后，同时看到了站在院子里的那个小小的身影。那影子被含在黑暗里，面目模糊，薄薄地立在那里。尽管这样，白氏还是第一眼就认出了这影子是谁，采采。儿媳也认出来了，她们两个都没动，采采也没动，三个人在黑暗中安静冰凉地对峙着，甚是稳当。

最初的惊讶之后，白氏心里一声冷笑，居然自己又找上门来了。她后悔不该喂她那碗手擀面，现在要被赖上了，准确地说是永泰要被赖上了。这时候三角形动摇了，儿媳走出窑洞，向院子中央的采采走过去。黑暗中白氏听见儿媳低声说了一句，怎么又是光着脚跑过来的。白氏又倒吸了一口凉气，这小姑娘简直是在使苦肉计嘛，再跑来又不穿鞋，这明显就是计谋了。她倚着门框替永泰后悔，只以为娶了个比自己大七岁的女人安稳点，却不知道其实是娶了母女俩。看这情形他分明是中了她们的套了。

儿媳把采采拉进了窑洞，这一晚采采就和儿媳还有永泰睡在一张炕上。一晚上人家睡得熨熨帖帖，倒是白氏一宿没睡。她在黑暗中睁着眼睛像做秋收一样算了一晚上的账。第二天早晨一起来，儿媳就把采采拖到院子里，她脚上拖拉着一双永泰穿过的破布鞋，鞋太大，她站在这两只鞋里像棵植物被栽在花盆里一样，走一步路都像跋山涉水似的。儿媳把她拖到院子中心往地上一扔，叫到，你走还是不走。采采蹲在地上不起来，儿媳上去又拖她，她双手撑地牢牢把自己吸在地面上，她一边躲她母亲的手一边大声号啕着，我不走，我就不走，我回去了他还要打我，把我打死算了，你们都不要我我也不想活了。

矮墙上长出了一排黑压压的脑袋，麻雀似的蹲了一排，是街坊邻居听见哭声都赶来看热闹了。在水暖村，谁家有热闹而不让人看这可是不道德的，什么是他们的道德，道德就是把所有近乎气绝的快乐和无以复加的伤口都得割开了给人看供人消遣，决不能独享。

儿媳抬起头来无声地看了看那排蹲在墙头的脑袋，忽然就泪如雨下，她扭头进了窑洞，再出来时胳膊下夹了个小布包，永泰跟在后面一脸惊慌。儿媳倚着门哭，我和采采走吧，你再找个女人过。

永泰急得快跳起来了，让他再次变成光棍是一件多么残忍的事情。地上的采采大声抽泣着，倚门而站的儿媳无声流着泪，配合真是天衣无缝。白氏看到此处已经明白，时局已定，这母女俩赢了。在水暖村可是救人一命胜造七级浮屠。白氏这一辈子也不是白给的，她在清晨的阳光里迈出了一步，带着巨大的影子走向了采采。她慈眉善目地拉起采采，说，她不想走就让她留下吧，只是这上学的事……她得和她们讨价还价。

儿媳还是倚着门，那个做道具的包包还被她夹在腋下。她看起来有一点疲惫。她收起了眼里所有真真假假的风情，不再说话，表示成交。

采采就这样留在了水暖村。

十三岁。

失学。

晚上和生母与继父睡在一张炕上。

4

儿媳在窑洞里叫了一声采采，没有人答应，她掀帘子出了窑洞，站在院子里尖着嗓子又叫了一声，采采。声音又干又硬，没有血色。正好采采从外面回来了，一进院子就看到了钟馗一样的母亲正站在那里。儿媳劈头一句过去，又死哪去了。阿德正在院子里玩蚂蚁，听见声音便抬起头来看着这母女俩。采采顿了顿忽然跳起来冲着母亲尖叫，那你让我去哪，学也不让我上，我每天憋在这里想把我憋死啊。她开始边哭边叫，我知道你们都讨厌我，你们都不想让我住这，你们都想让我早点死。

她这番话像寒光闪闪的兵器，一掷出去就把所有的穴位都点住了。她母亲显然战败了，呆若木鸡地看着她，阿德坐在地上吓得也一动不动，就连正从门缝里往外偷窥的白氏也被怔住了。她白氏可是一世英名，有铁腕的剽悍女人，居然被这样一个小姑娘吓住了？可她必须承认，她确实被吓了一跳。就像是亲眼看着一只老鼠忽然摇身变成了一只大象。她看着眼前这张牙舞爪跳着脚的小姑娘，想起那一日清晨她光着青色的脚赖在地上哭着不起来，真是判若两人。看来吃惊的不仅是她，儿媳也站在那里脸色发青。她想起自打采采住过来后，儿媳对采采一直是呼来喝去的，并没有什么好脸色，好像采采是她陪嫁过来的一个小丫鬟。她无非是自知理亏。结婚前讲好的谁都不带孩子，可是结婚之后没几天她的孩子就拖过来了。

她主动毁了契约大约总是心虚的，凭什么不养阿德却要养采采，面对着丈夫和婆婆就像终日面对着一个陪审团一样。所以她不得不对自己女儿粗声大气一点，大约只有通过呼来喝去，才能交代过去。她这点狠可不是白狠的，这点狠兑换出去便是采采的口粮。这样采采每日吃的喝的才可有保障且名正言顺。哪知她在这里千方百计为采采争取口粮呢，采采却并不领她的情。

她的眼睛还夹在那道门缝里偷看着这母女俩，周身却打了个寒战。

儿媳一手扶头，做头痛状回到窑洞里去了。自打她嫁过来还陪嫁过来一样痼疾，就是头痛。干活累了头痛，不高兴了也头痛，把她吃得营养不良了也头痛，这世上所有蝇营狗苟的事情都能变成她头上的紧箍咒，凡事稍有波动便能引发她头上崇山峻岭般的痛楚。每每看到她用弱柳扶风的姿势捧着她那张银盆大脸做头痛状时，白氏便嗤之以鼻。她就是发着高烧再夹一泡尿也照样能锄完二亩地。

采采拖着自己的影子在原地呆呆站了几秒钟，眯着眼睛环视了一圈周围，忽然看到了坐在墙角的阿德。她眯起的眼睛微微笑了一下，皱了皱鼻子，然后拖着影子走到了阿德面前。她俯视着这个傻子，然后问了一句，阿德啊，你在玩什么呢？阿德伸着粉红色的舌头看了看她，举起了一只蚂蚁。采采在他面前蹲了下来，专心致志地盯着他的脸看，听说你至今都数不到十，是不是？我教你个儿歌吧，来，你跟我唱啊，小蚂蚁，搬虫虫。阿德不吭声，畏惧地看着她，她歪着嘴角微笑着伸出一只手，捏了捏阿德的脸蛋，说，这可是给一岁的小朋友唱的，你都五岁了还不会唱。果真是个傻子。他们就是不让我上学了我也比你聪明一百倍一千倍一万倍，气死你们全家也没用。

站在门缝里的白氏听了这话差点被噎住，她咯吱一声推开门，从窑洞里冲出来，像枚肥大的火箭一样降落在了他们面前。采采一看见白氏，又回头对阿德说，阿德你跟我唱啊，小蚂蚁，搬虫虫，一个搬，搬不动，两个搬，掀条缝，三个搬……她边唱边朝白氏那个方向偷看了一眼，看她是不是还站在那里。一看见白氏岿然不动的影子，她立刻掉过头继续唱，似乎是那女人塔一般的影子榨出了她颤颤的歌声。白氏站在那里威武地吆喝了一声，阿德，进屋。阿德像条小狗一样，伸着粉色舌头跟着白氏进去了。一进门，白氏就大声对他吼道，以后少和她玩，听见了没有。

阿德听见没听见不知道，院子里的采采是听得清清楚楚，她一边坚硬地微笑着，一边抓起一根草棍，在地上开始画圈，画了一圈又一圈。黄昏的阳光斜斜落在她身上，把她的影子压在了那些圆圈上，似乎她正心甘情愿蹲在一个漩涡的中心，任是谁都别想把她拔出来。

白氏和儿媳一大早就扛着锄头下地去了，最近地里忙，只得把阿德留在了院子里。阿德一个人坐在地上玩泥巴。采采凑过去弯下腰看着他，她皱了皱鼻子，先从口袋里掏出一块糖来递给阿德。阿德见了糖眼睛一亮，飞快地把糖抢过去了。她说，叫姐姐。阿德一边吃糖一边含混不清地叫了声，姐姐。她见自己的贿赂初见成效，便蹲下去摸了摸阿德的头。她又说，阿德你捏的这是什么啊。阿德像蜥蜴一样吸了一下舌头说了一句，这系（是）我的妈妈。采采看着他手里那个泥人，忽然微笑了，她吊起一个嘴角问他，你妈妈呢？阿德继续捏啊捏，并不抬头看她，她洗（死）了。采采忍住笑，学他说话，什么是洗了？阿德说，就系（是）躺在那里不能吃饭不能睡觉。她把脸凑得更近了些，几乎要贴住阿德那张圆脸了。她勉强抑制住声音里的快乐，因为压抑，竟有些打战，像是她忽然看见了什么极度恐惧又极度兴奋的东西，她抖着声音问了一句，那，你，想你妈妈吗？

阿德没有说话，他两只手还在笨拙地捏那个泥人，采采死死盯着阿德的那两只眼睛，终于，她看到那两只眼睛里结了一层透明的壳，冰花一样挂在上面，那壳越来越厚越来越厚，终于承受不住重量开始往下坠了。在阿德的泪水掉下去的那一个瞬间里，采采还是惊了一下，像被一道电流击了一下。她身体深处的某个部位，细若游丝地疼了一下，像被什么咬了一口。但很快，那缕细若游丝的悲伤就被更庞大的东西吞噬进去了。她像在蚌壳里突然发现了一粒珍珠一样，一种近于邪恶的兴奋推着她伸出手去，伸进蚌壳柔软的肉里，她要摘出那粒珍珠。蚌壳的肉太柔软了，她触到它们的一瞬间几乎流下泪来，那是怎样一种柔软的疼痛啊。可是，越是想着它的疼痛，她便越是不由得兴奋。

她不顾一切地要把手伸进那蚌壳深处。她紧紧看着他的眼睛，你还记得你妈妈的样子吗，你一定不记得。阿德大颗大颗地落着泪，还是不说话。她抽搐着笑了一下，又说，你能告诉我她长什么样吗？阿德手里的泥人摔在地上，他终于开始失声痛哭，他哭得那么悲伤，像个大人像个聪明人一样哭，那绝不是一个傻子的哭声。她被吓住了，同时又觉得自己像被针扎过穴位一样异样地过瘾，周身有一种奇妙的舒泰。她一边观赏着他的痛哭，一边再往深里试探，你知道什么是洗（死）了，就是，只要你还活着一天你就再也再也见不到她，她再也不会回来看你，再也不能抱着你。你这可怜的傻子，你知道这世上什么人最可怜，就是没有了妈的孩子。可是我有。阿德已经哭着趴在了地上，他的泪水和泥土搅在一起糊在了他的脸上，看上去他戴上了一张滑稽的面具，像个撕心裂肺的小丑。

她一边观赏着他的哭声一边断断续续地干笑着，可是她心里却越来越疼痛。于是她一边笑一边也开始流泪，倒像是怕哭泣的阿德太寂寞了，一定要陪着他哭一场。

就在这时，白氏从地里回来做午饭来了。她一见躺在地上哭泣的阿德就嗖地冲过去，她把泥人似的阿德搬起来搬在了自己怀里。她把阿德那张满是泥巴和泪水的脸紧紧贴着自己的脸，阿德还在哭，白氏一边拍打他一边用喷火的眼睛盯着采采，采采往后退了一步，说了一句，我没有推他，是他自己摔倒的，真的是他自己摔倒的，你问他。阿德还在哭，像走进了一场无边无际的噩梦。

白氏一边说着不哭了不哭了，一边把自己的衣服往起一撩，露出了两只倭瓜似的老乳房，老乳房下垂很厉害，快能别到裤腰带里去了。白氏把阿德的手放在自己乳房上说，摸摸就不哭了哈，摸一摸就好了哈。阿德把一张泥脸藏在她怀里，一边哭一边摸她的乳房，摸了几摸，果然就哭声渐小。再摸到后来，他只剩下低低的抽泣了。这点残余的抽泣像秋天的枯枝败叶一样纷纷扬扬地落在了他们的头上，肩上。

白氏看起来已经有点抱不动阿德了，采采看到她屈着膝盖，挺起肚子，把自己架成一把椅子，竭尽全力要把阿德舒服地安顿在自己身上，她怕他掉下去，似乎他一掉下去就会摔成齑粉。他的整个人都挂在她那只老乳房上，像从她身体上长出的一只巨大而畸形的器官。采采不动，呆呆地羡慕地看着他们，一滴泪挂在她脸上在阳光下静静闪着光。

就在这时，儿媳从外面下地回来了，她一进院门，白氏的目光就嗖地追了过去，一下把她钉在了那里，她指着采采对她吼过去，你家原来还有没有一点家教，是不是再没人管她了？两只肩膀抬着一张嘴进来每天吃了喝了还要欺负阿德，看见阿德傻是吧。你让她从哪来的再滚回哪去，这里庙小放不下她。

儿媳看着眼前这形式评估了几秒钟，然后一声不响地揪着采采的衣领把她拖回了窑洞。不一会，里面传出了采采的哭声和尖叫声。她像疯了一样尖叫着，我知道你们都讨厌我，我知道你们都恨不得让我死了给你们省下一口饭。

但采采并没有至此被赶出水暖村，据说她那十里之外的父亲已经又娶了一个女人，女人还拖着两个孩子又生了一个。一个萝卜一个坑，那里早就没有她的坑了。自打她把自己点着发射到水暖村来之后，就再也回不去了。每日送走一个一模一样的日子实在是一件艰苦卓绝的事情，在无涯的时间中几乎没有上岸的地方。为了打发时间，她开始跑出去跟着村里人戳在山头上闲聊，也袖着两只手数山下的汽车，再不就是眯起眼睛数对面的坟包。她学会了向村里人诉苦，她撩起衣袖，像个刚从战场上退下来的士兵一样向他们展示自己身上那些新的和旧的伤疤。她坐在地上拍着大腿，像村里所有已经生过孩子的妇人一样，向听众描述，她生父是怎么打她的，她是怎么光着两只脚跑了十里路跑到水暖村的。跑到水暖村连口热水都没得喝她就又被赶回去了，回去怎么办，回去了就被打得更厉害了，谁让她跑了。她只好再一次偷偷跑出来，又是光着脚跑到水暖村来。

众人像看稀罕的露天电影一样包围着她，似乎她是地球上最近才出现的最新物种。众人经年不洗澡的体味像砖头一样垒起来包围着她，竟也让她感到了一种异样的暖意，就像是，她在这世界上终于为自己找到了一个坑，足以把自己埋进去了。她的倾诉越来越流利，像打了蜡。然而众人并不餍足，还有呢，还有呢。他们吃进去多少消化多少。她对着一堆模糊不清的脸笑了一下，努力讨好他们。然而他们还是不放过她，后面还有呢，后面还有呢。她舔舔嘴唇，脸上烧得通红，如火如荼。

她又开始讲她的生母是怎么对她的，她千辛万苦跑来找她，她连双鞋都不给她找就让她回去了，回去干什么，回去了还不是挨打。她不肯收留她是生怕她连累了她，怕她挂着个油瓶要被婆婆和丈夫小看，怕自己在他们面前活不出来了。众人连声啧啧。她吊起眼角来抹泪，好像我连个傻子都不如。有人问那白氏呢，白氏对你好不好。采采冷笑，她恨不得一口把我吃掉让我给她家省下粮食，她只认识她那个傻孙子，只有他才是人。她们都不喜欢我，都不想让我活，她们恨不得我今天就死给她们看。忽然又有人问，那永泰呢，永泰对你好不好。采采听到这话，一个嘴角吊起来又落下去，能好到哪去，他又不是我爸，我晚上就和他睡在一盘炕上，他就睡在我旁边，他的手……众人齐齐倒吸凉气，一边吸凉气一边暧昧地笑，末了这招真是过瘾。

5

这话在水暖村的上空飞了三圈之后，更加血肉丰满，凹凸有致，只怕再飞一圈就要长出鼻子和眼睛了。最后出了模子的话是永泰把人家十三岁的小姑娘给睡了，晚上母女俩一边一个伺候着他。老实巴交的永泰听了这话差点一口气没上来，他本想着一个小姑娘也吃不了多少，就是添了双筷子，大不了把她养到出嫁。窑洞里都是大得上天入地的土炕，睡十几个人不成问题。晚上睡觉的时候，他睡炕头，采采睡炕尾，中间是他老婆，没想到他在传说中已经把十三岁的继女给睡了。永泰连夜坐车走了，他要去省城打工，避避这满天飞舞的邪恶蝙蝠。

儿媳见自己男人都被气跑了，加上自己在这传说里的形象实在是有点不堪，简直是个拉皮条的。连着几天在路上碰到村里的男人，男人们都向她投来景仰的目光，似乎不能不慑于她们母女的巨大威力。她躲到无人处哭了一场，哭完了就回去把采采关起来一顿好打。白氏不说话也不阻拦，躲在一边偷听。她听见儿媳在窑洞里一边打一边吼，谁让你那样说的，你为什么要那样说？这家里谁不让你吃饭了？你说，你为什么要那样和别人说？

采采一边号哭一边歇斯底里地大叫，声音像刀片一样刮过人们的神经，我爸嫌我是累赘影响他再找老婆，你也嫌我是累赘怕你男人不要你了。他把我赶走，你也要把我赶走，我光脚走了十里的山路你都不给我找双鞋穿，你根本就不是我亲妈，我亲妈早死了。我连傻阿德都不如，他妈死了还有人疼着他，怕他着凉怕他感冒怕他疼怕他死，可我呢，你们就是把我当成一个累赘。你从来就是只顾你自己，我小时候你和我爸一吵架就往出跑，整夜都不回来，我打着手电筒，踩着大雪整晚上在山里找你，可是你管过我的死活吗？你放心，我这就死给你看。说完只听窑洞里咔嚓一声什么碎了，瞬间的寂静之后便是儿媳突然迸出的惨烈号哭声。采采用玻璃片在自己脖子上划了一道。

伤口并不深，在镇里的卫生站包扎了一下就回家了。儿媳被这一吓吓成了一个低眉顺眼的小媳妇，一连几天对采采连句大声说话都不敢了，每顿饭给她端到炕头上去。采采则坐在炕头两眼盯着天花板上的梁子。脖子里缠了一圈雪白的纱布，她只得把头高高地昂着，看起来好像她的头和身体是分开的，正各自浮动着。她这颗头倨傲地悬浮着，俯视着这院子里的两个女人和一个傻子。

纱布拆掉之后，脖子里留下了一道粉红色的伤疤，采采扛着这艳丽的伤疤重新回到人堆里，活像个立下战功后荣归故里的士兵。这下她身上有确凿的证据可以证明她是个多么可怜的孩子。她昂着头，伸长脖子，一副随时要被砍头的架势，她站在那里被人们瞻仰着新鲜的伤疤，然后一遍一遍细细讲述这伤疤的由来。人们无限同情地一遍一遍听她描述细节。白氏和儿媳不敢把她拖回来，怕她再给自己一刀可怎么办。

于是她们只好装成聋子和盲人，什么都看不见也听不见，尽管如此她们还是悄悄地羞愧难当，见了村里人就像做贼一样慌忙躲开。因为她们想象不出采采又编出了什么更有杀伤力的武器，她们也不知道她们在传说里又被赋予了怎样一副新鲜的面孔。

再新鲜的东西几天下来也就折旧了，她脖子里的伤疤被村里人轮流瞻仰了一圈之后也黯然失色了。她还是成天往出跑，高高地扯起脖子，歪着头亮出那道粉色的伤疤，像一个佩戴了名表的人，不能不时时亮出来彰显一下，不然白戴在身上真是觉得可惜了。

日子又从春天飞到了夏天，水暖村从肥硕多汁的夏天里繁衍出更多的小鸡，小猪，小羊，小鲶鱼，还有小孩。白氏、儿媳和采采吵了架就跑到粪池边看鲶鱼，一看就是大半天，好像这鲶鱼才是她的亲人。

活蹦乱跳的生命破土而出，顶着那些白发苍苍的老人们快快入土，好给新人们腾出地方来。村里的老人们一过六十，最大的心愿就是能拥有一口上好的棺材，一口优质的松木棺材上面描金画银，还缀以各种俏丽的花鸟鱼虫，各种人间没有见过的亭台楼阁，璀璨华丽地如天上的盛世。能躺进这样一口棺材里入土，那活着时无论受过多少苦都算值了，都能把这世间的苦难抵消得片甲不留。所以村里的老人们只要一过六十，就哭着喊着要棺材，心情之急切与小孩子们要糖果没有二样。因为村人笃信，在这世上只要能活到六十就够一辈子了，六十岁之外再活几年都是白赚了，既然是白赚的那就不可惜了。所以，即使随时从这个世界上撤掉，他们也没有太多悲伤。悲伤是留给活人的，对他们来说，最要紧的是那一口上好棺材，好装着他们到达彼岸。

但往往是棺材割好漆好，摆在那就差装死人了，老人们却偏偏死不了了。有时候不是几年不死，是二十年过去了，棺材都开始掉漆开始腐烂了，人还没死，还坚如磐石地每顿饭吃两碗干面外加一碗汤面。但是棺材摆在外面，风吹日晒会加剧腐朽的速度，所以棺材割好后一般都要抬进窑洞里去歇着。对村里的很多老人来说，棺材成了他们窑洞里的一种必备家具，就像九十年代嫁闺女时必备组合家具一样，谁家没有那就是落时，就要被人在背后笑掉大牙。老人们往往也能把棺材充分利用起来，他们把棺材当柜子用，里面储藏着今年收成的莜麦，土豆，黄豆，棺材盖上则摆满了琳琅满目的锅碗盘勺，完全没有一点地府的阴气和妖气，相反，它和窑洞里的任何一件家具一样平凡朴实，恪尽职守地被老人们使用。

白氏眼看自己即将六十，转眼就是一辈子，已经是活到这个世界边上的人了，展望一下前景，她觉得黄土已经埋到她脖子上了，也该给自己备下一口棺材了。只是这永泰终年在外打工，只怕这雇木匠割棺材的事还得她自己亲力亲为。不过这一辈子，又有哪件事情不是她亲自操持？就连当年接生也是她自己给自己接的。只是可怜了这阿德，没爹没娘又是个傻子，万一哪天自己先入土了，又不能把他拽进土里。想到这里，她一阵悲从中来，又把阿德按捺在了自己怀里，毫不厌倦地问那个已经问了阿德一万遍的问题，阿德啊，这个世上你最亲最亲的那个人是谁啊。阿德把重复了一万遍的答案又重复了第一万零一次，最亲奶奶。他说得面无表情，就像把一篇演讲稿背得烂熟了熟得都厌倦了恶心了还得继续一遍一遍地往下背。白氏半是满足半是不满足，又对阿德撒娇，再说一次，最亲的是谁？阿德突然造反了，脸阴着，妈妈。

再说一次。

奶奶。

阿德，奶奶死了你可怎么活啊。

奶奶，我想我妈妈了。

阿德一边说一边又开始流泪，他咧开嘴，露出了粉色的舌头，表情和一个白痴完全一样。她有些吃惊有些憎恶地看着他，这个小孩怎么就养不熟呢？她养他这么长时间了，恨不得把心掏出来塞给他，把月亮摘下来哄着他，他居然没有绽开一丝一毫的裂缝，但凡有一点不高兴一点委屈，第一个想起来的永远是他那已经睡在地下的母亲。而她不过是一滴油，永远融不进他们母子的血液里。那个死去的女人岿然不动地长期占据着霸主的地位，光是她的魂魄就够把白氏打败了。铁人白氏忽然有一种异样的悲伤，这点悲伤很深很静但是很有力。她浑身僵硬。

她把阿德的哭声留在窑洞里，自己走到了院子里，她又想去看看那些鲶鱼。已经是初夏，夜风如水，儿媳和采采正在篱笆旁边吃晚饭。硕大橘黄的月亮从吕梁山上升起来了，整个水暖村浮动在透明清凉的月光里，微风过处如舟行水上。白氏坐在小泥炉旁边开始煮小米粥，红色的火苗在黑暗中舔着锅底，金色的小米粥呻吟着翻唱着，溅出一地清香。这时候，白氏忽然听见坐在那边的采采正和儿媳诉苦……老有人朝我身上摸，我站在哪都有人伸出手来摸我这，还有这……她一边说一边在自己身上几处开始凹凸的部位上比画着。以验证自己被摸的经历是怎样不虚。这话像风一样吹过白氏的耳朵，最多不过就是一句话却让白氏觉得异样的惊心动魄。她脊背上一阵阴凉，就像看到了什么似曾相识的可怕东西。

这话她分明是听过的，如此相似的邪气，如此齿啮人的气场，是在哪听过呢。她忽然想起来了，上一次听到这话也是从采采嘴里说出来的。唯一不同的是听众，上次这番话是采采出了家门后，眉飞色舞地说给村人听的，说睡在她旁边的永泰晚上是如何如何一寸一寸摸她的。现在听众反过来了，她又在向家人诉说外人是怎么一寸一寸摸她的。

儿媳手里的筷子冻住了，怔怔坐着，一言不发。白氏顺着月光看过去，儿媳的脸正埋在一片阴影里。但白氏能感觉到，儿媳的目光此时也正往她身上流动。她没有去接，这样会显得她过于友好，但这种被依靠的感觉还是不能不令她舒泰。关起门来终究还是一家人。她们没有说一句话没有对视一眼，就已经在黑暗中在月光下结成了罕见的临时同盟。

白氏和儿媳开始跟踪采采，采采一出门，她们便轮流跟着她，观察她的动向。采采最怕一个人待着，谁家一有打架死人娶亲之类的热闹，她立刻就跟着人群呼啦啦往过跑。人群密密匝匝围了好几层，连点缝隙都没有。她把自己压扁压平了硬往里塞，周围的铜墙铁壁把她箍死了令她动弹不得，有人在打嗝有人在放屁，空气又厚又黏稠，吸进肺里像喝了糨糊一样。她试着踮起脚尖，看到的还是前面的后脑勺，层出不穷的后脑勺。然而，越是黏稠她越是想把自己搅进去。她专心致志地盯着前面那些后脑勺。表情是僵硬的，身体也是僵硬的。

没有人知道她在人群中正等待什么。

只有站在暗处的白氏和儿媳看明白了。她在人群中等着那幻想中的抚摸。并没有一只手放在她身上，可是每天一回家一关上门，她立刻就会幻想出层出不穷的抚摸与猥亵来。那些男人们，她不知道是谁，也看不清脸，也不知道他们的年龄，他们全部变成了一双游走在她身上的手。她编得绘声绘色，生动逼真，为了追求真实效果，她甚至模仿男人们的动作在自己身上摸，她说，喏，他们就这样。白氏和儿媳作为观众都看得目瞪口呆。她们明白了，这姑娘是有癔症了。也就是说，永泰睡在她旁边对她的抚摸也不过是她自己想象出来的。

儿媳气喘如牛，倒像是被猥亵的是她自己，她要标榜自己闪闪发光的节操，于是她喘着气一个耳光飞了过去。这个耳光力度之大足以让采采后退了三步。她站稳后披头散发地扬起了脸，白氏以为她又要像上几次那样歇斯底里地尖叫号哭了。可是她没有，她如同被鬼魂附体一样，忽然两眼发着诡异的极亮的光芒，妖媚地笑了，她对母亲妖娆地笑着，尖声说，我知道你们都讨厌我，你们都不喜欢我，没有一个人爱我，可是，你们不爱我有人会爱我。那么多男人喜欢我，老盯着我看，还要往我身上摸来摸去，呵呵，他们是喜欢我才会这样的，不是吗。她说着闭上了眼睛，两只手摸到自己刚刚长出骨朵的小乳房上，再往下摸去又摸到自己的屁股上。她假想着那是两只男人的手，正在她身上游动，用她的语言体系来说，是他们正在爱她。采采娴熟地抚摸着自己，观众是无法呼吸脸色惨白的白氏和儿媳。最后面还站着个面无表情的阿德。

儿媳掐着大腿哭了好几场，她感叹自己命运多舛家门不幸，怎么能有这样一个可怕的女儿生出来，被人看到了还以为是妖孽。她一边哭一边向白氏申辩，采采小时候可不是这样的，她以前就是个很正常的小女孩，上学的时候也是好学生，前夫家墙上至今贴着她上学得的一排奖状。她离婚前也没有发现她有什么不正常，她也从没有过这么可怕的举动。她从小很害怕她爸爸，更不可能胡说。怎么突然就变成这样了，简直就是被换了一个人。她哭着认为她的女儿被调包了，眼前这个一定不是她生下来的女儿。这么丢人下去可怎么办啊。

白氏只是默默听着，并不答话。院门严严实实关上，采采被囚禁在院子里了，她母亲不许她再出去丢人。她呆呆坐在篱笆前，用几个小时去玩一朵篱笆上的喇叭花。她眼睛里那点妖气已经烧尽了，只剩下一堆荒凉的残垣，呆滞凄凉。白氏久久地看着她小小的背影，忽然又一次在心里烧过一阵疼痛，她对这个姑娘的疼痛其实已经不是第一次了。有时候，人就为了那一点点被爱的感觉，都是情愿赴汤蹈火粉身碎骨的吧。年轻的时候，在丈夫死后，她不也有过这样的渴望吗，那种渴望一旦发作简直像一种赴死的冲动，不管什么形式，不管多少，不管是个什么样的男人，哪怕是残的瞎的是肺痨，只要有人给她一点点爱她都会觉得感激涕零，都恨不得能以身相报。再后来，她慢慢想明白慢慢放弃了，慢慢磨成了一尊铁人。

那一瞬间她有一种上去抱住她的冲动，可是这时候那小姑娘抬起头看了她一眼，她忽然邪恶地笑了。白氏再一次怔住了。

6

两个女人又下地去了。采采挑起竹帘站在门口，院子中间生着一棵枣树，早晨的阳光清脆透明，落在枣树的枝叶间像一串串铃铛作响。枣树下坐着阿德，他早早起来坐在那里捏泥巴。院门从外面锁了，不许他们出去。

她从台阶上缓缓迈下一条腿来，就像那腿不是她自己的，她是很不情愿地提着它往前走了一步，院子里静极了，连阳光也是恬静的。坐在树下的阿德静悄悄，他手里的几个泥人也像他一样闲适自在。似乎整个世界都被装在了一扇透明的橱窗里面，只有她一个人心慌意乱地被关在外面，她进不去，别人也不出来。她无端地焦躁着恐惧着，走到了阿德身边。她俯视着阿德圆圆的脑袋，阿德却不抬头看她，还在专心地捏泥人。她在他对面蹲下来，问，你又在捏什么。阿德不说话，像是根本就没有看见她，只一下一下地捏手里那丑陋的泥人。她知道他又在捏那个死去的女人，女人都死了一年多了，居然还日日被一个傻子惦记着，光这点惦记也够她再活几次了。但让她真正愤怒的是，连一个傻子都有可惦记的人，她却没有。

孤独和嫉妒压在她身上，像一个陌生人的体重，她呼吸艰难，随手抓起地上的一个小泥人摆弄着，好像那小泥人会载着她浮上岸去。阿德忽然抬起头来大声对她说，你放下我妈妈。他的表情如此认真严肃，以至于让人怀疑手里捧着的真是他妈妈身上的一条肢体。她没有放下，眯着眼睛研究着他的表情，一个字一个字地说，原来这系（是）你妈妈啊。阿德脸涨得通红，像愤怒的公牛一样向她扑过来抢泥人，她拿着泥人往后躲，两个人摔倒在地上，泥人碎了。阿德坐在地上，两只嘴角开始向下弯去，马上就要折了似的。他开始流泪。

采采看着他，先是摇了摇头啧了啧嘴，然后又叹了一口气，你这傻子，你以后可怎么活啊，等那老东西死了你可怎么活啊。到时候你怕连口饭都吃不上啊，你说你总不能去讨饭吧。我也可怜，可是我和你不一样，我本来是能考上大学的，以前我们学校的老师都这么说我，可是他们不让我上学了，让我给他们省钱给他们省粮食，觉得我就是个累赘。我敢保证，不出两年，他们肯定要把我嫁掉，把我嫁了就不用吃他们的饭了。我嫁出去也就算了，可是你呢，傻子，谁愿意嫁给你啊，老东西再疼你也不能一辈子守着你，到时候你可怎么办啊。阿德仍然泪流不止，一副悲痛欲绝的样子。她抬头看看树梢上的阳光，有些着急了，她怕两个下地的女人快回来了，回来了看见惹哭了阿德免不了又要打她一顿。

她皮笑肉不笑地哄他，阿德，我再给你捏个泥人好不好，我给你捏个妈妈。

阿德不理她，继续号哭。她看着地上的泥土忽然心里一动，她舔舔嘴唇，声音略有异样地对阿德又说，阿德，你真想见到你妈妈吗？果然，阿德的哭声猛然止住了，他的两颗眼珠子还泡在泪光里，却忽然亮了一下，就像被什么隐秘的东西忽然照亮了。她指了指地上的泥土，试探着看着他，说，她就在这下面。

阿德说话了，语气急切，她系（是）在下面睡觉吗？她忽然一笑，不，她不是在睡觉。她只是在下面的那个世界里，我们的世界只不过是一个世界，下面，就在这土里还有好几层世界，每一层世界里都有一个地王。我见过他们，就在地王图里，过年的时候就会在祠堂里挂出来。他们和我们一样，每天也在吃饭睡觉干活，他们也有钱花有饭吃，他们什么都不缺的。你妈妈她就在那个世界里，因为不在一个世界里所以你看不到她。可是不管你看到看不到她，她都在那里。

阿德身体前倾，好像要把他整个人都送过来了。他说，那我什么系（时）候能见到她啊。她邪邪地安静了一下，然后她看着他的眼睛诡谲地笑了，只有等你死了的时候才能见到她，等你死了你就和她团圆了。阿德崇拜地看着她，那怎么才能洗（死）了啊。

阳光透过树梢明明灭灭地落在了采采脸上，光影在她脸上筑起了一种时空的错觉，仿佛她正迅速向一个神秘的隧道深处退去退去。她的声音也是从那隧道深处浮上来的，诡异幽暗，死的办法太多了，只要你想死就能死，可以上吊可以投井，还可以像这样。说着，她忽然从幽深的隧道里伸出了两只手，渐渐合拢到阿德的喉咙上。就是这样一个傻子也有人不要命地爱他。她却没有，没有。那两只手往紧里一收。阿德被卡住脖子开始剧烈地咳嗽，那两只手忽然松开了，她整个人从隧道里跌落了出来，她浑身发着抖抱住了阿德，她一边剧烈打战一边说，对不起对不起，我不是故意的，你这可怜的傻子，我只是在和你开玩笑，姐姐在和你玩呢。

阿德听不见她说话，他一边红着脸剧烈咳嗽一边又开始号哭，他大声地抽泣着，一声比一声响亮。阳光已经爬到头顶了，正午了，两个女人马上就要从地里回来了。采采脸色苍白地看着阿德，她开始感觉到恐惧了。她想把他那张开的嘴堵上，可她知道那样他只会哭得更厉害。忽然她像想起了什么，她站起来迅速抱起阿德，阿德反抗着，要从她怀里跳下去。她蛮横地抓起他的一只手，迅速塞进了自己的衣服里，把那只手放在了自己一只刚刚开始发育的乳房上。她说，你摸摸，你不是摸摸你奶奶的乳房就不哭了吗？你摸我的好不好。

那只小乳房塞到阿德手里的瞬间，他的哭声戛然而止。他不再哭泣也不再挣扎，整个人忽然变得异样的宁静，好像她正抱着一抔柔静的光线。他久久地靠在她怀里，不说话也不动，眼睛里还包着两滴泪，却不往下落。他那只捏过泥巴的手还在那只乳房上摸索着，她像个母亲一样紧紧抱着他，把他的脸贴在她的脸上。正午的阳光从头顶落下一束，把他们包进去了，他们仿佛正躺在这世界的心脏里。都安全了。

她像刚跋涉了很多路一样，喘着气在椅子上坐定，怀里仍然抱着睡着的阿德。她把他那只手从她衣服里撤了出来，完好无损地放在了他自己身上。她刚坐好，院门从外面开了，白氏和母亲相继出现在门口。两个女人吃惊地看着树下的两个小孩。

自此，阿德成了采采的门客，一刻不见她便满院子寻找，姐姐呢，姐姐呢。采采头一次被人这样需要，厌烦之中不乏得意，出出进进地答应着他，以显示自己在这个家里头一次被需要了。两个女人都不在的时候，她就带着阿德在院子里的一亩三分地里捏泥人捉蝴蝶采喇叭花贴在他额头上。阿德乐不思蜀，和白氏倒是疏远了些。白氏替阿德平白得了采采不少爱，像负债了一般，心里愧疚。再加上觉得儿媳从没给过采采多少爱，自己当然也没有，现在倒像所有人都在采采面前债台高筑了一样。她便开始主动向采采示好，煮几个玉米送给采采一个，烤个红薯也递给采采一个，甚至还当着儿媳的面塞给采采几块零花钱。采采接过钱接过吃食的时候并不看她，只是拼命把鼻子皱起来，皱得高耸在脸上，好把眼睛压下去，似乎这样别人就看不见她的目光了。她给她什么她都不拒绝，仿佛她是一只摆在路边的大邮筒，别人可以随便往里塞信件。

儿媳看在眼里，脸上的霜气又重了一层。本来她就心里有气，自打采采气跑了永泰，她这第二任男人就基本不回家了，除非过年。她好不容易从前夫的凶暴下逃出来逃到这里，却又入虎口，一不小心做了活寡妇。她怀疑永泰是不是在外面已经和什么女人开始搭伙过日子了，听说但凡常年在外打工的男人都会找个女人同居，俗称打伙计，虽不会结婚但和夫妻也没什么区别。她白天晚上地被闲置着，身体里早就长满了荒草。有心再离一次婚吧，这油瓶采采肯定还要拖过去的，她可以再光脚跑二十里山路跟过去，反正她娴熟得很。拖个油瓶，这又大大降了她的身价。这十三四岁的姑娘喂又喂不熟，嫁又不能嫁，又不能放出山外去挣钱，一放出去估计就只能卖淫了，想上学又没钱供她，何况她自身尚且难保。这时候又见这采采忽然做了叛徒，一夜之间投诚到对面的部队里去了。她有意惩罚她，便对她愈加冷淡，出出进进好像她只是这屋里的一口空气。有她不多没她不少。

采采自然感觉到了，为了把这惩罚以更大的力度反掷向母亲，她加倍讨好对面的老女人和小傻子。她殷勤地帮着白氏干活，忙前忙后。只是在无人处，她便诡异而悲伤地独自微笑起来，如漫天大雪下唯一的夜行人。

白氏对采采的表现很满意，作为奖赏，她还带着采采和阿德一起去喂鲶鱼。这个黄昏，夕阳壮硕如血，洒满了丘壑纵横的吕梁山，连鲶鱼们的身上都闪烁着珠玉的光泽。采采一边看她喂鱼，一边问，你自己都不舍得吃，怎么尽把省下来的吃的都喂了这些鱼啊。白氏看着这些前呼后拥向她游过来的鱼说，也不知怎的，我就是可怜它们。自打它们来了这水暖村，就住在这粪池里。我这辈子没有出过水暖村，没坐过汽车火车，不知道外面是什么样子的，我就是觉得要是它们能生活在别处的大池塘里，到处是干净的水，该多享福。

白氏和儿媳下地干活的时候，采采就带着阿德满山乱跑，跑一圈又绕进水暖村的坟地里去了。村里人在这个山头上立着就能看见对面的坟地里飘荡着两个幽灵般的影子，不过没人奇怪，还能有谁，肯定是傻子阿德呗。只是，他现在势力壮大，后面又跟了一个疯女子采采。那女子，真吓人，年纪不大但见个男人就想往上贴。男人们一边啧嘴一边两眼放光，仿佛刚刚被采采的小乳房贴过。

采采和阿德在坟地里发明了一种游戏。他们找到了一个废弃的坟坑，这个坟坑不知道为什么被废弃了，就剩下一个荒凉的长方形大坑，刚好能躺进一个人去。阿德先躺了进去，他闭着眼睛躺了一会儿，忽然睁开眼睛说，我见到我妈妈了，她就在下面，她离我好近。他翻身起来开始用两只手在地里乱刨，似乎急于要挖出一个母亲来，因为找不到他更着急了，两只腿也开始跟着乱刨，他像只豪猪一样四肢拼命地在土里刨动，如沉在了一个很深的梦魇中。渐渐地，梦魇抽身离去了，剩下了阿德的躯体躺在坟坑的底部。他不再动了，静静地睁开了眼睛，看着头顶上的天空。他的眼睛像刚被过滤过一般，纯粹安详，好像把整块蓝天都装进去了。在那一瞬间，傻子阿德看起来像个天上来的圣徒，周身散发着一种静谧的华美。连坐在一边旁观的采采也看得呆住了。

然后，采采把阿德拉上来，自己跳下去，躺在了坑底。躺了一会，她突然唤阿德，阿德，要不你就把我埋在这里吧，我觉得活着真没有什么意思。阿德呆呆站着看着她，她躺在那里忽然流泪了，你真的把我埋了吧，我要让她们后悔。我有个亲妈却连你都不如，你妈就是死了她也爱你，可是没有人爱我，连我妈都不爱我。我恨不得能和你换过来。你说我要是死了她会不会哭？我活着就是别人一个累赘，所有人都恨不得我能死。可是我死了就再也回不来了，你妈妈也不在下面，阿德，我都是骗你的，人埋到土里就烂掉了，最后烂成了一把骨头。地下没有什么地王，也没有那十层世界。好人不会上天堂，坏人也不会下地狱，人无处可去，死了就只是一把骨头。

阿德脸色惨白地看着她，怔了片刻，他忽然咆哮着跳了下去，正好砸在她身上，他一边用手拼命挖土，一边号哭，你骗我你骗我，我妈妈就在下面，我能看见她的。他的手指开始往出流血，他还在不顾一切地刨土，要把他母亲刨出来。采采慌忙爬起来，抱住了阿德，他使劲挣脱了她继续刨，采采害怕了，从后面又一次抱死了他，她气喘吁吁地说，是我骗你，阿德，你妈妈就在下面，下面有好多好多人正看着我们，我们看不见他们可他们能看见我们，地下真的有十层世界，每个世界里有一个地王管着他们，所有的人死后都会去那里，所有的人死了都会再次相见的，你一定会见到你妈妈的。

阿德的疯狂动作终于停住了，他指头流血开始大声哭泣。她也开始哽咽，便更紧地把他抱在了怀里。他顺从地把头抵住她的下巴，把自己整个人靠在了她的怀里。她抓起了他的一只手，然后，那只手熟练地伸进了她的衣服，放在了她的那只乳房上。他们都没有发出一点声音，两个人就那么静静地抱在坑底。在他们头顶上是一片切下来的四角天空，小心翼翼蓝如水晶。

7

深秋到了，整个吕梁山染成了剔透的金色。金色的玉米穗一串一串挂在枣树上墙头上，窑洞前后金色的葵花垂着大脑袋在秋风中站着。柿子像着了火一样把整棵树都点着了。秋风过处红枣落了一地，叮叮当当地砸着人们的头，小孩子们雀跃着跑过去抢着捡地上的红枣。没有红的青枣就放在火里烧，不一会儿空气里就溢满了甜腻的枣香。这和吕梁山里的每一个秋天都没什么不同，唯一不同的是这个秋天又有哪个小孩子出生了，哪个老人死了。

就是这个秋天，铁人白氏忽然感到时常胸闷气短，干活干着就会忽然觉得天旋地转，眼前的黄土融化成了一截一截，踩上去一脚都是软的。她只能坐在地边的石头上先歇息一番再继续。腰腹间经年积攒下来的脂肪像秤砣一样把她压在石头上，又松又老的乳房在胸脯上流着，流到了臃肿的小腹上，合为一体。隔着衣服看上去只看到那里像小山一样隆着一堆肉，她的目光跨过这堆肉只能看到自己下面的脚尖。她心想，一辈子吃土豆莜面，也凭空长出这么多肉来，简直是无本生利。歇息半天，刚一站起来又是一阵眩晕，她扶着石头悲伤地想，怕是得给自己准备一口棺材了，说不来哪天摔倒就再爬不起来了。村里每年冬天都有这样的老人，不小心摔倒在雪地里，摔倒了就再也没爬起来过。还有一个老太太摔得太用力了些，连眼珠子都摔出去了一只，四处找也没找到。下葬的时候只好在她眼窝里安了一只小孩子们玩的彩色玻璃球，老太太带着一只五光十色的玻璃眼珠入了土。

白氏唯恐自己死了没处搁，赶紧快马加鞭找了个邻村的木匠来给她割棺材。眼看着就要天冷了，一下雪就没法做木工活了。老木匠带着一个打下手的小木匠来了，住在旁边一口废弃的窑洞里，白天父子俩来白氏院子里做棺材，晚上回破窑洞里一窝，连灯都不用点，光一点月光就够用了。白氏从地里回来就抱着阿德坐在一边专心看他们做棺材，棺材的雏形已经出来了，四块板往起一合，一个留给她躺的地方已经长出骨骼了，再过几天它就会连血肉都长出来，就差她往里这一躺了。随着棺材一天天变真实了，她心里的那点恐惧也一天天变具体了。似乎是一个人已经能数到自己的阳寿了，知道自己哪天钻进那口棺材毕竟也不是什么好事，觉得背上瘆得慌，阴惨惨的。

按照村里的规矩，她还得给自己留一张遗像。等人死了再留就来不及了，村里的老人一辈子不见得照过一张相，但都要趁还活着还能走路的时候赶紧给自己留一张遗像。有个走街串巷的摄影师隔阵子就光顾一次水暖村，看近来可有快要死的老人照相。老人们一见摄影师来，就穿着自己平生最好的衣服，拄着拐杖前去村口照遗像。摄影师在村口挂好布景，布景上是粗糙的青山绿水，绿得喜气洋洋，人一走过去溅得人身上四处都是。摄影师知道黄土高原上的老人们一辈子抬头低头见的都是黄土，就是死了也还是和黄土打交道，便在遗像里替他们恶补一番青山绿水。他不厌其烦地摆弄着老人们僵硬的脸，好，稍微笑一下，好，把头稍微侧一侧，好，看前面。好嘞，大爷大婶包你满意，快拿回家挂在墙上吧。

是呵，挂在墙上随死随用，倒是方便。老人们把遗像拿回家挂在墙上，终日与死后的自己对视着，死后的自己穿红戴绿，背景是一片辉煌的青山绿水，不知底细的还以为老人正在遥远的南国旅游呢。

棺材越是接近竣工，白氏便越是有了身临其境的悲伤，这种悲伤越来越逼真了，仿佛她马上就要穿戴好躺进这匣子里了，可是，她不能把阿德带走啊。她忽然就落下泪来，她说，阿德啊，我要是哪天死了你可怎么活啊。阿德伸着舌头说，奶奶你也要洗（死）了吗？白氏悲伤地点点头，人都要死的，但是有人死得早有人死得晚。别人都说死了谁苦了谁，我倒觉得苦了的是活着的人，人死了就什么都不会觉得了，连活人哭不哭都不知道了。只是可怜阿德你啊，早早没了妈，你那老子又一年到头不回家来。阿德眼睛亮了一下，奶奶，你洗（死）了系（是）不系（是）就能见到妈妈了？又是他那母亲，她吼道，不许老提你那死去的妈。

阿德不敢说话了，两只嘴角又开始往下掰，眼睛里浮出了一层水光。白氏叹了口气，一只手放在他额头上抚摸着，以一种从没有过的悲伤看着他说，阿德啊，要是有一天奶奶死了，你也会这样想奶奶吗？阿德不说话，那层水光破了，泪水又纷纷扬扬挂了一脸。她抱住他说，你这孩子真没出息，这么爱哭，以后可怎么活啊，有人欺负你可怎么办啊。我哪天入了土还有谁会管你。

要给棺材上漆了，白氏选了一款轰轰烈烈的大红色，似乎不选这等酷烈的红便不足以对得起这蝼蚁般的猥琐一世，从生到死总应该嚣张一次吧。就算这不过是个盛死人的匣子，也应该搞得像嫁妆一样艳丽。然后小木匠在棺材上面描金画漆，应白氏的要求，他在上面画了蟠桃盛会，三打白骨精，猪八戒背媳妇，画了各色花卉，各种时令水果。生前没吃过没见过的她都让他往上画，一时，棺材盒子被她装饰得像个龙宫宝殿似的，金碧辉煌。

白氏连日沉浸在棺材的巨大气场中，遐想着死后的坦途，这一日忽然抬头猛然发现眼前站着一个端庄安静的姑娘，她竟吓了一跳。仔细一看，不过就是采采，正站在那里看小木匠上漆。可是她却一定觉得哪里不对，在她抬头看到她的那一瞬间，她觉得采采分明脱胎换骨成另外一个人了，就像是另外一个人披着采采的皮囊站在那里，她看着她的目光，也不是采采的。有一种静态的美丽像雪花一样正落在她的眉梢和眼角，散发出一缕绝细的幽香。这姑娘又要摇身变成什么，她一直都有着她危险的变幻。

一连几日，采采都这样文静舒雅地站在一边看小木匠干活，给他端茶倒水，中午又把饭给他送过来。小木匠眉目清秀，但有些木头木脑，始终没有抬起头看采采一眼，眼睛只是寸步不离地盯着那棺材。不只是和小木匠，就连和旁人说话采采也忽然变得细声细气，好像周围都是正在睡觉的人，怕不小心就把别人吵醒了。她一旦温柔贤淑下来也让人觉得妖气森森，觉得还是哪里不对。白氏终于发现了，采采无论在做什么无论和谁说话的时候，都把眼角空出来，拴在小木匠身上。那点眼风真是风摇影动沙沙作响。白氏恍然明白，采采这是看上小木匠了。

采采这边磨刀霍霍随时都能摆出以身相许的架势了，小木匠那边还是罗汉之躯，百毒不侵，或许人家早看出采采不对劲，许是个花痴？避之不及。白氏在一旁看得心痛。白氏真有心一把把她从小木匠身边拉开，不要让她再像一条小狗一样围着那男子摇尾乞怜了。可是她以后呢？现在她便可一眼看到她的以后了，无非是哪个男人给她一点真的假的疼惜她便跟了他，只求对方对她有一星半点的好，她便不惜粉身碎骨。想到这里，白氏眼圈发潮，恨不得赶紧把这小木匠打发走。

又过了几日，棺材终于完工了。白氏二话不说，付了工钱赶紧打发木匠走人。小木匠收拾东西往出走的时候，采采失魂落魄地跟在后面，却不说一句话。事实上，从头到尾，她都没有和小木匠说过一个字。这一个字自然是再没有机会说出来了。小木匠挑着东西就往出走，并没有回头，采采眼睛发直，就要追出去。白氏迅速把院门关上，把自己庞大的身躯堵在了那里，挡住了采采的去路。采采直着眼睛盯着白氏庞大的身体，仿佛不认识那是什么，她神情呆滞，似乎想把目光一寸一寸钉到这庞然大物里。

白氏一动不动，过了半天，采采忽然苏醒，她仿佛终于认清这眼前的城垛是什么了。她看着白氏忽然邪恶地一笑，鼻子又皱了起来，她皱了几皱，终于开口了，棺材都做好了，你还不进去啊。白氏见她皱起鼻子，情知她缓过来了，心里松了口气，嘴上却天寒地冻地说，不劳你操心，什么时候进去是我的事。倒是你自个小心别被人拐跑了，又被人当脚下的一坨泥来踩。

采采脸色惨白，却故意把小胸脯高高挺起来，斜睨着白氏说，我就愿意，你管得着吗。说完她开始在院子里出出进进地高声唱歌，以显示她毫不悲伤。她声音打战，简直像只生物钟紊乱了的公鸡。白氏看着她薄薄的背影偷偷笑了。

第一场大雪下来了。冬至了，岁尾一天天逼近了。晾好的棺材已经被抬进了窑洞，窑洞里黑黢黢的，几件破旧的家具也早已辨认不出颜色，这艳丽的棺材往屋里一放，简直让整间屋子蓬荜生辉。棺材上还画满了大大小小的传说，坐在炕上看过去简直有看戏台的效果，猪八戒和白娘子都从棺材板上走了下来，在这幽暗的窑洞里为这祖孙俩轰然开放。

棺材虽说艳丽，但散发出的邪气还是让阿德有些害怕，他说，奶奶，这系（是）什么？白氏说，人死了就要睡进去，就是死了睡觉的地方。阿德啊，要是奶奶有一天睡进去了，你可不要哭啊。阿德说，你要睡在里面我也睡在里面。白氏抱住阿德不再说话。黄昏已至，窗外的大雪还在下，整个水暖村都被大雪盖住了，陷入了一种很深很静的睡眠。炉子里的红色火苗劈啪作响，散发着柏木的清香。窑里的一切在火光下都长出了一层虚弱的庞大的影子，像森林一样长在一起，包裹着炕上的祖孙俩。

虽然给永泰去了两封信催他回家过年，但永泰只寄回来一点钱还有一封信，说只要采采还在，他就不回去丢人现眼。儿媳读了信之后连声冷笑，她高声说，估计他在外面已经有人了吧，要不怎么连过年都不回来一趟。看来这婚不离是不行了，还是离吧。你，也该满意了吧？说完，她对采采一勾下巴，好像在欣赏采采的功德。她以一种全新的目光打量着她，似乎今天才头一次发现了这个人，原来是长这个样子。她自然更无法相信这是她生下来的。采采则很投入地玩着自己的一只指头，眼睛盯着那指头一语不发，任凭母亲的目光把她剥来剥去，她坐在那里岿然不动。

窑洞里摆着一个老式座钟，时钟滴答着像斧头一样凌空向她们砍下来。白氏坐在那里觉得身上无端地被砍了几刀。她忽然开口，想离就离了吧，大不了他再娶第三个老婆，你再嫁第三个男人，再多一个也不多。儿媳霍地蹦起来，还没来得及说话又被白氏堵回去了，白氏看了采采一眼说，至于这拖油瓶，估计你再带走还是嫌累赘，又要坏了你的好事。你不想带走就给我留下吧，我养一个是养，养两个也是养，就是多一口饭的问题，只要我不死就饿不死她。

儿媳和采采同时回过头，像不认识一样惊讶地看着白氏。白氏并不看她们，用指头抖了抖衣服上的灰尘，她腹部的赘肉连同衣服一起抖动着，那些灰尘则像小鱼一样游进了周围的空气。

8

数九寒天到了。这时候已经到腊月二十三了，水暖村家家户户在灶台上摆上糖瓜祭拜灶王爷，好封住他的嘴让他上天言好事。还有的人家在一旁摆上两颗鸡蛋，这鸡蛋是给黄鼠狼和狐狸的零食，因为它们是灶王爷的部下，不能不打点一下。二十三一过，年味就越来越重，人们忙着扫舍，忙着贴年画，忙着蒸馍馍，忙着杀猪炸肉丸子，忙着把粪坑敲开把丰收的鲶鱼捞出一头宰了吃。

人们年复一年地按一个程序往前折腾，人在世上一共也不过几十年，却纷纷感觉被这年关岁尾蹂躏了两百次不止。实在是因为无处上岸。人们已经不再去指望，哪天早晨醒来时，摆在他们面前的日子会摇身一变，变得晶莹发亮变成另一样东西。他们知道，唯一的变化无非是从这个山头挪到对面那个山头上去。

蹦跶了几日蹦过了除夕，大年初一这一天人们口袋里装着瓜子花生倾巢而出，坐在别人家的炕上嗑着瓜子说三道四，仿佛把整个水暖村的历史都坐拥在自己屁股下面了。白氏接待着前来拜访的老妇人们，一面晃着肥乳哈哈大笑一面却如惊弓之鸟般提防着她们，往日她们来了又走了，这窑里就必定要少几样东西，被她们顺便摸走了。

儿媳更忙，她要趁此佳节拜访村里村外的媒婆们，她得赶紧行动给自己找好下家了，手中有粮才能心中不慌。于是，采采便带着阿德漫山遍野地跑，她带着他去村里的地王殿看热闹。这时候已经黄昏了，地王殿里人迹罕至，只有香火缭绕，大殿已经很旧了，光线幽暗，在清冷的冬日里显得愈发阴气森森。采采指着墙上的壁画里那些大大小小的人，神秘地说，你看，人们死了就到这了。他们在那里也要结婚也要种地，和活人也差不多。阿德瞪大眼睛盯着壁画，忽然问，我妈妈系（是）哪个，她在哪里？采采站在幽暗的光线里，带着掌握人物生死大权的得意说，那只有你自己去了那里才能知道了，我又不知道她长什么样子。

天色越来越暗了，地王殿里没有点灯，愈加鬼影幢幢。采采和阿德面目模糊地站在那里，心里忽然都生出了些恐惧，似乎误闯进了什么非人间的地方。采采说，阿德我们回家吧。阿德带着哭腔说，不，我想看到妈妈。采采忽然大声尖叫起来，你这傻子，我都是骗你的，根本就没有地狱，人死了就是从这个世界上消失了，烂了。你永远永远都见不到你妈了，可是你见不到她你也不可怜，因为有人把你这傻子当成宝一样。她顿了顿，声音忽然低下去了，阿德，等春天我妈再嫁人了，我就又得跟她走了，我也不知道我会去哪里。你还有奶奶。你奶奶，她其实是个好人。

天黑了，有人开始放鞭炮，整个村子欢呼雀跃着亮如白昼。在转瞬即逝的光亮中，一大一小两个孩子拉着手穿过去了。鞭炮的光芒把他们的长长的影子投在了夜幕中，电影似的。

惊蛰了，百虫苏醒，土地解冻。又一年的农事要开始了。儿媳已经成功地找好了下家，是个五十多岁的老光棍，除了知道像牛一样往死里干活别的都不知道。儿媳和老光棍经过一番谈判，谈妥了条件，她虽是第三次出嫁了那也还是要待价而沽的。她的要求是得带着女儿嫁过去。老光棍打了打算盘最后答应了，拖个十四岁的闺女过来也好，一过来就能干活，起码不用白养。

眼看着儿媳即将从她眼皮底下再次出嫁，白氏嘴上不说什么，脸色却是不大好看的。好在春耕开始，地里的活占掉了她的大部分精力，她也就早出晚归忙着耕地，婆媳尽量躲着不见。这一天，快到中午了，白氏忽然觉得有些头晕，但还是决定把剩下的一垄地耕完。她再一次弯下腰的时候，忽然就觉得全身的血都涌到头部了，血液就像洪水决堤一样凶狠野蛮地冲了过来，她整个人被冲刷着再也站立不稳。白氏肥硕的身体轰然倒塌在地头。

等人们发现了把她抬回去的时候，她稍微还有些意识，但是已经不能说话了，身体有半边不能动了，那只僵硬的手和那只僵硬的脚好像忽然和她已经没有关系了，它们只是苍白地呆滞地躺在那里一动不动。人们心里想，这是脑中风了吧，估计也活不了两天了。人们又瞥见了摆在窑里的那口艳丽的棺材，想，老寡妇还真有先见之明，这棺材做好没几天就要派上用场了。

儿媳不在家，睡到老光棍家里去了。夜深了，昏暗的灯光下只有采采和阿德守在白氏跟前。她已经喝不下一口水了，眼睛只能勉强睁开一点。阿德哭累了，趴在炕沿上睡着了。这时躺在炕上的白氏忽然颤巍巍地抬起了那只尚且能动的手，她费力地睁着眼睛却扭不动脖子，只好拼命斜视着采采。她太用力了。以至于眼珠子都要掉出来了。然后，她把自己那只手放在了采采的手上，采采没有挪开，一直静静地看着她。她用尽全力握着采采那只手，斜着眼睛一眨不眨地看着她，有两行泪无声无息地从她的眼角滚落下来。却没有说出一个字。

白氏不吃不喝两天了，她两天没有一滴尿，两天之后忽然尿在了褥子上，尿出来的却是血。儿媳加快了出嫁的进度，她要赶着在白氏咽气之前出嫁，否则还得守孝。两个人像赛跑似的，不知道到底谁要跑到前面。

这个晚上，白氏用那只尚能动的手紧紧抓着阿德的一只手，阿德已经睡着了。采采缩在墙角里也睡着了。等到天亮她睁开眼睛的时候，她忽然感到这窑洞里分外清冷，就好像忽然少了一个人一样。她朝炕上看去，那一大一小两个人都还在。阿德还趴在炕沿上没有醒来，他那只手还在白氏手里。她无端地觉得恐惧，颤巍巍地走到了他们跟前，白氏一动不动地躺在那里，眼睛半闭着，露出了一线纹丝不动的眼珠子。她后退了一步，然后把自己的手放在了白氏的那只手上。那只手已经僵硬了。

白氏被水暖村的人装进了那口艳丽的红棺材里，连同她生前用过的那把破木梳，她陪嫁过来的那个锈迹斑斑的梳妆盒都被一起装进了棺材里。下葬这天，选了八条汉子抬着白氏的棺材向着对面的西山头走去。采采拉着阿德的手夹在人群里，跟着人群爬上对面的山头，他们亲眼看着红色的棺材慢慢被土埋了起来，直到最后，白氏变成了坟地里一座崭新的坟墓，站在一群肥肥瘦瘦的坟墓中间，宛如刚回到了自己家里。从坟地回来，为了纪念白氏喂养鲶鱼的功德，村人们把粪池里的所有鲶鱼都捞了出来，宰了，用杀猪锅煮了满满一大锅雪白的鱼汤，在这东山头上全村人围着热气腾腾的大铁锅美美吃了一顿鱼宴。吃完鱼宴，天已经黑下来了，于是人们再次向坟地出发，该给死去的人烧夜纸了。

就着月光，人们跪在白氏的坟前烧纸，一边烧一边把酒倒上去，就算白氏喝过这酒了。酒一洒上去，火苗忽地变成鬼魅的蓝色跳了起来，这蓝色的火焰燃烧在每个人的脸上，眼睛里，看上去，好像从每个人的眼睛里都能达到地面下那个最深的虚无之处。最后火苗渐小，渐渐熄灭了，那一圈被点着的眼睛也跟着熄灭下去了。夜纸烧完，就等于把死人送到彼岸了，活着的人可以安心回自己家里睡觉了。散去的人心中也不免凄惘，这次他们送白氏，下次还不知道是谁送他们。

刚才人们聚精会神地烧纸，没有注意到这个夜晚，那两个小孩子都没有在坟地里。这个夜晚是采采早已谋划好的，在白氏临死前她就已经把这个夜晚谋划好了。那就是，等到村里人都去坟地里烧夜纸的时候，她偷偷潜进每一家的窑洞里翻箱倒柜，因为村里人没有锁门的习惯，都是邻居，锁门要被人笑话的。她在每一家的窑洞里都翻出了一点钱或者是一点她以为能卖钱的东西。她要凑点路费，她要带着阿德离开水暖村。她想好了，去了城里她可以打工，她什么都可以干，她可以赚钱，她可以一辈子去养活这个小傻子。

等到烧夜纸的人快要离开坟地的时候，她带着一个小包和一个手电筒来到坟地里找阿德，她知道他一定在坟地里。她左一声右一声地喊阿德，却没有人答应。人们都已经下山了，她更着急了，万一他们发现自己家里都被翻过了，肯定会想到她这里。她怕被人们听到了，便捏着嗓子唤阿德的名字，坟地里却静悄悄的。

忽然，采采像想到了什么，她浑身哆嗦了一下，然后深一脚浅一脚地朝着白氏的坟墓跑去。坟墓是白天刚刚垒起来的，扎在坟堆里看起来像个刚入校的新生，呆呆立在那里竟有几分羞涩。她拿手电筒往坟墓后面一照，果然看到了阿德。他看上去像鸵鸟一样把头扎进了白氏的坟堆里，只把半个身子露在外面。看样子他是先在这坟墓上刨出了一个洞，然后钻了进去，新坟的土很松软，就势把他半截身子埋进去了。她明白了，他是以为刨个洞钻进去就可以见到妈妈和白氏了。

她开始嚎啕大哭，一边号哭一边拼命用手刨开那些泥土，她要把阿德刨出来，她尖叫着，阿德，阿德，你说话，你说话啊。

可是，阿德只是静悄悄的，没有说话也没有动。他被她刨出来的脸上满是泥土，鼻孔里和嘴唇间都是泥。

她轰地跪倒在地，把整张脸都埋在泥土里久久啜泣着。雪一样的月光大片大片砸下来，盖住了人间这些大大小小的坟墓。

《花城》2016年第2期

大院往事

石钟山

暑 假

那年暑假，我们军区大院里发生了两件大事。

第一件，二哥一帮同学和育红中学的一群男生打了一场大仗。

第二件，我们班同学孙大来的姐姐孙百灵和郑小丹的哥哥郑援朝失踪了。

两件事虽然没有联系，但闹得军区大院动静很大，许多人至今仍然记得那两件事。

先说二哥打仗这件事。

我叫石小山，事件起因是因为我，在放暑假的前几天，我、林小兵、孙大来我们好几个男生走在放学的路上。我们从书包里掏出弹弓，不停地显摆着，小三子最嘚瑟，他的弹弓把上系了一块红绸子，像电影里我军指挥员手里的枪一样，冲锋的时候，一挥手，大喊一声：冲啊……系在枪柄上的红绸子迎风飘舞，英勇又潇洒。小三子学着电影里部队指挥员那样，也在自己的弹弓把上系了块红绸子，挥舞弹弓的样子神气得很。

我们在放学路上，不停地弯下腰在马路上寻找石子，放到弹弓皮兜里，然后把小石子射到天上去，至于石子落在哪里，只有天知道了。

我们一路上疯疯闹闹地向军区大院方向走去，并相约着去大院树林里打鸟。就在这时，胡同里斜刺走出几个歪戴帽子、书包挂在脖子上、手插在裤兜里的高年级学生。我们打眼一看，这不是我们八一中学的学生，八一中学是我们部队大院的子弟学校，大部分学生我们都眼熟。这几个学生不仅没见过，仅从穿着打扮上看就不是我们学校的学生。我们八一中学大部分都是军人子弟，我们和社会上孩子的区别是，我们几乎人人都会戴一顶正品军帽，即便不戴军帽，也会穿一件军衣或军裤。军衣军裤是父母或家里有当兵的哥哥姐姐淘汰下来的，母亲用缝纫机或者手工改一下，再给我们穿，先是哥哥姐姐们穿，他们穿小了，再补一补缝一缝，就穿到了我们身上。不论长短肥瘦，这都是正品军装演变而来的衣服，我们穿在身上还是很骄傲的，这足以证明我们军人子弟的身份。

迎面过来的几个高年级男生，虽然也戴草绿色帽子，一看就是仿制的，帽檐软塌塌的，帽子戴在他们头上，要型没型，要样没样。我们不把这些人放在眼里，目不斜视，横着膀子向前走去。

那几个高年级男生走到我们近前时，其中一个高我半头的小子用膀子撞了我一下，我还没回过神来，他抓起我头上的军帽就跑。这顶军帽是二哥送给我的，二哥用一本《七侠五义》的书跟一个警卫排的战士换了一顶新军帽，他把戴旧的军帽就给我了。二哥的帽子我戴在头上有些大，晃里晃荡的，但这并不影响我戴军帽骄傲的感觉。这是我的第一顶军帽，我拥有了军帽，激动得好几天没睡好觉，梦里醒来都要把放在枕边的军帽拿在手里，放到眼前看看。军帽虽然洗了，洗时还打了肥皂，但上面还有二哥的汗味。二哥的汗味很特别，有股说不出的怪味。后来我知道那是青春期男孩特有的味道，几年之后，我上了高中，迎来了自己的青春期，浑身也有了二哥那种味道。

那人撞了我一膀子之后，我头上的帽子就被人抢走了。同时被抢的还有孙大来的军帽。我和孙大来白了脸怔了一下，就嗷叫一声朝那几个高年级男生追去。林小兵等人也在后面帮我们去追，一边追还一边喊：抢军帽了，抢军帽了……

我们几个呼哧带喘地顺着马路去追赶那几个抢军帽的男生，他们比我们高几年级，力气比我们大，腿比我们长，我们跑不过他们，眼见着就要消失在我们视线的尽头。正在这时，二哥出现了。二哥骑着自行车，书包吊在胸前，他单手扶着车把，另一只手夹了支香烟，骑几步他吸口烟，样子潇洒得很。

二哥看见了几个抢军帽的男生，又看见我们在后面急赤白脸呼哧带喘地追，他似乎明白了，他扔掉手里的烟，扶着车把一转身，自行车就横了过来，其中一个抢军帽的男生撞在二哥的前车轮上，一个马趴摔在地上。二哥此时已经扔下自行车，又一个飞腿踹过去，另一个人也趴下了。二哥紧追几步，人就站到了他们面前。

二哥伸出手威严地喊道：拿出来。

抢军帽的两个人，见到二哥，把抢到的军帽塞到了裤兜里。他们不甘心把军帽还给二哥，他们四五个人向二哥围了过去。二哥倒退着向一根电线杆靠过去，背对着电线杆，摘下了胸前的书包，提在手里，斜着眼睛望着围上来的四五个男生。

二哥又说了句：把军帽拿出来，咱们井水不犯河水。

二哥说这话时，我们已经跑到了近前，喘息着，不知如何是好地望着孤军奋战的二哥。这时林小兵大叫一声：我找我哥去。他喊完撒腿就跑。

林小兵的哥叫林大兵，是二哥的同学。林小兵想搬救兵支援二哥，已经来不及了，那几个小子向二哥围过去，其中一个挥起拳头冲二哥打去。二哥一闪身躲开了拳头，抡起书包一下子砸在那小子头上，不知二哥用了什么法力，那小子踉跄几步，一头跌倒了。另外几个人一起朝二哥扑来，二哥的书包就像风车一样飞了起来，接二连三地打在那几个人的身上和头上，发出沉闷的响声。

很短的时间，那几个小子，有的脸上流出了血，有的用手捂着头蹲在地上。他们已经失去了战斗力。

孙大来一见马上奔过去，在一个倒地小子的裤兜里掏出被抢的军帽，顺便还踹了一脚那小子的肚子。我也学着孙大来的样子奔过去把军帽从那小子手里夺回来，想去踢那人一脚，没踢上，却踢在马路上露出的一块石头上，钻心地疼，我咧着嘴，装作没事人似的站在一边去看二哥。

那几个小子，已经从地上爬起来了，有的捂着脑袋，血从他们指缝里渗出来，糊了一张脸，有的捂着膀子，十分难受的样子。

二哥扶起自行车冲那几个小子叫了一声：滚……那几个小子一边走一边回头看二哥。走了几步一个头上被开了瓢的小子回过头，满脸是血地冲二哥说：我记住你了，你等着。

二哥斜着眼睛望着他，说了声：好！

那几个小子转身就跑，再也没回头。

我们围住了二哥，像英雄一样簇拥着他。二哥已经跨在了自行车上，双脚拖在地上，看看我，又看看孙大来，说了一句：把你们的帽子戴好，怎么还能让人抢去，完蛋个玩意儿。

二哥说完，双脚离地，自行车就冲了出去。我们望着二哥潇洒地离开我们。二哥过完这个暑假他就是高二学生了。二哥比我们大几岁，从来不和我们玩，他压根没把我们放在眼里，但他却是我们的保护神。只要我们被人欺负了，他一定会替我们出头。像抢军帽这事，对二哥来说，拔刀相助，只是小事一桩。

后来我们知道抢我们军帽的那几个人是育红中学的几个初中生干的。

那件事没几天之后，我们就放假了。

二哥打仗那件事，事先我们并不知道，仗都开打了，我们才赶过去。

二哥和人打仗的地点，在郊区一个废弃的化工厂里。二哥和林大兵等一帮同学，还有其他高年级和低年级的同学也来了，黑压压的一片，对方育红中学也来了一群，两拨人站在化工厂荒草凄凄的院子里，有的野草已经长到半人高了。二哥们仿佛站在芦苇荡里，二哥这帮人，每个人手臂上都扎了一块红布，两拨人对望着，双方的喘息声都能听得到。

不知谁先呐喊了一声，两拨人就冲到了一起。二哥从脖子上摘下书包，抡圆了冲到对方的人群中。几十个人扭扯在一起，嘴里发出低沉的吼叫。

我们几个年龄小的，趴在院墙上，浑身打摆子一样哆嗦着。小三子拿出了系着红绸子的弹弓，弹弓皮兜里装上弹珠，他冲着厮打在一起的人瞄来瞄去。我们受到了小三子的启发，纷纷掏出弹弓，却没法把石子射出去，原因是两拨人纠缠在了一起，怕伤到自己的人。

二哥们和育红中学那拨人的战斗，没有持续太久，育红中学那拨人胆子比二哥们小，先是有人抱着脑袋跑，当了逃兵，队伍松动，士气就泄了。他们瞬间就瓦解了，育红中学的人纷纷撤出了战斗。

二哥们也没去追，他们站在蒿草丛生的化工厂院内，二哥打了一声口哨，他们像一群凯旋的英雄，向院外走去。西斜的太阳拉长了他们的身影。

我们也学着二哥的样子，挺胸抬头地往回走去，孙大来还唱起了《游击队之歌》：我们都是神枪手，每一颗子弹消灭一个敌人。我们都是飞行军，哪怕山高水又深……

在回去的路上，我们还看到了杜鹃和王菊等一群高年级女生也来了，她们手扶自行车，迎着二哥他们。二哥他们吹一声口哨，潇洒地在女生面前消失了。

从那以后，二哥们在我们心里，就是不折不扣的英雄了。

那年暑假，发生的第二件大事就是孙百灵和郑援朝失踪了。

孙百灵是孙大来的姐姐，郑援朝是郑小丹的哥哥，孙大来和郑小丹都是我们同学。

郑援朝和孙百灵那年暑假，已经高中毕业了。那天中午，还有人看见两个人在大院操场出现过，当天晚上两人都没回家。孙大来和郑小丹二人打着手电，在那天晚上大呼小叫地喊着自己哥哥和姐姐的名字。我们也一起帮着呼喊，他们的哥哥姐姐却并没有出现。

第二天，郑援朝和孙百灵仍然没出现，这件事惊动了军区警卫连的人，许多战士在院内院外一起寻找，他们的父母黑着脸，鼻子不是鼻子、脸不是脸地也在院里院外到处寻找。我们也加入到了寻找郑援朝和孙百灵的队伍。可这两个人就像人间蒸发了，一连找了三天，能想到的他们去的地方，都找遍了，一直没见两个人的影子。

最后他们的家人只能到派出所报了案。那些日子，长途车站火车站都贴满了寻人启事，启事上有郑援朝和孙百灵的照片。照片上的两个人正无忧无虑地望着眼前过往的人群，仿佛这件事和他们一点关系也没有。

那些日子，大院里的人对两个人的失踪议论纷纷。有人猜测，两个人去了南方，甚至有人怀疑两个人偷渡去了香港；也有人猜测，两个人为了逃避下乡，跑到深山老林里去了；还有人说，他们去了苏联，因为往北走就是中苏边境了……各种说法满天飞舞，不论哪种说法都不会得到验证，从那以后，郑援朝和孙百灵再也没出现过。

开学以后，我们上了四年级。渐渐地，郑援朝和孙百灵失踪的事被我们淡忘了。孙大来和郑小丹两个人却经常在一起嘀嘀咕咕，上小学四年级的我们，男孩子和女孩子是很少说话的。就是同坐一张课桌，也要划出界线，一副水火不相容的样子。但因为孙大来和郑小丹的哥哥姐姐失踪了，我们原谅了孙大来和郑小丹两人的做法，在我们心里，同病相怜的两个人，在一起说什么都不过分，谁让他们的哥哥姐姐失踪了呢。

不仅，两个孩子在一起越走越近，两家人也经常坐在一起，他们说的是什么，我们就不得而知了。总之，他们的样子很愁苦，没再看见他们笑过。

祸起少年

开学后，我们的日子又恢复到了从前。

每天放学回来，我们都要聚在大院西侧的树林里疯玩上一阵子。我们的游戏就是用弹弓射林中的鸟。

每天放学，正是夕阳西下的时间，许多叫不出名的鸟都回到了林子里，聚在枝头和树叶后叽叽喳喳地开会。我们不让它们开会，便用弹弓皮兜里装着的小石子，不停地射它们。这些受了惊的鸟，飞走盘旋然后又落下来，惊惧地叫着。有些命运不好的鸟被我们射落下来，血淋淋地掉在地上扑腾着，我们欢呼着奔过去，提着受伤的鸟，一副凯旋的样子。

小三子在那一段时间里，是我们的领袖，因为他有一把漂亮的弹弓。上学期他在弹弓把上系了一块红绸子，这个学期他拎了一把被镀得锃亮耀眼的弹弓，我们的弹弓是用八号铁条弯曲制作而成，小三子的弹弓也不例外，唯一不同的是他的弹弓已被镀过。小三子有个姑父在一家工厂里当车间主任，把他的弹弓用不锈钢漆“镀”了一遍，弹弓把通体发亮，银灿灿地亮着，晃得我们眼红心热。他的子弹也和我们不一样，他用的是轴承里的钢珠，钢珠一粒粒大小均匀，颗粒饱满。我们用的只是在地面捡到的不规则的小石子。

走出树林，时间尚早，太阳还没躲到楼后，仍在西天里挂着，我们游荡在家属院里。军区有两栋办公楼，我们的父母每天的大部分时间都在那两栋楼的某个房间里办公，楼门前有士兵站岗，他们胸前抱着冲锋枪，威严不可侵犯的样子。我们对办公楼充满着好奇，曾经试图接近它们，每次走到办公楼前，站岗的士兵就用威严的目光盯视着我们，我们大起胆子再接近一些，士兵就高喝一声：站住，一边玩去。我们立住脚，挑衅地看着士兵，磕磕巴巴的朱革子，仰起头，鼻子下的鼻涕泡一明一灭地说：那，那，那我们不听呢？

这时，楼里就跑出两个士兵，老鹰捉小鸡似的把朱革子的手倒剪起来，一扔就扔下了台阶，他们又要抓我们，我们就鸟一样地散了。渐渐地我们知道，办公大楼不是我们小孩能去的地方，虽然神秘，充满了神奇，我们还是不敢越雷池半步，既然办公大楼不能去，我们只能绕过它在家属院里活动。

还没到下班时间，家属院是孩子们的天下，尤其是我们这一拨还没上初中的小学生。上中学的哥哥姐姐也已经陆续回来了，但这些哥哥姐姐从来不和我们同流合污，他们有他们的世界。

几乎每天，高中二年级的杜鹃都要在自家二楼阳台上拉琴。琴是小提琴，夹在杜鹃的脖子下面，曲调听起来不知是喜还是悲，许多年后，我们才知道杜鹃经常拉的曲调叫《梁祝》，一首表达爱情的经典曲目。

杜鹃的母亲是军区文工团的团长，以前是个歌唱家，我们听过她母亲唱歌，声音洪亮高亢，一个人唱，整个家属院都能听到。杜鹃受了母亲的遗传，从小就喜欢文艺，从蹦蹦跳跳到唱歌，现在又学习拉琴了，从小到大都是很文艺的样子。

此时的杜鹃，穿了一件碎花衣服，裤子是改过的军裤，穿在她身上凹凸有致。杜鹃拉琴时很专注，目光盯着琴，头还左右摇晃，样子好看又牛逼。我们经常站在楼下，仰起头看会儿杜鹃拉琴，但她从来不看我们。这让我们心里有些失落。

小三子挥了挥手上那把锃亮的弹弓，杜鹃没有抬头，琴声如诉如泣地响着，像流水弥漫在我们周围。小三子又叫了一声：嗨，叫你呢！

杜鹃为了不受我们的干扰，侧过身去，把身子转向了西面，太阳的余晖洒在她的身上和脸上，杜鹃整个人像镀了层闪光的膜。小三子受到了挫折，脸上有些挂不住，嘀咕句：牛逼什么呀！小三子说完带领我们向前走去。走了几步他又停下来，从兜里摸出一个轴承滚珠，放到弹弓的皮兜里，小三子又冲我们命令道：子弹上膛。

我们兴奋起来，纷纷从口袋里摸出早就准备好的小石子，小三子把弹弓瞄向了仍拉琴的杜鹃，我们也齐齐地瞄向她。小三子喊了一声：开火。

我们的弹弓皮筋乱响，一发发“子弹”射向了杜鹃。杜鹃大叫一声，扔下琴，蹲在了阳台上。我们听到对面楼上不知谁喊了一声：操！接着就是关窗子的声音。

我们管不了那么多了，恶作剧之后，撒腿就跑。跑到锅炉房门前时，林大兵追上了我们。林大兵和二哥是同学，已经是高二的学生了，穿着海魂衫、军裤、白色回力牌球鞋，他跑得很快，还一颠一颠的。他几步追上我们，劈手从小三子手里夺过弹弓，狠狠摔在地上，抓过小三子衣领子道：谁让你们打杜鹃？！嗯！

我们打杜鹃杀出来个林大兵，这让我们意想不到，他用领口勒着小三子的脖子，使得小三子红头涨脸。终于小三子缓过一口气来，急赤白脸地说：我们打她，关你什么事？小三子说的话也正是我们想说的话，我们都怔怔地望着林大兵。平时林大兵和二哥一样是我们的保护神，只要我们挨了欺负，他总会站在我们这一边，上次和育红中学那帮小子打群架，林大兵打得非常英勇，腿上还挂了彩。这次林大兵不知怎么了，他听了小三子这么说，抓小三子领口的手又用了些力气，还挥起了拳头。林小兵见哥哥要打小三子，冲了过去，掰开林大兵的手道：哥，你不能打我同学。

林大兵见弟弟林小兵来劝架，放开了小三子，同时狠狠瞪了我们一眼，说，不学好，以后你们再欺负杜鹃，我对你们不客气。说完林大兵转身就走了。

我们望着林大兵的背影，小三子弯腰从地上捡起弹弓，用袖子擦了擦，重新放回到兜里，他冲林小兵说，你哥真他妈烦人，碍他什么事了？

林小兵非常不好意思的样子，仿佛刚才是他轻待了小三子，林小兵讨好地拉过小三子的胳膊道，三子，别和我哥一般见识。我哥就是狗拿耗子。小三子甩开了林小兵的手。

那天受到林大兵的干扰，我们只能不欢而散了。

第二天我们上学时，看到杜鹃的下巴上，被半块膏药贴上了，额头还可以看到一块乌青。杜鹃依旧不理我们，仿佛她的眼里压根就没有我们。我们觉得太不被重视了，心里失落得很。王然的姐姐王菊，她也和杜鹃是同学，经过我们时狠狠瞪了我们一眼，见到弟弟王然和我们走在一起，马上过来从人堆里把王然拉走，一边走一边说：王然，你以后不要和这帮人在一起，学不了好。

王然像小狗似的被姐姐拎走，我们心里那个气呀。我们都恨恨地盯着王菊的背影，这一看我们发现了新大陆，王菊虽然讨厌，但她的屁股却很好看。紧绷在裤子里，还翘翘的，因为屁股突出，王菊的腰就显得很细，走起路来一扭一扭的，我们这一发现，气消了一半。

小三子咽了口唾液，冲我们坏笑一下道：王然那么丑，他姐倒是很好看。

朱革子就说：是，是她屁屁股好看，脸，脸不如杜鹃。

我们听了朱革子的总结都笑了。

从那天开始，王然的姐姐王菊走进了我们的生活。

一天放学，小三子一脸坏笑，老到地问我们：你们说王菊的屁股好看还是眼睛好看？他这么问，我们眼前就浮现出王菊的形象，圆脸、大眼睛，我们一时不知如何回答。小三子就把王然的耳朵拎在手里，王然比我们低一年级，长得瘦小枯干，经常吹出鼻涕泡。小三子一脸坏笑地问：王然，你说？王然踮着脚尖，斜着眼睛冲小三子龇牙咧嘴地：你说哪好就哪好。小三子放开王然，我们都笑了。王然冲我们道：你们太坏了。说完就跑了。

小三子打一声口哨，挥了一下手里的弹弓，我们又雄赳赳地钻进了树林，举起弹弓和一群鸟较上了劲。

我们这么疯闹疯玩，郑小丹和孙大来却躲在远处，他们安静地坐在一边，一会儿看看手里的书本，一会儿有一句没一句地说上几句话。看到他们这样，我们就会想起他们的哥哥和姐姐。郑援朝和孙百灵消失很久了，活不见人死不见尸。派出所贴在车站的寻人启事风吹日晒得已失去了痕迹，他们的家人似乎已经接受了这样的现实。有几次我们看到孙大来和郑小丹的父母站在大院门口，向远处张望着。在我们眼里，他们的父母又老了几岁。看到这样的情景，我们心里也不太好过。

孙大来和郑小丹在我们疯玩时，不掺和，但也不远离。在我们不远不近的地方，他们不是写作业就是说话，有时还朝我们这里望一望。

见到孙大来这样，我看不下去，朝孙大来走过去，朱革子跟在我身后。我来到孙大来面前，郑小丹把头扭过去，像没看见我一样。孙大来坐在草地上，我踢了一下他的脚，我说：孙大来你姐失踪了，你又没失踪，你装什么装。朱革子见我这么说，磕磕巴巴地帮着腔道：再，再装，装就削你。说完还举起右手，张成巴掌状。

孙大来姐姐没失踪前，他不是这个样子，每天没心没肺地总和我们一起玩，平时他还特别爱吹牛。有一年暑假，他爸领着他姐孙百灵和他去了一次山东的泰山，他们在泰山上过了一夜去看日出。回来后他就跟我们吹天是硬的。他的理论当时把我们都唬住了。我们没上过泰山，不知道天离我们有多远，我们就问他：天怎么个硬法？他说：梆梆硬，像咱们家的锅。很长时间里，我们依据孙大来的理论，把天想象成自家炒菜的锅，唯一不同的是，天这口锅是蓝的。只有到了夜晚，才变成黑的。后来我们在一本讲述自然科学的书里，了解了宇宙，知道了地球就是宇宙中数亿万颗星球中的一小颗。我们拿着书找到孙大来，孙大来还嘴硬，咬定泰山的天就是硬的，梆梆硬。当时气得我拧着孙大来的耳朵骂他是个吹牛大王。他脸不红心不跳的样子，捂着耳朵，龇着牙道：石小山，你不信，就去一趟泰山。没人领我去泰山，也不可能去验证他的谎话，只能气愤地踹一脚孙大来的肚子。他又去捂肚子，一脸的无辜。从那以后，我们再也不相信孙大来的话了。但他从不甘于寂寞，为了引起我们对他的重视，经常散播一些言论。有一次他说，周日时，他和他爸去打猎了，坐着吉普车去郊区的山里，父亲拿了一支半自动步枪，去打野鸡和野鹿，鹿没打着，跑了。打回来两只野鸡。他还说，自己也打了三枪，冲着一棵树打的。他瞪着眼睛说：那枪声老响了，杠杠的，震得耳朵都聋了。我们对孙大来的话只能半信半疑。大院的吉普车我们经常见得到，我们也坐过。老家来人或者我们生病去医院，父母就会打电话向车队要车，车会一直开到我们家楼下，司机按着喇叭召唤我们下楼。

孙大来的父亲是军务部长，管兵也管枪，孙大来的爹开车打猎我们信，孙大来说打枪我们不信。孙大来在我们面前一点威信也没有，平日里在我们面前他一副很挫败的样子，但牛还得照吹，不然，他更没价值了。

自从他姐姐和郑援朝失踪后，他不仅不吹牛了，整个人变得像一堆屎一样，软软地摊在地上。

那天，我提着他的耳朵，把他从地上拎起来，冲着他耳朵说：孙大来，你像一摊狗屎了。他把我的手从他耳朵上拉下来，倔强地望着我。这在以前从来没有过，他居然不满，还学会了反抗。我再次拎住了他的耳朵。他伸手把我手抓住，还用了力气，眼神也是犟犟的，他还一字一句地：石小山，你要是再碰我，我可不客气了。

身后的朱革子，挽了袖子，脸红脖子粗地：嘿，你你还还反了，石小山山，咱咱们削他。

小三子等人见我们这样，也一起围了过来。郑小丹这时从地上站了起来，把书本塞到书包里，拉下孙大来，气哼哼地：大来，咱们回家。她拽得孙大来摇晃了一下。孙大来瞪着我们，眼里似乎要着火。

人群中，众人也是一副摩拳擦掌的样子，有人喊叫：反了孙大来，削他。

小三子毕竟比我们大一岁，又高一年级，他上前拍了拍孙大来的肩膀，孙大来把肩膀拱起来，七个不服八个不忿的样子。小三子没发火，冲我们说：算了，谁让他姐失踪了呢。听了小三子这话，我们望一眼孙大来，又望眼郑小丹，心里就多了许多同情。

郑小丹顺势把孙大来拉走了，小声说：你以后别和他们玩了。

孙大来低着头，一副不置可否的样子。

我冲孙大来的背影喊了一声：孙大来，以后你别吹牛了，你就是一堆狗屎。

孙大来听了我的话，身子抖了一下，他停下脚，半晌回过头来，我们看到孙大来眼里流下了两滴泪。

郑小丹又拉了他一下，他还是走了。我们望着孙大来远去的背影，哄的一声都笑了。孙大来的背影在我们眼里一耸一耸的。

走了孙大来，又来了王然。鸟被我们打得都飞到天上去了，它们一飞走，我们就没办法了。

王然夹着双腿，像尿了裤子一样，溜着边来到了我们眼前。他用袖子抹了一下鼻子，羡慕地望着小三子手里锃亮的弹弓，抿抿嘴唇小声地央求道：三子哥，能让俺玩下不？我们这些人中，只有王然没有弹弓，做弹弓是门手艺，也得有力气，八号铁条不是说弯就能弯的。他没有哥，只有姐姐，王菊肯定不会做弹弓，王然的爹是个不会笑的黑脸男人，头很大，个子不高，说话瓮声瓮气的，在机关后勤部门工作，天天一副苦大仇深的样子。我们都有些怕这个黑脸男人。他爹肯定不会为王然制作弹弓。王然想玩弹弓只能来找我们。他觍着脸要玩小三子的弹弓。小三子见王然这样，把弹弓在王然面前比划了一下，一脸坏笑地：你把你姐叫出来，我就让你玩弹弓。

王然看了眼弹弓，咽了口水，认真地点点头道：行。

小三子又追了句：真的？

王然已经忍不住了，伸出手，有口无心地：我玩完，就回去叫我姐。

小三子就把弹弓递给王然，王然接过弹弓，猫下腰满世界找小石子，找到一颗，他拉开架势把小石子射到大上去。每射一下，他就发出猫一样的叫声，兴奋得满脸通红。我们就笑。王然不笑，认真地满世界找小石子。

小三子从王然手里抢过弹弓，抓着王然脖领子道：行了，找你姐去。

我们在一旁也起着哄。

王然看眼小三子，又看眼我们。就往树林外走，我们跟在王然身后。王然走得很犹豫，还不时地回头冲我们讨好地笑。我就冲王然说：不许骗人，骗我们有你好看。

王然又用衣袖抹一把鼻涕冲我说：不会的石小山，我骗谁也不能骗你们。

我们跟着王然热情高涨地来到了王然家楼下，王然突然活了过来，他像兔子一样几步跑进了他家楼门，转过身，还冲我们做了个鬼脸。

那次，我们都被王然给耍了，他姐连个人影也没有，我们抬头向他家窗户望去，窗子也关得紧紧的。我们只能扫兴而归，天渐渐地晚了，妈妈们已经喊我们回家吃饭了，我们只能散了，各回各家。

特　务

孙大来自从他姐姐孙百灵失踪后，人就变成了一堆屎。平时那么爱吹牛的他，一下子沉默了，他只和郑小丹在一起嘀嘀咕咕，两个同病相怜的人凑在一起互相安慰取暖。我们非常能够理解，要是换成别的男生女生在一起这样，我们早就收拾他们了。谁让他们的哥哥姐姐失踪了呢。他把自己当成了屎，我们就很少理他了。我们把孙大来开除了集体。他就讪讪的样子。

一天中午，孙大来一个人突然找到我们。我们刚从各自家出来，聚在操场前准备结队去学校，孙大来手捂着裤裆弓着身子，跑到我们面前，气喘着说：石小山，我有事找你们。

说完转身就往院里走，我们不明白孙大来要干什么，站在原地没动。孙大来回过头，身子仍那么弓着，变音变调地：走哇，走哇……他的样子似乎马上就要急得哭出来。林小兵和朱革子等人望着我，都是一副不信任孙大来的神情。

我望着孙大来的样子，想起了他失踪的姐姐，心想，看在他姐姐的分上，再骗我们一次也没什么，就挥了下手冲林小兵和朱革子说：走就走，看他要什么花样。我率先跟上孙大来，林小兵和朱革子等人也相继跟上了。孙大来如释重负地在前面急煎煎地走，最后把我们领到了防空洞的入口。我们站在防空洞入口犹豫着。以前我们经常趁那些守洞口的军人不注意，到这里玩抓特务的游戏。现在防空洞没有专门的军人站岗了，只有流动哨兵不时从这里走过。不知孙大来大中午的把我们带到这里干什么。我们可没心思陪他玩这种游戏。孙大来见我们犹豫，就又回过身子变音变调地：来呀，来了你们就知道了。说完从裤裆里摸出一支手电，带着我们向里面走去。

我说：孙大来，你要干什么，别骗我们。

孙大来的呼吸明显变粗了，一边往前走一边冲我说：石小山，我马上让你大吃一惊。

见孙大来这么说，我和林小兵、朱革子等人只好跟上，在手电光的指引下向防空洞深处摸去。

拐了几道弯，又走了一段，来到我们平时玩抓特务的地方，孙大来停了下来，把手电放在我手里，仍气喘着说：石小山帮我拿一下。我接过孙大来递过来的手电，发现手电筒被孙大来的手掌已经汗湿了，我用手电照着孙大来，想看清楚他要要什么花样。孙大来躬下身子从裤裆里掏出一把手枪。我们看到枪，眼睛都直了，瞪大眼睛望着那把手枪。

这时孙大来已经挺直了腰杆，双手握枪，依次让我们在手枪上摸了一把，硬硬凉凉的，孙大来这才抬起头说：是真家伙吧。

我们望着孙大来，孙大来又进一步向我们证实，他把弹夹退了出来。弹夹上还夹了五粒黄锃锃的子弹，他放在手里一颗颗地数过了，又熟练地装到弹夹里，最后咔的一声，把弹夹装在了枪上。我们开始呼吸急促起来，凭着孙大来操枪的动作，我们相信这家伙平时没少玩枪。

上个世纪六七十年代，部队经常演习，防美苏两霸，军区大院团以上干部都配了枪，还允许把枪带回到家里，这叫枪不离人，随时应战。孙大来的爸是军务部长，职务是正师级，自然也有一把枪，我们的父母也有枪，平时也带在身上，只要一回家就把枪放到抽屉里，还上了锁，仿佛那不是枪，而是瘟神。我们不知道孙大来是如何把枪偷出来的，我们一看到枪，立马来了精神，央求孙大来说：你枪里有五发子弹，我们正好五个人，咱们一人一枪。

孙大来并没有急于让我们打枪，他把枪提在手里，在手电光影里，他很高大的样子。他冲我们严肃地说：知道我姐和小丹的哥为什么失踪吗？

我们望着孙大来，他们哥哥姐姐失踪了，惊动了军区保卫部和公安局，他们都没查出来，我们怎么知道他们为什么会失踪。孙大来这么问，我们只好摇头。

孙大来把腰板又挺了挺道：我和小丹分析，他们一定被特务组织绑架了。

我一惊，马上问：特务绑架他们干什么？

孙大来斜眼看我们一圈：这还不明白，他们是想发展他们一起当特务。

孙大来的话让我们都紧张起来，身上的汗毛孔在那一瞬间都竖了起来。那会儿，学校的老师经常教育我们要提高警惕，还经常给我们宣读通报，通报是安全局下发的，都是关于特务的内容，说了长相特征，活动范围，让我们一发现情况及时向学校老师汇报。那会儿，我们在夜里玩，还经常在不明的天空发现信号弹，我们怀疑，那些莫名升空的信号弹是特务的联络暗号。我们玩得最多的游戏也是抓特务。我们相信有特务存在，但无论如何也不会想到，孙大来和郑小丹的哥哥和姐姐会被特务绑架。孙大来信誓旦旦地这么说，虽然我们没有依据，但是还愿意再相信孙大来一次。孙大来见我们信任他了，他才说：咱们都要学会打枪，以后遇到特务，你们一定帮我去抓特务，只有抓到特务，才能找到我姐的下落。

听了孙大来的话，孩子们都想当英雄，正义感从心头升起，我们攥紧拳头，认真地冲孙大来点点头。孙大来松了口气，开始教我们打枪，如何叉开腿，如何拿枪，又如何上子弹，瞄准等等，我们四个人和孙大来学了一遍又一遍，孙大来终于认为我们可以实战射击了。他把枪塞到我手里，郑重地说：石小山，你打第一枪。

我双手握枪，孙大来打着手电照着前方，我顺着手电光线瞄去，心里想着，可恨的特务就在光线尽头的暗影里躲藏着，用力扣动扳机，枪响了。枪在手里震了一下，差点掉在地上，突然而至的枪声让我们的耳朵嗡嗡作响。

孙大来见我射击成功，把枪接过去，又把林小兵叫了过去，把枪如此这般地又放到林小兵手里。

朱革子已经摩拳擦掌了，他激动地冲我说：石石小小山，打打枪好玩不？

我白了眼朱革子：打枪不是为了玩，是为了抓特务。

朱革子听了我的话，也郑重起来，咬着嘴唇冲我用力地点点头。

又一声枪响，林小兵把子弹也射向了“特务”。

为了这五枪，我们在防空洞里折腾了一个下午加一个晚上，当我们偷偷从防空洞爬出来时，发现大院和以前不一样了。以前有士兵站岗的地方，加了双岗，士兵们还戴上了钢盔，有游动哨兵走过，他们胸前抱着冲锋枪，咔咔地在我们眼前一队队地走过去。来到自家楼下时，看见一列手持钢枪的士兵走过来，我上前问：叔叔，这是演习吗？

带队的军官瞄了我一眼，就像没听见我说话一样，带着一队士兵威严地走过去。我赶紧溜进家门。

回到家里，姐姐一把抓住我，急赤白脸地说：小山，你怎么才回来？我翻着白眼冲姐姐：怎么了？姐姐说：大院里来了特务，把孙部长的枪偷走了。现在全军区的人都在抓特务呢。听了姐姐的话，我脑袋“嗡”地响了一下。原来大院里看到的这一切不是演习，是为了找孙部长丢掉的枪。那他们要抓的“特务”不就是孙大来吗？孙大来已经成为了“特务”，全院的官兵都在抓他，可孙大来也是为抓特务才让我们练的枪呀。我站在窗前朝孙大来住的那栋楼望去，那里很安静，并没有什么不一样。我蔫头耷脑地上床睡下了，却睡不着，心里一直想着特务。如果孙大来是特务，那我们不就是孙大来的同谋吗？越想越可怕。姐姐进门，摸黑站在我床前，还给我掖了掖被角说：小山子，别害怕，外面那么多士兵站岗，特务不会再来了。我在黑暗中冲姐姐点点头，内心却爬满了恐惧和紧张。不知何时，疲倦终于战胜了恐惧，眼皮发沉，意识不听指挥，迷迷糊糊睡去了。

不知过了多久，我被窗外狼嚎一样的声音惊醒了。我猛地坐起来，跳到地上，发现二哥已经站在窗前了，我凑过去，便看见孙大来家楼下聚了很多人，有军人也有家属。孙大来被绑到一棵树上，孙大来光着上身，下身只穿了条短裤。他爸爸，孙部长正用皮带抽他，每抽他一下，孙大来就发出狼一样的嚎声。

孙大来的妈妈挓挲着手，披头散发地站在一旁，带着哭腔喊：别打了，百灵还没找到，把大来打死，咱就没孩子了。

孙部长一定在气头上，他不听劝阻，劈头盖脸地挥着皮带朝孙大来抽去。孙大来妈一下子扑在孙大来的身上，张开双手护住孙大来，凄凉地喊了一句：要打就打我吧。孙大来妈这一举动，让我想起了电影中的共产党员，想起了刘胡兰这样的女英雄，那一刻我对孙大来妈刮目相看。

孙部长举起皮带，没有抽下去，后来他被两个军人抱住劝走了。孙大来妈解开孙大来，抱住孙大来小声地哭泣着。孙大来似乎没哭，梗着脖子任由妈妈抱着。后来人们就散去了。

我浑身哆嗦着，二哥把窗子关上回过头冲我说：孙大来这小子尿性，以后能成点事。

我望着二哥不置可否。

二哥说：我也想有一把枪。

我听了打个激灵，在黑暗中睁大眼睛望着二哥。

二哥拍了我一下肩头说：要偷就偷敌人的枪，那才叫本事。

我放下心来。

二哥说了声：睡吧。他翻身上了上铺，床颤了颤。

我躺在床下，想着刚才看到的一幕，为孙大来担心。

两天后，我们在学校里又看到了孙大来，他的额头和下巴上涂着紫药水，看见我们，龇着牙冲我们笑了笑。那一瞬间，以前撒谎成性的孙大来，一下子在我们心里变了一个样，此刻，他成为我们眼里的英雄。我们围过去，冲孙大来嘘寒问暖，孙大来摇摇头道：小事，都过去了。

然后他又认真地看着我们说：以后帮不帮我抓特务？

我们一起用力点了头。

孙大来又冲我们笑了一次。

那件事之后，我们听说孙大来的父亲被军区给了一个处分。

弹弓之祸

丢枪事件之后，我们对孙大来多了层理解，以前那个爱吹牛的孙大来渐渐离我们远去了，一个崭新的孙大来向我们走来。他又回到了我们这个集体，上学放学的路上，我们和他一样都提高警惕，观察街上每个行人。有时碰到问路的外地人，我们都要跟踪很长时间，确信并不是特务，我们才放下心。我们一起寻找着特务，我们坚信，只要找到特务，就能找到孙大来和郑小丹的姐姐和哥哥。

茫茫人海，到底谁是特务呢？我们恨自己不是火眼金睛的孙悟空，我们每天都在失落着遗憾着。

除了警惕地寻找特务，我们的游戏仍照常进行。有一天，我们手里提着几只血淋淋的鸟，挥舞着手里的弹弓，唱着战士们经常唱的《打靶归来》走出树林。我们看到了院外放学回来的王菊，王菊穿了条黑裤子，白衬衫。王菊出现在我们面前，一下子比以前干练丰满了许多，我们大摇大摆嘻嘻哈哈地走着，王菊的出现，一下子让我们噤了声，我们的魂似乎瞬间就被王菊吸走了。王菊的后背圆润饱满，丰满的屁股陷在裤子里，随着她走路，似乎变成一张生动的脸，在冲我们笑。

小三子突然喊了一嗓子：王菊。

王菊回了一下头，我们突然就笑了。王菊的一张脸是愠怒的，她看到随在我们身后的王然。我们冲王菊笑，王然一定觉得那不是什么好事。他悄悄溜出人群，样子似乎要哭出来，鼻涕泡在鼻翼旁酝酿着。王菊几步过来，拉起王然就走，一边走还一边数落王然：放学干吗不回家，和那帮野孩子混什么，看你不学好。

说到这儿王菊还拍了一下王然的后背，王然委屈地回头看我们一眼，被王菊提拎着再也不回头，颠颠地向家走去。

小三子很挫败的样子，一直望着王菊的身影消失在家属院方向。

林小兵冲小三子说：她说咱们是野孩子，不学好。

朱革子喘着气：三三子哥，不不行，咱咱削她。

小三子白了眼朱革子，挥了下手里的弹弓道：革命自有后来人。

小三子比我们高一年级，正读五年级，他嘴里经常冒出一些我们听不懂的话，都一句一句的，像口号，比如：路线是个纲，纲举目张。还有：石油工人一声吼，地球也要抖三抖，等等。说这话时，小三子在我们眼里，既熟悉又陌生。

小三子挥舞了弹弓之后，泄气地说：回家吧。我们望一眼西斜的太阳，太阳的余晖在楼缝之间挣扎着，我们知道，快到了妈妈喊我们回家吃饭的时间了，我们只能意犹未尽地散了。

晚饭后，我们象征性地划拉几笔作业，揣起弹弓，又跑到操场上去集合了。操场是我们的集散地，晚饭后到大院里吹响熄灯号还有挺长一段时间，这段时间，是我们弹弓少年最美好的时光。

夜幕包裹了我们，我们手握弹弓，觉得个个都是神枪手，都是了不起的英雄。

小三子像个指挥员似的已经站在操场上等我们了，我们围在小三子周围，孙大来一直有话要说的样子，我们都用目光征求小三子今天晚上玩的项目。小三子想了想，又想了想，突然说：找王然去。

小三子这么说，我们都不解地望着小三子。

孙大来拉了拉小三子衣角，央求道：三子哥，去院外玩抓特务吧。

小三子甩开孙大来的手，挥了下手道：野火烧不尽，春风吹又生。出发!

没人理会孙大来的建议，我们都听小三子的，大步朝王然家楼下走去。我们非常理解孙大来的心情，他恨不得一下子抓住特务，捣毁特务老巢，把他姐姐营救出来。但没有小三子命令，我们只能跟着小三子来到王然家楼下。

小三子就说：喊王然。

我们不明白为什么要喊王然，那个拖着鼻涕泡的小崽子，就是个跟屁虫，在我们这些玩伴里，他可以忽略不计。

朱革子向前一步，自告奋勇地喊开了：王王王然……

他的磕巴影响了喊话的效果。小三子把他拉回来，把林小兵推到前面去。林小兵把手在嘴前扩成喇叭状，干脆利落地喊：王然，下楼。王然，出来玩。

在林小兵的感染下，我们一起朝楼上喊着。果然，我们的喊声收到了效果，楼上窗子开了，开窗子的不是王然，而是王菊，王菊探出头冲楼下：一边去，小破孩。说完“砰”的一声把窗子又关上了。

我们终于明白小三子为什么让我们喊王然了，我们都兴奋起来，更卖力地朝楼上喊：王然，王然，你下来。

窗子突然又开了，这回仍是王菊，王菊没有说话，而是把一茶缸子水倒了下来，湿淋淋地泼在我们身上、脸上。楼上的窗子“砰”的一声又关上了。这回王菊还在里面拉上了窗帘。我们受了刺激，更加疯狂地喊了起来，喊了一气又一气，窗子突然又被推开了，这次不是王菊，而是王菊她爹，那个机关后勤部的黑脸男人。我们不怕王菊，却怕她爹，她爹推开窗子吼了一声：一边去。我们撒开腿就颠，鸟兽散了。

第二天放学，在路上，我们看到了小心跟在我们身后的王然，小三子回过身，把王然逮了过来，拎着他的耳朵，王然踮起脚道：干啥，干啥，我又没招你们。

小三子就说：为啥不出来和我们玩?

王然龇牙咧嘴地说：放手，是我姐不让，怕跟你们学坏了。

小三子手上用了些力气，王然努力地踮起脚，嘴里乱叫着。

小三子就一脸坏笑地：你说你姐屁股大不大?

王然一定知道这不是好话，涨红了脸不说话，手乱抓挠着。

小三子又用了些力气，王然的脚都差不多快离开地面了。王然只好口是心非地说：大大大还不行吗？

我们看见王然的样子哈哈大笑，小三子放下王然。王然双脚站在地面上，恢复了底气，他撒腿就跑，跑了几步才停下来，回过头冲我们：你们妈屁股才大呢。

见王然骂我们，我们一起冲王然追去，王然这小子跑得比兔子还快，书包打在他屁股上，我们一直追到大院门口，看见了哨兵，我们脚步才停了下来。王然得意地回过头来，冲我们弯下一个手指头，转身向家跑去。气得我们真想把他抓住揍一顿。

那天晚上我们又聚在王然家楼下，这回不用小三子动员，我们齐声喊：王然王八蛋，王八蛋你出来。

我们喊得既紧张又兴奋，突然窗子开了，王菊又把一茶缸子水泼出来，这次泼的不是凉水，是开水，有几滴落在小三子脸上，他嗷地叫了一声。

朱革子就说：操，她她弄弄开水了，要要烫死我们。

小三子抹了一下脸，掏出弹弓，又喊了句口号：东风吹战鼓擂！抄家伙。

在小三子的命令下，我们纷纷掏出了弹弓。小三子又命令道：上子弹。小三子把轴承滚珠放到皮兜里，我们把小石子也放进去。小三子又说：目标，王然家窗户，瞄准，发射。

我们一齐把“子弹”射向王然家的窗户，玻璃和窗框上一阵乱响。

王菊又一次推开窗子，冲我们大喊：滚，有人养没人教的野孩子。

王菊骂完又关上窗子，我们显然受了刺激，这回不用小三子动员了，我们纷纷把子弹上膛，一起向王菊家窗子射过去。石子打在玻璃和墙上，叮当有声。

王菊又一次推开窗户，我们又一拨“射击”，我们只听王菊大叫一声，用手捂住了脸，身子慢慢蹲下去。

我们听见屋内王然爹大喊一声：谁把你打伤了？然后就听见一阵脚步声冲出来，然后是开门的声音。

我们早就魂飞魄散地消失在了黑暗中。

第二天在学校，我们没看见王菊，也没看见王然。放学一回到大院，我们才得到一个惊人的消息，王菊的眼睛受伤了，住进了军区总医院。

那天晚上，我们遭到了各自父亲一顿暴揍，狼哭鬼嚎的声音从各家各户里传出来，听上去特别凄惨。

也就是在那天晚上，我们的弹弓，心爱的玩具被我们的父母收走了。

这件事情并没有完，三天后，我们又听到一个更加让人震惊的消息：王菊的一只眼球被摘除了。也就是说，王菊的一只眼睛消失了。

我们听到这个消息，始料未及。

军区保卫部的一个干事挨家挨户把我们心爱的弹弓都收走了。还问了我们许多话，比如，谁先射的弹弓，是谁打中的王菊之类。我们只能实话实说，不过我们也不知道到底是谁的子弹射中了王菊。保卫干事走后，我们不知道结果会怎么样，那些日子，在学校里见不到王菊，就连王然好像一下子也失踪了。我们这群玩弹弓的少年，一下子失去了往日的欢乐，蔫头耷脑的，放学后，也不在小树林里欢聚了，各自躲在家里，偶尔在家属院里见到，递个眼色，招下手，就像电影里特务接头一样。

王菊瞎了只眼睛，二哥的情绪似乎也受了影响。二哥和王菊在一个班里。

有天晚上，我都睡着了，二哥把我摇醒。醒来后，发现二哥侧身坐在我的床头上，我冲二哥眯瞪着。

二哥说：打瞎王菊的是不是小三子？

我迷迷糊糊地摇摇头。

二哥抓住我的胳膊，我发现二哥的手心是湿的。二哥低声说：你跟我说实话。

我摇下头说：哥，我真不知道。那一轮射击我们是一起发射的，搞不清是谁射中的。

二哥放开我胳膊，叹口气。

我在黑暗中盯着二哥道：哥，王菊跟你没关系，你替她操什么心。

二哥没再说什么，翻身上床了。他却久久没有睡去，在上铺不停地翻身。

从那以后，二哥开始失眠了。有时我都睡醒一觉，去洗手间小便，回来，看到上铺的二哥仍睁着眼睛。我不明白二哥这是怎么了。人大了心事就多了，我只能这么总结二哥了。

王菊被打瞎之后过了好久，有一次我在二哥的床铺下发现了一个日记本。日记本里有一封写给王菊的信，信的大意是说，二哥很喜欢王菊，喜欢她的笑，喜欢她黑葡萄一样的眼睛，等等。二哥用了许多形容词，有许多字我不认识，但知道都是说王菊的好话。

可惜二哥这封信王菊并没有看到，我就想，要是王菊眼睛不瞎，二哥会不会把这封信给王菊？我得不到答案。在二哥脸上也得不到答案。

那会儿的二哥神出鬼没，把自己装成个大人，神秘得很。

直到一个月后，王菊左眼蒙着纱布被她母亲接回了家里，我们才知道，王菊的左眼被摘除换成了义眼。那时，我们第一次听说“义眼”这个词，后来小三子告诉我们说，义眼就是假眼睛。

那件事处理的结果是，因为没找到真正射伤王菊的人，我们的父母，每家拿出五百元，作为给王菊治病和补偿的费用。

王菊受伤事件之后，表面上告一段落了。

王菊高中还没毕业，她还要上学，她那双美丽的眼睛消失了一只，看起来总觉得怪怪的。我们不敢靠近王菊，一见她的身影，我们就躲得远远的。

我们躲得开王菊，却躲不开王然，他前一段时间一直陪着他姐姐，也没有上学。姐姐病好了，他也回到了学校。王然见到小三子，他像一头狼一样，嗷叫着把小三子扑倒了，按着小三子又撕又咬，又踹又踢，英勇异常，和平日里那个流着鼻涕泡的王然判若两人。小三子也一反常态，打不还手，骂不还口，躺在地上任由王然踢打。

王然一边踢打一边痛哭着诉说：我姐眼睛瞎了，你们知道我姐为了治眼睛受了多大罪吗，我姐眼睛瞎了，她这辈子毁了……

王然哭诉着，我们心里也都潮湿起来，希望王然也暴打我们一顿。

王然没打我们，我们就觉得欠着王然什么。

王菊毕业后，就去下乡插队去了。她本应该去参军的。大院的孩子们，高中毕业，首选都是参军，就因为她瞎了的那只眼睛，她只能下乡了。

王菊下乡出发那天，大院的家委会，在大院门口插了彩旗，还有几个人敲锣打鼓地送王菊光荣下乡。王菊背着行李，提着脸盆什么的，走到大院门口，深情地回望了一眼大院，我们不知道，她一个眼睛的世界究竟看到了什么。

那一阵子，二哥和林大兵也失踪了。

我们躲在远处的小树林里，望着这一切。王菊的身影消失了。小三子突然抱住一棵树号啕大哭起来。越哭越伤心，死了爹娘老子一样。我们都没有劝小三子，低着头站在一旁。在小三子内心，他觉得是自己害了王菊，他是罪魁祸首。我们也这么认为，只是嘴上不说。

后来，小三子上初中、高中，和我们渐渐地少了许多交往。

他高中毕业那一年，也去了王菊插队的那个知青点，他前脚去，王菊后脚就从农村回到了城里，王菊被安排到一家工厂工作，又是一年后，我们听说王菊结婚了，男人是和她一个工厂烧锅炉的工人，据说当过兵，老家在乡下，一个人在城里。

王菊结婚那天早晨显得异常冷清，那个锅炉工，穿了一身旧军装，用一辆自行车把王菊接走了。他的父母连楼都没下，只是扒着窗子在楼上看了看，王然袖着手站在门口，神情冷漠地目送着姐姐被接走。

我们躲在小树林里，目睹了这一幕，心里阴晴雨雪的不是个滋味。直到王菊消失了，我们准备散了，才发现身后站着的小三子。小三子的大名叫李卫国。他一身尘土，胶鞋上和裤脚上还沾着泥点子。我们见到李卫国都围过去，李卫国就像没看见我们似的，抖着嘴唇，嘴里一遍遍地说：怎么会这样，怎么会这样？

我们不明白小三子李卫国他自己怎么了，反正觉得自从王菊失去一只眼睛后，他整个人也变了模样，以前的小三子没有了，只剩下眼前的李卫国。

不久，李卫国也从乡下回来了，点名道姓地去了王菊工作的那家工厂。其实他有许多单位可以选择，他的父母为了他，找了许多关系，可以为他安排更好的工作，可他鬼使神差的，哪也不去，只去王菊工作的那家工厂。

王菊结婚后，似乎过得并不好。我们从王然嘴里知道，他的姐夫，那个锅炉工经常喝大了酒打他姐姐，说看不惯他姐一只眼睛，半夜睡觉都能吓醒。为了这事，在王然的引领下，我们找到那个锅炉工，把他揍了一顿，算是为王菊出了回气。过了一阵子，王然告诉我们，他姐还是离了婚。

又时隔没多久，一个消息震惊了我们，李卫国和王菊结婚了。两个大院孩子结婚，李卫国父母为儿子操办了一下，就在大院小礼堂里为李卫国举行了婚礼。我们都去了。李卫国和王菊站在台上，我们站在台下，场面说不上热闹，李卫国的父母一脸的不高兴，一副无奈的样子。

后来我们听说，李卫国的父母是不同意这桩婚事的，可李卫国非王菊不娶，在家里闹腾了许久，父母无奈，只好顺了儿子的意。

婚礼那天，李卫国站在台上兴高采烈的样子，王菊也依旧年轻，身材也如当年一样的好，她的屁股也一如过去健壮饱满，唯一遗憾的就是她那只眼睛，好眼睛看人时，那只义眼似乎在望着别处，两只眼睛总不能齐心协力。

李卫国拉着王菊的手真诚地冲我们说：我媳妇漂亮不？

我们一齐喊：漂亮！

那天，我们都喝多了。为了李卫国和王菊。

李卫国和王菊的生活很幸福，后来生了个女儿，就像当年王菊一样漂亮。直到现在，李卫国和王菊仍恩爱地生活着。

那天，我们走出大院小礼堂时，天空是晴的，正如我们的心情。我们真心地为李卫国和王菊感到高兴。

二哥那会儿，已经从部队退伍，刚刚谈恋爱。

我未来的嫂子，梳两条长辫子，像李铁梅一样，坐在二哥自行车的后坐上，在大院里出来进去。

我又想到了二哥写给王菊的那封信。那会儿我就想，要是王菊不瞎，又会怎样呢？

内参电影

林小兵有一天神秘兮兮地拉住我的袖子说：石小山，你想不想看内参电影？

内参片这个词我以前听说过，姐姐被母亲带去过小礼堂看过一次。姐姐一回来就兴奋地冲我说：小山，内参电影老好看了。

姐姐很兴奋的样子，后来被母亲用严厉的目光制止了。姐姐脸上的神采奕奕就慢慢消退了。从那以后，姐姐再也没提过内参片。

林小兵又提起内参电影，我就想到了军区的小礼堂，放内参片时，每次都在小礼堂。

军区有两个礼堂，一个大礼堂，一个小礼堂。大礼堂平时用于军人集会，军民联欢什么的，每周还要放两次电影，虽然都是老掉牙的片子，但放映时，却是我们这些孩子重大的节日，看不看电影已经不重要了。我们奔跑在台上台下，捉迷藏或者抓特务，弄得执勤的士兵不停地轰我们。我们和执勤战士你追我赶也成了游戏。

小礼堂很少用，偶尔会放个内参电影，有权利看内参电影的都是一些首长，过年过节的会有文工团慰问演出，首长先在小礼堂审查节目，节目合格了，才会在大礼堂演出。有时上级领导到军区视察工作，也会在小礼堂开个会什么的，总之，小礼堂对我们来说很神秘。

朱革子听说内参电影，一下子兴奋起来，冲林小兵磕磕巴巴地说：小小小兵，你咋咋知道内内参电影？

林小兵白了朱革子一眼，骄傲地说：上周我哥带我看了一回。内参电影就是不一样，老好看了。

林小兵这么说，我马上想到姐姐看完内参电影时的表情，也来了兴致，拉着林小兵躲开朱革子、孙大来等人悄悄地问：内参片怎么不一样？

林小兵两眼放光，面色潮红，咬着我耳朵说：内参片有男人女人在一起亲嘴，女人的奶子都露出来了，可大了，是外国女人……

我听了林小兵的话，被他感染得呼吸也急促起来，浑身仿佛钻进了一群蚂蚁，乱七八糟地在身体里乱窜。我咬着他耳朵气喘着说：我想看。

林小兵认真地点了点头，冲我说：下次我带你去看。

后来我才知道，林小兵看的内参片，是他哥哥林大兵带他去看的。林大兵和二哥他们发现小礼堂舞台有扇窗子是坏的，关不严，电影放映前，他们顺着那扇窗子偷偷钻进去，藏在舞台后面，电影放映时，他们爬出来，躲在侧幕条里偷偷看了内参片。

林大兵能带林小兵去看内参片，二哥回到家提都没提，看来我这二哥的确对我不咋的。那天回到家，我故意不和二哥说话，不停地拿眼睛白他。二哥怪异地看我一眼，吃完饭后，他随我回到了我们俩的房间。我和二哥的房间，有一张上下铺，我睡下铺，他睡上铺，二哥的脚很臭，他又喜欢穿回力球鞋，就更臭了，熏得我头疼。我向二哥提出过抗议，我抗议一次他就刷一次鞋，过几天又臭，我再抗议。好在他经常早出晚归的，经常见不到他人影，有时我都睡着了，他才回来爬上床，每天早晨醒来，他已经起床了。其实我见二哥的次数并不很多。

二哥的上唇已经生出一层茸毛了，经常扎着膀子，像一只小公鸡一样在我面前走来走去。

那天进门后，二哥伸出手拨拉下我的脑袋说：你小子怎么了，干吗拿眼睛睃我。

我说：你不够意思，人家林大兵带他弟弟去看内参电影，你咋不带我去?

二哥听我这么说，又拍了拍我的脑袋道：内参电影不好看，况且，也不适合你们小孩看。

我梗着脖子：那林小兵为啥说好看?

二哥看了我一眼道：你和林小兵不一样，他早熟。

二哥说完这话，就要出门了，走到门口又冲我说了句：你不要和林小兵学。

二哥说完就走了。上了高二的二哥，经常神出鬼没的。

二哥虽然这么说，但我并没拿二哥的话当回事。一周后，那天晚上我们吃完晚饭正准备玩抓特务的游戏，林小兵把我拉到一旁神秘地说：今晚七点半，小礼堂放内参片。我带你去。我一听就来了精神，狠狠地拍了林小兵肩膀一下，拍得他直吸气，他说：石小山，你轻点。

我和林小兵偷偷地准备溜走，孙大来和朱革子寸步不离地跟着我们，甩也甩不掉，轰也轰不走。我想给他俩来点厉害的，掏出火药枪瞄着他俩的头道：回去，不听话我就开枪了。

朱革子说：别别别开枪，我我知道你们要干啥。

孙大来一副无辜的样子道：我可让你们打过真枪，你们有好事，不能扔下我。

林小兵上前就说：算了，要不一起去吧。

我想到孙大来失踪的姐姐，还有他让我打过真枪，心软了下来，收起火药枪，冲他们挥了下手道：一切行动听指挥。

孙大来舔舔嘴道：那是一定！

我们四个人向小礼堂摸过去。

林小兵把我们领到小礼堂一扇窗子前，那窗子有些高，举起手也摸不到窗子，我们都去看林小兵。林小兵压低声音道：得搭人梯，我哥带我来看电影，都是他在下面，我在上面。我看眼孙大来和林小兵，示意两人蹲下去。我踩着两人的肩膀，朱革子站在一旁，做出一副保护的动作，果然那扇窗子是活的。没费多大劲就推开了，我先钻进去，回过身子分别把他们拉了进去。我们进入小礼堂的后台，像鬼子进村一样，偷偷钻到舞台的侧幕里，有的蹲下，有的趴在地上，我们向台下窥望着。

小礼堂果然和大礼堂不一样，灯都是水晶的，很繁华地亮着。座位都是沙发的，前面两排沙发前还摆放着茶几，茶杯整齐地摆放着。放映员在调试放映机，强光打在舞台中央的银幕上，雪亮雪亮的，看得我们直眼晕。

不一会儿，一个梳着两条辫子的女兵，提着水瓶往茶杯里倒水，水声汩汩，很欢快的样子。灯暗了下来，几个首长走进来，有的还带着家属，让我们吃惊的是，杜鹃也在其中。她搀着一位首长，首长很喜欢她的样子。她搀着老首长坐到了前排，而她就坐在老首长身边，首长堆起一脸褶皱冲杜鹃笑。杜鹃则回以甜美一笑，杜鹃懂事似的把茶杯往首长面前移了移，首长点点头，一副很满意的样子。这个首长不是杜鹃的父亲，杜鹃的父亲我们见过，一个瘦高男人，戴着眼镜，是文工团拉二胡的演员。显然，这个首长和杜鹃没什么关系。我想到了林大兵，碰碰身边的林小兵说：杜鹃怎么和这个首长搞到一起去了？林小兵眨巴下眼睛道：我听我哥说，杜鹃高中毕业要去文工团，她一定是走关系呢。

杜鹃的事来不及多想，灯就黑了，电影开始放映了。

我们或趴或蹲在侧幕条里，扬起头望着银幕，我们看到的电影是一部外国黑白片。演的是大鼻子、卷头发的外国人的故事。他们的话虽然翻译成了中文，但我们还是听不懂，他们在银幕里走来走去，银幕离我们太近，晃得我们头晕。我们觉得这内参电影一点也不好玩，还不如国产打仗的电影。在少年的记忆里，只有打仗的电影，我们才爱看。林小兵吹嘘说，他上次看电影时，看到了男女亲嘴的镜头。我们看内参电影，一大部分原因就是冲着亲嘴镜头来的。外国男女在电影里喋喋不休地说来说去，就是不亲嘴。有几次，一男一女离得很近了，手都放在对方身上了，我们以为要亲了，可到最后又走开了。我用脚踹了一下身边的林小兵道：你骗人，怎么还不亲？林小兵压低声音说：急什么，上次我哥带我看，也是老半天才亲上。

我们只能耐心地等，朱革子抓着耳朵，很烦躁的样子，他打着哈欠，眼睛蒙眬着似乎要睡着了。

正在这时，电影里的一对大鼻子男女果然亲嘴了，在没亲嘴前我一直怀疑他们的大鼻子会碍事，结果一点也不碍事，他们头一歪就亲上了。林小兵踹了一脚要睡着的朱革子，朱革子抬起头，看到满银幕的两个脑袋咬来咬去，显然，他没有心理准备，被吓着了，他大叫起来，他叫起来一点也不结巴，他顺畅又响亮地大叫着：啊啊啊。

这会儿小礼堂异常安静，首长们正全身心地看着电影，他这一叫可惹出了大麻烦，电影立马停放。灯亮了。几个执勤战士把我们从侧幕里揪出来，提着我们衣领子把我们带出小礼堂，又从台阶上推了下去。

逃离了小礼堂，我们放松下来。我们一致认为内参电影一点也不好看，可林小兵不赞成我们的观点。他很鄙视地对我们说：你们不懂，人家那叫爱情片。“爱情”这两个字在林小兵嘴里说出来，我们觉得太肉麻了，浑身直起鸡皮疙瘩。我们一起冲林小兵坏坏地笑。林小兵不明所以地：笑什么，本来就是嘛，你们不懂。

朱革子舔了回嘴唇道：一一点也不好好看，不不就是咬嘴摸奶子吗？有什什么好看的。朱革子又磕巴上了。

朱革子虽然磕磕巴巴阐明了观点，这一点也不影响观点的正确。林小兵急赤白脸地和我们辩白。我们懒得和他理论，该干啥就干啥去了。

不过，林小兵真的像他所说的那样，对内参电影情有独钟。从那以后，他很少和我们一起看那些老掉牙的战争片了。有时他让林大兵带他去看内参电影，林大兵不带他，他就自己偷偷去，那么高的窗户也不知他怎么爬上去的，每次看完就给我们讲内参电影的情节，我们懒得听，对外国男女的爱情也不感兴趣。

我们给林小兵起了个外号——爱情。我们一见林小兵就说：爱情来了。然后我们就笑。坏坏的那种。林小兵就爱搭不理，不屑地说：你们是土老帽儿，啥也不懂。说完还一脸同情地望着我们。林小兵显然和我们不一样了。

后来，小礼堂的窗子被钉死了，林大兵和林小兵都看不成内参电影了。林小兵不知从哪搞来一些外国小说，整天放在书包里，背来背去。他一有空就看那些发了黄的外国小说。我们只看打仗抓特务的小人书。

林小兵不知是不是外国书读多了，总是一副多愁善感的样子，经常冲着一棵树或者一株草发呆，我们叫他，他也不理我们。我们不知道他是不是又想他的“爱情”了。反正，我们不喜欢这样的林小兵了，好像他和我们生活在两个世界里。从那以后，我们很少在一起玩了。

有一段时间，他经常往文工团跑，我们知道。那里有许多漂亮女兵，不是拉琴就是跳舞的，也有唱歌的。我们承认，那些搞文艺的女兵长得很漂亮，可她们和我们一点关系也没有。我们不感兴趣。可林小兵感兴趣，一有时间就往文工团跑，不知他是去听人家唱歌还是看跳舞，总之，林小兵和我们不一样。

突然有一阵子，在我们班里不见了林小兵，一连几天他都没来上学。这在我们印象里从来没有过。

一连过了两个星期，孙大来才悄悄告诉我，林小兵出事了。他偷看文工团女演员上厕所被派出所的人抓了起来。为这事还在派出所待了一晚上。从派出所回来，他父母帮助他转学了。

我听到这个消息时，脑子嗡地响了一下，不明白林小兵对女人为什么那么感兴趣，我不知道他是不是内参电影看多了，还是外国小说看多了的结果。也不知道偷看女厕所和爱情是不是有关系？

总之，从那以后，林小兵淡出了我们的视野。偶尔我们在院子里会看到林小兵孤独的身影，只要他一发现我们，一闪身就不见了。他在有意躲着我们。

毕竟偷看女厕所，在什么年代都不是件光彩的事情，既然林小兵不愿意见我们，我们也不好主动去见他了。

朱革子一说起林小兵的话题，他总会说：林林小小兵，白白瞎了。我不明白朱革子指的白瞎是什么意思。

孙大来就说：林小兵还有哥呢。

孙大来这么说时，我们就想到了孙大来失踪的姐姐。一想起孙大来失踪的姐姐，我们心里就难过起来，总觉得孙百灵和郑援朝的失踪是个谜，这么久了，怎么还活不见人死不见尸呢？

林小兵在我们上学这段时间，彻底淡出了我们的生活。直到我们高中毕业，参加了工作几年后，林小兵突然出现了。

有一天，我突然接到林小兵的电话，他在电话那头，热情又急迫地道：石小山。我是林小兵呀……听到林小兵的名字，我的心里一颤，往事如烟如雾地扑面而来。林小兵消失在我们生活中，真的是好多年了，他突然出现给我们带来许多遐想。

林小兵的晚宴安排在一个著名的酒店内，当我出现在指定包间内，孙大来、朱革子等人已经到了。一个人背对着我，正口若悬河地说着什么，顺着众人的目光，林小兵转过身，惊奇地看着我。我看着如今早已长大成人的林小兵，格子衬衫，老板裤，亮得晃人眼的老人头皮鞋。他大叫一声：石小山，我靠。一把把我拉近，

“咣当”一声把胸撞过来，我们紧紧拥抱在一起。

那天晚上，我们围坐在一起，听林小兵叙说自己的经历。当年他离开我们八一学校，转到了育英学校。高中毕业后，他没当兵也没考大学，一下子去了广东，倒腾电子表、计算器让他挣到了人生的第一桶金。现在他已经不弄电子产品了，改做服装生意，在市里有好几家实体店。既卖石狮人做的衣服，也卖国外假名牌，顺手把箱包生意也做了。

我们为林小兵感到高兴，他现在已经是本省有名的企业家了。我们喝了许多酒，说到内参电影，说到林小兵读外国小说的样子，唯独没有说厕所事件。林小兵一直热情地举杯，鼓励我们把一杯杯酒倒进肚子里。最后直到喝得我们脸红脖子粗。

从酒店出来，林小兵意犹未尽的样子，他热情邀约换个地方，我们这群少年的伙伴，走向社会后，我们之间有的也好久没见了，有许多话想说。林小兵邀约，我们也没再推辞。

林小兵带我们来到了一家金碧辉煌的歌厅，他一来到这里，完全是熟门熟路的样子，从前台到妈咪，甚至酒保都一路笑脸相迎，林哥长林哥短地叫着。

在一个豪华的大包间里，音乐响着，“皇家礼炮”被服务生打开了，林小兵一挥手叫来一堆美女，不管我们愿意不愿意，在我们身边放了两个美女照顾我们。

林小兵豪放地一手抱过一个美女，美女为了讨好林小兵，热络地在他脸上啵啵有声地亲着。林小兵在美女簇拥下，拿起了麦克，他唱《伏尔加河上的纤夫》《三套车》，也唱《老船长》……林小兵唱这些歌时，他整个人就安静下来，推开身边的美女们，站在电视屏幕前，他的神态是肃静的，目光多了许多内容。这时的林小兵，已让我们想起了当年带我们看内参电影的林小兵，读外国书的林小兵……

林小兵放下话筒，转身坐在美女中间时，他人一下子又变了回来，左搂一个右抱一个，胡乱地把头埋在美女胸前，左亲一下，右亲一下。一个小姐就娇嗔地叫：林老板你太坏了，都咬痛我了……林小兵便哈哈大笑，我们望着复杂的林小兵。

在歌厅里我们又喝，林小兵喝高了。他抱住我们，一直在哭，他边哭边说：我转过学，那事耻辱哇，但现在算个屁呀，是不是？虽然他没有说出“那件事”，但我们都知道他指的是什么，看来那件事还一直梗在林小兵的心里。

林小兵此时，把一个美女拉入怀中，把一只手伸进对方怀里，非常不尊重女性的样子，使劲地在里面揉搓着。他醉眼蒙眬地冲我们说：这算个屁呀，是不是，算个屁呀，就这点事。

那件事在我们心里的确不算个事，因为我们不是林小兵。可林小兵嘴上不说，他心里一直在当个大事。

那天晚上我们走出歌厅，林小兵东倒西歪，我们扶着他，走在不冷不热初春的街上。

一辆车停在我们后面，不停地按着喇叭。我们回过头，看见是接林小兵的车。一个梳披肩发的漂亮女人下了车，看着我们和林小兵。

林小兵冲女人又冲我们：我老婆，漂亮不？

我们一起小心地冲林小兵老婆讨好地笑着。

林小兵老婆见怪不怪地说：怎么又喝多了，麻烦你们把他放到车里吧。

我们七手八脚地把林小兵塞到车里。看着他漂亮的老婆把林小兵带走。

我们望着远去的车，真希望林小兵把那件事早日当屁一样地放掉。我们希望带我们去看内参电影、看外国文学的林小兵早日回来。

地　震

那年，就是一九七六年。唐山发生了一次震惊中外的大地震。接着东北有一个叫海城的地方也发生了地震。那一阵子，关于地震的消息“漫天飞舞”。为防地震，学校停课，军区大院和全市人民一样，家家户户都在院子的空地建起了防震棚。在防震的日子里，我们有家不能回，都住进了防震棚。

防震的日子里，是我们这群少年最无忧无虑，也最开心快乐的一段美好时光。

二哥和林大兵他们这些高中生，似乎有许多秘密。他们身子跨在自行车上，双脚拖在地上，他们头凑在一起，神情严峻地密谋着什么。我们一靠近，他们就不说了，斜着眼睛望我们，仿佛我们是他们的敌人。

林大兵和二哥从来就不带我们玩，他们有他们的世界，我们有我们的世界。我们不再关心他们。

我和林小兵、孙大来、朱革子、王然等一群人，隐在防震棚的空隙间，玩捉迷藏和特务的游戏。

有一次，我误闯误撞跑进了一家帐篷里，看见小三子正扒着帐篷缝隙向外面张望，小三子已经上初中了，头发比以前长了，身子也壮了一些，他正聚精会神地扒着帐篷的窗缝向外面看。我见是小三子便也凑过去，顺着他的目光望过去，看见了王菊。王菊在不远处正坐在一顶帐篷后面洗衣服，身子一起一伏的，每动一次，就露出一截白白的腰肢。

那会儿的王菊已经装上了“义眼”，王菊已经和以前不一样，她开始离群索居，也听不见她的笑声了。

我见小三子看得这么专注，拍了一下他的肩膀道：一个瞎子有什么可看的？！小三子一抖身子，见是我，蹲下身子，看着我点点头，又摇摇头。我不明白，他这是什么意思，就说：三子，出去玩吧，咱们抓特务。

小三子摇摇头，把身子更紧地缩在一起。把自己蹲成个球。

我又说：咱们不玩抓特务也行，去玩火药枪，实战的，打靶。

小三子又摇摇头，我只能气馁地告别了小三子，跑出小三子家的帐篷又到外面疯狂去了。我当时不明白，人为什么一长大，就有了另外一个世界，当时我觉得，大人的世界一点也不好玩。

我们在疯跑，孙大来没心没肺地跟在我们身后，我们看到郑小丹坐在自家门前，在一张画本上画着什么。自从她哥哥郑援朝失踪之后，她动不动就哭。说她一句哭，碰她一下也哭，她变成了个玻璃人，我们没人敢招她。渐渐地，我们离她远了。只有她和孙大来经常在一起嘀嘀咕咕。

有一次，我问孙大来：你和郑小丹在一起嘀咕什么呢？

孙大来低下头，小声地说：她说她想她哥哥了。

听孙大来这么说，我就原谅郑小丹的哭咧咧了。

郑小丹画画，我们凑过去，她的画本上画的是一个男人，长头发，一双眼睛很大。

朱革子就上前问：你你画的这是谁呀？

郑小丹不说话，把画本抱在胸前，身子往后躬了躬。

孙大来上前把我们拉到一边说：郑小丹画她哥呢。

我们诧异，她画的和她哥一点也不像，她哥我们还有印象，一双细长眼睛，总是要笑的样子。可她分明画了一个大眼睛男人，还神情严肃。

孙大来就说：她想她哥了，她的事咱不管，咱们玩吧。

这时我们就听郑小丹喊：孙大来，你还有心没心了，你姐还没找到，你还有心思玩？

孙大来听了这话，情绪一下子低落下来，眼圈红了，似乎要哭出来的样子。

我们离开郑小丹，跑到树林里玩起了火药枪。看到枪，孙大来立马变了个人，把姐姐抛到九霄云外。他没心没肺地咧着嘴说：太好玩了，这枪真响……

防震期间，军区机关为了丰富群众文化生活，几乎每天晚上都要放露天电影。电影队的人挖空心思，把放过无数遍的电影拷贝都拿出来播放，有时一晚上能放两三部片子。放映地点就在军区大院的操场上。

这些老片子，大都是我们爱看的战争片，但我们已经看过无数遍了，许多台词我们都能倒背如流。但每天播放，还能吸引许多大人小孩围在银幕前后。大人们不是为了看电影，而是为了消磨漫漫长夜，孩子们围在银幕前疯跑疯玩，图的就是一个热闹。

二哥和林大兵这些高中生，很少在大院里停留，仿佛他们长大了，这个院子就装不下他们了。

有一天晚上，我们看见林大兵骑着自行车在人群外停留了一会儿。他穿着海魂衫，军裤，双脚拖在地上，两绺头发搭在额前，他的目光在人群里搜寻着。似乎没有找到他要找的人，还没等我们靠近他，他就一溜烟似的消失了。他消失的方向就是操场西侧的小树林。

不一会儿，我们又看到了已经穿上军装，被文工团特招入伍的杜鹃。杜鹃从文工团回来，她现在穿上军装，还有半高跟鞋，人似乎一下子就长大了。

一看到杜鹃我们就想起当初我们用弹弓射她的情境，还有林大兵为保护杜鹃凶我们的样子。隐隐的，我们总觉得他和杜鹃有某种联系，是什么样的联系，我们一时吃不准。

那天晚上，我们看见杜鹃也在银幕前停留了一会儿，一闪身也向小树林走去。

朱革子拉着我衣袖道：石石小小山，看看来今晚要有有事。

说完冲树林那个方向努了努嘴。

王然就瞪大眼睛说：他们是不是约好了，在搞特务活动?

我白了王然一眼。

孙大来拔出腰间的火药枪，在空气中挥舞了一下道：咱们也去。

我向树林方向看了看，又看了眼面前七长八短的小伙伴。老电影真的没什么可看，既然这样，还不如找点新鲜事做。便说：咱们悄悄地进村，打枪的不要。

我们弯下腰，走到树林边时，甚至把鞋脱了下来，拎着鞋向树林包围过去。

果然，我们在小树林里发现了“敌情”，虽然是黑天，但有银幕的光线照射进来，我们没费多大劲就发现了树林中的林大兵和杜鹃。两人站在树前，像一对剪影，杜鹃倚靠在树上，头发散了下来，样子十分的优美。

远处的露天电影仍在放着，不时地从我们身后传来爆炸声和喊杀声。我们听不见林大兵和杜鹃在说什么。我们不敢接近两人，只能伏在草丛里观察着两人的动静，夜晚草地上已经有了露水。潮潮的凉凉的从我们身下传递过来。

王然小声地：操，这有啥好看的，回去吧。

王然的话还没说完，我们突然看到林大兵突然把杜鹃扳到自己身前。起初杜鹃在推拒着林大兵，两人像一对敌人撕扯着，最后杜鹃抵不过林大兵的力气，不再挣扎，把身子伏在林大兵的身前，林大兵的手在杜鹃身后游走着。

再后来，林大兵扳过杜鹃的头，两人的脸贴在一起，我们似乎听到他们牙齿磕撞在一起发出的声音。

看过内参电影的我们，对男女亲嘴已经不稀奇了。我们都屏住呼吸，心怦怦乱跳。这比看内参电影过瘾多了，电影里都是外国人，这两个人就在我们身边。这场景太有意思了。

两人相互吸吮着，他们呼吸急促。林大兵气喘着，把一只手伸到杜鹃胸前的衣服里，杜鹃似乎轻叫了一声，紧接着她更紧地搂紧了林大兵的后背，两人更紧地贴在一起，他们似乎累了，双双“咕咚”一声倒在树下的草地上。

趴在我身边的王然，突然发出一声凄厉的尖叫：地震了……

这一声让我们从地上一跃而起，不分东南西北地跑出小树林，一口气跑到操场上。电影仍在播放着，我军士兵正英勇地向一个高地冲击。

我们反应过来，刚才地震是假情报。

我捉住王然的耳朵道：你刚才乱叫什么？

王然也十分后悔的样子，也结结巴巴地说：刚刚才看见两人都倒下了，我我以为地震了。

王然的乱喊乱叫让我们失去了一场好戏，我踹了王然屁股一脚，说了句：以后别跟着我们。

王然一副委屈的样子。我们看在王菊已经装了义眼的分上，没再和王然过不去。我们又潜回到小树林里。那里什么都没有了，树林外林大兵的自行车也不见了踪影。此时树林里空空荡荡的，似乎什么也没发生过。

孙大来又拿出火药枪冲着树梢比划着，他突然扣动扳机。火药枪闪了一下，发出一声闷响，惊飞几只树林里的鸟。

好在电影里也正打得热闹，没人注意我们在树林里弄出的动静。

在防震的日子里，我们无数次光顾过小树林，再也没有发现杜鹃和林大兵。

偶尔在周末，我们会看见杜鹃回家，头发有时扎起来，有时就那么散着。她路过我们身边时，从不正眼看我们，我们的目光却一直追随着她，空气里留下一缕甜丝丝的气味，我们知道这气味是属于杜鹃的。

在我们的印象里，杜鹃是我们见过的最漂亮的女孩。

杜鹃现在是文工团一名小提琴手了。

她爸是拉二胡的，她妈会弹钢琴。这家人凑在一起，可以开个演奏会了。但我们却从来没看见过一家三口同时登台的场景。为这事我问过我姐，我姐笑着说：他们三个人怎么能同时登台？他们乐器各管各的事。

当时在我眼里，他们就是一回事。好在我并不关心乐器的事，也听不懂。不再为这事纠缠了。

后来我们听说，杜鹃为了特招到文工团去当兵，认了一个副政委当干爹。就是我们看内参电影时见到的那个满脸皱纹的首长。

当时我就想，大人的世界太麻烦也太复杂，一颗脑袋想不过来。太累，干脆就不想了。从那会儿开始，我怕自己长大。

后来，我们不用再住防震棚了，各家都搬回到楼房里。渐渐地，我们把林大兵和杜鹃的故事都快忘记了。

杜鹃在我们眼里几乎成了大人，我们只要看到她，她都会穿着军装，半高跟皮鞋，婷婷高傲地在我们面前走过，空气里留下一缕雪花膏的气味，甜甜的香香的。杜鹃离我们很遥远，她在遥远的地方美丽着。

直到几年后，林大兵牺牲在边境，他的骨灰被部队的人送了回来。

在追悼会现场我们又看到了杜鹃，她臂戴黑纱，脸色苍白，眼睛哭成桃子一样。看到杜鹃，我们想到了林大兵。防震那年，小树林里的情景又浮现在我们眼前。

那会儿，我们明白了，林大兵的初恋是杜鹃。两人的初恋，随着林大兵的牺牲没了结果。但在我们心里却像画出的一道彩虹，缤纷美丽。

后来，杜鹃嫁给了文工团一个叫白杨的干事。白杨也是我们大院里的孩子，比二哥和林大兵高一届，和失踪的孙大来姐姐和郑小丹的哥哥同一届。

我们一见到白杨就会想起林大兵。

在我们眼里，白杨连林大兵的一个脚指头都不如，不知美丽的杜鹃怎么就看上了白杨？

哥哥姐姐

一个周末，我们在院里踢足球。忘记是谁把皮球一脚踢入到了防空洞的排气窗里。防空洞的排气窗是用木条做成的隔栅，离地面有一米多高。因年久失修，排气窗已经腐烂了，经不住球的力量，足球击碎排气窗的隔栅，滚进防空洞里。

记得去防空洞里捡球的人是王然，因为他长得又瘦又小，进出排气窗容易一些。王然进入排气窗没多一会儿，他抱着球连滚带爬地跌落出来，脸色苍白变音变调地说：妈呀，里面有死人。

我们听到王然这么说，一哄而散。

最先来到现场的是军区保卫部的人，他们七手八脚地把通风口拆了，从里面抬出两具尸体——确切地说，是两具无法分离开的尸骨。他们虽然死了，可两具尸骨仍然紧紧搂抱在一起……

后来公安局的人也介入了。不久，事情就水落石出了。这两具尸骨就是失踪的孙大来的姐姐和郑小丹的哥哥。

双方的父母、亲人哭天抢地来到现场，他们只看了一眼，便确信这就是他们失踪的孩子。遗物中有一块上海牌手表和一个粉色塑料发卡。表是郑援朝的，他高中毕业，是母亲送给他的成人礼物。那粉色发卡是孙大来的妈妈出差去上海，特意给女儿挑选的。

父母认出了自己的孩子，哀号一声便晕了过去。在场的人无不动容。谁也没有料到，两个失踪的孩子竟然命丧防空洞。找了那么多地方，没想到他们就在眼皮底下。

他们的父母当即被救护车拉到医院去了。

后来大家分析，两人当时是通过通风口钻进了防空洞。那里安静，宽大，很适合谈恋爱。可能两人在里面待久了，缺氧或沼气中毒，让两个孩子再无力走出防空洞。

孙大来和郑小丹哥哥姐姐的爱情故事，从大院流传到学校，又从学校流传到社会上去。那时有许多慕名的人都想看一眼葬送两个年轻人性命的防空洞，只因部队大院不允许自由出入，他们只能止步于大院门口。

孙大来和郑小丹两个人，哭过了，绝望了。最初两人的哥哥姐姐失踪时，他们一家包括我们也一直期待着，两个人会突然回来，像小说和电影里常表现的那样，他们经历了一段浪漫又惊险的奇迹，此时荣归故里。现实却并非如此。他们悄无声息地死在了防空洞里。要不是那只皮球的闯入，他们还不知道在里面要待多久。

之前孙大来和郑小丹两个人经常望着远处发呆，他们希望从远处某个地方，突然走出他们的哥哥姐姐。那会儿，他们心里还有盼头。

现在水落石出了，奇迹没有发生。他们只能接受现实。

从那以后，两个人一下子变得成熟了，他们沉默寡言，目光中透露出和他们的年龄不相匹配的信息。两人不仅在一起嘀嘀咕咕，放学、上学他们一同出入，仿佛他们原本就是一家人。

高中毕业后，我们那批同学，有的去参军，有的去上大学。

孙大来和郑小丹去了一个部队当兵，三年后他们复员回到大院，不久，我们听到一个惊人的消息——孙大来和郑小丹结婚了。

我们刚听到这个消息时，有些发蒙。但很快就理解了——他们在延续着哥哥姐姐的爱情，他们是爱情的继承者。

许多年过去了，两人平凡地生活着。他们生了个儿子，又领了独生子女证。日子幸福无比，他们孝敬双方的老人，教育孩子，日子通俗又别样。他们的爱情平淡又丰富，因为他们承载着哥哥姐姐的爱情。

二哥和林大兵地震前一年突然消失了。

二哥和林大兵的消失和孙大来郑小丹的哥哥姐姐失踪不同，他们各自给家里留下了一封信。

二哥和林大兵在上初中时，也出现过一次离家出走的闹剧。

初二那一年，二哥和林大兵偷偷地坐火车又坐汽车，跑到了辽北的调兵山。他们要到山里去打游击。二哥走时，带了几天的干粮，还带走一双备用的胶鞋。他们揣着一张辽北的地图，一头扎进了调兵山。他们要学习当年的毛主席和朱德总司令，在一个叫井冈山的地方打游击闹革命。二哥和林大兵那会儿已经从课文里学过《朱德的扁担》，课文里的故事讲的就是红军在井冈山上的斗争故事。

二哥和林大兵也要当一回当代的红军。

那次二哥和林大兵打游击闹革命的想法没能成功。一周后，二哥等人就被调兵山的民兵给押送了回来。因为他们吃完了干粮，偷老乡的玉米拿到山上去烧烤，是炊烟引来了警惕的民兵。

二哥和林大兵等人带去的火药枪、军刺根本没派上用场，被几个土八路轻易地拿下了。那次回来的二哥，满眼写满了壮志未酬。

二哥被押回来后，我记得被父亲用皮带抽了足足有一个时辰。二哥很坚强，在父亲皮带的暴抽下，他咬牙坚持着，一边滚动一边高呼口号：打倒反动派，革命无罪！

父亲气得舞动皮带上下翻飞，一边抽一边质问二哥：你这个小兔崽子，你这是要打倒谁，去打谁的游击，你要造共产党的反吗？嗯？！

父亲一边骂一边狠命地抽二哥。

二哥不哭不叫了，仇视地盯着父亲道：石光荣你记着，我早晚要做一件大事，让你看看。

父亲被二哥当时的样子骇住了，他举起皮带看着二哥。父亲没再去抽二哥，把皮带扔到二哥身边。点了点头，冲二哥说：那我就等着那一天。

父亲背着手走了。

二哥从地上爬起来，他一滴眼泪也没掉。从那以后，二哥在我眼里似乎一下子长大了，他很少说话，把帽子歪戴在头上，上唇长出了茸毛，横着膀子骑自行车，斜着眼睛看这个世界。

二哥在我眼里就是个牛人。他不仅能帮我们打架，保护我们。他的沉默就是一种力量。他的一双臭脚我不去计较。我一直相信，二哥能做出一件惊天动地的大事。

二哥失踪前是有征兆的。

出走一周前，就开始很少回家了。他住在我上铺，有时半夜才回来，有时一宿都不着家。他和林大兵等人经常躲在一起密谋着什么。我们有几次凑过去偷听，二哥一见我们，他们就不说话，瞪着眼睛让我们滚开。我们不滚开，二哥就急，抽出军刺在我们眼前晃。我们知道，二哥他们不会用军刺捅我们，但我们还是害怕，就散了。我们一散，他们又开始密谋，像地下党接头一样。

走之前的前两天，他回来早些，把一顶他平时戴的军帽戴在我头上，二哥的头比我的大，我戴他的帽子晃里晃荡的。二哥说：过两年就不大了。别再让人抢去。我点点头道：不怕，有你呢。二哥把手放在我头上，用力按了下，想说什么又没说。帽子不论大小，我都很高兴，一遍遍地问：你是把这帽子给我？二哥点点头。想了想又把军衣脱下来，也披在我身上说：这衣服也给你了。

我吃惊地望着二哥说：你这些都给我了，你穿什么？

二哥神秘地一笑道：到时候有人发给我军装。

我又问：哥，你要参军，爸知道吗？

二哥严肃起来，冲我说：这是秘密，你别乱说。

我点点头。

二哥把手搭在我肩上道：你呀，以后少惹事，我走了没人保护你了。要是真有人惹你，你也别怕，给他来点狠的，让他一辈子都怕你。

我点点头，哽咽着问：二哥，你真的要走了，去干啥呀？

二哥又拍了一下我的肩膀：哥要去干一件大事。

我了解二哥，他不说问也没用，我不知道二哥要干什么大事，只能等待着。

结果二哥真的消失了。和二哥一同消失的还有林大兵以及他们另外两个同学。

二哥他们的失踪惊动了整个大院。

不仅家长去找，保卫部、公安局的人都在找。过去好多天了，也没有民兵把二哥他们押送回来。我意识到，二哥他们真的去干大事了。

父亲在二哥的床铺下，发现了那封留给他的信，二哥在信中说：爸，妈，我走了。我都十六岁了，我要出门干一件大事，你们平时看不上我，我要用鲜血和青春证明自己，我是一名战士，我要在战场上点燃自己的青春，如果有一天我没能回来，请不要找我，我是烈士，也是你们的光荣……

父亲看到这封信时，没有暴跳如雷，他把信交给了母亲。他自己则走到客厅里，来到墙上悬挂着的中国地图前。

母亲看完信哭了，她一边哭一边说：石光荣，你把我儿子给我找回来，我不让他当烈士。

父亲烦躁地冲母亲挥挥手，母亲就不再唠叨了。

父亲望着地图，在云南红河的地方停下了目光，他一脸严峻。父亲又拿过放大镜在那个区域研究着。半晌，父亲离开地图，转身出门。

父亲走后，我来到地图前，看到了红河字样，越过红河，对面就是越南了。我心里跳了一下，二哥去了越南？

二十世纪七十年代初，报纸广播一直讲一件大事，越南人民正在英勇抗击美帝国主义的侵略。我们国家不仅在人道上支援着越南，同时许多战略物资也运送到越南人民手中。许多热血青年，写血书要当一回抗美援越的志愿军，走出国门，去保家卫国。像当年支援朝鲜人一样，痛击美帝国主义。

那几天，父亲一回到家里，就站在地图前，目光落在“红河”处。父亲发着呆。

母亲立在父亲身边问父亲：孩子真的去前线了？能找回来吗？

军区已经和云南省军区取得了联系，云南部队方面正在全力寻找二哥和林大兵等人。

二哥走了，我虽然拥有了他的一切，军帽，军衣，甚至臭不可闻的回力牌球鞋，可一看到这些东西，我就开始想他。不知道他此时身在何处，有没有地方住，有没有饭吃。也许此时的二哥在南方的丛林里迷路了，外面又下着雨，二哥没吃没喝的……想到这，我悄悄地流下了眼泪。

十几天之后，这十几天对我们家来说，仿佛有几年那么漫长。二哥终于回来了，他是被军区保卫部派出去的干事从昆明接回来的。二哥、林大兵在偷越红河时，被部队里的人发现了，他们同行的有十几个人。

二哥、林大兵回来时，王菊、杜鹃、孙大来、朱革子等纷纷跑到我们家来，好像他俩干了一件英雄壮举，特别是杜娟，不停地缠着二哥问林大兵是不是瘦了，有没有提到过她。二哥则烦躁地说，你又不是没有长腿，想知道就去问他本人呗。

杜鹃肯定去见了林大兵，反正从那以后，他们俩就爱单独在一起，说不完的话，以致后来地震时在树林子亲嘴。当然这是前面的事了，闲话少说，咱言归正传。

回来后的二哥变得又黑又瘦，头发长了，嘴唇上的茸毛脏兮兮的，一副壮志未酬的样子，眼里写满了绝望和失落。

父亲看着被押送回来的二哥，破天荒地没有暴跳如雷，也没有揍他。只是上前，用手捏了捏二哥的肩膀，二哥把头扭到一边。父亲说：你小子想当英雄？

二哥挑着眼角望着石光荣。

父亲从二哥身上抽回手，拍了一下二哥的肩道：当兵好呀，是好钢还是烂铁，锤巴锤巴才能知道。不过，得等到毕业。

二哥高中毕业，果真如愿参了军。他的部队在北部边陲。林大兵也当了兵，不过，他去的是南方。

二哥当兵没多久，给家里来了封信，信里还夹了一张照片。照片中的二哥端着枪站在哨位上，身前和身后是皑皑的白雪。二哥挺直腰身，努力地望着远方。

我非常羡慕二哥。他手握钢枪的样子太神气了。

几年后，林大兵的骨灰被部队的人送了回来。听说他在南部边境作战非常勇敢，打死了好多敌人，不幸的是，在一次执行任务中，踩响了地雷。

军区破例在大礼堂为林大兵召开了一次追悼会。认识不认识林大兵的人都来了。礼堂台上放了一张林大兵的照片，照片前是骨灰盒，周围有松柏环绕。

我在人群中看到了杜鹃，她已经哭成了个泪人，眼睛又红又肿。我想到了在小树林那一幕，她和林大兵双双倒在了草地中。我望着林大兵的照片，林大兵一副孩子的模样，张着嘴无忧无虑地笑着。他的目光望到了什么？他会看到此时的杜鹃吗？这么一想，我有些难过，泪水流了下来。

二哥当满三年兵后复员。他没能成为英雄，但人长大了，成熟了。唇上的茸毛变成了硬硬的胡楂，眼神犀利。

二哥后来谈恋爱了，未来的嫂子并不是我们八一中学的女生。二哥找了位育英中学毕业的女生谈恋爱。

装了“义眼”的王菊已经结婚了。

王菊结婚那天，被一辆自行车载走。小三子哭得跟一堆屎一样。王菊被烧锅炉的退伍军人用自行车驮远。我看见了二哥，二哥站在王菊家楼后的拐角处，他穿着退伍后洗得发白的军装，一脸无奈和忧伤。

我想起二哥给王菊写过的“情书”：你美丽的眼睛就像夜幕闪耀的星星，照耀在我有梦的夜晚……这句话像首诗，我一直记得。

那会儿我经常问自己，如果王菊的眼睛不被我们射瞎，她会成为我嫂子吗？我一直想用这话去问二哥，每当话到嘴边了，一看到二哥英气的眼神背后隐藏的忧伤，我又改变了主意。

那会儿，二哥已经和育英中学的女生结婚了。

二哥从部队带回一本影集，是他和各种武器还有战友们的合影，身后是大炮，坦克，还有轻重机枪……二哥和战友们骄傲地站在镜头前，仿佛他们已经是英雄了。

我羡慕二哥，因为他有这样的履历。

许多年过去了，人到中年的二哥已经发福了。头发稀疏，肚子也腆了起来。他们这些老军人，每到八一建军节那一天，都要聚一次会。豪放地喝一次酒，然后粗门大嗓地唱几首军歌。

只有在这时，二哥他们的目光才又犀利起来，又找回了当年的英气。

《解放军文艺》2016年第8期

丽人行

畀　愚

1

紫云的第一次是在她的新婚之夜。

新郎家澍是个举止有点古怪的年轻人。他一揭开盖头，就用双手捧起紫云的脸，那眼神好像他们是历经了千山万水才走进这间洞房。而事实上在此之前，除了照片，他们素未谋面。

让人不堪的是上床后。家澍没有熄灯，也没有落帐，一言不发地把自己脱光，就那么直挺挺地杵在那里。紫云不敢看，闭紧眼睛，上牙齿紧咬住下嘴唇，紧抓住身上的衣服扣。家澍这才第一次开口，说，你这么抓着，叫我怎么办呢？

紫云一直要到被扒光才睁开眼睛，看清楚面前这个男人比照片上要瘦，白白净净的，皮肤光滑得就像是匹不曾染色的生绸。他是那么的轻车熟路，用他的手指，用他的眼睛，用舌头与鼻子，在紫云身上像蛇一样游移，让人不寒而栗，同时又如火如荼。紫云忽然觉得这个男人一定玩过很多女人，甚至怀疑他这些经验就来自于街上的青楼。

可以说，紫云是一下子放开的。当有钱人家的媳妇，就要承得起富贵女人的命。紫云心里想，这就是她的命。

家澍这时又开口了，说，痛的话，你就叫出声来。

紫云没有吭声。她咬紧牙关，忍住呼吸，想起了村里老人们常说的一句谚语：只有累死的牛，没有犁坏的地。

事后，家澍拉过被子替她盖上，起身下了床，从柜子里找了身衣服穿上后，头也不回地离开洞房。一直到鸡叫头遍才回来，像个贼一样钻进被子。紫云是在半梦半醒中嗅到了他身上露水的气息，一下变得清醒，但她没有动，也没有睁眼，仍然像在睡梦中那样，任由满肚子的疑问野火般在身体里蔓延，无声无息。

鸡叫二遍时，佣人在外面敲门，叫了两声少爷，说，老爷快不行了。

龚家老爷得的是肺痨。每年入秋开始发作，断断续续一直要到春回大地，他的病也跟着去得无影无踪。可是，在日本军队进驻秀州城周年的那天，为了彰显中日之间的“善邻友好”，他从病榻上被拉起来去观礼，在风雪中整整站了大半天，回来后再也没有下过床。一直熬到开年，龚老爷在床上拉住儿子家澍的手说，我要去见你妈了，你就不能让我看着儿媳妇进门再闭眼吗？

龚老爷混浊的目光最后是停留在紫云脸上咽气的。喜事在这天早上转眼成了丧事，龚家上下又开始忙活起来，忙着摘掉那些大红的囍字，挂起早已备好的白幡。在一片沉闷的哭声里，家澍的脸上却看不出有多少悲伤，就像在婚礼上他并没有一丝喜悦。

当天守灵到傍晚时，两名风尘仆仆的祭拜者冒失地闯进灵堂，恭恭敬敬地行完大礼后，被家澍请入后堂。紫云犹豫了一下，接过佣人手中的托盘，刚把茶水端进门口，就发现围坐在桌前的三个男人一下都闭嘴了，抬头看着她。

紫云低下头，把茶盏依次放在桌上时，那个面容宽厚、年纪略长的男人忽然说，这是新娘子吧？

家澍说，紫云，见过刘先生。

紫云施了个福后，转身离去，一直到跨出门槛依然能感觉到，刘先生那宽厚的目光里就像长着一只手，正从后面抚摸着自己，让她的每一步都迈得特别的别扭。

隆昇米行在秀州城里的名声是龚家几代人点点滴滴积攒起来的。跟外面的许多米行不同，他们从来不会玩那种大斗进、小斗出的把戏。隆昇米行的量器都垒在店堂的正中央，而最显眼的还是写在照壁上那个巨大的“诚”字。

每年割完早稻，粜米的木船从四乡八里汇聚过来，堵满了龚家的河埠，也阻塞了整个城市的河道。这是龚家一年中最忙碌的收米季。店里人手不够用，就把家里的佣人支过去，只剩下做饭的老妈子与太太们，在院子里架起三口大锅，做完饭菜，烧开茶水，再用板车拉到米行。然而，这些祖传的持家之道在家澍当家后都变了。他不仅把父亲的两位姨太太都遣回娘家，还把收米期间的伙食全部包给了百福楼饭庄，自己也日夜混迹其中，迎来送往，不是喝花酒，就是推牌九，有时候忙得连家都顾不上回。

一天，紫云的母亲从乡下来看望女儿。在龚家住了一个晚上后就把什么都看明白了。临别时，钱嫂用一种失望的眼神看着女儿，说，你真是白长了一张漂亮脸蛋。

紫云长得漂亮在钱王甸村一带是出了名的。每个见过她的人都觉得这姑娘不该是乡下人的命，她应该嫁到城里，就算成不了大户人家的少奶奶，至少也得吃上香的，穿上绸的。为此，父亲从小就把她送进私塾，将来还准备送她去省城的学堂。

可是，到了紫云九岁那年，父亲忽然不辞而别。

紫云的父亲在未成年时就出外谋生，在城里的药行干了十多年，从扫地的学徒一直做到账房先生。后来，药行在上海开了分号，他去当的还是账房先生，唯一的区别就是回家的次数更少了，通常只在春节才回来一趟，住不到正月半就匆匆离去。父亲最后一次回家是在那年的清明过后，两手空空只带回了一个还不满三岁的小女孩，说是朋友家的女儿。这个可怜的孩子父母双亡，现在成了孤儿。父亲从妻子的脸上收回目光，伸手摸着紫云的脑袋，说，让久红当你的妹妹，好不好？

原来，这个只知道吮着手指的小女孩叫久红。她在这天晚上改姓钱。

钱嫂却坚信这是丈夫在外头生的野种，当晚就在床上吵了大半夜。第二天醒来时，发现丈夫已经离去，只在枕边留下十个大洋。

晌午时分，县城的一名警察带着两个穿长衫、戴礼帽的男人闯进家门。钱嫂一下就有点明白了，丈夫这是拐带了别人家的孩子。

警察把她拉进灶间，那两个男人不停地问，钱继昆是什么时候回来的？又是什么时候离开的？去了哪里？问完钱嫂问紫云，接着又在屋里翻箱倒柜地搜了一遍后，其中的一个男人伸手托起小女孩的下巴，还没有开口问，久红哇的一声哭了。

三个男人在钱久红的哭声中离开后，钱嫂再也坐不住了。第二天一早，她搭船去了城里，找到广济堂药行，拉住老东家的衣袖眼睛就湿了，说，我家继昆是怎么了？他到底犯了什么事？

老东家斟酌了一会，说，应该是叛乱。

这两个字钱嫂以前只在戏文里听到过，马上反驳说，他一个拨算盘的，拿什么去叛乱？

老东家又斟酌了一会，说，若不是叛乱，上海那边要杀那么多人干什么？说完，他吩咐伙计取来两包黄芪与党参，让钱嫂带上回家。老东家用手掌在脖子里比画了一下，最后说，这可都是杀头的罪孽。

钱嫂不相信一个有家有口的男人会犯下杀头的罪孽。她始终觉得丈夫会在哪天忽然回来，于是开始慢慢习惯了眺望，只要一空下来就会站在门外，脸向着村外渡口的方向。直到女儿出嫁前的那个黄昏，钱嫂才醒悟过来，看着正在屋里洗头的紫云，说，妈这下半辈子怕是要靠你了。

2

突袭秀州城的战斗如同黎明前下的一场暴雨，一时间子弹横飞，炮弹炸得大地颤抖，让每个从睡梦中惊醒的人都有一种活不到天亮的错觉。紫云却丝毫感觉不到恐惧，她只是觉得寂寞，直挺挺地躺在床上，睁大眼睛盯着漆黑的房顶，想象着炮弹从天空中掉下来，砸穿屋顶，在她的床上炸开。

天亮后，枪炮声静止了，就像全城都死绝了一样，连平日院子里的鸟鸣之声也消散得无影无踪。

慌乱中敲开龚家大门的是米行里的伙计。他一边往里跑，一边不停地叫着东家，见到紫云才勉强站定，说，少奶奶，库房挨了炸弹。

紫云说，那就找人去修，你跑这里来有什么用。

国军不让进，他们围了米行，要征我们的粮。伙计说，掌柜的请少爷快点过去。

婚后的第二年，家澍就开始在玉楼春里过夜，这在龚家已是公开的秘密。紫云看了眼站在院子里的佣人，见每双眼睛都在注视着自己，就有点犹豫地迈下台阶，一声不吭地朝大门外走去。

大街上到处可见穿着黄布军装的国军官兵，有的在张贴告示，有的怀里抱着大捆的青天白日旗，挨家挨户地敲开商铺的大门，不仅强卖，还勒令马上要挂起来。经过迎秀桥时，紫云看到一群被看押着的日伪士兵，就像螃蟹那样由一条麻绳串着，浑身血污地蹲在桥下的空地上。

空地的另一侧，唐家老太爷孤零零地跪在那里，身上只穿着男人睡觉时才穿的短褂。显然，他是从床上被拖起来的，赤着两只脚，花白的头发就像茅草一样零乱。他看着紫云的眼神，早已失去了昔日维持会长的风采。

唐老太爷忽然挺直身子，冲着紫云一嗓子：龚家少奶奶，我冤哪。

士兵一枪托把唐老太爷砸倒在地。紫云发出一声惊呼后，走得更快了，一直到进了米行，看到那些士兵步枪上明晃晃的刺刀，才放慢脚步。

坐在天井里喝茶的是名胡子拉碴的上尉。见到紫云他的眼睛就亮了，像一下粘在了那张漂亮的脸上，好一会才对吴掌柜说，这就是你们的东家?

吴掌柜忙躬下身子，一连说了三个是后，说，这是我们少奶奶。

吴叔，去把柜子上的大洋拿来。紫云听到自己的嗓音有点发抖，就上前一步，用力地说，还有保险柜里的。

吴掌柜叫了声少奶奶后就不知道说什么好了，睁大眼睛看着她。

快去。紫云说完，踏实了一点，又上前两步，端起桌上的茶壶往上尉的茶杯里加满水后，顺手摘下腕上的一对龙凤镯，放在茶杯一侧。

我们是忠义救国军。上尉看了眼桌上那两只金灿灿的手镯，继续仰面看着紫云的脸，说，我们不是山上下来的土匪。

日本人的粮仓里有的是东洋大白面……长官要是征了我家这些谷子，还得找地方去碾成米，还得征船来装运。紫云说，长官，钱是装进口袋就能带着走的。

你是在贿赂长官。上尉笑嘻嘻地站起来，把脸凑到紫云面前，说，你知道向革命军人行贿要判什么罪吗?

紫云说，长官们跟鬼子拼命，我们老百姓表一点心意犯什么罪了?

说着，她站到一边，等吴掌柜捧着托盘里的大洋出来后，示意他放在桌上。

可这些不够。上尉说，跟后面仓库里的谷子比，这只能算个零头。

不够我们接着凑。紫云说，长官只要有时间等，我们一定把钱数凑到够。

上尉想了想，忽然抓起紫云的一只手。紫云的脸一下子涨红了，用力挣，但没能挣脱。上尉伸出另一只手，拿过桌上那对手镯，一起套进她手腕，说，记住，我们不是土匪，我们是抗日的军人。

临走前，上尉写下一张收条，说就算是他向米行借的，等到抗日胜利，就凭这张收条来找他要钱，如果他还活着的话。紫云没有出声，接过收条就撕得粉碎，随手扔在桌上。上尉一下瞪圆眼睛，重新把眼前这个女人上下打量了一遍后，说，你可真不像个少奶奶。

那像什么?紫云说。

压寨夫人。说完，上尉大笑着一扬手，带队离去。

吴掌柜拿起桌上的纸片，一脸惋惜地说，少奶奶，你怎么把它撕了呢?

留着干吗?紫云吐出一口气，说，留着让日本人来砍我们的头?

吴掌柜说，日本人都让国军赶走了。

这么容易就能赶走吗?紫云说着，再也不去看那些仍然盯在她脸上的眼睛，若有所思地穿过天井，一边走，一边说，谁知道日本人什么时候会杀一记回马枪呢。

吴掌柜就像触了电，一下松开手，纸屑纷纷扬扬地飘落在地。

紫云一直走到街上才站定，想了想后，朝着玉楼春的方向快步走去。

玉楼春是幢中西合璧的两层楼房，门口挂着两盏红灯笼。一名杂役正在打扫台阶，他用一种奇怪的眼神看着紫云从身边经过，一直看到她穿过厅堂，踏上楼梯。

这是龚家的少奶奶吧?老鸨在楼梯的转角拦住紫云，笑着说，这里可不是少奶奶该来的地方。

紫云看了她一眼，但脚步没有停留，迎着她的笑脸一步步地朝上走去，不急也不缓。

老鸨侧身让到一边，靠着楼梯的扶手，又说，少奶奶，你可要自重。

紫云回头又看了她一眼，往上走的步伐却一下变得轻快。

宝钗是玉楼春里的十二金钗之首，但身上却看不到丝毫的风尘之气。相反，她看上去更像个端庄贤淑的少妇。她大大方方地把紫云让进闺房后，竟然还倒了杯水，说，龚少爷昨天晌午就去了省城。

紫云环顾着屋里的陈设，没有说话，也找不出该说的话。

这时，宝钗绕到紫云面前，气度从容地看着她，又说，开门都是客，我们是没得选的。

秀州城短暂的光复仅仅维持了两天。第三天，日伪的混合编队由水陆两路进发，傍晚前赶到城里时国军已经闻讯撤离。临走前，他们在迎秀桥桥头用一把缴来的军刀砍下了唐家老太爷的脑袋。

新任日军指挥官是个肤色黝黑的少佐。他乘坐火轮驶进秀州城狭窄的河道时，鼻梁上架着一副墨镜。没有人可以看清他脸上的表情。人们只看到他军刀上暗红的刀绪随风翻卷。

樱田少佐到任后的第一件事，就是在国军留下的告示上面覆盖上新的告示。告知镇上的每个居民，皇军要重修被炸毁的炮楼，加固防御工事，并且执行宵禁制度，为的就是确保每户居民的人身与财产安全，共建大东亚共荣圈的皇道乐土。然后，他派人把街上的商户分批请进军营，让他们在认筹簿上写下捐纳的数额后，再挨家挨户地催缴。

家澍就是在这个时候从省城回来的，手里提着一盒鼎茂兴的糕点。他并没有急着回家，而是先去了玉楼春，在宝钗的房间里打开糕点盒，从底层取出一个本子，说，这是新的密码，上面要求我们把电台重新恢复起来。

宝钗收起本子后，说，你前天就应该回来。

联络人迟到了两天，我只能等。家澍在一张摇椅里躺下后，说，给我倒杯水。

你还是回家吧。宝钗没有听他的，反而走到门边。

家澍看着她，说，怎么了？

宝钗拉开门，冲着外面喊：妈妈，龚少爷要走了。

家澍一直等到老鸨站在了门外，才懒洋洋地站起身，走到宝钗跟前，伸手抬起她的下巴，说，你可越来越不像个婊子了。说完，头也不回地出了屋子。走到楼梯口时，家澍站住，扭头看着老鸨，说，她这是怎么了？

老鸨支支吾吾，陪着笑脸把家澍送到门口，才犹豫不决地说，龚少爷，少奶奶来过了。

家澍一愣，背起双手，头也不回地跨出门槛。

紫云见到丈夫进来时，正在房间里刺绣。她赶紧放下手中的针线，站起身讨好地说，你吃了没有？我让厨房开炉子去。

家澍摆了摆手，说，让他们打盆热水来，我先躺一会。

紫云在替家澍洗脚时看到他脚掌上的水泡，不禁说，你走了多少路啊？把脚走成这个样子。

家澍说，新鞋，硌脚。

紫云看了眼扔在一边的皮鞋，没有再说话，轻轻地替他把脚擦干，套上拖鞋，侍候他宽衣。

家澍在床上碰了碰她，说，去把窗户关了，陪我躺一会。

紫云一下就想起了玉楼春里的妓女宝钗，说，大白天的，让佣人们笑话。

家澍固执地说，那你上来，给我敲背。

许多话都是在敲着背的时候说的，从米行的库房被炸穿，一直说到那张撕碎的纸条。紫云跪在床上，就是只字不提玉楼春，不提那个叫宝钗的妓女。家澍也没问，趴着就像睡着了一样，有一会还响起了轻微的鼾声。可是，就在紫云起身拉过薄被替他盖上时，他一下醒了，抓住紫云的手，把她拉进怀里。

家澍想了想，说，往后家里这摊子生意，你帮我多看着点。

紫云的心怦地跳了一下，枕在他胸前，好一会才说，为什么？

什么为什么？家澍笑了，五根手指插进她的头发里，说，这也是你的家。

紫云却又想起了宝钗那张气度从容的脸。她使劲抿住嘴唇，使劲把脸埋在家澍的胸口。

3

樱田少佐跟他的前任不同。他从不随意抓捕平民，也不允许手下的士兵在城里肆意地寻欢作乐。有时候，他甚至不像个军人。他喜欢把自己打扮得像个中国的绅士，穿起长衫，戴上礼帽，带着卫兵在街上到处闲逛，看到小孩还会掏出糖果硬塞进他们手里，一边笑着，一边摸着他们的脑袋说，咪西咪西。

秀州城里的老百姓开始把这个日本军官叫作咪西咪西时，都还不知道他更喜欢的是街上的女人，特别是那些风姿绰约的少妇。看上了就派人悄悄地尾随，到了夜里再让翻译官带着卫兵闯进女人的家里，客客气气地把她请出来，请进他在军营旁边的一个院子里，一直到第二天早上才放回去，神不知，鬼不觉，除了那些女人与她们的丈夫。

樱田第一眼见到紫云时正从拘置所的大门出来。他每周都会轮流巡视管辖的各个部门，警备队的拘置所就是其中之一。樱田看着紫云从旁边的角门被带进去，低着头，穿着一袭素色的旗袍，身后还跟着一名挎着包袱的女佣。樱田一直看到角门关上，才莫名地感慨地说，漂亮的女人有时候就像块新鲜的鲷鱼片。

拘置所长是名伤残老兵，他不置可否地伸着缺了四根指头的手掌，用日语说，长官，请上车。

樱田坐进他那辆三轮摩托的车斗后，忍不住又望了一眼那扇关上的角门。

紫云是来给家澍送替换衣服的。狱警把她带进一间探视室后，在那里等了很久，才见丈夫从另一扇门被带出来。他身上穿的还是昨天早上离家时的那件长衫，只是皱巴巴的，上面沾着许多污渍。

不用哭，这是个误会。家澍轻松地说着，从衣袖内抽出一块绣花的手帕，轻柔地擦了擦紫云的眼睑后，顺势塞进她手里，又说，你回去找唐家的大少爷，请他跟日本人打声招呼，他们就会放了我。

事实上，紫云的眼里根本没有泪，甚至连哭的想法也没有。她只是用一种有点漠然的眼神看着丈夫。

家澍是在将近半夜的时候碰上巡逻队的，就在离玉楼春不远的巷口。巡逻队里的皇协军都认识隆昇米行的东家，都知道他这时候是从赌场出来，赶着去玉楼春里过夜。可今晚带队的是个新来的日本军曹，还没听完家澍的辩解，就甩手给了他一个巴掌，说，八格。

第二天一早，玉楼春里的听差带着宝钗的口信来到龚家，说龚少爷昨晚被抓了，关进了日本人的拘置所。

伙计还想再说什么，却被紫云打断。她对佣人说，送客。

离开拘置所的一路上，紫云忽然有一种难言的悲凉。一下子，胸闷得喘不过气来，直想吐。

宝钗就是在这个时候出现的。她撑着一把遮阳伞从裁缝铺里出来，一见紫云就快步迎上去，关切地拉起她的手，说，少奶奶，我们借步说话。

紫云用力挣了一下，发现宝钗的力气大得惊人，不由惊讶地看着她。

佣人上前叫了声：少奶奶。

宝钗看着紫云，又说，跟我来吧，就几句话。

你在这里等我。紫云对佣人说完，几乎是被宝钗拖着穿过大街，进了对面的一家茶楼。

伙计摆上茶点后，宝钗起身关上门，耳朵贴着门板听了会，转身问：见到他了？

他？紫云从鼻孔里发出一声冷笑，直视宝钗的眼神却越发变得警觉，说，你想对我说什么？

他给了你什么？

这关你事吗？紫云说着，站起身来。

宝钗挡在她面前，伸出手，说，把它给我。

紫云一愣，这才想起家澍塞进她手里的那块绣花手帕。她睁大眼睛看着宝钗，好一会才说，你要来干什么？

宝钗仍然伸着手，没有说话。

紫云盯着她的眼睛，又说，你是什么人？

宝钗用掏出的手枪作了回答。她把枪口顶在紫云的腰间，说，少奶奶，我没工夫跟你废话。

那块手帕就随意地别在紫云旗袍的斜襟上。她只是低头看了眼，就被宝钗一把抽去，放在鼻子前用力嗅了嗅后，连同手枪一起收进坤包。

宝钗走到门边，回头看了眼呆若木鸡的紫云，说，你不用怕，我跟你丈夫是同样的人。

那你怎么不关在牢里？紫云忽然说。

宝钗愣了愣，但马上笑了，说，你希望我跟他关在一起？说完，她重新走到紫云面前，抬起她刚刚握枪的那只手，把紫云挂下来的一缕头发拨到肩后，说，你丈夫只是闯了宵禁，他不会有事的。

然而，三天过去了，家澍仍然没有被释放。这三天里，紫云不光找了唐家大少爷，还与吴掌柜分头找了新任的维持会长、警察局长、商会的总干事。他们几乎把秀州城里能跟日本人说得上话的熟人都找遍了，但等到的结果都是摇头与叹息。

日本人不要钱，也不放人。警察局长靠在一张藤椅里，意味深长地看着紫云，说，那他们一定是看上了别的。

樱田的翻译官引着紫云穿过院子时，天色已经黑尽。他一边走一边说，放心吧，明天回家你就能见到龚少爷了。

紫云一下站住，扭头盯着他，却怎么也看不清他的脸。

翻译官是个口音浓重的东北人。下午，他站在龚家的前厅递上了自己的名片，直截了当地说，樱田太君请龚太太晚上过去，地址就写在这背面。

紫云说，我死也不会去的。

不要轻易地说死，还是再考虑考虑吧。翻译官彬彬有礼地说，不过，也别让太君等得太久……等到炉子灭了，再添柴火就什么都晚了。

说完，他摘下戴在头上的凉帽，躬身告辞。

紫云呆立在前厅的一根柱子前，手心里攥着那张名片，很久才转身回了后院的卧房，在床上整整躺了一个下午。晚饭时，她破天荒地让佣人开了坛陈年的花雕，可刚端起酒杯，就忍不住捂着嘴跑到门外，俯在墙边干呕到满眶都是泪水。

佣人递上一块热毛巾，小心翼翼地说，少奶奶，是不是请郎中来把个脉？

紫云一愣，泪眼模糊地看着佣人，好一会才接过毛巾，捂在脸上。

而此刻，翻译官仍然彬彬有礼地等紫云迈上台阶，朝着透出灯光的屋内又做了个请的手势。

樱田用来泡澡的浴缸是原先架在东城门楼上的一口大石棺，青石的棺身上雕刻着海水与莲花的图案。他湿漉漉的脑袋靠在石棺的边沿，看着紫云，用生硬的汉语说了声：来吧。

紫云站着没有动，只是忍不住哆嗦了一下。

樱田等了会，有点不耐烦了，哗地一声站起来，赤条条地跨出石棺，一把捉住她，抱起来就丢了进去。

水花溅得满地尽湿。

紫云看到体内流出来的血，才知道自己真的怀孕了。她开始拼命挣扎，却被樱田摁住。

樱田换了个体位，抓着她的头发，把她的脑袋一直按进水里，很久才呼出一口气，说，哟西。

紫云被拖出石棺时，里面的水已经染成粉红。樱田却毫不在意，把她像块破布那样挂在石棺的边沿，站着用力干完，才低头又看了眼沾在腹部的鲜血，重新跨进石棺，洗了会，忽然想起来，用日语说，你辛苦了。

天快亮时，义公所的收粪工最先在隆昇米行的河埠头发现紫云。后来，米行的伙计卸下一块门板把她抬往龚家时，吴掌柜再三强调，少奶奶这是失足掉进了河里。她这是大难不死，必有后福。

医生离开后，紫云睁着一双失神的眼睛，看着站在床边的家澍，见他始终没有说话，就闭上眼睛，强忍着不让眼泪流出来。可是，泪水还是忍不住，从眼角的缝隙中挤了出来。

两天后，身上的血止了。紫云下床，从柜子里拿了身外衣换上后，拉开房门，就见家澍正站在门外。

家澍上下看了她一眼后，说，你要干什么？

紫云低下头，说，我想回家。

说什么疯话？家澍抓住她的一条胳膊，把她拉进屋里。关上门，他的语气平和了许多：你要听医生的话，你得静养。

你能静得下来吗？紫云仍然低头看着自己的脚尖，说，我们的孩子没了。

家澍沉默了一会，说，这没什么，孩子还会有的。

说着，他伸手搂住紫云的肩膀，半推着她走到床边，扶她躺下后，蹲下身，轻柔地脱掉她的鞋子，拉过夹被替她盖上。

紫云看着他，忽然说，你是怕我去告发你。

家澍一愣，在床沿上坐下，说，难道你还想去见那只畜牲？

就像一根针扎进心头，紫云瞬间痛得要命。她在被子里用双手使劲抓着床单，拼命地抓住。

4

1942年初春，天气毫无回暖的迹象，依旧寒风萧瑟，百木凋零。

家澍跟着一名持枪的日本士兵穿过军营，就见樱田穿着衬衫，蹲在廊下用一块油石打磨他的军刀。这里原本是座公祠，只是门前的许多古树与石碑都已被清空，成了练兵的操场。

在翻译官的示意下，家澍摘下帽子，躬身叫了声太君。

樱田充耳不闻。他一直要到把军刀打磨到满意后才直起身，仔细地擦干净刀身，一抬手就把它架在了家澍的脖子上。看着家澍变白的脸色，樱田愉快地笑了，收回刀，说，请。

合约书早已摆放在屋里的桌上。家澍却不敢入座，一脸难色地看着樱田，说，太君，我们做的是小买卖……我是担心会耽误了皇军的大事。

为皇军服务，小买卖不就成了大买卖？翻译官掏出钢笔，冷冷地说，你就把它看成是樱田太君对你的补偿吧。

家澍的脸色又变了，慌忙接过钢笔入座，工整地在合约书上签上名字，并且按上手印后，马上又站起来，规规矩矩地站到一边。

樱田满意地点了点头，亲自从柜子里取来一瓶清酒，说要跟龚桑喝一杯。翻译官有点意外地看着他的主人。这时，樱田和颜悦色地伸手，示意家澍在他对面坐下，一边倒酒，一边说他家在名古屋是开酒坊的，这种樱田烧是日本很有名的清酒。等到翻译完，他举起酒盅，又说，那我们就像生意人一样喝一杯。

翻译官在两只酒盅都放回桌上后，对家澍说，樱田太君的意思是说，大家都是生意人，龚少爷你喝水可别忘了挖井人。

家澍连声说了两个明白。出了樱田的办公室后，他像是松了口气，对翻译官说，原来日本人也知道吃回扣。

翻译官没有出声，直到把他送出军营，才站定，说，我能猜到你的心思，我劝你别做傻事。

命都攥在了你们的手心里，我能做什么傻事？家澍看着翻译官，笑了笑，说，你知道乱世中什么最贴人心吗？不等翻译官开口，他马上又说，钱。

翻译官冷笑一声，说，乱世中最要紧的是活着。

家澍深深地看了他一眼后，拱手离去。自此，隆昇米行开始代理秀州地区军粮的征收与采购业务。这是一份肥缺，也是一份苦差。随着日军的战线在东亚快速拉长，物资已经成为决定这场战争输赢的关键。

当晚，家澍靠在宝钗的床上，闭着眼睛说，到时间你就发报，把我的情况也报上去。

你应该事先向上面请示。宝钗放下梳子，端详着镜子里的脸，说，我们不是猎犬，我们只是送信的鸽子，跟日本人走得太近，迟早会殃及池鱼。

你让我怎么请示？家澍睁开眼睛，看着她的脑后勺，说，我让樱田等着，等我先向上峰汇报？

宝钗转身看着他，说，先斩后奏一向是军统的大忌，如果这份电报重庆方面不予备案，你就真成了一名汉奸。

家澍愣了愣，说，不是还有你可以替我证明嘛。

如果我活不到那个时候呢？

家澍一下闭嘴了，目光在沉默中变得宁静，看着宝钗，一直看到她披头散发地站起身，走到床边。

宝钗俯下身，长发就像瀑布一样从肩头倾泄而下，盖满了家澍的脸。

忽然，她松开接吻的嘴唇，说，你接近樱田另有目的，你想除掉他。

干掉一名日军的军政主官，只会遭来更加血腥的报复。家澍平静地看着她，说，我是这种人吗？

宝钗闭上眼睛，好一会才睁开，说，你有没有后悔过？

后悔什么？

后悔走上了这条路。

家澍想了想，说，有时候是路堵在了脚下，我们身不由己。

可我后悔过，不止一次。宝钗说着，从他身上翻下来，仰面望着屋顶的吊灯，喃喃地说，我一直在想，当初要不是每一步都跟随着你，我早已是你们龚家的少奶奶了。说完，她苦笑一声，又说，我一心想成为你的太太，可结果呢？我连你的女人都算不上，我最终只是你包过的一个妓女。

家澍脸上有种难言的苦楚，一下想起了他们在省城学堂里的初恋时光。那时候，她的学名叫周佩雯，剪着一头齐眉的短发，每个周末都会去西湖边的一家西餐社，她说她不喜欢吃那里的牛排，她只是想隔着玻璃看外面过往的行人。一天黄昏，他们从西餐社出来，牵着手，一直走到倒塌的雷峰塔。站在那堆杂草丛生的废墟前，她说，如果我被压在下面，你会来拯救我吗？

家澍记得当时他不假思索地说，会，一定会的。

久红像只落汤鸡一样跪在紫云面前那天，天上下着倾盆大雨。

每年雨季，驻守在上游的日军都会开闸放水，为的是确保他们修筑在太湖沿线的工事不致被淹。洪水一泄千里，秀州城外昼夜间就成了一片泽国。钱嫂通常会在这个时节带着久红进城避水，就住在龚家。可是，这一次她没有来。

我妈呢？紫云像是预感到了什么，催促久红说，你倒是说呀。

久红抽泣了半天，才抬起污浊不堪的脸，说，妈死了。

钱嫂死在雨季来临前的最后一次清乡行动中。从江苏南下的日军一路抢掠，到达秀州境内时遭到游击队的袭击。他们就是追着这一小股反抗武装进入钱王甸村的。杀红了眼的日军不光点着了整个村庄，还把所有的村民驱赶到钱家宗祠前的空地上，用机枪扫射。

久红断断续续地说完这些，龚家前厅里的每个人都听得不寒而栗，好像外面在下的不是雨，而是哗哗倾倒的血水。

紫云忽然说，那你怎么活着？

久红一下止住了哭声，抬头看完紫云，又看了看站在一边的几个佣人，哇地一声，捂住脸哭得更加痛彻心扉。

事实上，久红那天就躺在后村的芦苇荡里，躺在她身边的人是王家的锦清。枪声传来，他提着裤子跑去看了一眼，说，糟了，是日本兵。

锦清是王家的独子，也是方圆几十里出了名的败家子。除了游手好闲，他最擅长的就是勾搭女人。为此，家里那几亩祖产，几乎都让他赔在了女人的身上，有一次还差点让人浸了猪笼，但久红从小就迷恋这样的男人。在紫云出嫁前，姐妹俩躺在一个被窝里说话，说着说着就说起了王家的锦清。久红肆意地说，男人长得漂亮就是本事，你看他长得多像台上唱戏的小生。

紫云吃惊地看着她，想起母亲在背后常说的一句话：看她那两片屁股就知道，这迟早是只夹不住尾巴的狐狸精。

那一年，久红才十三岁，已经长得手长、腿长、脸盘大。到了十六七岁，这个体征就越发明显。她的胸脯圆鼓鼓的，两片屁股更加翘，就像匹日本宪兵骑的东洋马，让每个见到她的男人都有种上去捏一把的冲动。

缠绕在钱嫂心头这么多年的那个结反倒解开了。她对紫云说，看来，我是冤枉了你爸，这丫头真不是钱家的种。

钱嫂在临死的那一刻又想起丈夫钱继昆。看着不断从伤口流出来的肠子，她想：这么大一个窟窿，将来怎么跟继昆交代呢？

洪水刚退，家澍就带着姐妹俩赶去钱王甸村收尸，但见满目焦黑的残垣断壁间，只剩下钱家的宗祠没有被毁，在夕阳下拖着一道长长的阴影。

上哪去找？幸免于难的村民木然地看着他们，说，这么大一场水，连鬼魂都冲走了。

久红两腿一软，跪倒在宗祠前的空地上，捶着那些青石板又开始号啕大哭。紫云却站得纹丝不动，隔着泪水，出神地盯着钱家宗祠那个黑洞洞的门口。

家澍看了看天色后，又扭头看了眼带来的那几个伙计，对紫云说，要不，我们就立个衣冠冢。

紫云过了很久才摇了摇头，伸手挽住家澍的一条胳膊，就像这是她唯一的依靠那样，把大半个身体都贴在那条胳膊上。

5

时间一长，佣人们都看出来了，这位亲家小姐跟她的姐姐不同，是个开朗而勤快的好姑娘，每天端茶倒水的，三餐前还会去厨房里帮着当下手。而且，说话也随和，住下没几天就对他们说，往后你们别亲家小姐、亲家小姐的叫，听着都绕口……你们就叫我久红。

话传到紫云耳朵里，她只是在心里冷笑。从小一手带大的，紫云比谁都清楚，这是个心眼多过筛子的丫头。

一天下午，久红在厨房里热了两碗桂圆银耳羹端进来，姐妹俩吃着时，紫云提醒她别跟那几个老妈子没大没小的，别跟着她们一起嚼舌头。

我就是要知道她们心里面的话。久红认真地说，这么大一个家，你底下要有人，你要知道她们背后都在说什么。

说什么，她们都是佣人。紫云也认真地说，你跟她们不一样，你要让自己像个小姐，将来才会找到好人家。

我不嫁人。话一出口，久红眼前又出现了锦清那张俊秀的脸。

在冒雨逃亡的一路上，锦清就像个无微不至的丈夫。他们在秀州城外的一间破庙里住了一晚，跟许多难民挤在一起。锦清整夜都搂着她，可第二天醒来，他已经离去，一句话也没有留下。

久红的眼里蒙上了一层薄雾。她对着紫云摇了摇头，重申：我真的不嫁人，我这辈子都陪着你。

紫云舀了勺银耳到嘴里，说，女人不嫁人，那还叫女人吗？

那你就把我当男人。

久红这样说，也是这样做的。特别是在家澍不在家的那些夜里，姐妹俩就像回到了小时候。她们睡在一个被窝里，有一句、没一句地闲聊，说到伤心处，还会在心里默默地流上一会泪。久红就是在紫云说话时候把舌头伸进她嘴里的。紫云吓了一跳，一把推开她，说，你疯了。说完，用手使劲擦着嘴唇，你从哪里学来的？

久红没有说话，脸上挂着笑容，眼睛却开始湿润。她把头埋进紫云的怀里，像个孩子那样一拱一拱地抽泣。紫云推也不是，不推也不是。久红的泪水很快濡湿了她的衣襟，一片冰凉。

好一会，紫云吐出一口气，说，告诉我，那个人是谁？

久红这才抬起头，说，谁？

那个教坏你的人。

久红摇了摇头，把沾满泪水的脸贴到紫云的脸上，喃喃地说，姐，我们不去想那些男人。

紫云很快就发现，女人在很多时候其实是不需要男人的。

除夕之夜天上下着细雪。久红抱着两个热水袋走进紫云的房间，见家澍正戴上围巾准备离开，就笑着说，姐夫，大年夜还出去呀。

家澍嗯了声，走到门口，说，这种活让下人去干，你多陪陪你姐。

紫云始终背对着坐在梳妆台前。她从镜子里注意到家澍的眼神，不禁扭头看了眼久红，见她正撅着屁股跪在床沿铺被子。

夜深后，紫云的手掌在那只滚圆的屁股上摩挲了很久，笑着说，肥水不流外人田，我看你还是给他做小算了。

久红一下警醒，说，什么？

唐家大少爷年前娶的就是他二姨太的妹妹。紫云说，这样也好，至少姐妹俩不用去争。

那不一样，你是大奶奶。久红说，只有姨太太才会怕人跟她争。

我算什么大奶奶。紫云淡淡地说，我只不过是他们龚家供桌上摆的一块牌位。

久红没有再说话，她在被子里俯身过去，轻柔地亲吻着紫云的肩颈。

几天后的大年初五是迎财神的日子。每年这天，龚家都会包一台船戏，从日出一直演到日落。在米行门前的河里，雕花的戏船就是草班艺人们的舞台。他们在船顶的平台上一会唱京戏，一会玩杂要，有时还会表演几个西洋的魔术。

樱田是在演出到达高潮时忽然到来的，穿着大衣，戴着皮帽，身后跟着一群着便衣的卫兵。他一走上米行的台阶，就冲着家澍拱手，像个生意人那样用生涩的中文说，新年吉祥，恭喜发财。

家澍赶紧起身鞠躬，说，太君怎么不打招呼就来了？

翻译笑着说，太君这是与民同乐。

樱田好像已经不记得紫云了，看着她，点头说，龚太太新年吉祥。

家澍慌忙拉起僵在座位上的紫云，说，还不给太君端茶去。

樱田笑呵呵地看了眼紫云进门的背影，摘下皮帽，朝着站在街上的观众扬了扬后入座，竖起大拇指对家澍说，龚太太的，哟西。

家澍脸上微妙的变化只有翻译官看在眼里。

等借故走进米行的茶水间时，家澍的脸色才恢复如常。他朝正在泡茶的伙计一挥手让他出去后，横了紫云一眼，说，你现在就回家，带上久红去省城，我在华兴银行里给你们留了一笔钱。

紫云关上门，回身看着他，说，你想干什么？

家澍没有回答。他掏出烟盒，从中挑出一支烟，掰开，把里面的粉末倒入茶壶。

紫云走到他身边，说，他死了，你就能忘记吗？

我不是为了你。家澍不动声色地说着，把茶壶与茶盅一起放进托盘。

男人端茶递水的，像什么话？紫云说着，不假思索地端过托盘就往外走。

家澍一把将她拉住，说，这不是你的事。

紫云转脸看着他，缓慢而决绝地摇了摇头。

可是，紫云拉开门就见到了翻译官那张油亮的脸。他正举着手，准备敲门而入。

翻译官退下台阶，看着他俩说，两位不必客气，樱田太君从来不喝外面的茶水，也不吃外面的任何东西。说着，他侧身让到一边，又说，龚少爷还是快去陪太君看戏吧。

说完，他抬起眼睛，看着夫妻俩，伸手做了个请的手势。

当晚，家澍照旧在百福楼摆了两桌酒席，热热闹闹地跟伙计们吃了顿团圆饭。回家的途中，他对紫云说，别担心，不会有事的。

紫云愣了愣，说，有没有事，都是这么一条路。

家澍看了她一眼，没有再说话。

经过玉楼春时，紫云望着灯火通明的门口，一直犹豫到走出很远，才说，你干吗不娶她回家呢？

家澍继续沉默着，却出人意料地把手搭在她的肩头，搂着她。

一下子，紫云觉得鼻子特别酸，忍了很久，她又说，你该找个人，替你生个儿子。

找谁？家澍说着，笑了。他呵呵地笑着，没有再往下说。

6

就像明媚的春光，这年春天是紫云感觉最和煦的一个春天。虽然家澍还会去玉楼春里过夜，但在家里的话明显多了，到了床上也变得热情与周到。而最让紫云感到踏实的还是她的肚子。

紫云再次怀孕，倍感落寞的人是久红。可是，她的脸上看不出来，佣人们看到的是姐妹贴心。一天两次，久红都会在厨房里耐心地熬煮保胎药。熬完了，端到紫云房里，侍候她喝完，坐在一边陪她解闷。

紫云再也没提让她做小的事，就像从来没说起过那样。现在，她唯一想的就是肚子里这颗种子能够平平安安，能够瓜熟蒂落。这比她的性命更重要。

有好几回，姐妹俩聊到一时无语时，久红把脸凑过去，都被轻轻地挡开。紫云用眼神告诉她不行。还用脸色告诫她，这些都过去了。

久红温顺地微笑着，一脸毫不在意的样子。一直要回到住处才让自己的心痛起来，才让自己咬紧牙关。原来，女人跟男人一样的无情无义。她们在床上说的话，一样只是放了个不穿裤子的屁。久红不止一次地对自己说，没有人是靠得住的，在这个世界上她注定是个孤苦伶仃的人。

这天午后，紫云在床上打了个盹，醒来发现久红已经来过，汤药就放在桌上，有点凉了。她勉强喝了口，开窗想喊佣人去热一下，却见家澍正低头从西厢房的方向出来，贴着墙根匆匆地由角门离开。

久红就住在西厢的客房。紫云快走到那个门口时，想了想，转身进了隔壁的另一间客房，轻轻地关上门，贴着站在那里，一直等到久红离开才出来。

紫云是在久红的床上发现了端倪，但她一点都没有愤怒。她只是觉得累，人像被一下抽空了那样，腰酸得都快直不起来了，就索性在那张床上躺下，躺在那股若有似无的精液的气息里面。许多记忆却像西洋镜那样，一幕幕，在她紧闭的眼睛里来来回回。

晚饭后，紫云仍像什么事都没发生过。姐妹俩有说有笑的，一直到由久红陪着进了房间，她才长长地叹出一口气，说，我累了，我要睡了。

久红看了她一眼后，知趣地退出房间，小心翼翼地带上房门。

三天后，她刚把药端进房间，紫云就一摆手，说，不喝了，再喝下去真成药罐子了。不等久红开口，她马上又说，我给你说了门亲事。

久红睁大眼睛看着紫云，好一会，说，我不嫁人，我说过的，我谁也不嫁。

紫云淡淡地说，已经定下了。

那去退了。久红说，我不嫁人。

说出去的话，就是泼出去的水。紫云说，嫁不嫁都由不得你。

姐。久红长长地叫了一声后，低下头，说，姐夫硬要进来，你叫我有什么办法？

紫云起身走到窗边，望着西厢房的方向，说，你陪嫁要的首饰，去我抽屉里自己挑。

紫云以为久红会哭，会跟她闹，但是没有。她只是默默地站了会后，把手中的托盘往桌上轻轻地放下，出了房间。

当晚，家澍上床时已经很晚。他在被子里推了推紫云，说，睡着了？

紫云闭着眼睛，说，你要跟我说什么？

家澍说，你嫁妹妹，总得先跟我通个气吧？

她不是都跟你说了嘛。

那个丁七都能当她爹了。

男人老一点好。紫云说，老一点的男人踏实。

家澍半天没有出声，后来，叹了口气说，你不是要把她嫁出去，你这是在逼我娶她。

紫云愣了愣，故作轻松地说，你娶她最好了，省得底下那些人在背地里嚼舌头。

那好，你明天去把亲事退了。家澍看着漆黑一片的天花板，说，你告诉丁七，是我舍不得把久红嫁给他，我要娶她做我的姨太太。

这一回，轮到紫云半天没有出声了。她在被子里摸索着抓过家澍的手，把它按在自己肚子上，如同交代后事那样，说，我迟早会给她腾地方的……成亲后，你让她等着，要是我难产死掉了，你就把她扶正。

久红出嫁那天，花轿从后门抬走，就像龚家嫁了一个丫头。临上轿前，她撩起盖头，两只眼睛一眨不眨地盯着紫云。

紫云心里有点酸涩，呆呆地站着，说，到时辰了，上轿吧。

让我把你看看清楚。久红一字一句地说，我每天每夜都会记着你的。

说完，她垂下手，转身，旁若无人地钻进轿子。

新郎丁七原先是米行里的伙计，后来自立门户在秀州城外开了家粮铺，销的还是龚家的稻米与杂粮。年轻的时候，龚老爷把大太太的陪房丫头下嫁给了他。那女人跟人跑了后，他又续了一个。可是，好景不长，这个女人又死于日本飞机扔下来的炸弹，尸骨无存。

久红是丁七娶的第三个女人。喜宴上，他不停地向吴掌柜敬酒，说一定要代他谢谢少奶奶，他丁七一定是祖上积德，大半辈子都过去了，竟然当上了龚家的连襟。

吴掌柜笑得很温婉，只是劝他少喝点，今晚还有压轴戏要唱呢。

丁七一直喝到摇摇晃晃才进洞房。他在床上对久红说，你放心，我会对你好的，我不会让你受半点委屈的。

久红点了点头，眼泪就跟着掉了下来。她蜷缩进丁七的怀里，像个孩子一样一边流着泪，一边不停地说着话。说她是个苦命的人，从小就没了父母，到了龚家以为能过几天好日子，可一不小心还是让人给睡了。

这些，丁七早就打听过了。他抱紧痛哭流涕的久红说，我不会嫌你这个的。

久红抬起泪眼用力地点了点头，却在丁七扯她裤腰带时抓住了他的手，说，我饿了，我这一天都没吃。

可是，久红并有吃饭，而是就着外面的剩菜先跟丁七喝了杯交杯酒后，在他身边坐下，又把酒杯斟满。丁七有点等不及了，说，还是吃饭吧，吃饱我们也该歇了。

久红摇了摇头，说，这是我的喜酒……你都结过三次，我才头一回。

丁七想想也是。又一想，醉酒之后的新娘肯定别有一番滋味，就举起酒怀说，那我们两口子……干了。

久红以为，喝醉了许多事情就可以不去想，眼前这个男人就可以不去看。但她没想到的是自己的酒量会这么好。丁七已经烂醉如泥了，她还是那么清醒，力气也大得惊人，就像背着一捆稻草那样，她把丁七扔到床上后，在一边坐下，第一次仔细地看着那张就像脱毛的猴屁股一样的瘦脸。丁七这时睁了睁眼，还没忘记要把衣服脱了。他刚脱了一半，就哇地一口吐在自己胸口。

久红没有动。她直愣愣地一直坐到桌上的红烛燃尽，才抓过一个枕头，把它闷在丁七脸上，整个人都压了上去。

久红在丁七的挣扎中再次落泪。她一边哭，一边用身子拼命地压着。

7

紫云在家中早产生下个儿子那天晚上，佣人到处都没能找到家澍。第二天，等他赶回家里，孩子已经夭折。紫云奄奄一息地躺在自己的血泊里。听到丈夫的声音，她动了动眼皮，却怎么也睁不开眼睛。

医生把家澍拉到一边，说，这血止不住……只怕撑不到晚上。

家澍瞪着医生，说，那还不送医院？

医生没有说话，低头发出一声轻微的叹息。

秀州城里唯一的一家医院早已被征用，成了日军的野战医院。随着新四军渡江南下，开始在敌后开辟战场，那里每天都有络绎不绝的日本伤兵被送进来。为此，樱田特意在门口增派了一队宪兵，禁止一切平民与散兵入内。

但紫云还是被送进了医院，由两名日军士兵用担架抬着，直接上了手术台。

家澍在医院的大门外一直等到翻译官出来，看清他脸上的表情后，一颗心总算落到了肚子里。他长长地吐出一口气，说，这回真该好好谢谢樱田太君，他一个电话，救了内人的一条命。

翻译官却意外地说，龚少爷，你不觉得该谢的人是我吗？

家澍赶紧说，那当然，不是你，我连樱田太君的面都见不着。说完，他朝翻译官拱手：改天一定面谢你们两位。

翻译官一边朝前走，一边说，樱田太君只怕没这个空，他正忙着把捞来的大洋换成金条。

家澍看了他一眼，没有说话。

翻译官又说，龚少爷不会不知道吧？就在上个月，美国人在菲律宾登陆了。

这么远的事我怎么会知道？家澍说，就算知道了，又关我什么事？

很多人都开始在打算自己的后路了。翻译官说，龚少爷，这些年，我可是把后路都铺在了你身上。

说完，他笑呵呵地一拍家澍的肩膀，大摇大摆地离去。

两天后，已晋升为中佐的樱田来医院慰问伤兵时专门看望了紫云。站在病床前，他用生硬的汉语温和地说，我很高兴，你身上流着我们帝国军人的血液。

为了确保在手术时的血浆供应，樱田那天派出了一队士兵，挽着袖子站在紫云手术室的门外。

紫云始终紧闭着眼睛，在病床上躺得就像具尸体。她在医院的特护病房里住了五天，直到回家后，才开口对家澍说，你为什么要救我呢？你应该让我死的，我想死在这张床上。

别多想了，安心养病吧。家澍说着，替她掖了掖被子，起身想往外走。

我能不想吗？紫云说，我的身上输着日本人的血，我这辈子都不能安生了。

这没什么，活着比什么都好。家澍深吸一口气后，想了想，重新回到床边坐下，第一次对妻子说起了局势。从盟军在诺曼底登陆开始，一直说到日本在莱特湾海战中的惨败。他说，只有活着，我们才能等到那一天。

可是，家澍并没有见到那一天的来临。随着中国军队全面反攻的开始，秀州城内也变得风声鹤唳，日夜都有全副武装的军警在大街上巡逻。

这天，他刚走到玉楼春的街口就觉得有点异样，周围多了一些陌生的面孔。他们有的坐在摊边喝茶，有的像在等人，可每一双眼睛都不经意地盯着玉楼春的门口。

家澍走进街边的一家当铺，伸手招来一名伙计，说，你替我跑趟玉楼春，给薛姑娘带个口信，就说她托我带的碧螺春要过几天才送来。

掌柜的不等伙计应声就从柜台出来，一挥手，说，还愣着干吗？龚少爷让你去，你就快去。说着，他请家澍进里间去坐：还是尝尝我那些陈年的普洱吧。

家澍摆手说不了，还有事呢。说完，就匆匆出了当铺，但并没有走远，而是站到街对面的一个弄口，等到那伙计从玉楼春出来，家澍上前拦住他，说，见到薛姑娘了？

伙计点点头，说，薛姑娘说她知道了，她请龚少爷替她把那些茶叶退了。

家澍一下有点发呆，脸白得就像一张纸。这些都是他跟宝钗之间的暗语，意思是危险来了，快撤。宝钗的回答是她知道了，但她已经走不了了。他们在商定那些暗语时，宝钗就躺在他的怀里，抚摸着他胸膛，说，我是不会让自己落进日本人手里的，我受不了他们的酷刑。

这时，一声枪响从玉楼春的方向远远传来，守在街上的便衣一下子冲进妓院。他们发现宝钗倒在房间的地板上，手里握着一支手枪，子弹从太阳穴射入，由左边脸颊穿出，把她大半张脸都掀掉了。在她身边还有一部已经毁坏的电台与烧成灰烬的文件。

家澍是在当铺伙计惊诧的注视中转身离去的。他木然地穿行在人群中，却无法阻挡那些扑面而来的往事。宝钗不止一次地说过：如果真有那么一天，但愿我能死在你的怀里。

当晚，翻译官刚走进家门外的巷子，就被忽然蹿出的一个人按在墙上。翻译官叹了口气，说，要真是我的话，我还会一个人走夜路吗？

那是谁？家澍松开他，把手伸进口袋，就像有把枪在指着他那样。

是省城的特高课。翻译官把家澍让进屋里后，说这次行动很反常，他们既不通知驻军，也没有要求警备队协助，就连樱田也是在玉楼春里出了人命后才接到协查通报，派人查抄了龚家的大院与米行。最后，他看着家澍，说，看来，是你们内部有人把你给卖了。

我被捕，对你没有好处。家澍说，你得帮我出城。

怎么帮？翻译官发出一声苦笑，说，你的通缉令已经贴满了城里的电线杆。

家澍终于垂下眼皮，长久地沉默着。

这时，翻译官又说，龚少爷，你只剩下一条路可走了。

乌衣庵坐落在秀州城南的一条旧巷里。本来这里是座书院，破落后由城内的商户集资改建成了庵堂，大殿里供奉着南海的观世音菩萨。

家澍翻墙进去后，从后院摸黑绕到大殿，就见紫云跪在蒲团上，穿着素衣，披着一头秀发，在青灯古卷下，手里捻动着佛珠。

病愈之后的紫云迷上了吃斋念佛。她把西厢的一间客房改成了佛堂，每天跪在那里诵读经文，但到了晚上还是难以入睡，总是在半梦半醒中见到夭折的儿子，张着四肢从地上爬到她身上。孩子既不哭，也不闹，一头扎在紫云的胸脯上就知道拼命地吮吸，每次都让她真真切切痛得钻心，痛到泪流满面。

紫云直到搬进乌衣庵才开始安宁下来，以为自己的这辈子都会这样了。

家澍在她面前站了许久，才见她睁开眼睛。紫云仰起脸，说，你说活着比什么都好，可我怎么越活着就越受罪呢？

我出事了。家澍蹲下身，抓住她的手，说，你要听我说。

我知道。紫云抽出她的手，说，下午日本人来过了，吴掌柜也来过了。

你听我说，每一个字都要记在心里。家澍急切地重新抓起她的手，放慢语速，一字一句说得从来没有这么凝重过。说完，他松开手，看着紫云一笑，又说，我把这个家全都交给你了。

你要去哪儿？

用不了多久，我就会回来。家澍想了想，起身后忽然说，要是我们有个孩子就好了。

一下子，紫云有种泪水夺眶而出的酸楚。她看着家澍转身头也不回地离去，走到门边时，他双手合十，朝着不知何时已站在殿外的师太行了个礼。

太阳出来时，家澍在出城的码头上被抓获。便衣们客客气气地把他带进停在岸边的一艘火轮，很快驶离码头。

紫云在这天上午回到家里发现如同遭受了洗劫，到处是一片狼藉。她的首饰没有了，挂在墙上的字画不见了，就连屋子里的许多家具与瓷器也被那些私跑的佣人们带走。而最触目惊心的是龚老爷卧室里，被推倒的书柜后面，墙上空留着的那两个大洞。家澍说过，那里砌着两个保险柜，里面存放的是龚家几代人的积蓄。

留下来的一名老妈子抹着眼泪，恨恨地说，日本兵是强盗，他们就是贼。

紫云长长地吐出一口气，拉过一把椅子在大厅里一坐就是小半天，直到吴掌柜捧着账本进来，说，还好，日本人只是拿走了柜上的现金，我都记上了。见紫云的脸上丝毫没有反应，他试探着又说，少奶奶，我们得想法子救少爷。

怎么救？紫云一下变得声色俱厉。她瞪着吴掌柜，眼前一掠而过的是樱田那张黝黑的脸。紫云闭上眼睛，说，他会回来的，他说过，他一定会回来的。

吴掌柜再也不敢多嘴，捧着账本悄然退出。

两天后，紫云在夜深人静时从房间里出来，沿着院墙把龚家大院转了个遍，才走到中庭的荷花池边，看了眼那轮倒映在水中的明月，蹲下身，沿着一块太湖石一直把手伸到水里，摸到一根很细的麻绳，慢慢地把它往上拉。

紫云从水里捞出一个密封的铜盒，回到房间把它打开，里面正如家澍在乌衣庵大殿里所说的，是个蜡封的纸包，沉甸甸的。第二天，她揣着这个纸包离开家，租船出城后，换乘一辆牛车来到一个叫斜塘的小镇。在桥边的一家铺子里吃了碗馄饨后，沿着河一直向东走到镇外的小教堂。

可是，在把纸包放到神坛底下后，紫云并没有按家澍说的那样马上离开，而是穿过一扇边门，来到教堂的后院。

一个穿着教袍的男人正蹲在台阶下喂食一条野狗。他抬起头，紫云一眼就认出来了，叫了声：刘先生。

我姓钟。男人直起身，说，镇上的人都叫我钟神甫。

日本人抓了家澍。紫云说，你们得救他。

钟神甫掏出一块手帕，仔细地擦干净每根手指后，走到紫云面前，神色悲痛地说，龚少爷已经殉国。

紫云一下睁圆眼睛，说，你胡说。

钟神甫没有辩解。他只是看着紫云，眼神一如当年在龚家的后堂那般宽厚而哀伤。

紫云赶回秀州就让吴掌柜去了省城。在那里，他四处托人，整整待了一个多星期，才带回一包骨灰。

家澍是在押往省城的船上跳河的。为了不让自己再次被捕，他奋力游向船尾，一头扎进了螺旋桨的旋流里。吴掌柜把那包骨灰放进紫云手里，嗓音沙哑地说，日本人把少爷打捞上船时，他已经被绞得血肉摸糊，只剩下半边身子。

8

欢庆胜利的游行进行到一半，天空忽然下起暴雨。一时间电闪雷鸣，好像老天爷都要在这时吐出那口积郁了十四年的恶气。满城的人流一哄而散，大街上很快变得冷冷清清，只剩下那些被丢弃的彩旗与传单，在如潮般的雨水中无主地飘流。

紫云打着一把伞从龚家的后门出来。走到巷口时，身上的旗袍已经湿透，但她毫无知觉，沿着空旷的大街一直往前走，一直走到拘置所那两扇黑色大门外。

等到雨快停的时候，墙边的角门开了一半。久红抱着一个包袱出来，见到站在雨中的紫云，她目光呆滞地上前，张了下嘴，却没有发出声音。

紫云把伞遮到她头上，说，回家吧。

久红站着没动，说，我有自己的家。

丁家那些亲戚还会让你进门吗？

我没有杀他。久红说，他那是马上风。

紫云的眼睛盯在她脸上，说，你在里面待了这么久，你还没想明白吗？

我干吗要想明白？久红的眼神变了，再次看着紫云。

老天爷已经报应我了，它带走了我的儿子，也带走了你姐夫。紫云说着，挽起她的一条胳膊，又说，走吧，我们有话回家里说。

事实上，早在久红刚入狱时，紫云就去找过警察局长。得到的答复是不冷不热的一句话。警察局长说，少奶奶，你已经捞过一次人了，你真想再来第二次吗？

当时，紫云的脸一下子涨红了，恨不得有条地缝钻下去。

日本投降的消息传来后，紫云再次来到警察局长家里。一见面，警察局长不等她开口，就连连摇晃着脑袋说，她是刑事犯，她不在释放的名单里。

紫云把一本存折放在桌上，说，那就把她添进去。

警察局长还是摇头，说，现在不比过去了，现在我自己都是泥菩萨过河。

那你更应该帮这个忙。紫云把存折一直推到他面前，说，你替日本人当了六年的警察局长，你不能忘了一句老话。

哪句？

秋后算账。说着，紫云站起来，看着警察局长渐变的脸色，说龚家也不比过去了，自从让日本人抄过家后，为筹这么一笔款子，她可是卖了街上的两间铺面。

那我就更不能要你的钱。警察局长说完，把存折推回桌子的另一端。

这不是钱，这是一条人命。紫云垂下眼帘，看着自己脚尖，说，日本人杀了家澍，杀了我妈，这世上，我只剩下这么一个妹妹了……金大叔，你要我给你跪下吗？

警察局长慌忙起身，说，这可使不得。

紫云还是跪了下去，直挺挺地跪在桌子前，仰着脸。

这些，紫云都没有跟久红说，这辈子她都不会跟任何人说起。她只是在久红洗完澡出来后，把她带进房间，说，这城里你也不能久待，他们丁家迟早会找上门来。

久红发出一声冷笑，说，那你还带我回来。

我带你回来，是有话要交代你。紫云说她不久前去了趟钱王甸村，那里现在聚集着许多江北过来的难民。他们看中了那块地方，要在那里安家。紫云说，我已经嘱咐吴掌柜了，明天他就会找人过去，你们把钱家的旧屋修建起来。

久红又发出一声冷笑，说，你总算当家作主了，你要的就是这个。

紫云摇了摇头，走到床边坐下，目光悠远地望着久红，一拍床沿，说，来，坐。

久红是在重修钱家旧屋时与杜秋生好上的。这个从苏北逃难过来的木匠是个憨厚的小伙子。屋子一落成，他就留在了钱王甸村。一天晚上，他动情地对久红说，我给你们钱家当女婿，我们一起守着这个家。

久红出神地看着他，说，我不姓钱，这里不是我们的家。

钟神甫出现在秀州城里时，身着笔挺的美式校官制服。他一来就让吉普车开进了日本人的军营。现在，这里围起铁丝网成了日军战俘的收容所。

同车前来的翻译官见到樱田，略带局促地用日语介绍说，这位是战后事务委员会的刘昭铭专员。

樱田双脚一并，皮靴发出啪的一声，却没有举手敬礼。

屋里说吧。刘昭铭说着，径直走进一间会议室，盯着挂在墙上的一幅作战地图，一直到翻译官知趣地退出，关上门，才公事公办地说他是受命来跟樱田商议部队的开拔事宜：你部的任务是赶赴江北，协助我方维持那边的秩序。

樱田说，我们已经战败，我现在只想回家。

这是你们冈村宁次总司令官的命令。

战争结束了，我已经没有总司令官。

是啊，还有什么比活着回家更好的事呢？刘昭铭说着，拉开一把椅子坐下，若无其事地接着说，把你这些年搜刮与贪污来的金条、美钞带回日本，就能重振你们樱田家的酒厂，可你应该听说过，战俘营里是很容易发生意外的……如果你死了，只怕埋在哪里都不会有人记得。

樱田在长久的垂立后，低头说，请原谅，我失言了。

刘昭铭从皮包里取出一份地图，铺在会议桌上，用手指了指一个地点后，说，尽快制定行军计划，你们将换上国军的装备展开行动。

樱田点了点头说是后，又说，你是要我们过江去跟新四军作战？

执行命令吧，只要你活着，我保证会让你带着你的金条与美钞回到日本。刘昭铭说完，提起皮包走到门边扭头说，你的翻译官知道的事情太多了。

樱田在率部出发前命人勒死了翻译官，把他埋在操场的一个沙坑里。

几天后，刘昭铭换上长衫来到龚家。拜祭完家澍，他长久地凝望着高挂在墙上的遗像，说，正是他们的牺牲，才有了我们今天的胜利。

是啊，你们都成了英雄，都升官发财了，可他呢？紫云看着林立在供桌上的牌位，说，他不光搭上了性命，他还毁掉了大半个龚家。

紫云是在回到大厅后说起那两个保险柜的。那是龚家几代人的积蓄，既然日本人已经战败，那就应该归还龚家。紫云说，外面的标语上都在说重建家园，我也要靠它来重建龚家。

不光要归还，党国还应该表彰家澍的功勋，但现在的问题是他的身份。刘昭铭说这些日子，他一直在调查统计日军侵华期间在秀州各地抢夺的财产。他告诉紫云，事实上那两个保险柜是空的，里面只有一些单据。而正是这些单据，证明了家澍多年来一直在资助江北的新四军。

紫云说，新四军不跟你们一样打了八年的日本人吗？

这是政治，你不懂。刘昭铭看着紫云说，不过你放心，只要我在秀州，你想做任何事我都会帮你。

紫云在刘昭铭的目光里又看到了那只伸出来的手。她低下头，无言地端起桌上的茶盏。

刘昭铭识趣地起身告辞，却在走到门口时站住了，反身环顾着大厅里的陈设，就像在追忆往昔那样，说，我第一次见你就是在这里，那天晚上，你披麻戴孝，跪在这里。

说着，他指了指柱子旁的一块方砖，看着紫云。

9

每年粜米时节久红都会来看望紫云，捎上一些年前腌制的腊肉，带着秋生。这一年，久红走进龚家大门时，怀里抱着还不到三个月的儿子。

紫云的眼睛一下有点红了。她一下子想到了自己。

我们还没有名字呢。久红逗着怀里的孩子说，我们是来求姨娘给取个名字的。

秋生傻笑着插嘴说，我们两个加起来也认不到一升斗的字。

国荃。紫云几乎是脱口而出的。这是家澍在她怀孕时，照着家谱为他们孩子取的名字。紫云说完，从久红手里抱过孩子，亲了会，掂了会后，吩咐佣人去百福楼叫桌菜来。她说，今晚，我们要喝酒。

我们还得回去。久红说，我们搭船来的。

住两天，到时我叫船送你们回去。紫云说着，抱着孩子转身就往后堂去。

夫妻俩对视一眼，看到的都是对方眼里的诧异。

傍晚，紫云在酒桌上拉住久红的手，说，把孩子过继给我。

不行。久红说，国荃是我身上掉下来的一块肉，他姓杜。

紫云看了眼秋生，忙说，那让我认他做干儿子。

姐。久红笑了，说，你是他姨娘。

紫云一愣，眼神瞬间变得暗淡。她收回手，抓起酒杯，默默地喝下一大口。

久红这时笑着又说，姐，你该找个人嫁了，守着这么大一个家是孵不出孩子来的。

紫云没想到久红都敢当面数落自己了。她脸随心转，这顿三个人的宴席一下变得沉闷与无趣。

夜深后，紫云在床上辗转反侧，脑子里出现的人一会是家澍，一会又是刘昭铭。到了最后，她的鼻息间只剩下刘昭铭身上那股烟草的气息。

有一次，刘昭铭曾亲口对她说，他之所以一直留在秀州城里，为的就是她。他说，照现在的局势看，只怕会越来越乱，你需要有个人来保护你。说着，他拉起紫云的手，看着她的眼睛说，我有这个责任，也有这个能力。

紫云知道这一天迟早会来，但她还是摇了摇头，轻轻地抽出手掌，说，我不要人保护，我安安心心地守我的寡就够了。

那让我陪着你，我们一起缅怀他。刘昭铭说着，重新拉过紫云的手掌，把它紧紧地攥在手心里，说，我不能让你像花一样枯萎掉。说完，他低下头，又说，我这辈子唯一遗憾的是没能早一天见到你……只要早一天就够了。

紫云的鼻子莫名地一酸，竟然在他面前差点就掉下眼泪。

刘昭铭是个细心又专情的男人。他跟家澍不同，他做每一件事首先想到的都是紫云。为了避免佣人们的闲言碎语，他从来不会在龚家留宿，通常都是约在外面，先一起吃顿饭或是听场戏，然后在他租住的房间里睡到半夜时起床，亲自把她送到龚家的后院门外。紫云就是在那里第一次尝到了吻别的味道。

这种偷情一样的时光，让她觉得别样的刺激，同时又充满了柔情与蜜意。

有时候，他们还会赶去省城幽会，趁着刘昭铭出差的机会。两个人分乘两班客轮，先后到达约定的旅馆，在那里就像夫妻那样无拘无束地吃饭、洗澡、做爱。除了这三样，紫云在事后几乎想不出他们还干过什么。

但是，紫云还是说出了她藏在心里一直想问的那句话。在一次事后，她枕在刘昭铭的胸口，说，你从来没回过家……你不想你的太太，不想你的孩子吗？

我哪来的太太？刘昭铭笑了，但他很快收敛起笑容，说，我的家早就没了。

那你干吗不成一个家？你快四十了。紫云抬眼看着他的下巴，用力把最想说的那半句话咽回肚子里。

我何尝不想？娶你做我的太太，跟你生一群我们的孩子。刘昭铭说，可我不能那么做。

紫云没问为什么。这么多年来的经验告诉她，男人是不能靠逼问的，男人只能靠引诱。她把头一点一点地埋下去，刘昭铭却把她拉上来，用力地搂进怀里。

这天晚上，刘昭铭的表情从来没有那么凝重过。他在紫云的耳边说了很多事，从当年日本人占领南京杀光他全家开始，一直到那天晚上，在龚家第一次见到紫云。他说，人就是这么奇怪，我始终都觉得你应该是我的妻子，我才是那个该娶你的人。

那你为什么不娶呢？紫云最终说出了那句她最想说的话。

刘昭铭没有回答。他整夜都以一种温柔的姿势搂抱着紫云，就像生怕她会从怀里消失那样。

从长江前线溃败下来的国军士兵涌进秀州城当天就洗劫了隆昇米行，同时遭到洗劫的还有整条街的商铺。

刘昭铭带着卫兵匆匆赶到时，紫云正脸色发青地站在库房门口。她从鼻孔里哼出一声冷笑，说，以前还知道打个收条，现在就干脆用枪顶着你的脑袋明抢了。

这些都是身外之物。刘昭铭示意卫兵退下后，把她拉到一边，说，今晚有船，我们离开这里。

紫云吃惊地看着他，说，为什么？

南京失守了，这里很快就会沦为战场。刘昭铭说，我们先到上海，再去广州。

我不走。紫云断然说，出了这座城，我什么都没有了。

刘昭铭目光忧郁地看着她，说，留在这里，你照样会什么都没有。

紫云始终犹豫不决，一直要到快吃晚饭时才横下一条心，让人把吴掌柜请来，亲手为他斟上一杯酒后，指着桌上的一串钥匙，说，这个家你替我看着，要走的人，你支他们三个月的工钱，不走的，你帮我照料着。

吴掌柜低头沉默了很久，说他在龚家已经都快四十年了，辛亥年剪辫子的那阵，都以为天塌下来了，可是天没塌，还是好好的。日本人打进来时，他又以为天要塌了，可结果还是把小日本赶走了。吴掌柜用酒润了润嘴唇，抬眼看着紫云，说，少奶奶，你别慌，天塌不下来的。

谁说天要塌下来了？紫云莞尔一笑，举起酒杯，说，吴叔，我就是出去几天，活了这么大，最远的地方我只去过省城。

吴掌柜放下酒杯，说，少奶奶你放心，你走的时候龚家这个样，等你回来了，它还是这个样。

紫云点了点头，又敬了吴掌柜一杯后，开始吃饭。

饭后，她独自来到家澍的牌位前点了一炷香，站在那里，出神地一直看到它燃尽，才回屋收拾细软。

刘昭铭早已等候在人头涌动的码头。在两名军警的护卫下，他们登上轮船，刘昭铭却站住了，把一张纸条塞进紫云手里后，抓住她的手，说，你在上海等我，我会来找你的。

紫云睁大眼睛，说，不是说好一起走的吗？

我还有点事，我会来找你的。刘昭铭说着，松开手，扭头就走，但马上又回过身来，一把将她拉进怀里。轮船上到处是人与人的声音，他无所顾忌地把舌头伸进紫云嘴里，不由分说，一直吻到她整个人如同被结成冰。

船开出很久后，紫云才回过神来，茫然四顾，只见船上好多眼睛仍在昏暗的船灯下盯着自己。

刘昭铭留下的纸条上写着一个地址。紫云在那家旅社入住不久，进攻上海的战役就打响了。整整半个多月，她日夜都在房间里等待心爱的男人，直到一天早上醒来，发现枪炮声静止了，大街上密密麻麻睡满了身穿黄布军服的解放军士兵。

紫云站在窗口忽然笑了。她这辈子都从未这样放肆地笑过。一直笑到泪流满面，她才滑坐到地板上，双手抱紧自己的两个膝盖，埋着头开始哭泣。

10

为了欢庆远在北京的开国大典，秀州城里锣鼓喧天、红旗飘扬。

紫云在这天由上海回来，穿了一条士林布的旗袍，裹着一块格子布的头巾，就像个过客一样，匆匆穿过人流如潮的街市。但她去的地方不是龚家，也不是隆昇米行。紫云径直走进了乌衣庵的大门。

年迈的师太在心底发出一声叹息后，领着她去了曾经住过的房间。

紫云站在门内，说，这一回，我不走了。

师太一笑，双手合十，说，该来的时候来，该走的时候走，少奶奶不必太介怀。

一天，吴掌柜领着一名年轻的解放军士兵走进乌衣庵时，紫云正在清扫院子里的满地落叶。吴掌柜小心翼翼地说，军管会的同志想请少奶奶去一趟。

紫云直愣愣地看着吴掌柜，好一会才对那名年轻的士兵，说，要我去干吗？

士兵显然已经有点不耐烦了，说，快走吧。

紫云连身上的素衣都没有换掉，就被那名士兵带进了军管会的大楼。这里也曾是刘昭铭办公的地方。紫云的心一下就跳到了嗓子眼里。

军管会的齐同志是个面目沧桑的中年人。他为紫云倒了杯白开水后，在她对面坐下，自我介绍说，他以前是新四军浙北游击队的特派员，在这座城里还做过几天小生意，当然那是为了开展地下工作。齐楚南话题一转就说起了家澍，一直说到紫云睁大眼睛一眨不眨地盯着他那张沧桑的脸。

原来，刘昭铭说得没错，家澍生前一直用家里的财产暗中资助新四军。

正是这些经费帮助我们渡过了好几次难关。齐楚南说，我们是不会忘记老朋友的。

那他是你们的人？紫云终于开口说话。

是朋友，肝胆相照的老朋友。齐楚南说完，换了种语调，从国际形势一直说到国内形势。这些紫云都不懂，却听得特别认真。最后，齐楚南站起身，一挥手，说，他们在战场打不过我们，就想用经济来封锁我们，他们是要把新中国这个初生的婴儿扼杀在摇篮里，但这是做梦，是妄想。

紫云这才明白，冬天来了，秀州城里跟往年一样开始缺粮了。她不假思索地站起来，说，我听政府的。

齐楚南赞许地点了点头，说他知道龚家已经不比当年了。他说，你可以回去考虑，隆昇米行怎么说也是百年的老字号了，我是希望你能出来带个头。

紫云还是说，我听政府的。

齐楚南又赞许地点了点头，说，少奶奶真是帼国不让须眉。

舍不得的人是吴掌柜。他几乎是含着眼泪说，还是折成公债吧？都捐出去了，开年我们拿什么来收粮？

紫云没有说话，步履缓慢地穿过行人稀少的街道，走到乌衣庵的大门口。

吴掌柜在台阶下站住，叫了声：少奶奶。

紫云这才回头看着他，说，这些都是身外之物。

几天后，齐楚南带队敲锣打鼓地来到乌衣庵，亲手把一朵大红花挂在紫云胸前，说，我代表人民政府感谢少奶奶的义举。

紫云半天都不知道该说什么好。一瞬间，她有种热泪盈眶的感觉。晚上，紫云捧着那朵大红花盘坐在师太的禅房里，低着脑袋，说，我把龚家的根基换了这么一朵大红花……到了那一天，我该怎么去跟他们交代？

少奶奶这是大彻大悟。师太捻动着手里的念珠，说，黄泉路上，能攥进手心的只有自己那十个指甲盖。

久红第二胎生的仍然是个男孩。她抱着孩子来到龚家时，简直不敢相信自己的眼睛。龚家的前厅已经拆完，许多男人正用外面挑来的泥土填平中庭的荷花池。久红站着看了半天，心想，原来城里也开始闹土改了。

而更让她感到惊讶的是紫云。她不仅剪了一头齐耳短发，连平日里的旗袍也换掉了，身上穿的是件深蓝的列宁装。

久红睁大眼睛看了好久，才没头没脑地说了句：你就像个工作组里的女干部。

紫云连说话的语气都变了。她微笑着说，新社会就得有新气象。姐妹俩在后院的屋里坐下后，紫云告诉她用不了多久，外面就会变成一家幼稚园了。新社会讲究的是男女平等，女人不能光待在家里喂孩子，还得出来工作，这叫自食其力。那她们的孩子怎么办？白天就放到这里来。紫云说，这是秀州城里第一家幼稚园。

那我这回就来对了。久红一边撩起衣襟喂奶，一边说，我跟秋生商量过了，我们把国新过继给你。

紫云愣了半天，一直到久红喂完奶。她一把抱住孩子，把脸埋了下去，使劲地嗅着国新的小脸蛋，好一会才抬头，惊喜地说，你看，他尿了，他尿了我一手。

久红在龚家住了两天后，留下儿子回了钱王甸村。临走时，她仔细地端详着紫云的脸，说，姐，你还是把头发留起来好看。

一下子，紫云觉得有点难受。为了掩饰，她低头不停地嗅着熟睡的国新的小脸。

断奶期的孩子最难带的时候是在夜里。他既不吃也不睡，就知道闭着眼睛拼命地哭，两只小脚拼命地蹬被子。紫云实在是没办法，只好撩起衣服把奶头塞进他嘴里。孩子倒是不哭了，可一个夜里下来，她的两个奶头已经被啃得鲜血淋漓，疼到钻心。

一天晚上，紫云从熟睡的孩子嘴里拔出奶头，忽然流泪了。她含着泪，看着孩子，说，傻儿子，你喝的可是妈的血。

幼稚园快落成的时候，秀州城里到处传唱着雄赳赳，气昂昂，跨过鸭绿江。紫云当场决定把它取名为抗美幼稚园。不仅如此，一年后，在给孩子报户口时，她还把国新更名为援朝。

就叫龚援朝。紫云对派出所里的公安同志说。

现在，紫云不光是抗美幼稚园的园长，她还是秀州妇女界的代表。白天在园里带孩子，管着那几个女教师，晚上还要在灯下为前线的志愿军纳鞋底。紫云每天都觉得很累，闭上眼睛就能睡着，但同时也觉得从来没有这么踏实过，踏实到可以不去想那些铭刻在心头的往事。

可是有一天，齐楚南忽然来到幼稚园。他把紫云叫到操场，说，上海那边抓获了一批美蒋特务，其中有个叫刘昭铭的，让他漏网了。

紫云的眼睛一下直了，人却很快就变得恍惚。她慢慢地伸手，捏住衣服的下摆，扭头看着围墙边的那两株梧桐树。阳光正穿过枝叶间的缝隙，照得她睁不开眼睛。

抗战时，他是龚家澍的上线，我想你应该见过这个人，他是军统在秀州地区的负责人。齐楚南继续说，他极有可能潜逃到了这里。

我记得他。紫云用了很大的力气，才喃喃地说，原来他还活着。

他逃不出人民战争的汪洋大海。齐楚南把张开的手掌有力地一握后，接着告诉紫云，为了配合上海方面的搜捕，他去省城查阅了大量日军遗留下的档案，发现刘昭铭不仅是国民党的特务，他还是个汉奸，是个可耻的叛徒。

原来，抗战胜利的前夕，刘昭铭在去杭州执行任务时被日军的特高课诱捕。他变节了，出卖了许多与他患难与共的战友。家澍与宝钗就是其中的两个。

紫云听完这些，再也站不下去。她走到旁边的一个秋千架下，抓着那根绳索动作迟缓地坐了上去后，张了张嘴，却没能发出声来。

我也失去过亲人，我了解你的感受。齐楚南站到她面前，说，我们是经过慎重考虑，才决定告诉你这些的，你有权知道，这是历史的真相。

11

37岁那年，紫云第二次嫁人。她的婚礼简朴而热烈，就像每年元旦都会举行的联谊会。宾客们聚集在抗美幼稚园的礼堂里，长条桌是小朋友的课桌拼接起来的，大家猫着腰并排坐在小板凳上，喝着红茶水，嗑着葵花子。人武部长致完证婚词，大家鼓一次掌；街道主任介绍完当前的形势，又鼓一次掌。

直到所有的掌声都平息下去，大家按照习俗开始闹新人时，久红起身去了外面，一屁股坐到台阶上。她曾经无数次地想象过与王锦清的重逢，却从来没有想到过，跟他结婚的女人竟然会是紫云。

1955年的国庆，空气中到处弥漫着金桂腻人的花香，而让人更加兴奋的是秀州城里终于通上了铁路。第一列火车到站停靠时，率先下车的是从朝鲜归国的志愿军战士。他的黄军装上挂满了功勋章与纪念章，一下车就忙着立正与行军礼，与前来接车的首长一一握手，接着又行军礼。

紫云挤在妇女代表的队伍里见到锦清时，一眼没认出来。她只是觉得这个志愿军同志有点面熟。第二次，在英雄事迹报告会上，紫云坐在台下遥望着他那张不再白皙的面孔，不禁再次感叹命运的神奇，它让钱王甸村里最有名的败家子与花花公子都能成为战斗英雄。

他们的第三次见面是在两个月后，锦清来幼稚园为小朋友们作报告。他就像从来不认识紫云那样，一见面就抬手行了个军礼，叫了声：园长同志。

紫云略带失望地说，王锦清同志，你不认识我了？

锦清这才笑了，握住紫云的手，说，怎么会呢？我前几天还梦见你呢。

狗是改不了吃屎的。紫云在心里说，现在，他更有本钱去祸害那些女人了。

报告结束后，紫云把他送到幼稚园的门口。两人握别时，锦清没有马上松开手，而是有点莫名其妙地说，组织上已经批准我转业了。

紫云礼节性地说，欢迎你加入到地方建设中来。

几天后，锦清去了紫云所在的街道，找到妇女主任的办公室。不等他把话说完，妇女主任就笑着打断他，说，你们这些枪林弹雨中过来的同志就是性子急……好吧，你说，你看上哪家的闺女了？

锦清说，抗美幼稚园的钱紫云。

妇女主任愣了愣，说，你了解她吗？

了解。锦清说，我们本来就是一个村的。

人家可是结过婚的，还拖着个油瓶。

我知道。锦清说，她男人死了十年了。

看来你是摸过底了。妇女主任笑着说，可你不知道，她男人活着的时候是个国民党。

我知道，他死在了日本人手里。锦清说，毛主席、周总理都给张自忠题过字呢。

谁是张自忠？妇女主任拧起眉毛，说，你们一个连队的？

锦清说，抗日英雄，国民党的将军。

妇女主任又愣了愣，不敢答应，也不敢不答应。送走锦清后，她摘下袖套，就急匆匆地赶往人民武装部。

人武部长是个参加过淮海战役的老同志。他不以为然地说，给国民党当过老婆又怎么样？把她娶过来，不就是我们的胜利果实了？

我不是这个意思。妇女主任说，王锦清同志是志愿军的功臣，只要他一句话，哪个黄花大闺女不愿意嫁给战斗英雄？

那也要先让人家对上眼。人武部长站起来，由衷地说，从战场活着回来的人不容易，不就是娶个老婆吗？你要相信我们的志愿军同志，他们把美国纸老虎都能赶过三八线去，还改造不了一个国民党遗留下的婆娘？

问题最后卡在了紫云那里，但那已经不是问题。妇女主任亲自上门，苦口婆心地谈过两次后，把紫云叫到她的办公室，语气凝重地说，这是对你的一次考验，放着最可爱的人不嫁，你还打算嫁给谁？

紫云说，我谁也不嫁，我就守着我的援朝过一辈子。

为了儿子，你更应该嫁。妇女主任说，哪个孩子不想有个当英雄的爸？

婚礼仪式过后，紫云还是决定在屋里摆了一桌。菜都是她跟久红一起烧的。在厨房里，她像是在安慰自己似的说，这样也好，至少对援朝没有坏处。

久红充耳不闻，只顾闷头在墩板上剁菜。自从见到锦清，就像一阵风吹过了钱王甸村的芦苇荡，她的脑子里一直在唰唰作响，飘满了漫天的飞絮。

姐妹两家围着桌子吃饭时，久红拿过秋生的酒杯，先是突兀地叫了姐夫，然后把酒杯举到锦清面前，说，姐，我敬你们两个一杯。

紫云蓦然地想起了许多事。她按住锦清的手，对着久红说，都是自家人，不用敬不敬的。

第二天，久红在回钱王甸村的船里，冷不丁地对秋生说，以后，我们再不去他们家了。

秋生摇着橹，说，你不想援朝了？

是国新。久红声色俱厉地说，你儿子叫杜国新，他不叫龚援朝。

婚后的很长一段时间里，紫云都觉得自己又有点中邪了。特别是在床上的时候，眼前常常会浮现出家澍的面孔，一会又变成了刘昭铭。这是种奇怪的感受，好像趴在她身上的人不是锦清，而是他们三个，在黑暗中轮换交替着。一天夜里，她在做着的时候忽然流泪了，莫名其妙，却又不可收拾。

锦清支着半个身子在被子外面停了一会，说，你这是怎么了？

紫云在黑暗中摇了摇头，双手扳住他的肩膀，把他使劲拉进怀里后，开始变得主动，甚至还有那么一点的疯狂。

锦清却十分的冷静。他在事后宽慰她说，这没什么，谁的心里面没藏着点事呢？

紫云还是没有说话，温顺地蜷缩进他怀里，第一次一丝不挂地在他的被窝里睡到天亮。

锦清的身上布满了伤疤，特别是胸口的枪伤，子弹击断了他的一根肋骨，弹头至今还留在肺里。一到冬天，他都会像得了哮喘一样，呼吸中带着啸声，吐出来的痰里面沁着血丝，而这个季节也是他性欲最亢奋的时节，几乎每天晚上都会把紫云从儿子的被窝里拉过来。

但与性相比，锦清其实更喜欢的是喝酒。一到傍晚，街坊邻居们都会自动聚集到他家里，端着各自的饭碗，或坐或站地围在那张八仙桌前，陪着他喝酒，听他讲朝鲜战场上的故事。锦清是个特别能说的人，从长津湖到上甘岭，从联合国军的黑人团到美国空军扔下来的燃烧弹，好像发生在朝鲜的每场战斗他都参加过。有时候，他还会从中山装的口袋里掏出一份《人民日报》，一边喝着酒，一边给大家讲时事，一起学政治。

锦清转业后在粮管所里当保卫科长兼民兵连长。每年都被评为学习时事与政治的积极分子。

可是，紫云受不了每天晚上这么多人挤在家里面，吵吵嚷嚷的，串马灯似的进进出出，但又不好直说，她只能婉转地提醒锦清少喝点酒，想想到了冬天喘不上来的时候。锦清却毫不在意，说酒就是他的命，要不是这一口，他这条命早就留在了朝鲜的冰天雪地里。

那就关起门来，一个人喝。紫云最终还是说出了心里话。她一边收拾桌子，一边说，你又不是说书先生，你不能把家里当成茶馆。

锦清愣了愣，抬眼看着她，说，这里也不是龚家大院了，你也不是龚家的少奶奶了。

一下子，紫云就像被人甩了个耳光，脸涨得通红，半天都没说出一句话来。

夜深后，锦清把手伸进紫云的被窝里，拉了拉她，没见动静，就叹了口气，说，被家里人说，总比让外头的人说要好，外面让人说多了，说不定哪天就有一顶帽子掉到你头上。

紫云说，你听到什么了？

现在没人说，不等于日后也没人说。锦清又把手伸进紫云的被窝，一直伸到她的棉毛衫里面，接着说，你跟他们不一样，你不是从群众中过来的，就更应该主动地到群众中间去，要从骨子里跟人民群众打成一片。

锦清仰面靠在枕头上，就像坐在粮管所的办公室给人做工作，一直说到紫云主动钻进他的被窝，才一拍她的屁股，说，这就对了。

紫云却始终活跃不起来。她幽幽地说，你一开始就不该娶我这样的人。

锦清兴致勃勃地说，我是新政权派来改造你的。

12

援朝上小学那年，抗美幼稚园被正式命名为秀州中心幼儿园。次年，礼堂沿街的那面墙被打掉，办起了公共大食堂，一到饭点就挤满了人，但更热火朝天的是操场上。那里并排砌着三口炼钢的小锅炉，通红的炉火日夜不熄，嘹亮的广播声更是彻夜不绝。

紫云的每个白天都在教室里教孩子们唱儿歌，没课的时候就去大食堂里帮忙，担水、择菜、洗洗涮涮，什么活都干，哪里需要帮手，哪里就能看到她的身影。到了晚上，安顿好儿子，她仍旧回到大食堂，擀完面条、蒸熟包子，就守在那里，等着放完卫星的师傅们来吃宵夜。她曾由衷地对锦清说，累是累的，可我心里从来没有像现在这样踏实过。

可是有一天早上，站在幼儿园门口迎接小朋友时，她忽然看到一个人，站在街对面的电线杆旁，穿着灰布的中装棉袄，裹着围巾，鼻梁上架着一副眼镜。紫云一眼就认出了镜片后面的那双眼睛。

这些年，刘昭铭一直都潜伏在秀州城外的一所乡村小学，但他每年都会进城，有时在幼儿园门外，有时在紫云洗衣服的河对岸或是买菜途中，远远地看她一眼，然后默默地回到乡下。然而，这些刘昭铭都没有说。他坐在紫云家里的那张八仙桌前，仔细地擦完眼镜片，抬起眼，一眨不眨地看着心爱的女人，说，你瘦了。

紫云出不了声。她只觉得呼吸停止了，就连心跳都快要没有了。

刘昭铭兀自一笑，低下头，又说，有一年，我看到你在河边洗一件男人的衣服，我以为，我又一次失去了你。

紫云终于开口了。她看着敞开的屋门，无力地说，你再不走，我要喊人了。

你要喊人，就不会让我进这扇门了。刘昭铭戴上眼镜，慢慢地伸出手，把紫云紧攥着一个拳头握进手心，说，如果我因你而死，那对我是一种解脱。

你把他出卖给日本人的时候，想过他会解脱吗？紫云喃喃地说完，回过头来，泪水却不争气地蓄满了眼眶。

你说家澍吗？他们的话你也相信？刘昭铭忧郁的眼神变得更加忧郁。他长久地注视着紫云，一直看到她低下头，才开始述说起当年，他忽然被勒令潜伏善后。整整十年，他躲在乡下，像只藏在地洞里的老鼠，为的就是今天。刘昭铭说，现在我自由了，我只求你给我一个弥补的机会。

紫云听到的却是自己在上海那家旅社里凄厉的哭声。她摇了摇头后，从刘昭铭的手里抽出那个始终紧捏着的拳头，撑着桌子站起身，慢慢走到门边，回过头来。

阳光从门外斜射进来。紫云的脸上一片幽暗。

我已经安排好了，我们去香港。刘昭铭走到紫云面前，把一张纸条塞到她手里后，又说，三天后，我会等在那里，你可以不来，也可以带着公安过来，但我会等在那里。

纸条上的地址是省城的那家旅馆。紫云永远不会忘记她跟刘昭铭留在那里的短暂时光。然而三天后，当省城的公安包围了整座旅馆，却并没能抓获这名潜伏了十年的特务。刘昭铭一直坐在旅馆斜对面的一家牙医诊所里，隔着玻璃望着外面的大街。他的嘴里咬着一块浸血的棉花，目光还是那样的忧郁而宽厚。

春天来临后的某天傍晚，一辆军绿色的吉普车拉着紫云驶到一座办公楼的后门，一名面容严肃的秘书引着她走进一间会客室。早已升任为地委常委的齐楚南满面春风地从沙发上站起来，老远就伸出手掌，说，钱紫云同志，这次请你来，是有个好消息要告诉你。

刘昭铭在偷渡澳门的船上被捕距今已经三个月。这三个月里，他日夜接受审讯，写成的交代材料足足有一尺多高。可是，当问到为什么要冒险带着紫云潜逃时，他低下头，沉默了很久，才从第一次在龚家的灵堂里见到紫云说起，他把什么都说了，就是只字不提他们如火如荼相爱的那段日子。说完，刘昭铭抬起眼睛，望着审问他的那两名公安，发出一声苦笑，说，我相信三民主义，我也相信一见钟情，可到头来，这两样都要了我。

我们今天来，主要是感谢你，正是你提供的线索，让我们最终捕获了大特务刘昭铭。坐在齐楚南旁边的一名中年公安说，现在，请你如实地告诉我们，你跟刘昭铭到底是什么关系？他为什么甘冒被捕的风险非要带你走？

紫云的脸白得就像一张纸。这个时候，她特别地想哭，想流泪。可是，她强忍着，一直忍到整个人都在椅子里瑟瑟发抖。

你不用怕，这不是审问。中年公安换了种语气，说，我们知道，你是爱国的工商界人士，为新中国的建设作出过一定的贡献，我们只是要向你查证一些情况。

他是害死我前夫的凶手。紫云终于开口说，他是罪有应得。

这些我们都知道。中年公安说，但这构不成他要带你潜逃的理由。

那你们问他去。紫云抬起眼睛，说，我也想知道为什么。

离开会客室时，齐楚南亲自把紫云送到门口，再次握着她的手，说，紫云同志，别往心里去，这是我们必要的工作程序。

紫云点了点头，坚持要步行回家。她穿过幼儿园的操场时，炼钢炉里刚刚放出一颗卫星。在一片欢呼声中，锦清从人堆里挤出来，一见到她就笑呵呵地掸着衣服上的灰尘，说，今晚这颗卫星放大了。说着，他凑近紫云，笑着又说，看你这副丢了魂的样子。

秋生死在开挖红旗塘的工地上。他被轰然坍塌的堤坝埋葬。跟他一起被埋的还有附近各村的几十名男女劳力。公社书记当晚就赶到现场，手电照着漆黑如山的工地，他不禁勃然大怒：你们忍心让牺牲的社员同志埋在下面过夜？

想挖也没这个力气。工地的总指挥是公社的副书记。他无可无奈地说，再这样饿下去，这颗卫星只怕是放不起来了。

公社书记没说话，摸黑登上一个土坡，双手撑着腰，就像个决战千里的将军在望着脚下黑鸦鸦的战场。

工地总指挥紧随其后，小心翼翼地说，要不，报上去吧。

怎么报？公社书记猛然回头，说，这么一点小事，让毛主席知道了，这不是给他老人家添堵吗？

工地总指挥吓得一缩脖子，说，他老人家会知道这里？

公社书记没有回答，重新望着无边的夜色，说，一定要把遇难的社员们挖出来，还要抚恤好他们的家属。说完，他想了想，以商量的口气，又说，你去县里争取一下，每户发五斤粮票吧。

工地总指挥说，城里人才用那玩意儿。

那你叫我怎么办？公社书记双手一摊，说，这不是困难时期吗？这不是巧媳妇难做无米之炊嘛。

紫云全家提着半袋米赶到钱王甸村时，秋生已经下葬。

久红神情木然地坐在一张板凳上，用一种陌生的眼神盯着他们夫妻俩看了很久，才喃喃地说，第一次进城时，他就想拍张照片的，可我没舍得……他连一张照片都没留下。

说着，她一下子号啕大哭起来，声音尖得吓人，双眼通红，却流不出一滴泪水。

紫云把援朝拉到她面前，说，我们一听说就赶来了，本想让孩子见上一面的。

挖出来的时候都烂了。久红一下止住哭声，仰起脸，说，我都没把他认出来。

紫云怔怔地看着她看那张因浮肿而显得水亮的脸，再也找不出一句可说的话。

锦清坚持要去村里转一转。这是他离开钱王甸村后第一次回到家乡。走到以前王家的那块地基前，他感慨地对紫云说，还是战争年代好呀，生的光荣，死的伟大。

第二天一早，趁着紫云拉援朝在院子里洗漱时，久红站到锦清面前，忽然说，要是你当年没溜走，我的日子不会这样的。

锦清一惊，忙看了眼正从井里往上打水的紫云，说，当年我要是没溜走，现在烂掉的那个就是我了。

久红的眼睛一下红了，慌忙伸手撑住墙，张着嘴巴一直到紫云抱着脸盆进来才合上。

粮管所的消防船来接他们一家三口时，紫云见久红一手挎着个包袱，一手拉着国荃，走路都有点摇晃了，却非要把他们送到村边的渡口。紫云在心里动了一下，看了眼锦清。

久红到了渡口，把包袱往儿子手里一塞后，跪在紫云脚下，使劲地往前推着儿子，眼睛却看着紫云，说，姐，你让他们兄弟俩在一起吧。

紫云忙去拉她，说，你这是干什么？

国荃也在这时叫了声：妈。

久红犟着不起来。又说，姐，你就当养条狗吧。

紫云扭头看了眼锦清，见他两只眼睛直愣愣的，就蹲下身，拉着久红，说，那你就什么都没有了。

久红跪在地上说，没了总比都饿死要好。

13

破四旧、立四新运动刚一开始，紫云就显得非常积极与主动，该交的交，该烧的烧，连逢年过节时用的那口紫铜暖锅也没剩下。忙完这些，她还是有点放心不下，特意组织幼儿园的老师先来家里抄了一遍。当晚，在收拾屋子的时候，她对锦清说，现在好了，现在我跟你一样，是个彻头彻尾的无产阶级了。

可是，人民群众不认账。先是街道上的造反派来抄了一次。接着，援朝带着学校里的红卫兵又来抄了一次。他们不仅把屋子里里外外翻了个遍，还闯进幼儿园把当年填平的荷花池重新挖开，刨出几块太湖石。

紫云仍然一如既往地热情，只要有人来抄家，她都会开炉子、烧开水，然后斟茶递水，好像来的每个人都是在她家里进行义务劳动的。只有等到这些人都走了，她才会变得那样的不安与茫然。

一天傍晚，她坐在门口的一张板凳上，回头看着锦清说，当年日本人来抄家，也没这么掘地三尺的。

锦清脸色阴沉地抿下一口酒，始终没有说话。现在，他刚刚被任命为秀州粮管所革委会副主任，可没想到的是，带头在粮仓围墙上贴他大字报的人竟然是杜国荃。

三年困难时期刚过时，锦清就打算送他回钱王甸村，回到他母亲身边。但是，国荃死活不肯走。十六岁的少年跪在紫云面前，抱住她的两条腿，说，最难的日子都过去了，我还没孝敬你们俩呢。

紫云用力拉起他，说，你该孝敬的是你妈。

她早就不要我了。国荃说，她有的是人孝敬。

久红在丧偶后的第二年嫁给了村里的大队支书。那个比她大了将近二十岁的男人，老婆死于血吸虫病，膝下已经儿孙满堂。

国荃望着紫云忽然落下了泪，低下头，说，从那天起，你就是我妈，姨父就是我爸。

最终决定留下国荃的人是锦清。不仅让他留下，第二年还带着他进了粮管所，临时当了名仓库的保管员。

国荃带人闯进办公室那天，身穿绿军装，头戴绿军帽，腰里扎着武装带，手里还提着一条皮带。他把皮带往锦清的办公桌上啪地一抽，要他立即到造反派的司令部报到，把解放前的历史问题向革命群众交代清楚。

锦清睁大眼睛瞪了他半天，才记起来一拍桌子，用普通话骂了句王八蛋。这是锦清第一次骂国荃。他指着办公室的大门，说，你给我滚出去。

国荃愣了愣，马上说，王锦清，你就是这样对待革命群众的吗？

最后，是粮管所的书记拉住了锦清，递了根烟，说，到什么山，就砍什么柴，革命群众要你交代，你就去一趟，交代一下嘛。

锦清那天回家已是深夜。他连酒都没有喝，进了房间倒头就睡。第二天，收拾完自己的被褥，才看了眼紫云，自言自语地说，什么叫引狼入室，这就叫引狼入室。锦清夹起被褥走到门口，还是有点不甘心，回头又说，我们从牙齿缝里省下的那口饭，喂大的是只白眼狼。

紫云望着丈夫远去的背影，说，去把你哥找来。

援朝正在喝粥。他头也不抬地说，你自己去吧，他就在造反派的司令部。

我知道他在那里。紫云猛然回头，一嗓子：你去把他叫来。

国荃独自走进家门时，见紫云一动不动地坐在八仙桌后面。他还是有点心虚的，规规矩矩地叫了声妈。

紫云面如铁板地看着他，说，你别叫我妈，我连你的姨妈都算不上。

国荃叹了口气，摘下军便帽，在八仙桌边坐下，说，他有历史问题，他是国民党的兵痞，在上海的时候还加入过杜月笙的流氓组织。

这些，紫云都知道。锦清当年逃难到上海，就跟人学会了抽鸦片，欠下一屁股的债后，只能自己把自己卖了壮丁。他是随部队在长春城外起义的，参加了整个的平津战役。婚后的第二年，锦清有一次趁着酒兴说起这些时，由衷地感慨道：我们都是走过弯路的人。

而此时，紫云一下有种揪心般的痛。她抓起国荃的手，说，别人怎么去捣他的粪坑，我管不了，可你不能这么做。

我不做，别人照样会做。国荃说，我这是大义灭亲。

紫云放开他的手，盯住他的脸看了好一会，说，那你打算什么时候灭我？

你的问题已经有人在组织材料了。国荃用一种关切的目光看着紫云，又叫了声妈，说，主动肯定要比被动好。

每次被批斗的时候，锦清的脖子里都挂着一块木板。随着他不断的交代与坦白，木板上的罪名也不断地累加着。先是国民党反动兵痞，接着是流氓、腐化堕落分子与混进革命队伍的反革命特务。很快，革命群众与红卫兵小将们把紫云也揪了出来。挂在她脖子里的牌子上写着：反革命资本家、三青团、国民党特务的臭婆娘与破鞋。为了更加形象，人们在批斗她的时候，总忘不了要在她的外套上面裹一件破旗袍，在她脖子里再挂上一双破棉鞋。

时间一长，锦清倒是想开了，一天比一天变得乐观。平时，他在粮管所里打扫卫生，只要一有运动，就会主动挂上牌子，跑步赶到迎秀桥，低着头，一动不动地站在桥头。

有一次，夫妻俩一起站在桥上示众时，他竟然还低声对紫云说了句笑话：流氓配破鞋，看来我们天生就是一对患难夫妻。

紫云却难受得要命，想哭都流不出眼泪。好多次站在迎秀桥头，她都能看到唐家老太爷跪在桥下那片空地上，孤零零的，赤着两只脚，花白的头发就像茅草一样零乱，冲着紫云喊：龚家少奶奶，我冤哪。

而真正的灾难就像乌云密布的天空里下的一场雨。

一天，造反派冲击了地委，不仅抓走了齐楚南，还砸开了他的保险柜，在一个笔记本中发现写着锦清的名字。

两天后的深夜，锦清在床上被带走。这是一场真正的审讯。主审是个穿着军装的中年人。他一开口就表情淡漠地说，不要以为公检法被砸烂了，你就可以逃脱人民的审判。

锦清一脸死猪不怕开水烫的笑容，说，公检法都是红卫兵小将们砸的，我想去都轮不上。

中年人没理他，点上支烟后开始切入正题，为什么齐楚南的本子里会有你的名字？你跟大特务齐楚南是什么关系？你们是怎样跟台湾联络的？联络代码是什么？

锦清一句都答不上来。他一脸无辜地望着中年军人，说，我真的不是特务，我那顶反革命特务的帽子是革命群众硬扣上去的。

中年军人在烟屁股上又接上一支烟，平静说，再狡猾的敌特分子我都审过，有你开口的时候。

锦清被释放时已近冬季。他的哮喘提前开始发作，而且比往年都要厉害，常常咳着咳着，一口血就从口鼻间喷出。一天晚上，他在漆黑的水泥地上坐到天亮后，向看守提出，要见那位审讯他的中年军人。

你为什么到现在才愿意招供？隔着审讯桌，中年军人还是那样表情淡漠地看着他。

我想活着回家。锦清说完，开始竹筒倒豆子似的交代。

他第一次见到齐楚南是在准备跟紫云成婚前的某一天。齐楚南只身来到人武部的招待所，出示完证件后，问他：你是党员吗？

当然是。锦清说，我是在朝鲜火线入的党。

我知道。齐楚南点了点头，说，我要你以党性保证，以下的任务，你只对我负责，除非我死，你决不能让第三个人知道。

锦清不解地问：为什么？

这是组织纪律。齐楚南说着，开始布置任务，要求锦清监视紫云的一举一动，一旦发现情况就立刻向他汇报。

锦清睁大眼睛看了他半天，说，她是台湾特务？

齐楚南摇了摇头。

不是？锦清说，那干吗还要监视她？

我们没说她是，也没说她不是。齐楚南说，我们是不能确定，所以需要长期的观察与监控。

那这婚我不结了。锦清说，我不能稀里糊涂地娶一个嫌疑对象做老婆。

现在来不及了。齐楚南说，这不是你结不结婚的问题，这是在保卫我们的胜利果实，是我们每个公民的责任。

交代完这些，锦清不停地咳着，咳得都快要背过气去。

中年军人拿过桌上茶缸，递到他手里，问道：那你这些年里发现了什么？

锦清摇了摇头，但马上又说，我发现她是个好女人。

离开看守所那天，中年军人亲自驾车把锦清送进城里，停在一条马路边。他掏出一个笔记本，写下一个电话号码后，撕下那页交到锦清手里，说，把一个人看彻底，可能需要一辈子，还需要有排除万难的决心，但你也别忘了，你在盯着她的时候，我们也会盯着你。

你们信不过我是应该的。锦清抬头看着他，说，我当年就保证过的，决不把这件事告诉第三个人。

我们信不信得过你，信你多少，这都取决于你的表现。中年军人顿了顿，又说，齐楚南已经死了，畏罪自杀……现在，你只对我负责。

锦清下车后，走了两步，又回到车旁，拉开门，说，那你们对我负责吗？

中年军人想了想，答非所问地说，国家在任何时候都需要有人去保卫。

事实上，锦清在回家的当晚就把什么都对紫云说了。他赤条条地躺在被窝里，如同坐在审讯间的那张椅子上，一边咳，一边说。说完了，重新爬上去，一边咳，一边动。

高潮过后，锦清忽然笑了。他趴在紫云身上，说，如果要死，就让我死在你的肚子上。

紫云不为所动，连心底的许多疑问都懒得去问。

1968年的冬天，可以说是锦清最无所顾忌的一个冬天。援朝早就响应号召，上山下乡去了遥远的黑龙江农垦兵团。国荃不仅跟他们划清了界线，连名字都改成了杜卫革，而真正变化的人是锦清。他再没有喝过一滴酒，每天晚上回到家里，除了吃饭，就是等着夜深人静，拉着紫云上床。好像做爱就是他每天活着的唯一目的。

他一边喘，一边做。有时候咳出血来，就从枕头下面抽张草纸，在嘴巴上抹一把，接着再做。紫云觉得丈夫这是疯了，但又身不由己。性有时候就像台风车，它要转起来，谁也刹不住。有好几次，锦清已经累得筋疲力尽、满身虚汗了，她就翻身坐起来，一个人在黑暗中颠狂，一直颠到自己如同气绝。夫妻俩就搂在一块，一起喘息，一起沉沉睡去。

可是有一天晚上，做到一半的时候，紫云忽然停住了，伸手打开灯，说，我们都这把年纪了，我们不能再这样下去了，这样真会要了你的命。

锦清咳完，像个吃奶的孩子似的，觍着脸说，我就想死在你的身上。

紫云的眼神一下变得忧郁，翻身躺到一边，说，你死了，我怎么办？

我活着，你又能怎么办？锦清说着，把脸埋在她胸前。

紫云呆呆地张着手指，插进锦清几近半白的头发里，摩挲了很久，说，刚结婚那会，我一直在想，你总有一天会回到过去，就像过去那样，只知道去找别的女人……

说不定，你还会让人浸了猪笼。

旧社会才有猪笼。锦清笑了，抬起头，认真地看着她，说，是革命让我们改头换面，也让我们脱胎换骨了。

床上的气氛一下变得有点凝重。锦清用力咳了会，伸手关掉灯，小心翼翼地爬到紫云身上，又开始在她身体里进进出出。

紫云冷不丁地说，年轻时你睡过那么多的女人，如今你还记着谁？

锦清一下停住了，在黑暗中想了想，说，说出来你也不会相信，我在她们床上的时候，心里只想着你。

紫云当然不信。此时，她只知道用双手紧搂着他，张开双腿紧缠着他。

临近除夕的一天深夜，床上的声响平息了，屋外的风也停了，但雪还在悄无声息地下着。锦清在被子里捂着嘴，很克制地咳了会后，还是没忍住，一口血吐在手心里。他摸着黑下床，去外间洗了洗手后，又漱了漱口，回到房里没等躺下就又咳了起来。锦清掀起马桶盖，往里面一连又吐了几口后，觉得喉咙里腥得难受，就又出去漱了漱口，才摸着自己的额头钻进被窝，对紫云说，好像有点发烧了。

紫云在风雪中的桥头示众了一整天，这会睡得正香。她昏昏沉沉地应了声。

第二天醒来时，紫云在枕头上摸到一手黏糊糊的，有血，也有痰。她一下坐起来，叫了声，没见动静，就伸手推了推。紫云只觉得他整个人都在被子里晃动。

紫云又叫了声：锦清。

14

出狱回家的路孤独而漫长。

紫云从走出西宁监狱的大门开始，就仿佛置身于梦中，一直到站在秀州火车站的出口处，她才深吸一口气，抬头仰望着阳光刺眼的天空，发现江南的春天跟西北还是不一样的。

古老的迎秀桥已经被拆除，一座新的水泥桥正在兴建。紫云绕了很长一段路，才回到十年前被押走时的家，只见门还是当年那扇油漆更加斑驳的门，唯一的变化是两边的墙，上面刷着一行标语：以讲卫生为光荣，不讲卫生为可耻。

紫云是在翻出钥匙开门时发现，锁已经被换掉。

这时，一个年轻的女人从里面打开门。她看着紫云很快露出笑容，说，妈，是妈吧？

说完，她不由分说地拿过紫云挎着的包袱，不由分说地挽着她进屋。

挂在墙上的照片告诉紫云，这个女人是卫革的妻子，他们还生了一个男孩。

妈，我叫邹慧。她端着一盆水出来，好像紫云是她亲妈那样，为她拧干毛巾，递到她手里，说，妈，先洗把脸吧。

傍晚，卫革用自行车推着儿子回到家时，邹慧已经做好了一桌的菜。这是个干练而知趣的女人，坐在餐桌前匆匆扒了几口饭，就抱着嚷个不停的儿子进了房里，说是喂孩子吃饭，其实再也没有出来过。

卫革往紫云碗里夹了块肉，说他还在粮管所里当临时工。说完，他又说，援朝去年也结婚了，娶了个朝鲜族姑娘，是佳木斯百货公司里的营业员。说完，他沉默了一会后，声音干涩地叫了声妈，说，你吃肉。

紫云始终没有出声。她用搁在汤盆里的一把调羹，一勺一勺地舀着饭，放进嘴，一口一口地吞咽着，直到把碗里的饭吃得一颗不剩。监狱里是不用筷子的，十年的铁窗生涯已经使她不再习惯使用筷子。

放下调羹后，紫云舔了舔嘴唇，说，晚上，我睡哪里？

小房间显然是经过了精心的布置，但床还是兄弟俩当年睡过的那张，上面铺着全新的床单，被子也全新的。可是，紫云睡不着，也不想睡。她站在挂着一面小圆镜的墙边，出神地看着镜子里的自己，就像久别重逢那样。她慢慢地伸出手指，轻轻地触碰着镜子里那张略显沧桑，却依然风韵残存的脸。

整个晚上，她都站在镜子前，一根一根地拔掉夹杂在黑发间的白发。

第二天一早，邹慧匆匆忙忙地要送儿子去幼儿园时，紫云忽然问了一句：对面不就是幼儿园吗？

邹慧看了眼丈夫，说，我们户口都不在城里，永强上不了对面的幼儿园。

紫云一下紧闭起嘴巴。

整个上午关起门来，一直都是卫革在说。可是，他好像忘记了很多事，一开口就从每周一封信替紫云申诉喊冤开始，一直说到落实征策的办公室就设在革委会的大楼里。卫革说，这两年里，许多人平反了，都恢复了工作，我们要趁着政策的这股春风抓紧时间，特别是爸，他可是解放前就参加革命的老干部。

紫云看着卫革那张开始涨红的脸，淡淡地说，你妈还好吗？

卫革愣了愣，忙说，还好，接到你要回来的通知，我就带口信给她了。说完，他露出一丝苦笑，又说，可她说要收麦子，地里的麦子熟了。

钱王甸村四周的田野就像刚刚剃干净的脑袋，阳光下弥漫着泥土与谷物成熟后的气息。紫云坐在田埂上，喝完大麦茶，把碗交到久红手里，说，你也真做得出来，这把年纪了还离什么婚？

不离怎么办？久红从瓦罐倒了碗茶，喝掉一大半后，说，队里的支书当不成了，他背着两只手整天在家里当支书，你叫我怎么办？

这样也好。紫云站起来，拍打着屁股说，我们姐妹俩又能在一起了。

你不回城里了？久红一下仰起脸，看着她。

怎么回？紫云说，你儿子一家占着我的屋子呢。

晚上，紫云把锦清的遗像挂在堂屋正中的墙上后，又在下面点上两根带来的蜡烛，斟满一杯酒。姐妹俩默默地坐在一侧，望着镜框里锦清那张俊秀的脸。

为了掩饰从眼底漫上来的泪水，久红打破沉默，说，十年了……他害你坐了十年牢。

紫云摇了摇头，说，他是救了我这条命。说着，她拉过久红的手，扳着她的指头，一个一个地数，这十年里面，吴掌柜上吊了，钟仁记的老太太吞金自杀，介福堂的老东家被活活冻死，还有唐家的那两代子孙。紫云长长地呼出一口气，说，他要不是死在我被窝里，你以为在外面我能活过这十年吗？

泪水在凝望中滑出久红的眼眶。她把头靠在紫云肩上，低吟似的，叫了声：姐。

秋天的雨声里有一种说不出来的惆怅，打在屋顶，也回响在心头。姐妹俩都记不起来是怎么开始的。她们像在一夜间回到从前，回到了年轻的时候，在床笫之间，在黑暗中，依然是那么的缠绵与绯恻。

时光有时会让同样做过的一件事、一个动作变得意味深长，充满了咀嚼与回味。只是，在平息之后，彼此间一下都有点无从适应。

但紫云还是开口了。她动了动嘴唇，像是感叹，又像在对自己说，我们真是疯了。

久红想了想，说，我们不是疯了，我们是又活过来了。说完，她把嘴凑到紫云的耳边，又说，前世，我们一定是对夫妻。

临近春节的时候，援朝带着身怀六甲的妻子从东北回来探亲。一家人在别离了十年后终于聚首。紫云却显得格外落寞，坐在圆桌唯一朝南的那个位置上，总觉得自己像个外人。

那天晚上，她把小房间腾给援朝夫妻俩后，与久红抱着被褥一声不响去了对面的幼儿园。姐妹俩睡在由几张课桌拼成的床上，久红忽然一笑，说，有时候，我真敢不相信，我们都是做奶奶的人了。

紫云没有说话。就在几天前，她刚刚补办了退休手续。教育局的领导特意跟她见了个面，握着她的手说，这些年你受苦了，这笔账我们会向“四人帮”去清算的。说完，领导把她让进沙发，开始真诚地挽留她，说现在各行各业都在拨乱反正，国家更是用人之际，组织上的意见是，年纪到了，还可以继续发挥余热嘛。领导希望紫云能在园长的位置上再留几年，一是为了祖国的花朵们，二是需要培养接班人。领导说，我们得争分夺秒，把动乱的这些年都追回来。

离开教育局的一路上，紫云第一次觉得自己老了。一瞬间，那么的深入骨髓。

她伸手挡住久红凑上来的嘴唇，说，我们不能这样了，我们都老了。

老了也是人。久红说着，拿开她的手。

有话你就说吧。紫云把头别到一边，说，我看你吃饭的时候就想说了。

久红要说的是卫革。可是，她话刚起了头，紫云就一下堵住了她的嘴巴，吻得她都有点措手不及了。

新年很快就热热闹闹地过去。送走援朝夫妻俩那天，回家的路上走着走着，紫云发现跟在她身后的人只剩下了卫革。进屋后，她刚把包在头上的围巾摘下，一转身就见卫革低着脑袋，站着，像有一肚子话要说的样子。

紫云指了指椅子。卫革没有坐，还是低垂着脑袋，说这些年他一直生活在悔恨之中，悔恨他犯过的那些错误，他对不起紫云这个妈，更对不起锦清这个爸。紫云没有打断他，平静地走到八仙桌前坐下，看着他一直说到声泪俱下。

事实上，卫革要说的话久红早在她耳边不止一次地说过。他是想去顶锦清的班，进入粮管所成为一名正式在编的职工。卫革饱含热泪，用一种热切的目光望着紫云，说他已经多次找过有关部门，也查阅过相关的文件，在“文革”中被迫害致死的干部，家属应该得到相应的照顾。卫革说，这不光是为我自己，也是为了永强，没个城市户口，他这辈子都成不了真正的城里人。

可他姓王，你姓杜。紫云声音微弱地说，你怎么成了他儿子呢?

姓可以改，我跟援朝都是你们的儿子。卫革一步跨到紫云跟前，蹲下身，同时抓住她的手，说，妈，该向他们提要求的时候，我们就得去要求，你的一句话，关系到我跟永强的一辈子。

不要觉得人家欠着你的，我们就非要逼着人家去还。紫云摇了摇头，说，我们不是这样的人。

15

刚开始的时候，久红只是在村口摆了两个筐，卖的也只是些从城里串来的日用品。这是紫云给她出的主意：总有扛不动锄头、下不了地的那一天，别等到墙挡在眼前了，再去找窗户。

后来，久红打掉一面屋墙，在家里开起了杂货铺，卖的除了日用品，还兼售一些家畜吃的混合饲料。它们就堆在屋子的角落，一样一样装在编织袋里。很快，只要村里有人用得着，就能在她的铺子里面找得到。

一天，紫云忽然让卫革赶到钱王甸村，开着摩托车把久红拉进城里，却什么要紧的话都没有讲，只是带着她在街上一路闲逛到傍晚。久红惦记她的杂货铺，吃晚饭都没有心思，非要卫革连夜把她送回去。

紫云笑了，说，看来你是尝到了当个体户的甜头。

卫革早已兴奋难掩。他没头没脑地说，妈，今晚就是我们家里的十一届三中全会。

紫云在饭桌上宣布的决定是下海，她要把隆昇这块招牌重新挂起来。只是，隆昇当年开的是米行，卖的是粮食，但是现在国家不允许粮食买卖。紫云说，那我们就做饲料生意，这样更好，畜牲终究比人多嘛。

久红吃惊地看着她，说，我看你是疯了。

紫云还是笑呵呵的，看着邹慧收拾完餐桌，说这一天她已经打算了很久，从久红在钱王甸村口摆那两个筐开始，她就一直在心里盘算。说着，她去房里拿出一个本子，里面夹着几张存折。这些是她那十年的补发工资，还有锦清的抚恤金与“文革”时家产被抄没的赔偿金。紫云说，有多少柴禾，我们就生多大的火。说完，她不等任何人开口，翻开本子，戴上老花镜，从第一页开始，一条一条地往下说。这里的许多话，当年都写在隆昇米行的账房墙上，是龚家近百年来的经营之道。最后，紫云抬起眼睛，隔着镜片看着卫革夫妻俩，说，做买卖其实就一个字——诚。

夫妻俩用力地一点头。在命运即将出现转折的伊始，谁的心头都紧攥着一把汗。

夜深后，紫云靠在床头，由衷地对久红说，要是吴掌柜还活着，我就不用操那么多心了。

你也别指望我能成得了钱掌柜。久红从盆里抽出一只脚，仔细地擦干后，扭头望着她，又说，姐，你今年六十五了。

可他们兄弟俩正当年。紫云仰望屋顶的目光变得悠远而虚无。她慢悠悠地说起每天到了夜深人静的时候，只有她心里最清楚。她在这个世上没儿没女，她什么都没留下，也什么都不会带走。紫云咧开嘴，无声地一笑，说，你看我这一辈子过的。

久红说，我们都是你的亲人。

所以啊，我得为你们想。紫云说着，闭上眼睛，又说，可我最想的是把龚家这块招牌竖起来，这块招牌砸在我手里，就得由我挂上去。

久红睁大眼睛，说，原来你一直都在想着他。

不想成吗？紫云又无声地一笑，说，我都六十五了，哪天我睡下去没醒来，就会见到他们龚家那些人了。

可是，事情出在几年后，就在隆昇饲料有限公司做得风生水起，刚刚在黑龙江的佳木斯成立了原料采购的办事处，正准备跟省里的农科院合作，研发颗粒新饲料的时候，秀州市的工商局联合公安局在一夜间查封了整家公司。原因是非法集资。

紫云在看守所里一见久红就说，你这是在替他背黑锅。

谁叫我是他的妈呢。久红苦笑着说，这也不能全怪卫革，步子跨大了，难免会崴到脚脖子。

紫云靠进椅子里，远远地看着久红，说，昨天夜里我梦见吴掌柜了，越是这种时候，我就越想起他来。

我记得，我跟你说过的，我成不了吴掌柜。久红说，龚家这块招牌，这回是砸在了我手里。

那倒不至于，钱不够，我们还有货呢。紫云说，货不够，还有银行在。

久红直愣愣地看着她，说，你怎么就是不死心呢？

开弓没有回头箭。紫云凛然地说，我这辈子难得做一回主，我为什么要死心？

久红宣判那天，援朝特意从佳木斯赶来，跟着紫云一起去参加了旁听。从法院出来，紫云伸手由邹慧扶着一直走下台阶后，才扭头看着兄弟俩，说，钱都退赔了，怎么又成了诈骗罪？还特别的严重？见兄弟俩低着头都没开口，她仰起脸，又说，看来，我是等不到她出来了。

怎么会呢？卫革赶紧走上前，扶住她的另一边说，表现好，会减刑的。

1991年初夏的一天，工商联的主席陪同省外办的领导登门拜访。站在紫云新居的院子里，省外办的领导郑重地说，是新加坡经济代表团里的一位老先生点名想要见您。

他肯定是记错了。紫云微笑着说，不是他记错，就是你们找错人了。

错不了。省外办的领导说，我们是经过慎重的查证与请示后，找到您的。

工商联的主席这时也插话，说，说不定是商机呢。

我一个做饲料的，没有那么远的商机。紫云笑着请各位进屋。

您还是跟我们去见一见。入座后，省外办的领导仍然郑重地说，新加坡跟我们刚刚建交，这虽说是件私事，可毕竟关系到两个国家之间的友好往来嘛。

紫云说，他叫什么？

名单是新加坡经济发展局的顾问，叫刘培生。省外办的领导说，可他告诉我们，他还有个名字，叫刘昭铭。

紫云的脸上没有丝毫表情。她端起桌上的茶壶，往每个人的杯里都倒上茶水后，轻轻地放下，轻轻地说，我就不跟您去省城了，我都记不得这么一个名字了。

然而，紫云最终还是见到了刘昭铭，就在第二天的午后。外事办用车把她请到刚刚启用不久的秀州大酒店。在一间大门敞开的套房里，白发疏落的刘昭铭长久地伫立着，直到陪同的人员都退出屋子，门关上了很久，他才恍如梦中醒来那样，仓促地一笑，说，如果走在街上，我还是能一眼认出你来。

紫云眼帘低垂，一声不响地走到沙发前坐下，好像她才是这间屋子里的主人。

我想，有生之年总得跟你见一面的。刘昭铭在另一张沙发里坐下后，说，三十二年了。

紫云慢慢地抬起头，说，你是想要知道，当年我为什么要告发你？

刘昭铭摇了摇头，用手在额头比了比，说，黄土都埋到这里了，什么原因都不重要了。

可对我很重要。紫云看着他，说，我来，就是要听你亲口说的。

刘昭铭靠进沙发里，闭上眼睛，就像深陷在对往事的追忆与沉思中那样，很久才缓慢地开口，从1937年的南京大屠杀开始，一直说到1975年新中国的最后一批特赦，他出狱离开大陆，先去了香港，后来到了新加坡。他娶了一名马来籍的女人，生有一儿一女。

这里面的许多话与许多事，刘昭铭都曾说起过，就在省城那家旅社的床上。而此刻，点点滴滴，在转眼间又像回到了当年。紫云始终保持着端坐的势姿，直视着前方。她看到的是自己的一生，在这个寂静的房间里徘徊不去。

天色渐暗的时候，接待人员敲门进来，小心翼翼地提醒说晚餐已经准备好了。这对老人仍然端坐在沙发里。他们就像两尊暮色中的雕塑。

刘昭铭终于又开口了，说，当年，我是背着一身血债投身到那一行里去的，我曾设想过无数种死法，但从未想过要靠出卖战友活着。

紫云神色木然地起身，说，去吃饭吧，别让大家久等了。

临别已是深夜。刘昭铭阻止了陪同人员，拄着一根拐杖只身把紫云送下电梯，一直送到宾馆的大门口。

紫云抬头仰望着夜空，很久，才艰难地说，如果当年也像今晚，我们至少都不会是今天这个样子。

刘昭铭动了动嘴唇，最终没有说话。他站在紫云一侧，一直等到她从夜空中收回目光，才挽起她的一条胳膊。两个老人默默无语地迈下台阶，走到等候已久的那辆轿车前。

三年后的一天深夜，永强敲开紫云的房门，说，奶奶，新加坡来的电话。

电话里是一个女人的声音。她用生硬的国语说她是刘培生先生的陪护，刘先生已在半个小时前去世，走得非常平静。

紫云坐在电话旁的沙发里一语不发。她双手握着话筒，直到对方挂断电话，还紧握着话筒，紧贴在耳边。

永强看着她，说，奶奶，出什么事了？

紫云这才回过神来，淡然一笑，说，去睡吧，没事。

永强将信将疑，不敢说话，也不敢挪步。

紫云轻轻地挂下电话，用眼睛平静地看着他，一直看到他转身进了自己的房间，才慢慢站起身，走进厨房，找出一瓶黄酒，轻轻地拉开厨房里通向院子的那扇门。

院子里的栀子树上早已开满了白花，在夜色中，花香肆意。紫云在花旁的一张石桌前坐下，往杯中倒上酒，对着天空中的那半轮明月开始自斟自饮。

她看上去是那样的惬意与自在，就像石桌的对面坐着她最心仪的爱人。

第二天一早，邹慧起床后去厨房做早餐，见边门敞开着，心里一跳，探头朝外望去，就见紫云趴在石桌上，像是睡着了。她赶紧出去，叫了声：妈。

紫云已经死去多时。她趴在石桌上，脸容安详而满足。

那天是1994年的7月5日。紫云享年76岁。

五年后，久红获假释出狱。她独自来到紫云的墓碑前，站了很久，才蹲下身去，用一块手帕轻柔地擦去照片上的尘土。

照片上的女人是那么的端庄与漂亮，漂亮得可以让人忽略掉死亡。

《人民文学》2016年第2期

秋风渡

海　飞

1

一个月后，秋风正烈，安大奎在仙浴来澡堂死于非命。

那天招娣一直神情恍惚地跟在警长华良身后。华良不时地拿着一张葱油饼往嘴里塞，一边塞一边拿一双老鹰眼四处张望。在仙浴来特别间里，招娣看到了四仰八叉躺着的安大奎。他两只白净的手在进口搪瓷洋浴盆的两边垂着，脖子上开了一道口子，洋浴盆里的水全成了漂浮而粘稠的红色。招娣突然感到一阵晕眩，那血腥味让她的胃不停地翻滚起来。墙角边的水汀仍然在散发着一波一浪的热浪，考究的高级牛皮沙发上胡乱地扔着安大奎的绸布衣裳。华良面对这样一幅乱七八糟的场景站了许久，后来他吃完了手中的葱油饼，拿手在裤腿上擦擦，对招娣说，认得这个人吗？

招娣懵然地摇着头。但她说，我晓得他经常来的。

华良眯起眼睛笑了，说，安盛帮的老大安大奎。他的死期到了！

华良后来请招娣简单地回忆了一下下午的情景。招娣记得那天她一直坐在收竹筹的白铁皮筐前发呆，下午的时光因此而变得十分漫长。隔着那块写着“清水盆汤”四个黑字的白布帘，吴顺荣唱弹词的声音丝丝缕缕地传了过来。他是从光裕社请来的，据说是著名的李伯康的徒弟，但是招娣一直认为这是吴顺荣在吹牛。那天吴顺荣唱的是他最拿手的《杨乃武与小白菜》，在软不拉叽的弦乐声中，招娣差一点要睡着了。接着她听到一声尖叫，那块过道上垂着的白布帘被人撕开，一个中年刺客像一道白晃晃的光线一样冲撞了出来。秋天的风没有方向地胡乱吹着，招娣看到汉子身后的年轻人手里提着一把刀子穷追不舍。那时候招娣还不知道他叫来凤鸣。招娣猜凤鸣一定是从混堂大池里冲出来的，因为他的身子在不停地往下掉水。凤鸣和仓惶起身的招娣重重地撞了一下，结果让那个中年刺客趁乱逃掉了。招娣看到凤鸣冲到仙浴来的门口，手中那把刀子呼啦啦打着转飞了出去，结果却从刺客的身边飞过，直直地扎穿了馄饨阿四小摊上的那只白铁皮锅子。锅子里的汤水兴奋地冒出来落在燃烧的煤炉子里，很快就让那只煤炉子发出嗤嗤的声音，并且升腾起一团白雾。阿四望着白铁皮锅子身上突然多出来的一把刀，以及一团白雾发呆。很快他就被那团白雾给吞没了。

有看到的人讲，凤鸣追出来的时候，刺客的后背就已经被凤鸣用刀子划开了一道大口，白森森的一片，一尺来长，肉向外翻着，大口子里填满了糊成一团团的血。当时招娣真担心那肉会掉下来。

即便是多年以后，招娣仍然能记起那天的情景，像秋天里的一场电影显得辽阔而真实。她记得凤鸣赤膊的肌肉上流淌着密集的水珠。他就光着大半个身子站在招娣面前，不停地喘息着。所有的人都躲得远远的，他们用惊恐而好奇的目光打量着凤鸣。招娣看到凤鸣的牙齿把自己的嘴唇咬穿了，还看到凤鸣光着的脚板上有一堆血。那天招娣扯下那块"清水盆汤"招牌白布，蹲下身替来凤鸣淌血的脚趾头简单地包扎了一下。包脚趾头的时候，招娣才发现凤鸣的脚真大。

凤鸣坐在一张长条凳上，他略带抱怨地说要不是被你挡了一下，那只猪猡可能就被我宰了。秋天的风一阵一阵开始紧起来，凤鸣说这话的时候不由抱紧自己打了一个寒噤。透过空落落的过道，招娣看到在长条椅子上休息的浴客们惊得瞠目结舌，如同一幅静止的油画。那个从扬州来的修脚小师父周正脸被吓白了，他手中那把修脚用的小刀一滑，不小心修出了客人脚趾甲上的血，那血粒饱满有力地像一串小圆珠一样冒出来并且滚动着。客人却浑然不觉痛地张着嘴……

华良后来站起身来，他把手插在黑灰色半新旧风衣的口袋里，看着忙碌的穿着黑狗皮服的警察把安大奎从洋浴盆里捞出来搬走。招娣一直觉得，安大奎的身体像一只泡在水中的丑陋而巨大的馄饨。

那天华良让人带走了来凤鸣。华良笑了，说你为什么不要命似的追那个刺客？

凤鸣说，我的命本来就是师父给的。安大奎是我师父。

招娣就盯着凤鸣看，她觉得凤鸣太年轻了，他站在华良的面前，像一棵乡下田埂边上随便生长的胡葱。

后来招娣才知道，在凤鸣用刀子扎穿那只馄饨锅的时候，一个留小胡子的男人向那个逃跑的刺客追了上去。追到大马路上的时候，小胡子被正在叮叮叮响着行驶的电车挡了一下。等电车过去，刺客不见了。小胡子灰头土脸回到仙浴来的时候，正看到招娣从澡堂走出来。招娣看到小胡子脚上的皮鞋开了一条口子，身上穿了一套七成新的格子西装。后来他一直在仙浴来的门口抽烟，阳光稀薄而准确地投在他的格子西装上。抽完烟的时候，他朝招娣笑了一下说，你不用怕。

小胡子又说，死个人一点也不稀奇，我见过一下子死几百个人的。

招娣记住了这个小胡子，觉得他的背影有点儿像一只老年的山羊。

2

一个月前。招娣跟在徐锁金的屁股后头，穿过那条狭长的宝珠弄，站在石库门前的时候，

抬头看到了青瓦顶门头下面的门楣上“秋风渡”三个字。实心黑漆大门洞开着，白全喜的二房杨巧稚就坐在天井的一张藤椅上。她在翻一本《新月集》。她看了招娣一眼说你进来吧。招娣没有进去，而是仰着头久久地盯着“秋风渡”三个字看。这时候弄堂里跑过一阵秋风，让招娣觉得上海最好的天气已经来了。杨巧稚笑了，说这三个字是我写的，请砖雕师父雕了好几天呢。

招娣仍然没有说话。她的目光抬起来，看到了宝珠弄上空翻滚着的云。这让她想到了老家嵊县崇仁镇鳞次栉比的戏台，戏台的上空，也总是有五花八门的云在不停地翻滚。

招娣来上海以前，在崇仁镇西头裘氏大药房边上那排木栅栏前，碰到了游方和尚慧能。听说慧能以前是诸暨枫桥镇上海角寺的烧火僧，犯了命案逃到崇仁。那天慧能拉着招娣的手，说你认得我吗？招娣笑了，露出一排白牙说，你是慧能。

慧能喷着浓重的酒气，给招娣算了一卦。慧能说，小船荡荡，荡出崇仁。福兮祸兮，永不回头。他说你懂不懂？

招娣说，我不懂。

慧能就很失望，说，我已经算出来了，你这一辈子要嫁三次人。

招娣说，乱讲！你才嫁三次呢！

慧能急了，说我要是乱讲，罚我下辈子还当和尚。

招娣说，那你能不能把我的手松开？

慧能愣了一下，把招娣的手恋恋不舍地松开了，仍然十分失望地说，我算命很准的。你一定要相信命。这是天数。

招娣的养父是个阉猪匠，他把崇仁镇附近三十六个村庄的公猪都给阉了，所以有人说他做了这样的事体，会断子绝孙的。果然招娣的养父一直都没娶上老婆，所以他就在去往王村阉猪的路上，捡到了被人丢在凉亭里的招娣。招娣小时候是个不太爱说话的女小人，后来经常跑到裘家戏班听人唱戏。养父不愿她学唱戏，她就自己偷偷跟着戏班师父学吊嗓子。她觉得唱戏是多么美妙的一件事。她一有空闲就不停地唱，对着江河沟渠唱，对着天空唱，对着泥墙草棚唱，对着牛羊猪鸭唱。她不

停地唱着，唱得附近四乡八邻的戏班主都登门来要招娣，但是养父仍然不放心。养父说，我只有这么一个女儿，不能跟着戏班子吃苦头。戏班主就说，我们是去大上海唱戏的。养父说，大上海有什么稀奇？金窝银窝不如自家草窝。

但是后来养父得了黄胖病，镇上开诊所的“赵西医”说这是肺炎，弄不好是要出人命的。要治这病，最好去杭州的大医院，少说也是三五十块钞票。养父的远房表弟带了一个上海人来，那个人叫徐锁金，说是为他的一个朋友在崇仁镇找一个小。招娣站在徐锁金面前的时候，徐锁金的眼睛一下子就亮了。招娣说，先生。徐锁金说，叫爷叔，叫爷叔。徐锁金脸上荡漾起甜蜜而幸福的笑容，他对养父说要是这个女小人跟我走，你看病需要多少钞票，白老板一塌刮子全包了。

那天黄昏招娣赶去花圈店，在一堆色彩鲜艳的花圈后面，招娣找到了蓬头垢面忙碌着扎花圈的根灿。招娣说，你有没有钞票。我爹得了黄胖病，赵西医说，没有三五十块，救不了他的命。

根灿把脸藏在花圈的背后，好久以后才说，有是有的。

招娣说，那你给我送来。你给我送来了，我保证让我爹答应你。等他的病一好，我就嫁过去。

根灿仍然把脸藏在花圈的背后说，好的。

招娣等了两天，一直都没有等到根灿送钞票来。那天徐锁金把用申报纸包好的钞票堆在八仙桌的一角，然后一言不发地坐在桌子边上喝茶 。一直到黄昏，根灿都没有出现，招娣就把那堆报纸包着的钞票移到了自己的面前，然后在养父的床塌面前跪了下来说，爹，那我就跟爷叔走了。你治好了病，还是要保重。你最好活到一百岁。

招娣又说，你捡了我就等于救我一条命，现在我把这条命还给你。

招娣在第二天清晨和徐锁金一起乘船到绍兴去坐火车。在河埠头，招娣突然停下了脚步，对着这条河莫名其妙地唱了一会儿戏文。她唱《十八相送》，梁兄你花轿早来抬。这时候根灿跑来了，因为跑得急的缘故，他的整个人都冒着热气，仿佛被刚蒸熟似的。

根灿说，我把三十块钞票给你送来了。

招娣说，你来晚了。来晚了这钞票就不是钞票了。是纸。

根灿眼圈红红地说，就等不了那一歇歇的辰光了吗？

招娣笑了，说阎王爷也没有等我爹。

招娣说完，上了那条通往绍兴的小船。招娣上船的时候，朝呆若木鸡的根灿妩媚地笑了一下。她理了理被风吹乱的头发，想，这人生简直和头发一样乱。

又想，一个招娣不见了，另一个招娣要在上海重新活过。小船在水面上平稳地前行，把水面劈成两半，劈出一道好看的水纹。小船驶出去很远了，招娣纤秀而灵动的身影，在水面上越来越远，最后融进了水面的深处。远远的，传来几个孩子正在唱着的童谣：

……小船荡荡，荡到三江口。
三江口有个老外婆。
老外婆碰见了强盗坯。
强盗坯带着寡妇婆。
寡妇婆带着拖油瓶……

3

招娣穿过门洞，跟在瘦长的徐锁金身后，上了二楼的一间屋子。那个叫白全喜的男人在躺椅上不停地咳嗽着，他很白，豆腐一样白。肚皮上盖着一条狐狸皮，就像一只狐狸趴在他身上似的，看上去有些女里女气。白全喜在三官堂路上开了一个老虎灶，顺带着在老虎灶隔壁开出一家叫仙浴来的澡堂，可汰浴可吃茶，烧热水也一搭两便。另外还在六大埭开了一家南北货品店。他是十七岁那年从扬州泰兴来上海找生活的，听讲他大女儿死了，这像是挖走了他心上一块肉一样，自己也死掉了半个。

那天徐锁金从奄奄一息的白全喜那儿领走了十块大洋。他颀长的身子像一缕风一样穿过了石库门，消失得一干二净。现在只剩下招娣站在白全喜的面前，她突然发现白全喜的眼袋很大，像两个煮熟剥开的鸽子蛋。白全喜的喉咙不停地翻滚着，他的眼睛射出来两道精光，还用力地笑了一下。后来白全喜从躺椅上起身，带招娣去见了大房。王佳宝的房子很暗，那种不见天日的暗，弥漫着浓重的烟味，这种烟味牢固地深入到了柜子、棉被和墙壁中，牢固地渗透在每一寸空气里。王佳宝躺在一张酸枝木做的摇椅上，半个身子深陷黑暗中，只有那明灭的火星告诉你她在抽烟。后来白全喜啪嗒一声开亮了灯，招娣才看清王佳宝在用一支白玉烟竿抽烟，屋子里烟雾腾腾，窗帘紧紧地密闭着。仿佛窗帘以外是另一个光亮的世界。王佳宝的身子动了动，那把摇椅就不停地在电灯的光线里摇晃着。她冷冷地看着招娣，打了一个深长悠远的哈欠说，缘份。

接着她又说，晓得我是谁吗？‘

晓得。你是姐姐。

王佳宝冷笑一声：姐姐？告诉你吧，我是大清国的将门之后，我爹是绿旗营正三品参将武官，王福堂。

招娣笑了一下说，原来姐姐的爹是个大官。

招娣的目光落在王佳宝身后的墙上，墙上只挂了一张照片，照片里是一个扎着麻花辫的姑娘。后来招娣知道，那照片里的姑娘，是王佳宝和白全喜的小女儿，叫白秋官。在遥远的北平念书。

白全喜又带着招娣去见二房杨巧稚。招娣见到了那个刚在在楼下天井里看书的女人，现在她站在屋子中央微笑着。和王佳宝相反，她把窗帘开得很大，甚至还打开了其中一扇窗。阳光蜂拥着扑进来，落在屋子的地板上，有力地照耀着那些飞舞着的灰尘，以及窗口花架上的几盆花。杨巧稚只穿了单衫，看上去她的眼睛很亮，仿佛整个人像一株灌满了浆的植物，比如说四月的麦子。招娣还看到了一只大喇叭，也是在后来，招娣知道那个会发出声音的喇叭叫留声机。那时候这只美国的猎狗牌留声机正在放着白光的《等着你回来》，招娣不知道杨巧稚这是要等着谁回来，但是她一下子就喜欢上这个爱看书的女人了。

招娣说，二姐。

杨巧稚就笑了，说你啥个名字？

招娣说，我叫招娣。

杨巧稚说，听说你是嵊县崇仁来的。上海好多戏班子，都是从那儿来的呢？

招娣的心头就涌过了一阵阵的暖流，她本来想说我也会唱戏，但是她忍住了。她就站在屋子里，看着那留声机的唱针划过旋转的唱片，一个女人不厌其烦地唱着等着你回来……

许多日脚以后，招娣越来越喜欢二姐。二姐一直说，做人终归是要死的，所以活着的时候要有情调，要过上档次的日脚。她爱穿旗袍，衣柜里挂了一整排的旗袍，好象有许多女人在衣柜里排着队似的。有时候她会穿上旗袍，去凯司令喝那种酱色的咖啡。这些都是招娣后来才知道的，招娣想，人和人倒底是不一样的。

然后白全喜才领着招娣去了三层的前阁楼，那是一间狭小的房间。不仅狭小，而是低矮简陋，但是招娣的心里却像麻雀一样欢叫起来。她不仅看到了屋子里的老虎窗，以及老虎窗上停留的阳光，还有窗外隐现的绿色的爬山虎。她就站在那儿一动不动，欣喜地望着绿得让人欢叫的爬山虎，想，长得真威风。

4

招娣奇怪的是，白全喜从来都没有碰过她，而老是喜欢给她梳头。楼下的天井里，永远放着一只小炭炉，炉子上架着一只小药罐，中药的气息就在石库门里荡漾。这时候招娣才知道，白全喜是有毛病的。那个叫张阿三的佣人曾经偷偷地告诉过她，白全喜讨第三房的意思，是想要让这喜气冲走他的晦气。

白全喜就在阁楼的老虎窗前给招娣梳头。招娣一动不动对着窗户坐着。从窗口看出去，可以看到工厂烟囱喷出的烟，看到突然从眼前掠过的鸟。白全喜麻利地帮她扎上头绳，看上去训练有素的样子。这让招娣幸福。养父从来没有给她扎过头绳，养父主要是养活了她，主要是每天从早上出去晚上回来，不停地阉猪。养父还带回血淋淋的猪卵子用大蒜叶炒熟了下酒……现在她觉得老虎窗就是一个瞭望塔，能望到很远的地方，望到她人生不可预知的迷朦的前方。有时候，她甚至觉得她已经望见了崇仁镇镇口大门打开后，可以看到的那排酱红色的木栅栏。但是，养父的脸却在她的记忆里越来越模糊了。

招娣去高升泰戏院找过雅仙。雅仙藏在一件深紫色的大衣中从戏院里匆匆地出来，她看到招娣穿了一件单衫，站在戏院门口啃一截甘蔗。秋风正凉，吹过招娣卷起了衣袖的手臂。雅仙就望着招娣那张纯明得像湖水一样的脸，用蹩脚的上海话说侬来上海做啥西?

招娣说，我住在宝珠弄了。我住在一个叫秋风渡的石库门里。

雅仙看了看戏院门口凌乱的烟摊、甘蔗摊以及歇脚的黄包车夫，皱了皱眉说，上海混生活是蛮吃力的。你是来当佣人的吧。

招娣想了想说，是的。

雅仙打了一个哈欠说，我很忙的，要演出。老板很器重我，他越是器重我，我越要卖力是不是?

招娣想了想又说，是的。

然后雅仙就消失了，她头也不回地说我会去寻你的，约你吃一顿饭。

招娣孤零零地站在高升泰戏院的门口。她掏出白全喜给她的零花钞票，买了许多甘蔗。她不停地啃甘蔗，啃得舌头都发麻了。她啃甘蔗主要是为了站在戏院门口回忆一下她和雅仙的过去。在崇仁的时候，雅仙和她好得就像是一个人，经常钻一个被窝里睡觉。雅仙身上挂着许多白花花的肉，她老是笑话招娣单薄，说招娣像一根扎灯笼架子用的竹片。招娣就狠狠狞雅仙身上的肉，狞得雅仙一阵一阵的惨叫。

招娣想，雅仙很像一个上海人了。

白全喜选了一个晴好的日脚，带着招娣去了三官堂路上的那口老虎灶和仙浴来澡堂。一些来老虎灶打开水的女人，晃荡着铜吊子，打满满一壶开水拎回家。她们恨不得在水上踩一脚，把水给踩实了，好让铜吊子多打一些水。老虎灶边上的仙浴来澡堂，一人多高的白布幔上号着“清水盆汤”四个黑字。招娣总是觉得这白布后面，隐藏着许多的秘密。浴客们在这白布的背后半裸着身子吃茶，汏浴，听说书，或者是听苏州评弹，还可以磕瓜子，睡觉，修脚……那个扬州来的修脚师父周正的名气很大，三年了，他一直在仙浴来没有挪过身子。这让白全喜很感动，逢年过节的时候都会给他封红包。周正脑子蛮灵光的，手艺好，所以就有好多的老主顾来找他。他不仅眉眼长得周正，还爱看书。一个修脚师父爱看书，招娣想，那书上会不会都是脚气？

一个中年女人，目光呆滞地坐在一张桌子后面收汏浴用的竹筹。桌子上放着一只白铁皮做的小箱子，里面凌乱地躺着一些竹筹。白全喜看了一眼招娣对中年女人说，这是三姨太。

中年女人打了一个哈欠说，年纪交关轻啊。

白全喜又对招娣说，你不要小看仙浴来，还是有些头面人物欢喜到格种地方来的。

招娣说，我没有小看 。

白全喜说，知道安大奎吗？他就喜欢在特别间里汏浴，天天来。

招娣说，我不知道。

白全喜有些失望，也有些伤感。后来他说，总有一天我会把老虎灶和仙浴来留给你的。说这话的时候，白全喜的眼圈红了。他说，做人就是做梦。

那天的风特别大。风吹皱了白全喜身上的长衫，也把他头上稀疏的头发吹得东倒西歪。在招娣的眼里，白全喜就像一棵墙头胡乱摇晃着的枯草。这让她感到一丝悲凉。

第二天，那个收竹筹的中年女人就被白全喜换了行当，招娣去仙浴来收竹筹。招娣一边吃着从馄饨阿四那儿买来的生煎，一边坐在那只白铁皮箱子前的时候，看到零落的工人来上工。周正的眼睛很亮，他看了一眼招娣笑了，说，吃生煎要小心烫嘴。

那天招娣果然被生煎流出的汤水烫了嘴。在之前，她从来没有吃过生煎，她只吃崇仁的米线。

5

招娣没有想到的是，还不到一个月，安盛帮的老大安大奎被人宰杀在特别间里。仙浴来的生意一下子差了好大一截。每天晚上收工的时候，招娣就会踩着凉而薄的路灯光回到宝珠弄。招娣会认真地看石库门上突出的三个黑色的砖雕字，秋风渡。仿佛听到了遥远的风声，她觉得秋风越来越紧了。秋风差不多已经吹进了她的骨头，把骨头给吹冷了。

6

警长华良带走问话的那个来凤鸣很快被释放了出来，而据说凶手被找到的时候，也已经是苏州河上的一具浮尸。这消息登在《福尔摩斯报》上，整整一个版，上面果断地推测凶手应该是被幕后真凶灭口的。来凤鸣是没有罪的，他被叫进局子里也只是协助调查。现在他终于出来了，出来的时候顶着一头苍凉而干燥灰黄的乱发，带着他的两个小兄弟一起到仙浴来汰浴。他的两个兄弟一个是胖子，叫小四子；一个是瘦子，叫小六子。都是丹阳人。

凤鸣站在招娣面前，把三根竹筹扔进了白铁皮箱子。可能是被关了几天的缘故，他的脸色仿佛白净了许多，是苍白的那种白。他还露出了苍白的笑容，说我来汰浴，册那，我把晦气给汰干净。然后他带着小四子和小六子大摇大摆地掀起了一块棉帘。望着他的背影，招娣想起当时刺客从澡堂子里蹿出来的情景。那时候招娣面前的凤鸣光着上半身和脚丫，不停地喘息着。他的身上湿漉漉地淌着水，而他的手中紧握着一把冰冷的刀子。

这天晚上招娣回家，如往常一样踩着一地的路灯光。走到宝珠弄门口的时候，有一辆黑色的福特轿车悄无声息地停在她的身边。一个穿西装的男人从车上下来说，小姐我问一下路。

招娣说，我不是小姐，我也不认得路。

西装男人就笑了说，那我来给你带路吧。话音刚落，就有两个男人一左一右站在了她的身边，把她架上了车。西装男就坐在副驾驶室上，他不停地剥着热腾腾的烤山蕃的皮，回头看了坐在后排中间的招娣一眼说，你怕不怕？

招娣说，我应该怕什么？

西装男埋怨地说，这山薯没烤好，有点儿糊了。

那天招娣被送到了八大埭一个叫龙江里的地方。下车的时候，招娣看到一幢石库门房子，大门敞开着。八个大汉并排站成一条线，很像是八根木头做的电线杆子。八个汉子的边上，站着来凤鸣和小四子、小六子。一个穿旗袍的三十来岁的女人坐在八仙桌边剥香榧子吃，香榧子的黑衣粘在了她的嘴唇上。那时候招娣还不知道她叫金丽贞，金丽贞吃了好几粒香榧子后拍了拍手掌上的碎屑，站起来走到招娣的面前。金丽贞突然甩过来一个耳光，把招娣打趴下了。招娣的嘴重重地磕在了地上，她觉得嘴巴有点儿甜，于是吐出了一口血水，血水里竟然安静地躺着半颗被磕断的门牙。

金丽贞蹲下身，脸对着招娣的脸说，我想让你给大奎陪葬。

你问我愿意了吗?

如果不是被你挡了路，那刺客逃不出凤鸣的刀。

金丽贞说完，回到桌子边上坐下了，又开始剥香榧子，好象她和香榧子没完没了似的。

你有什么话就赶紧说。金丽贞把一把刀子扔在了招娣的面前，刀子呛啷响了一声，就死去一样一动不动了。像一条鱼干。说完了，你就给大奎陪葬。金丽贞又补了一句。

招娣却认真地说，你嘴唇上粘着黑衣。

金丽贞愣了一下，拿一块手帕胡乱地擦去嘴唇上香榧的黑衣。

招娣就拿眼看着来凤鸣。来凤鸣的目光躲闪着，最后他像想起什么似的，一步步走了过来，走到金丽贞面前说，师娘，这件事体和这个女人没有关系。她不挡我一下，那刺客也是要逃掉的。

你在替谁说话?有人看见她挡着你的路了。金丽贞盯着来凤鸣说，你是想让师父地下合不了眼吗?

金丽贞有些气愤地从烟盒里抽出一支“孟姜女”香烟叼在嘴上，胡乱地寻找着火柴。来凤鸣走上前去，掏出一盒火柴替金丽贞点上了烟。金丽贞喷出一口烟，盯着地上的招娣说，这个女人不简单。

凤鸣说，怎么不简单

金丽贞说，你看她眼睛。她眼睛里什么都能装得下。说不定她连人都敢杀。

招娣慢慢站起身来，拿眼睛在每个人的身上一一掠过，紧咬着嘴唇一言不发。

来凤鸣叹了一口气。他在金丽贞的耳边轻轻说了一句话，金丽贞的脸色就变了，她有些恼怒地把手中的香烟在烟灰缸里揿灭。她看到来凤鸣在安大奎的灵位前跪了下来说，师父，你放过这个女人吧，不关她事体的。如果大洋的正面朝上，就放了她！

来凤鸣说完，变戏法似的手掌里多了一个袁大头。来凤鸣的手轻轻一抖，袁大头就腾空而起，嗡嗡响着在空中翻滚，最后笨拙地落在了地面上。招娣看到了袁大头肥胖的侧脸，就那么死皮赖脸地贴在地面上。她看到凤鸣笑了，说，师娘，正面朝上。

金丽贞一句话也没有说，而是又点了一支烟。凤鸣的笑容慢慢收了起来，沉着脸对招娣一声低吼：你还不走？你要是再不走，我以后见你一次杀一次。

招娣走了，连看都没有看金丽贞一眼，走过了屋里汉子们惊讶的目光。她走得从容但也有些失落，仿佛该发生的事情没有发生到酣畅淋漓。她就走在八大埭的路灯光下，走得缓慢而怅惘。她还在想着她离开后，那个有着女人名字的凤鸣，会做一些什么？而事实是，屋子里所有人在金丽贞挥了挥手以后，都消失得无影无踪，只剩下手心里还握着袁大头的来凤鸣。

金丽贞盯着来凤鸣说，你刚才抽千。你连你地下的师父也敢骗了。你完了。

来凤鸣蹲下身，一直看着电灯光下那一小堆招娣吐出的血水，和血水里安静躺着的半颗牙齿。来凤鸣后来站直了身子说，放她一马吧，她不容易。

金丽贞说，谁都不容易。

来凤鸣后来走到了金丽贞的身边。金丽贞仍然坐在那张太师椅上，她的头靠在了来凤鸣的胸前，身子开始不停地抖动起来。一会儿，来凤鸣的胸前就湿了一大片。金丽贞呜咽着说，你师父连为我死都愿意，可没想到是死在浴缸里的。

凤鸣就抚摸着金丽贞的头发，像安抚一个孩子。他想说很多话，但是最后只说了一句，我不会离开安盛帮的。金丽贞就笑起来，一边哭一边笑，紧紧地抱住凤鸣，生怕凤鸣像一只鸟一样突然飞走。

凤鸣的心里一直在想，这个晃荡着走路的招娣，现在有没有走到宝珠弄。这是一个寒意深重的冬天，招娣喜欢冷风灌进她的脖子，她甚至闻到了风所特有的清香。她就迎着风一直走，走到宝珠弄的弄堂口，看到一个行动迟缓的中年人，穿着棉长衫，双手反背着，久久地等候着她。招娣就说，你不怕冷吗？

白全喜搓着双手略显腼腆地说，我怕冷的。

一会儿他又说，但我更怕你出事。

7

凤鸣常带着小六子和小四子来仙浴来汰浴。招娣被金丽贞绑走的事，就像没有发生过一样，招娣就当那是一场梦。凤鸣喜欢吃仙浴来隔壁不远处阿四馄饨摊的馄饨，加一点辣，每回都吃得满头大汗的。有一天凤鸣要了两碗馄饨，坐在招娣的面前，和招娣面对面一人一碗吃起来。他们吃馄饨的时候一直都不说话，好象不认识似的。

吃完馄饨，凤鸣擦着自己脸上的汗，很认真地说，我顶喜欢吃阿四做的馄饨，皮薄，馅大，是天底下顶好吃的馄饨。

招娣没有说话。凤鸣又说，热煞了热煞了。

招娣从那只馄饨碗中抬起头说，那天你和你那个师娘说了句什么话，她才放走了我？

凤鸣想了想说，我忘了。

招娣把筷子在桌上一拍说：就怕你忘不掉。讲吧！

凤鸣想了想说，我同她讲，要是她真想要杀你，那得先把我杀了才行。

招娣就一下子安静下来，一言不发地望着凤鸣看。凤鸣告诉招娣，这个叫金丽贞的女人不简单，她以前在宏福赌馆当一名发牌的荷官，吃住都在赌馆里，老板对她很器重的。她嫁了一个烟鬼老公，把所有的钞票全部抽完了，还欠下一屁股债。后来安大奎把她家所有的债务给还了，老公也就乖乖地退出，把金丽贞让给了安大奎。有一回六指帮和安盛邦在吴淞口附近抢地盘，安大奎背上被六指帮的二头目劈了一刀，结果金丽贞从赌馆得到消息后，拿着两把刀追砍，硬是卸掉了六指帮二头目一条胳膊。她像一个疯婆子一样，对安大奎死心塌地。所以做我们这一行，活不活得长，是一个未知数。

停顿了一会儿，两个人都一言不发。后来凤鸣又突然同招娣说，要是我活得长，我真愿意娶你。

招娣看着被进出的浴客一掀一掀的厚帘布说，你活多长，我都不会嫁你。

招娣说这话的时候，想起安大奎被人劈杀的那天一阵阵的秋风，以及来凤鸣脚丫上的一滩血。招娣呆坐着正在出神的时候，破天荒的雅仙来看她，穿着那一年最时髦的披肩，一扭一扭地出现在仙浴来的门口。招娣先是看了一会儿雅仙，又突然大笑起来，笑得眼泪都流了下来。她想起了在崇仁的那些日子，她不停地扭着雅仙身上白花花的肉，两个人用嘴咬，有时候又搂在一起睡觉。雅仙也笑，雅仙说，你个死东西。

那天雅仙意味深长地看了不远处坐在白铁皮箱子边的凤鸣一眼说，他是啥人。

招娣说，短命鬼。

雅仙又笑了。那天雅仙主要是在和凤鸣说话，凤鸣还带着雅仙离开仙浴来，去阿四馄饨摊上吃了一碗馄饨。他们看上去已经是多年的老朋友了，所以在馄饨摊上雅仙说，招娣说你是短命鬼。

来凤鸣没有吃惊，想了想有些萎顿地说，我也觉得我是短命鬼。

你是想揩招娣的油吧？

没想。我只想她活得长一点。

在一堆和暖得像秋天干净稻草般的阳光底下，一辆黑色福特轿车停在了仙浴来不远处。车上下来一个男人，男人拿着一张卷拢的报纸，摇头晃脑地走到了仙浴来的门口。招娣正在数着白铁皮箱里的竹筹，头也没抬地听着这个微胖白净的男人说话 。男人说了一堆话，招娣也刚好数完了竹筹。然后招娣抬起眼皮说，客人越来越少了，今天才二十来个人。

招娣说完站起身，跟着男人走了，一直走到那辆黑色的福特轿车边上。男人温文地打开了前车门，招娣坐了进去，回过头来对后座说，你还想再杀我一次？

坐在后排的金丽贞笑了，不，杀你用不着我亲自来。

金丽贞把一只黄皮纸袋塞到了招娣的手里，招娣打开纸袋，发现里面全是印着外国人头的钞票。

金丽贞说，这里是五万美金。你离开凤鸣。他和钞票，你只能选一样。不然没命。

招娣笑了，把鼻子凑在纸袋的袋口，狠狠地吸了一下说，我能两样都不选吗。

金丽贞就愣了一下。招娣直视着金丽贞的眼睛说，不是让我别找他，是让他别来找我。

招娣又拍了拍福特轿车的车顶说，这是小汽车吧？这车子闷得慌，像棺材，肯定不如马车舒服。

后来招娣下了车，一脚踩在了冬天的尾巴上。风中已经有那种潮湿和温暖的气息，直接荡进了她的身体里面，这让招娣的身子不知所措地微微颤动了一下。金丽贞对站在车门外的招娣说：你果然不简单。你把他让给我！

招娣说，为什么？

金丽贞说，他对我很重要，可是对你不重要。

招娣笑了，一甩手重重地合上车门说，不用让。他本来就是你的。

8

二月初二龙抬头，小六子在闸北火车站附近一家商店的玻璃橱窗边上被人堵住，用斧头劈掉了半拉脖子，倒地就死。血喷了一地，像八仙桌那么大。来凤鸣和小四子身上全是血，逃了出来，他们像没头的苍蝇一样乱撞，最后踉踉跄跄的扶着墙壁前行。他们身上的力气，像是被一种机器抽走了似的，每迈出去一步脚都是软的。最后他们顺着宝珠弄，走到了秋风渡门口时，像两张被风吹刮的旧报纸一样，软软地贴上了墙上。

经过外白渡桥的时候，被风一吹，招娣突然觉得春天已经正式来了。因为春风灌进了她的脖颈。春天来得没有半点预兆。春风一吹，所有的绿树都张牙舞爪地开始生长，招娣觉得身子骨懒得要命，需要拆开来重新装一装才会适意。杨巧稚变得忙碌起来，她经常穿上各不相同的旗袍，风姿绰约地坐上黄包车出门去。她把自己的日脚安排得井井有条，无外乎和妇女互助组织联络，参加徐家汇大教堂的义卖，以及偶尔的去凯司令喝个咖啡，在兰心大戏院看看话剧，有时候也出席福州路185号警察俱乐部的舞会。她和招娣的生活是完全两样的，她年轻，漂亮，瓜子脸，念过九年书，生活里荡漾着自由的气息，很像是广告墙上日理万机的女人。有一次杨巧稚将自己的身子斜倚在门框上，用那种不紧不慢的腔调告诉招娣说，秋风渡的名字是被她改过的，老早的辰光叫春在里。

杨巧稚是一个任性的人。白全喜其实是喜欢她的任性的，对于杨巧稚做出的任何种种，白全喜都会宽容一些。当她告诉白全喜，要改石库门名字的时候，白全喜告诉她，只要你不把石库门拆了，你想改成什么都行。于是杨巧稚把春在里改成了秋风渡，那三个字还是她自己写的。写完了这三个字，她觉得这秋风渡从此以后就是她的了。那时候远远在一边观望的大房王佳宝叼着烟竿冷笑一声，说作心作肝，一定会作出祸水来的。

杨巧稚就是第一个看到凤鸣和小四子浑身是血的人。她举着一把黑色的长柄雨伞打开门的时候，看到两个血人后背贴在秋风渡正对面的墙上，像两只壁虎一样不停地喘着气。雨水正在密集地落下来，把两人身上的血淋落在地上，淡红色的液体没有方向地流来流去。两个人身上，都有细密的刀伤，仿佛是整个人炸裂开了似的，有的地方可以见到白森森的骨头。他们的眼神无力地望着杨朽稚，然后跌跌撞撞的揿着墙，顺着宝珠弄向前走去。

好久以后，杨巧稚才发出了一声尖叫。招娣和白全喜穿过狭小的天井快步走到了她身边。透过密密的雨阵，招娣看到了相互搀扶着远去的小四子和凤鸣的背影。招娣一下子冲进了雨中，她像一只低飞的燕子一样在宝珠弄开始一场春天的奔跑，跑到宝珠弄的另一头时，看到一辆车嘎的叫了一声停了下来，金丽贞从车上冲下，扶着凤鸣和小四子上了车。这时候已经被淋得湿透的招娣看到，金丽贞身上也有许多血。金丽贞远远地看了招娣一眼，她也上了车，关车门的时候，招娣看到金丽贞手上的虎口，开了很大的一条血口子。她的嘴角也挂着血。她笑了一下，车子无声地开走了，一直开到这场春雨的最深处。

白全喜穿着长衫撑着一把雨伞无声地走到招娣身后，他用雨伞为招娣遮挡出一片没有雨的天地。然后轻声说，你给我记牢，以后不要和这两个人来往。

白全喜说完，剧烈地咳嗽起来。招娣转身接过了白全喜手中的长柄雨伞，她搀扶着白全喜往秋风渡的方向慢慢地走。急促的雨阵扬起了迷朦的水雾，白全喜轻薄得像一只风筝，招娣心头就响起了一声悲鸣。她对自己说，既然是风筝，那么等于是随时都有可能会飞走。

两个礼拜后，招娣在苏州河边高低不平的堤岸上看到了来凤鸣和小四子在烧一堆锡铂纸。那些锡铂织成了一只只元宝的形状，在跳跃的火中卷起，变黑，最后软下去成了一堆灰。苏州河上船来船往，把一条河挤得很狭窄。一些在河边搭了棚子住的人，正在河水里汰衣裳。招娣笑了，她看到来凤鸣缓慢地转过身来，望着招娣一言不发。后来是小四子一直在和招娣聊天，小四子和招娣坐在河边，告诉她在苏州河边烧纸，是想要那些过往的船只，把小六子的灵魂带回家乡。小四子还告诉招娣半个月前的那一场变故。安盛帮和人在闸北火车站附近狠狠地打了一架，是金丽贞把差一点进了鬼门关的凤鸣救下的。但是小六子被劈成了肉酱，至少有五个人拿着短斧把小六子逼到了一家商店的橱窗下，手中的斧头胡乱地劈向小六子。那时候橱窗的玻璃碎了，碎破璃像一堆亮晶晶的砂子，盖在了血人一样的小六子身上。

小四子说，那天金丽贞用小汽车在宝珠弄弄堂口接走了伤痕累累的凤鸣和小四子。在万航渡路上的同仁医院，凤鸣昏睡三天，金丽贞一步也没有离开。凤鸣醒来的时候，金丽贞咕咚一声倒在了病房里。这时候凤鸣才发现，金丽贞自己的身上，也到处都缠满了绷带。

那天凤鸣和小四子离开以后，招娣仍然在苏州河边久久地坐着。她把整个的下午都坐过去了，一直坐到夕阳的余辉远远地落在河水中，然后顺着河水，潮一样漫过来。招娣能听到夕阳漫过来的声音，夕阳把她紧紧地围住了。

这时候招娣对着苏州河说，凤鸣果然是她的。

9

白全喜死了。白全喜死前，还在老虎窗前替招娣仔细地梳了一回头发。仿佛他的死是有预谋的，他不仅去仙浴来澡堂汰了浴，还让招娣预约了光裕社的吴顺荣来澡堂唱评弹。白全喜边听着《杨乃武与小白菜》边和招娣说，你还记得死在特别间里的安大奎吗？他活得没有比别人长。

这天白全喜还去了城隍庙，兴致勃勃地吃了宁波汤团。吃完汤团他就打起了瞌睡，趴在桌上再也没有醒来。两只手低低地垂着，不停地打着摆，像两口同时走动的立式自鸣钟。白全喜的嘴角还挂着笑，仿佛一个睡着的孩子。招娣也在吃汤团，她吃那种麻沙馅大汤团，吃着吃着，看到了白全喜挂在口角的亮晶晶的涎水。一阵春风吹来，吹动了白全喜头上稀疏而苍凉的白发。这个时候招娣的眼泪一刻不停地奔涌出来，她没有把白全喜当成丈夫，她把白全喜当成了爹。她只是嵊县崇仁镇的一个孤儿，有一个会阉猪的养父，但是却从来没有一个会替她梳头发织辫子的男人，也没有一个温厚的关怀着她的男人。招娣的眼泪不停地滴落在碗里，她认真地吃完了汤团，最后专心地把汤和泪水一古脑儿喝光了。小二过来收碗筷的时候，看到了白全喜的模样，说，伊好象睏熟了，小心着凉。

招娣说，他要是还能着凉就好了。

花圈堆在秋风渡门口的时候，招娣想起了崇仁镇那个会扎花圈的根灿。但是奇怪的，他记不起根灿的脸是长什么样的。她只记得根灿有一个一兴奋就会发红的酒糟鼻。那天雅仙也来了。她穿着一件湖绿色的旗袍，和招娣一起站在弄堂里，不停地告诉招娣，你男人家死了，你要多捞一点是一点，一砖一瓦一坛一罐都不要放过。我同你讲，你以后是要自己过日脚的。

雅仙走的时候，问招娣借了二十块钞票。雅仙说有急用，是要去吃喜酒做贺礼的，一个礼拜后保准还。雅仙后来顺着宝珠弄一步步地越走越远，招娣觉得雅仙的腰好象比以前粗了一圈，滚动着浑圆的肉。二房杨巧稚的留声机在唱着苏州评弹《点秋香》，那软得像棉花糖的声音让招娣皱起了眉头。大房王佳宝像影子一样出现在招娣的身后，她很瘦，瘦得像一件衣裳。王佳宝难得离开她黑咕隆咚的房间，手里仍然握着那杆仿佛是长在她身上的白玉烟竿。她从容地对着招娣喷出一口烟说，老头子把你当死去的大女儿了。

这时候慕尔堂的牧师马吉顶着他的金发和高鼻子一步步向他们走来，他是来和王佳宝商量葬礼上做祷告的事。其实他是白全喜的好朋友。他穿着一件皱巴巴的衣裳，鼻梁上架着一副眼镜。他的目光透过镜片落在了招娣身上，平静地说，主会接纳他的。

10

白全喜头七那天，王佳宝叫人在客堂间推了一天的牌九，推得她精疲力尽。那天牌九客人散去以后，她伸了一下懒腰，盯着杨巧稚和招娣说，分家。

杨巧稚什么也没有分到，这是令她意想不到的。王佳宝拿出了一张纸，弹了一下，喷出一口烟盯着杨巧稚说，这是死鬼留下的话。死鬼说，你只能分到一块洋钿。

杨巧稚就有些黯然，她流了泪，并且不停地冷笑着。但她很快擦干了泪，默默地走向了自己二楼的房间。她把自己关起来，听了一个下午的留声机，那永不停息的乐声好象是在秋风渡唱了半天堂会似的。招娣一直都不知道，杨巧稚其实是有一个相好的，原来就是在仙浴来替人修脚掏耳的周正。周正是一个奇怪的修脚工，据说以前在老家扬州江都县邵伯镇一所乡村学校教国语，而且他还特别喜欢看书。谁也不知道他们是怎么好上的，他等了杨巧稚三年，也在仙浴来修了三年的脚。本来商量好，白全喜的日脚不多了，两个人是要在白全喜走了以后过小日子的。

楼下的客堂间里，只剩下招娣和王佳宝。招娣一动不动地端坐着，她不知道白全喜能分给她多少。王佳宝抽完了烟，在桌角磕着烟竿里的残烟，嘴里叽叽咕咕地对着二楼的杨巧稚骂骂咧咧，我早就知道你们这对狗男女了，瞒天瞒地，瞒不了我的火眼金睛。只有死鬼蒙在鼓里，一直到死前才知道。我不难为你。走！

白全喜留下了老虎灶和仙浴来澡堂，是分给招娣的。此外还有五百块大洋。这是王佳宝用瘦长的手指头弹着那张纸骂骂咧咧讲的，招娣就知道，她的命和这张纸息息相关。她突然想起几个月前的某一天，白全喜伤感地告诉她，总有一天我会把老虎灶和仙浴来留给你的。说这话的时候，白全喜的眼圈红了。他说，做人就是做梦。招娣就想，白全喜是对的，做人就是做梦 。

这时候雅仙刚好又来看招娣，她带来了一股香风，让王佳宝打了好几个喷嚏。这让王佳宝很不舒服，王佳宝将脚边一只淘米箩踢得滚来滚去，说才嫁过来就分嘎许多，还是死鬼给你预留着的，不晓得他怎么就迷了心窍。你果然一点也不简单，你比二房厉害多了。招娣不说话，就笑，一直笑到王佳宝不说话了，招娣才站起身一字一顿地说，就按纸上说的分！

雅仙盯着王佳宝手中的那张纸看了半天，最后她还是跟着招娣上楼了。在阁楼的老虎窗前，招娣一直面对着窗外微笑着发呆。她突然开始想念老家崇仁，以及崇仁那鳞次栉比的老房子，还有那鹅卵石铺起来的弄堂。雅仙说，你不用难过的，你和他又不像夫妻，你顶多像他的女儿。

招娣说，你给我闭嘴。

招娣又说，他是个好人 。

雅仙就撇了撇嘴，说，同你商量一件事体，我的身体不太好了，我想去同仁医院看病。不晓得你好不好借我三十块钞票的。

招娣说，你先把上次的二十块还上。

雅仙说，我们是老乡，你明明分到了五百块钞票，怎么可以这么小气的。

招娣说，不是我不肯借你，是你的病已经看不好了。

杨巧稚一直没有走出房门。她把留声机关掉的时候，招娣从一楼灶披间端了一碗红烧猪脚和一碗白米饭，在王佳宝懵然的目光中上了楼。招娣敲开了杨巧稚的门，把红烧猪脚和白米饭放在桌子上。杨巧稚正在喝酒，她在喝洋酒，已经喝得有点儿微醺了。她的脸上看不出难过，对招娣笑了一下说，我不喜欢吃猪脚。

招娣说，别给脸不要脸的，给你端猪脚已经不错了。

杨巧稚穿着肉粉色的睡衣，在屋子里转着圈，然后又端起高脚杯喝了一口酒说，我陪了老头子七年，最后给我一块钞票，真是天大的笑话。

招娣静静地看着杨巧稚，说，你要钞票做什么。

杨巧稚说，我和周正讲好了，我们要去香港。我们不愿回上海了，上海算什么，垃圾。

招娣想了想说，五百块够不够?

杨巧稚发了一会儿呆，把酒杯放在桌子上，然后摸了一把脸说，你不会是当真的吧。

招娣说，钞票不用还了，只要周正对你好。不然你就输了。

杨巧稚说，输不了。我和他都好三年了。要输早就输了。

这天杨巧稚又是哭又是笑，不停地在屋子里转圈，她还把那本《新月集》送给了招娣。招娣接了过来，十分珍贵地捧在胸前，但是却拿反了。

杨巧稚说，这是太戈尔写的。

招娣说，我不认得他。招娣又说，谁写不重要。

杨巧稚离开宝珠弄的时候，一直站在石库门前抬头久久地看着门楣上“秋风渡”三个字。她仿佛听到了风声，并且想起了当初把春在里改为秋风渡时的情节，白全喜含笑穿着长衫反背着双手，看她一张又一张地在宣纸上写不同的秋风渡。在白全喜的面前，她像一个任性的孩子。但现在打死她也不会想到的是，白全喜只给了她一块洋钿。

杨巧稚的皮箱就放在脚边。周正穿着一套西装过来，拎起了她的皮箱。他的模样依然长得十分周正，白净的脸和一双纯明的眼睛，看上去像一个教书匠，怎么看都不像是修了三年脚的修脚工。周正大概是不习惯穿西装，所以他穿着西装走路的样子就有点儿怪异。招娣揪住周正的衣领，把周正拉到了一边，周正就靠在弄堂的一面墙上说，你想干什么？

招娣说，你骗女人的本事比你修脚的本事好。

周正看了看狭长的宝珠弄的天空，叹了口气说，招娣我也很难的。我付出的也是交关多的。我等了她三年了，你倒站在我的立场想想看，一辈子有几个三年的？

招娣盯着周正的眼说，真不是个东西。

周正有些厌烦地皱了皱眉头，拎起皮箱往宝珠弄的弄堂口走去。那儿停着一辆从祥生租车公司租来的别克车。招娣送杨巧稚顺着弄堂缓慢地往前走，招娣说，你都不和王佳宝讲一声，你这是没道理的。

这时候她们两个人同时回头看了一眼秋风渡，一个人影迅捷地缩进了门洞里，看不清是谁。但是招娣却看到了门口飘着的一缕烟。招娣和杨巧稚就相视笑了一下。远远的，能看到周正坐在别克车里，他正用一把小刀专注地修着指甲。从这个角度看过去，他的下巴很尖，被白亮的光线勾勒出好看的弧线。杨巧稚最喜欢的就是他的下巴。

上车的时候，招娣说，听着，别给我回上海！

杨巧稚眨巴了几下眼睛，睫毛里裹着眼泪，始终没有掉下来。

雅仙后来晓得招娣把五百块钞票给了杨巧稚，气得好久都没能吃得下饭，她说你自己为啥不留点现铜钿。招娣说，我有老虎灶和仙浴来，我还不够用吗？

雅仙说，那你为啥不肯借钞票给我去看病。

招娣说，你那是心病。治不了。

雅仙喜欢在嵊县话里面，夹杂一些学来的上海话。她说你瞎讲。她又说，你这个憨大。

11

民国二十六年春天，那个曾经追赶过刺客的小胡子又出现了。他笑了一下，在招娣面前的小白铁皮箱子里扔进一枚竹筹，然后挺着笔直的腰杆掀起了那块白色的帘布。那天他在混堂大池里泡到傍晚才出来，出来的时候红光满面，看上去热气腾腾的样子。他看着正收竹筹的招娣笑了，说要不我们去吃碗馄饨吧。

招娣本来是不想去的，但最后还是去了。她想一定是饿了的缘故，她刚好想吃一碗馄饨。另外一个原因是，那天她不觉得累。天气晴好，云就在头顶上卷来卷去，像一群作心作肝的羊。所以她去了，就在三官堂路阿四馄饨摊。吃馄饨的时候，他们都不太说话，招娣能听到小胡子吃馄饨时稀里哗啦的声音。后来小胡子抹了一下嘴巴说，我姓楼。

招娣喝着汤说，你上次说，死一个人不稀奇，你见过一下子死几百个人的。

小胡子说，我自己也差点死了。

招娣仍然埋头喝着汤，说，你走路腰杆笔挺，你是当兵的吧。

小胡子愣了一下，后来他终于告诉招娣，他在88师当一名连长，叫楼国栋。

楼国栋后来又来汰了几回浴，他的身上有好多枪眼疤。他还是个羞怯的男人，已经二十八岁了。一起吃了七碗馄饨后，楼国栋和招娣好上了。他们不仅去兰心大戏院看了一场戏，还去起士林的二楼喝过咖啡。招娣从来没有喝过那种酱色的玩意儿，喝咖啡的时候她突然想起了杨巧稚。她在想，杨巧稚以前的生活是不是就是这样的？

那天在咖啡馆招娣看到了来凤鸣。凤鸣戴了一顶低沿的灰呢帽子，还戴了一副墨镜，站在金丽贞的背后。金丽贞坐在沙发上，手里叼着一根烟，她的目光冷冷地投在了招娣的身上，显然她已经看到了招娣。看上去她正在和一帮人谈生意。又有几个人匆匆地从过道过来，边走边用手伸向了后腰。这时候凤鸣突然拔出了枪，对一个大块头连开三枪。而与此同时金丽贞腾空而起，手中竟然也有了两把枪。金丽贞接连放倒了刚刚过来的几个人，她紧紧地咬着嘴唇，手法干净得像一株被雨水冲刷过的白菜。所有的人都尖叫起来，一个刚刚端上来一份咖啡的送餐少爷仍然右手以标准姿势托着盘，左手习惯性放在后背，呆若木鸡地站在那儿 。金丽贞和凤鸣迅速逃离了现场，走的时候金丽贞还顺手拿走了送餐少爷托盘上的一杯加啡。一个躲在卡座里的汉子就在这时候突然扑向了金丽贞，金丽贞拔出一把刀子，顺手一划，那汉子的脖子上喷出了大股的血。他圆瞪着双眼，用手捂着脖子，仿佛是要把那打开的缺口给合拢似的。血并没有止住，顺着他的手指缝不停地溢出来，咕咕的冒着血泡。他显然被他自己的身体突然冒出来那么多血而吓坏了，咕咚一声倒在地了上。那个送餐少爷见不了这阵势，也咕咚一声软倒在地上。

金丽贞穿着旗袍的影子，在门口摇晃了一下不见了。招娣远远的望着她的屁股，金丽贞的屁股小而结实。这样的身形，是不太适合生孩子的。但她却是一个称职的杀手。

远远传来了刺耳的警笛。一会儿，在客人们的大呼小叫中，一队黑衣警察手持长枪冲了进来。所有的客人都一动不动，进来一名警察，大声地喝着，双手抱头，谁也不要动。楼国栋用双手抱住了头，但是招娣没有抱头，招娣定定地望着门口。她总觉得好象还会有人要进来，这时候她果然看到了穿着风衣的华良。华良手里拿着卷成一团的葱油饼，十分认真地边走边吃。他走到招娣身边的时候，停顿了一下，忽然笑了，俯下身子，用手撑在卡座的后背上，低着头对招娣说，怎么又是你。

招娣笑了，说我怎么了？

华良说，你肯定不是凶手，但是我突然发现，你其实是一个催命鬼 。

招娣的笑容渐渐收了起来，后背一阵发凉。她突然觉得，华良的话是有一定的道理的，这让她想起了她刚来上海的时候，安大奎就被人杀死在仙浴来的特别间里。华良后来把最后一点儿葱油饼塞进嘴里，拿起招娣桌前的小方巾擦了擦手和嘴唇，又扔回原处。他走向那几具尸体的时候，手指头搭在招娣的肩上轻轻按了按。招娣望着他的背影，突然觉得他一定是个光棍。

一连三天。招娣和楼国栋都被警察局找去问话。问了三天，就把他们都放了。这个案子很快就结了，没几天《福尔摩斯报》上说，这是黑帮火并，杀手是从浙江来的。知道这个消息后，招娣就觉得好笑。她一边笑，一边开始担心来凤鸣。凤鸣曾经说，要是我活得长，我真愿意娶你。那么招娣就想，来凤鸣一定认为自己是活不长的。

接着，夏天如期而至，上海大马路上开始响起了乱哄哄的蝉声。这让招娣想起嵊县崇仁镇热烈而绵长的夏天。仙来浴暂时关门了，天气炎热，几个月来，上仙浴来泡大池的客人很少，只有特别间偶尔还有人来享受一下。但是安大奎被杀的那个特别间，长久地把门关了起来，被招娣用来当作了杂物间。这时候北边已经开始打仗了，《申报》有消息说，北边打得十分热烈。

楼国栋匆匆忙忙来找招娣，他说要汏个浴。招娣就仙浴来的门给反锁了，在一间特别间的搪瓷洋浴盆里给楼国栋放满了凉水。那天楼国栋就久久地浸在水中，好象要把自己浸成一颗豆芽似的。招娣用丝瓜茎给他擦澡，擦得小心而缓慢，仿佛是不愿把一段时光擦去。丝瓜茎在楼国栋不高不矮不胖不瘦的身体上游走，显然，这个当兵佬的肌肉是结实而匀称的。招娣在楼国栋身体上发现了三个枪眼，一个在左下腹，一个在小腿肚上，一个在右肩窝。

楼国栋突然就把招娣拉进了浴缸里，那凉水就哗然四溢，地面上到处都淌着水。楼国栋眼睛对着招娣的眼睛说，肚皮上那个枪眼，让我差点没活成。

招娣就泡在水里说，那你够本了。你现在活的，都是多出来的辰光。

搂国栋就剥招娣湿答答的衣裳，说，还有多出来的你。

楼国栋不停地喘息着，这让招娣闭上了眼睛，她差一点就把手里的那块丝瓜茎给揉碎了。后来楼国栋慢慢地平息了下来，他就懒洋洋地躺在浴缸里说，招娣，又要打仗了。

招娣的心里咯噔了一下。她安静地匍伏在楼连长的身上，轻轻地说，你要是不给我活着回来，我下地府也不会放过你 。

招娣是看着浴缸外溢出的那一滩暗黑色的水说的。招娣的话音刚落，隐隐的枪炮声就传了过来。

12

后来招娣再也没有见过楼国栋。连尸体也没见过。8月19号正是上海热得最闹猛的时候，枪声响成了一片，一刻也没有停息。王佳宝把自己关在屋子里，拉上窗帘，不停地用她的白玉烟竿吞云吐雾。招娣也没有出门，而是坐在老虎窗前认真地听着那些来来往往的枪炮声。终于有一天，招娣匆忙地去菜市场买了两棵白菜，回来的时候看门框被炸塌了一半，阁楼上的老虎窗也被炸塌了。门楣上的秋风渡三个字，只剩下了一个秋半个风。招娣像是被挖走了半颗心一样，傻愣愣地在那堆断砖上坐了好久。她的屁股边上是两棵奄奄一息的白菜，和她并排坐在一起，远远看过去就像是三棵白菜一样。招娣在乱砖堆里找到了砖雕的半个风和一个渡字，这一个半字已经粉碎了，像死过去一样。招娣就很心痛。二楼房间里王佳宝从窗口探出半个身子，冷冷地说，好进来了。你是在等着子弹落你头上还是等着天上掉元宝？

那天招娣无力地回到了她的房间里，老虎窗已经垮了，窗架子就软软地垂着。招娣懒得收拾，她在想连石库门都被撕裂了，楼国栋还有没有可能活着？晚上招娣在梦里头听到有人在叫她，回头的时候看到楼国栋穿着那半新旧的西装的样子，肩上还搭了一块白色的毛巾。他朝招娣笑，但是他的脸却越来越模糊，最后只能看到脸的轮廓。招娣醒来的时候，是被肚皮里突然伸过来的一只小脚踢醒的。招娣就轻轻抚摸着自己的肚皮，说，你爹昨天夜里来过了。

秋天来临。枪声已经平息下来，街上的行人也多了不少，中国军队差不多撤出了上海，只有保卫四行仓库的谢晋元部仍留在英租界里。招娣记得日本兵是十一月的头几天举行的入城式，战靴踩出的声音整齐划一，黑而丑陋的坦克笨拙地像乌龟一样爬行着，发出巨大的轰鸣声。没过多久，招娣就得来了楼国栋阵亡的消息。那天下午，有一个穿黑色风衣的中年人匆匆来了一趟，在客堂间先是喝了一壶的茶，仿佛是很渴的样子。接着放下了一个小包裹，说里面是楼国栋的遗物，一塌刮子十块大洋。还有一封简短的信，说如果招娣有孩子，如果孩子生下来，那这十块大洋就作生产养育之资。中年人匆匆的走了，招娣先是发了一会儿呆，然后收起了那个小包裹，接着她站在天井里唱戏。她不仅唱了《三看御妹》，还唱了《碧玉簪》，她把古代的爱情唱出了风起云涌的味道。

后来她唱累了，就像一棵树一样站在天井里发了半天的呆。天气清凉，风吹来的时候有一丝些微的寒意。招娣发了好久的呆，四处寂寥无声，多么安静的下午啊。后来她摸着自己的肚皮说，招娣你要是敢哭一哭，你就太没有花头了。

天冷了，仙浴来又开了出来。招娣的肚皮已经鼓得很圆，她坐在桌子跟前收竹筹的时候，扳着手指头给自己算了一下这一年碰到的事。除了死人，还是死人。这显然已经不像白全喜说的，做人是做梦了，做人简直是做恶梦。佣人张阿三跌跌撞撞的跑来，告诉招娣家里来了许多从诸暨来的客人。招娣像是明白了什么似的，扔下竹筹，匆匆地从三官堂路往宝珠弄赶。远远的她看到来了一堆人，密密麻麻地站着，像移植到城里的一群粗糙的黑灰色的灌木。他们带着被铺行李，仿佛是逃难似的。

招娣挺着大肚皮说，你们寻谁？

一个胡子拉碴的男人告诉招娣，他们是从诸暨县安华镇过来的，他是楼国栋的小舅子。然后他指了一下一个蓬头垢脸的女人说，她叫年糕，是楼国栋的老婆。他又拉过了三个脏兮兮的男孩说，这是小麦大豆和地瓜，都是楼国栋的儿子。

这和招娣想的差不多。招娣平静地笑了，说年糕，你过来。

年糕听话地走到了招娣的面前。招娣说，你们想要怎么样？

年糕的目光求助地飘来飘去，最后落在了那个自称小舅子的男人身上。小舅子清了清嗓门，显然他是一个稍微见过世面的人。他说这是楼国栋的老婆孩子，这儿是楼国栋的家。国栋死了，他们这四个人要在这儿住下来。

招娣盯着小舅子说，说完了？

小舅子想了想说，我们都是国栋的亲戚，你看，这是大姨，这是二舅，这是三表妹四姑子……我们现在没有地方住，都需要在国栋家里住下来。

招娣说，你没做梦吧。

小舅子冷笑一声，说，是你在做梦。我们既然来了，就做好了住下去的打算。

王佳宝这时候穿过了天井，蹒跚着走到门口。王佳宝盯着那些客人看，拿眼神一个个过了一遍，然后很轻地说，这是白家，不是楼家。这儿我说了算。别给我想花头精，我爹是清朝三品参将王三斤。

小舅子和几个亲戚对视了一眼，一步步向王佳宝走去。小舅子说，就是王十斤王一百斤，我们也不怕。

来凤鸣就是这个时候出现的。他像从地底下冒出来似的，一步一步地摇晃着走了过来。他看到招娣挺得很圆的肚皮时，凄凉地笑了一下，然后慢条斯理地对小舅子说，我身上有一百块钞票，你们拿了钞票就走吧。

小舅子和几个亲戚又对视了一眼。小舅子想了想说，不够，起码二百。

凤鸣就笑了，说，再不走，减到八十。

小舅子愣了一下，说，依你，一百就一百。

凤鸣叹了口气，把五十块钞票扔在了地上说，你们走得太慢了。再慢一会儿，五十块就成三十块了。

凤鸣说完，又拔出了一支手枪，缓慢地拉动了枪栓，子弹上膛的声音十分清脆地传来。小舅子忙从地上捡起了五十块钞票。这时候凤鸣慢慢抬起右手，枪口准了小舅子说，以后要敢再来这儿找招娣的麻烦，我见一个杀一个。我数到三，你们离开！

来凤鸣说，一……凤鸣才数到一，小舅子就拉上年糕和小麦大豆地瓜，带着一大群的亲戚走了。像被龙卷风刮走了似的。走出几步路后，年糕回过头来，凄惶地看了招娣一眼。望着这群难民离开的背影，凤鸣把枪收了起来。凤鸣说姓楼的明明知道自己是个短命鬼，为什么还要害人。

招娣就说，你什么意思？

凤鸣说，早知道像他这样也行，那我早就这样了。

这时候王佳宝望着远去的人群，冷笑了一声。她的眼睛阴森森地盯着来凤鸣说，你也一样，你们都一样，都是作心作肝作出来的。什么爱情？屁！

那天晚上，凤鸣很晚才离开秋风渡。在湿冷的月光下，招娣什么话也没有讲，对着石库门上还剩下的一个半字不停地唱戏。她唱得很低声，唱得差不多只有凤鸣听得到，像蚊子的叫声。后来凤鸣走了，和他来的时候像突然冒出来一样，他什么话也不说就消失了。招娣对着那炸破了一个洞的大门，口齿清晰地说，其实你活多长，我都不会嫁给你的。我怕和你走得太近。

招娣盘掉了老虎灶和仙浴来，她把其中的五十块钞票还给了来凤鸣，说我不能欠你钞票。那时候来凤鸣正在朱阿三的小吃店里吃炒年糕。当招娣把五十块钞票放到桌子上，并且移到他面前的时候，他十分失望，好象是受了一记沉重的打击似的。招娣笑了，说亲兄弟明算账。凤鸣就说，我们是兄弟吗？招娣说，我把你当兄弟了，你把我当什么不重要。

招娣又说，要不这样吧，你把钞票收起来，我可以陪你喝一杯。

这时候凤鸣才露出白牙笑起来。那天在阿四的馄饨摊上，招娣喝了很多黄酒，这让凤鸣也很高兴。招娣说，你喝不过我，我酒量很好的。你一定要记住，敢喝酒的女人，酒量都不会差。

那天凤鸣和招娣都喝醉了，趴在桌上流眼泪。招娣坐在馄饨摊上，远远地望着”仙浴来”三个字，远远地望着那块新的白布上”清水盆汤”四个字，突然觉得老虎灶和澡堂子，都已经烙进了她的生命里。但是她必须要卖掉他们，因为她觉得，秋风渡比这儿更重要。

招娣出钞票让人修了石库门门楣上秋风渡三个字，顺带着把大门被炸开的门框也修好了，接着还修了老虎窗。王佳宝也出了一半的钞票。她算得很精细，她是一个精细的女人。她说她抽的烟丝，是烟厂里最好的。她说这秋风渡我也在住的，我出一半的钞票好了。她对招娣的敌意仿佛在慢慢减弱，有一天，招娣看到她正在擦女儿白秋官的相框。白秋官这个在北平上学的学生，一直都没有消息传回来。这时候招娣才想到，就算她对人再凶，她也是一个当娘的女人。

砖匠是招娣从劳工会所请来的。他把半个“风”字，和一个“渡”字给补了回去。在给老虎窗重新砌墙的时候，招娣就打下手给他递砖头。砖匠是一个喜欢吹牛的人，他说他叫皮四，是慈溪人，他还说中意轮船公司的老板虞洽卿就是他们那儿人，而且还是他的远房亲戚。如果要排辈份的话，连虞洽卿都要叫他爷叔的。虞洽卿一直想让他别干砖匠了，给他去做账房或者师爷，都被他拒绝了。他认为做人是要有骨气的，要自己闯一番天地的。

皮四就那么兴致勃勃地砌着砖墙，热火朝天地告诉招娣他和虞洽卿之间的往事。后来招娣终于忍不住了，说你专心地修老虎窗，虞洽卿和我没关系。

这让皮四很扫兴，他不再说话，沉着脸花了三天的时间，把老虎窗重新砌了一遍。

站在新的秋风渡前，招娣想起她就在这门口送走了杨巧稚。杨巧稚在香港过得怎么样？有没有像她一样怀了孩子。这时候秋风吹过，肚皮里的孩子又果断地踢了她一脚。

招娣留下了生孩子需要的钞票，用余钱在宝珠弄不远的地方租了两间屋子当门面，办了一个小轧棉厂。在一个姓杨的湖州人那儿，招娣又买下了两台旧的轧棉机。招娣还给厂子取了一个比较喜庆的名字，叫兴成轧棉厂。

招娣生下儿子，已经是民国二十七年的四月初了。生孩子那天来凤鸣和小四子一起来医院候着。手术室的门开了，医生把小孩送到凤鸣手中，说，是个儿子。医生又匆匆地回去了，

没一会儿，门再次打开，医生传来消息说，招娣大出血，需要好多血，但是血库里的血不够用了。凤鸣一下子揪住了医生的衣领，涨红着脸大声吼叫着，说你要是敢让招娣死了，那我一定把你的医院一把火烧了。医生一下子被吓得脸色发白，但是他仍然装出临危不惧的样子颤抖着说，你就是烧了医院，也变不来血浆啊。这时候凤鸣才明白过来，一把松开揪着医生衣领的手，疯了一样，又是用脚踏车，又是用公用电话，硬是叫了安盛帮的一堆人来抽血，这些血又源源不断地办理给了招娣，硬是把招娣从死神身边给拉了回来。招娣被推车从手术室推出来的时候，头发汗津津的，她已经昏睡了很久。招娣什么也不知道，醒来的时候，看到孩子就在她的脚边，睁着眼睛看了她一眼 ，又睡着了。这时候招娣的心中就漾起了无限的柔情，她侧着身子仔细地看着孩子的轮廓，楼国栋的脸就浮在了她的眼前。

招娣后来从医生那儿听说，自己去了一趟鬼门关。她猜救了她的就是来凤鸣。来凤鸣后来一直都没有再来医院，因为招娣住院的时候，他和金丽贞一起吃了一顿饭。金丽贞在洪福来酒楼订了位置，和凤鸣坐了很久。其实他们主要就是这么坐着发呆，也不说话。在吃到一半的时候，金丽贞才突然说，我早就说过这个女人不简单。

来凤鸣说，当妈的都不简单。

金丽贞说，你为什么要这样对她。

来凤鸣想了很久，想不出一个所以然来，于是又和金丽贞无声地吃起了饭。吃到一半的时候，他突然抬起头说，可能是我上辈子欠她的。

金丽贞扭过头去，眼圈随即就红了。

七天以后，来凤鸣租了祥生公司的一辆小汽车接招娣出院。车子在宝珠弄弄堂口就停住了，凤鸣没有下车，他坐在车里，远远地看着招娣打开车门抱着孩子一步步走向秋风渡，像是在送别一个亲人。招娣一直都没有回头，但是她知道只要车子没有发动，凤鸣就一直会在背后看着她。招娣抱着小孩进门，站在天井的时候，小孩突然就哭了起来。王佳宝的头就从二楼的窗口探出来，她先对着天空喷出一口烟，然后慢条斯理地说，这狗杂种叫什么？

招娣笑了，站在天井里一小堆苍白的阳光底下，她看到那天井一角砖墙边的青苔绿得发亮，心里就生出一些欢喜。招娣说，叫个白安华。

王佳宝说，为什么不姓楼姓白。又不是白全喜的种。

招娣说，白先生对我不错，我得给他留个姓，不然我对不起他。做人要有良心的。

那天王佳宝给招娣送来一个小金花生的挂坠，用一根红丝线串着。王佳宝还端了一锅鱼汤给招娣喝，她说这是吃剩的，一点也不好吃，倒掉了蛮可惜。招娣想，倒掉了当然可惜，这白花花的鲫鱼汤可是催奶的。

但是第二天，佣人张阿三却偷偷告诉招娣，这是王佳宝专门为她炖的鱼汤，还吩咐她鱼剖开后黑衣要去得干净，苦胆不要弄破，要放点生姜和葱花，不能太咸，必须用文火把汤给炖白了。要那种自然白，营养交关好的。

招娣听了，抱过白安华喂奶，轻声对白安华说，记住，你是有一个大娘的。

13

本来招娣是不可能把楼下的一间屋租给人家的，更不可能租给日本人。但是招娣最后还是把房子租给了光夫。光夫是做药材生意的，能讲蹩脚的中国话。他穿着一件单薄的西装，戴着一副眼镜，像个教书先生的样子，模样有一点儿忧郁。他就探头探脑地在虚掩着的门口向里张望，招娣正坐在一张小凳子上，在天井里择芹菜，白安华就躺在她身边的小摇篮里睡觉。招娣抬眼的时候，看到了这个衣衫单薄的男人。招娣就盯着光夫看，光夫怯生生地说，有没有房子出租。

招娣说，没有。

光夫露出失望的神色，抬眼看了看门楣上秋风渡三个字，深深地鞠了一躬说，给您添麻烦了。光夫说完，就往宝珠弄的深处走去。招娣手里捏着一把芹菜，走到门口，把身子倚在门框上对光夫的背影说，喂，站住，你哪儿人？

光夫转过身来说，我是日本人。

招娣的眼中就闪过一丝失望，说，你为什么想租这儿?

光夫说，我喜欢石库门。顿了一顿又说，我也喜欢那三个字，秋风渡。秋风渡是我找过的所有石库门里最适合我的。

招娣说，以后记得每天早上打扫一次天井。

光夫明白了招娣的意思，笑容就慢慢地浮在了脸上，他又深深地鞠了一躬，用蹩脚的上海话说，谢谢侬。

光夫住在了秋风渡。他是来做药材生意的，把中国的草药和成药运往日本，有时候也兼营着绍兴的老酒和杭州的丝绸。他喜欢养蛐蛐，还会吹笛子，所以自从他住进来以后，就多了笛声和蛐蛐的欢叫。他有一盏大理石做灯基的台灯，有一个绿色的玻璃灯罩，能发出绿油油的光。在日本，他还有一个妹妹。他的哥哥是军人，在攻打南京的时候战死了。更加难得的是，他居然经常和王佳宝去聊天，两个人聊得十分开心。王佳宝就躺在躺椅上用白玉烟竿吞云吐雾地抽烟，然后给光夫讲上海的旧事体。

光夫喜欢拍照。他有一台莱卡相机，经常捧着相机去苏州河边拍沙船的模样。当然他还拍河埠头洗衣的女人，以及河岸边上搭棚子住的下等人。有一次光夫还从水中救起了一个小女孩，小女孩的家里人后来摸到秋风渡来，包了一个红糖包和一个什锦包来感谢光夫，这让光夫兴奋得像一个孩子。他不停地摸着那个给他磕头的小女孩的脸，好象是要把这张脸摸掉似的。也就在这一天，从来都不太愿出门的王佳宝出事了。以前都是佣人张阿三替她去买菜，但是那天她不知怎么的就心血来潮自己去了菜场。她特别想吃茨菇烧肉，所以她不仅买了茨菇还买了肉，以及一块老姜，还拷了一瓶酱油。她美滋滋地拎着竹篮走上了回家的路。但是那天她却不小心和一个矮个子日本兵撞了一下，日本兵睁着一双红眼抬起头说，八嘎。王佳宝吓得浑身发抖，也不知道八嘎是什么意思，就说，侬讲啥?

然后几个同样喝醉了酒的日本兵就冲上去踢她，把她踢成了一个皮球。王佳宝本来就瘦，那么轻的一个人随时都会被风吹起来，这让日本兵踢得有些得心应脚。刚从兴成轧棉厂回秋风渡的招娣认出了这个皮球，她冲上去对一名穿军裤和西上装的男人就是一脚，那男人捂着裤裆倒在了地上蜷成一团，形状很像一只进入冬眠的刺猬。几个日本兵向招娣冲了过来，招娣随手拿起附近剃头摊子上的一把剃刀，刀子在阳光下划过一个漂亮的弧度，一名敞着怀穿军装的男人随即倒在了地上。招娣一下子呆了，她看到那个人脖子开了一张口，血正从那个泉眼里不停地往外喷。在他的身下，血水呈椭圆形慢慢地扩张，最后越来越大，有一张床那么大。日本兵都没有带武器，但是他们照样可以用拳头和脚打死招娣。他们嚎叫着冲上去，很快招娣就倒在了地上。她护着头蜷着身子，嘴角溢出一汪血来。如果不是光夫刚好路过，如果不是光夫看清了倒在上的王佳宝和招娣，招娣可能就死了。光夫冲上来，用日语大声喊叫，招娣才没有被当场打死。但是招娣还是被抓到了宪兵小队，她被人像一只旧麻袋一样拖走并扔上一辆日本兵叫来的军车时，一名穿西装的汉奸推了一下鼻梁上的眼镜，用上海话告诉光夫，死的人是中国人，是个翻译，不是日本人。所以想要招娣活命，赶紧去许昌路的日军宪兵司令部救人。

他对光夫说，看到狗娘养的日本狗就要远避，晓得伐？对了，你学过日语？

光夫说，我就是日本人。

那天光夫把奄奄一息的王佳宝送到了广慈医院。在抱起身轻如燕的王佳宝并把她放在黄包车上的时候，王佳宝还恋恋不舍地望了地上被踩瘪的菜篮，以及地上的一块肉和茨菇一眼。光夫在广慈医院安顿好王佳宝，又去找认识的日本老乡帮忙。那天去宪兵司令部说情的一共有七个日本人，回来告诉光夫的回话都是，等消息。但是有一点是可以肯定的，他们不会对招娣动大刑。这让光夫稍微宽了一点心。

那天傍晚，光夫破天荒没有吹笛子，只有他心爱的蛐蛐在瓦罐里还在不识时务地疯狂大叫着。光夫开亮了那盏绿油油的大理石台灯，坐在台灯边发呆。敲门的声音把光夫惊醒，他穿过天井打开大门，门口站着金丽贞和来凤鸣。

光夫不认识金丽贞和来凤鸣，即便是很久以后，他也不知道来凤鸣这消息是从哪儿来的。金丽贞推开了文弱的光夫，和凤鸣一起走进了秋风渡。他们走进了光夫的房间，然后金丽贞就坐在一张金丝绒单人沙发上不停地抽烟。有时候她还站起身来踱步。

不管花多少钞票，都要把她捞出来。金丽贞说，她对我蛮重要，当然，对凤鸣也蛮重要。

金丽贞和凤鸣离开秋风渡的时候，留下了一堆钞票。金丽贞说，这是硬通货，美金，一共是两万。你是日本人，你比我们有办法。

金丽贞又说，这事儿就当没发生过，不用让招娣知道。

那天金丽贞和来凤鸣匆匆走了，留下的是一堆钞票和一堆烟蒂。光夫的手缓慢地伸出去，他摸到了桌子上那没有温度的美钞，然后他把两扎美钞紧紧地搂在了怀里，生怕这两扎美钞飞走了似的。

那个望不到头的长夜，来凤鸣和金丽贞坐上车往龙江里赶。来凤鸣一言不发，他只是在摇晃的车里，觉得脑子里一片空白。招娣能不能活下去，实在是一个未知数，因为在日本人眼里，招娣差不多就只是一只蚂蚁。后来他终于说，为什么说她对你也重要？

金丽贞说，因为她不简单。我很少见到不简单的女人。

来凤鸣说，你是说她连人都敢杀？

金丽贞笑了，伸出手轻轻拍了拍凤鸣的脸说，你真笨。还有更重要的。她要是有三长两短，你一辈子都不会开心。你要是不开心，我这辈子还能开心吗？

听了金丽贞的话，凤鸣就不吱声了。他将头别过去，沉默地望着车窗外的上海。上海大马路两边，依然是霓虹闪烁的，不时传来歌舞的声音。偶尔的也可以看到日本侨民，成群结队地走过，脸上荡漾着平和的笑容。他们走路的样子很怪异，脚步细碎，步速很快，像袋鼠一样。

后来凤鸣又说，你凭什么那么相信光夫。

金丽贞说，因为光夫爱上了招娣。

金丽贞又说，你是男人，不会懂的。

光夫最为忙碌和煎熬的时刻终于来临了。他四处找人，凡是和日本军方有认识的老乡都找遍了。终于老乡中有一个认识梅机关影佐将军的，他喷着酒气说愿意帮光夫去打点一下。两万块美金全部送出去以后，梅机关说等消息。其实这个老乡连影佐将军的面也没见着，但是梅机关里的人轻描淡写地拍了拍那位老乡的肩膀说，只不过是杀了一个中国人。这让光夫的心稍稍缓和了一下，接着他又奔向了广慈医院。他要去照料王佳宝。王佳宝早就醒了过来，但是那个瘦弱的医生偷偷把光夫叫到了一边，告诉他，王佳宝可能不能站起来走路了。她弱不禁风的脊椎骨断了，更要命的是伤到了神经。

在广慈医院躺了一个月。出院的时候，光夫租了广慈医院的救护车送王佳宝回秋风渡。用平板推车把王佳宝推出医院大门的时候，王佳宝的眼泪就挂了下来。她紧紧地抓住了光夫的手说，我是不是不能站起来了。

光夫想了想，他不知道应该怎么回答。最后他模仿一句蹩脚的上海话说，瞎三话四。

救护车载着躺在担架上的绝望的王佳宝驶向了宝珠弄。车子停下后，两位护工协助光夫把王佳宝背在了肩上，这让光夫觉得自己背着王佳宝走向秋风渡的每一步都显得温暖，他觉得他是在背着自己的母亲。他已经有十一年没有母亲了，十一年前，他的母亲死于一间危房的倒塌。

光夫就这样背着王佳宝一步步地往秋风渡走。太阳很好，强烈的光线让光夫有些睁不开眼来。那些每年都如期而止的知了的叫声，在四面八方不知疲倦地响了起来。然后光夫看到了秋风渡门口站着的招娣，她显然是刚刚被宪兵队放回来的。招娣略微显得瘦了一些，下巴比以前更尖了。在强烈的光线照射下，下巴泛着一道柔顺的白光。她望着光夫一言不发。好久以后，两个人的脸人慢慢露出了笑意，但是眼中却都含了满满一眼眶的泪水。

14

王佳宝让光夫把窗帘紧紧关了起来，生怕有一些光线从窗帘缝钻进来。黑咕隆咚的屋子里，她连烟也不抽了，招娣给她送的饭也不吃了。她的眼睛定定地望着柜子上女儿白秋官的照片，招娣知道，她在想那个北平求学的女儿。

王佳宝一共绝了三天的食。这三天里，招娣顿顿都给她送吃的。第三天的时候，招娣举着一只托盘进来，托盘上是一碗白米饭和一碗茨菇烧肉。招娣说，你差不多饿了三天了，应该快坚持不下去的。你如果真想死，要不我给你一把刀，你自己朝脖子上拉一刀。我帮你料理后事。

王佳宝阴森森地盯着招娣看，她有些不服气地拿一个枕头垫在了后背，然后安静地看着招娣。招娣把碗筷递到了她的手上，她果然是饿了，吃得飞快，把一碗茨菇烧肉全部吃了下去。然后她打着匀称的饱嗝，平摊着一只手说，你帮我把柜子里的铁皮盒拿出来。

招娣看到王佳宝的手心里，是一把小巧的铜钥匙。招娣用钥匙打开了柜门，取出一个装过冠生园月饼的铁皮盒子。那盒子上画着一个看上去长得很一般的嫦娥，因为年久的原因，嫦娥的一只眼睛生锈了。她用那只独眼和招娣对视着。王佳宝抓过床头柜上的白玉烟竿，填满了烟丝，然后用洋火点着烟，美美地吸了一口。看上去她已经烟足饭饱。她说，我要同你谈一谈。

那天差不多是王佳宝一个人在说，她从招娣第一天进秋风渡的门开始说，主要是说她对招娣是充满好感的，而且在白全喜的遗产分配上，还在白全喜那儿帮招娣说了很多的好话。王佳宝像是周密盘算过一次，她在嫦娥身上拍了拍说，这里面有交关钞票。我是笃定要等我女儿秋官回来的。你看这样好不好，我每月给你十块，你也不吃亏。

招娣笑了，说你想让我服侍你？

王佳宝说，不要说服侍，你就是顺便照看一下我。

招娣笑了，站起身来说，你以后得听我的了，这叫风水轮流转。

招娣边说边把嫦娥锁进了柜子，把铜钥匙拍在王佳宝的掌心里，说，我不要钞票，我得让你欠着。王佳宝愣愣地望着招娣远去，招娣走出王佳宝房门的时候，王佳宝大喊了一声，你用不着得意。总有一天你会要钞票的。告诉你，钞票永远都是好东西。钞票就是命，比命还命。

第二天招娣把一盆刺牡丹搬进了王佳宝的房间。永远关着的窗帘，也被招娣一把拉开了，那些久违的阳光像麻雀一样叽喳叫着跳进来，迅速地围在了王佳宝的身边。招娣大声说，要是你敢把这盆刺牡丹养死了，我就不管你了。

我让张阿三管我。

张阿三老了，她还能管你几年？我听说她下个月就回嘉善老家，她儿媳妇要生孩子了。

王佳宝一下子就蔫了。她望着招娣欢快的身影，眼睛里就有了一丝阴毒。招娣把杨巧稚没有带走的狗牌留声机也搬了过来，放上一张唱片，用手柄摇几下，屋子里就灌满了音乐的声音。等着你回来，等着你回来……王佳宝一下子没反应过来，她突然觉得自己的房间，已经不像自己的房间了。招娣后来一屁股坐在了五斗柜上，她晃荡着一双脚，盯着王佳宝看。王佳宝说，你这是想做啥？

招娣说，我想让你活过来。你以前虽然没有死，但差不多也是半死不活。

没过几天，精瘦的王佳宝变得精神实足了，她说话的嗓门也大了许多。虽然她胃口大开，但还是瘦，仿佛是吃不胖的。有一天她吃完饭，一边打着嗝一边说，上次的事体，谢谢你。

上次什么事体。

还能有什么事体？你都为我杀了一个人。

招娣笑了，说，那是他死期到了！

光夫很长时间都没有在秋风渡出现。他的房门上挂着一把日本产的小巧的梅花牌铜锁。离开秋风渡的时候，他选择了一个随便的姿势，站在天井里和招娣说，我想出去走走。说话的时候，他的胸前挂着一只莱卡照相机。招娣觉得对于光夫的出门远行，她应该说些什么的，想了想最后说，记得回来。

光夫去了杭嘉湖一带拍照片。他拍江南地带随处可见的湖泊和船只，有时候也会仰躺在稻田里，拍那些高远的只有云层的天空。他还拍了一闪而过的黑色的火车，以及战火过后的焦土和废墟。看上去，他不像一个生意人，而像极了一个流浪的艺术家。光夫在斜塘镇住了一段时间，天天对着穿镇而过的小河拍，拍那些摇船唱歌的船娘。光夫把自己像一件旧衣裳一样扔在石拱桥上，撅着屁股趴在桥栏上举着相机拍照，像是一个正在瞄准的士兵。

有一天，招娣把王佳宝的躺椅搬到了天井，然后她抱着身轻如燕的王佳宝下楼，让她安稳地躺在躺椅上晒太阳。身上盖着白全喜盖过的那条狐狸皮。然后招娣退远三步，望着王佳宝笑，说现在看上去你真像一只老狐狸了。王佳宝也吃吃地笑，说你搞错了，是老狐狸精。招娣还在天井里摆了一只缸，缸里填满黑色的泥。招娣在缸里种一株刚从苏州河边挖来的幼小的梅花。她也不知道自己为什么喜欢梅花。她不停地忙活着，手上全是黑乎乎的泥巴，这使得她的身体升腾起热气。她抬起臂弯擦汗的时候，看到了秋风渡门口光夫胡子拉碴的笑脸。

光夫举了举手中的莱卡相机，笑着说，中国真大。

15

民国二十九年的秋天，光夫随船运了一批丝绸、黄酒和中药回日本，并且打算顺道从日本进一些货到中国。他离开上海的第二天，兴成轧棉厂闹了一场火灾。大火烧了一个晚上，烧死了三个夜里在轧棉厂过夜的工人。

三个工人的家眷把三具烧成焦炭的尸体抬进了秋风渡，就在天井里摆着。他们让招娣在尸体面前跪下，招娣就听话的跪下了。招娣手头紧，已经拿不出钞票，最后在一张纸上按了手印，各欠三户人家五百块钞票，三具尸体才被搬走。租给招娣办兴成轧棉厂的房东也找上门来，什么话也没说，只是在她面前抽着烟。

招娣说，你不用担心，你的房子，我给你修旧如新。

房东仍然什么也没有说，叼着他的烟走了。招娣走到二楼，走到王佳宝的床前，说，你说对了，钞票果然是好东西。

王佳宝冷笑一声，说，在柜子里，你自己拿。

招娣说，用不着了。你那点儿太少。

招娣把自己关在了屋子里，拉上窗帘。她曾经热爱的老虎窗前，被蒙上了一块黑布，她不想让光线透进来。她就一直把自己关在屋里，一直关到黄昏，这时候敲门的声音响了起来。招娣起身开门，看到的却是拄着一根竹竿走路的王佳宝。

招娣一下子惊呆了。王佳宝扶着自己的腰，说看到了吧，我都能站起来，你还有什么不能站起来的呢？我教你一个交关好的法子，你去找凤鸣。

招娣不是没有想过去找凤鸣。她是觉得欠了凤鸣太多，她不敢去找凤鸣。欠下的终归是要还的。但是招娣还是去了，在第二天的清晨，凉风灌进她的身体，让她觉得特别的神清气爽。招娣就那么大步流星地走着，走得像一阵风，走得身体微微的发热，一直走到了龙江里那间石库门前。辰光还早，大门紧闭着，招娣看到一个穿着纺织厂服装的女工也站在门口。她看了招娣一眼说，你是找凤鸣吧？

这时候招娣才知道，自己碰到任何难事，先想到的一定是找凤鸣。

两扇大门缓慢而沉重地地打开了。招娣看到了天井里堆满了花圈，也看到了客堂间里金丽贞镶着黑纱的照片。金丽贞看上去美得十分苍白，她的嘴角荡漾着一种说不出来的娇艳，这样的娇艳充满着江苏或者浙江一带的气息。金丽贞的目光穿过镜框的玻璃，然后从屋里延伸出来，最后来到了招娣的面前。金丽贞的目光说，我死了。

招娣就对着玻璃镜框深深地弯下腰去，好久以后抬起头来的时候，眼眶里已经蓄满了泪水。

纺织厂女工说，她这么年轻，怎么就死了。

招娣说，这是命。

这天招娣没有见着凤鸣，凤鸣仿佛是在上海消失了，或者是从这个世界上消失了。小四子穿着黑色西装从屋里走了出来，他在招娣面前站了一会儿，点了一支烟，看看招娣，又看看纺织女工，然后用丹阳口音的国语说，别找凤鸣了。凤鸣已经不在上海，他是死是活，要看老天菩萨是不是保佑他。

招娣没有回秋风渡，而是去找了雅仙。在高升泰戏院的门口，雅仙披着她的披肩跌跌撞撞地出来，她抬头看了看天，然后说你的事我都听说了。我实在没有钞票可以帮你。

招娣凄凉地笑笑，说我不是问你来借钞票的。我想让你帮我引见一下周老板。

雅仙嘴角牵起了一丝笑，说好吧，我让你碰一次壁。他是铁公鸡，你又不是不晓得。

雅仙领着招娣去见了高升泰戏班的周伯龙。周伯龙穿着他的月白色绸褂，敞着怀，一只脚搁在凳子上，正一个人吃老酒。周伯龙说，都是崇仁人，有话你就说。

招娣说，借钞票。

周伯龙说，多少钞票。

招娣说，六百块。

周伯龙吓了一跳说，你要嘎许多钞票干什么？

招娣说，兴成轧棉厂被火烧了，死了三个人。我还缺六百块。

周伯龙就不响了。过了一会儿，他喝了一口酒说，你先唱一曲助助兴。

招娣张口就来，她唱的是我家有个小九妹。唱小九妹的时候，招娣眼前浮起了上虞县祝家庄附近，波光粼粼的一条叫玉水的河。招娣对着那块天花板上垂下来的红色布幔唱，那布幔上绣着一条猪头龙，颜色有点儿暗艳。唱到一半的时候，周伯龙站起了身，站在了招娣的身后说，要不把你秋风渡那幢石库门卖给我。

招娣停止了唱戏，头也不回地说，秋风渡和命一样重，你哪买得起？

周伯龙的手就从招娣的身后伸到了前边，解招娣的衣扣，边解边说，好，强买强卖的事体不能做。石库门不要了，要人。

招娣仍然头也不回地说，你真想睡？

周伯龙捋了一下差不多掉光头发的额头说，我这把年纪了，再不睡，以后就只有看看的份了。

招娣笑了，说我自己来。招娣动手解起了衣扣，又说，你会折寿的。

周伯龙说，折寿我也认了。你留下来在高升泰唱戏，册那，你比雅仙唱得好多了。

招娣留了下来，在高升泰连唱了一个礼拜，算工钿的时候，雅仙却只交给她一半，把另一半给偷偷扣了。雅仙的意思是，招娣还是学徒，以后的路还很长，所以工钿只能是别人的一半。但是周伯龙却告诉招娣，工钿明明全部给了雅仙。周伯龙很生气，他带着招娣找到雅仙说，你把钞票给招娣，那是她血汗挣来的。如果你连这样的钞票也想动歪脑筋，那么你走。

雅仙的眼泪流了一下，她死命地盯着周伯龙说，你床上的鬼话都不算数了？你不是说要为我弟弟讨一房老婆的？

周伯龙没有再说话，低着头走了，只留下招娣和雅仙两个人。

招娣笑了，说，我真看不起你。

招娣说完也走了，只留下雅仙一个人。雅仙哭一会笑一会，还唱了一会儿林黛玉，最后她对着墙壁说，我活下去都难，哪里还需要有人看得起？

16

招娣突然病了。她是在高升泰唱下午场的时候突然病到的。她本来在台上唱的是葬花，她背着一把花锄在台上走来走去，把眉头紧紧地锁了起来。这让她想起了老家崇仁会阉猪的养父、会扎花圈的根灿，以及镇东头那排被漆匠漆成了红色的木栅栏。然后她听到了自己的心跳，剧烈地响起来，一记一记像沉重的拳头一样砸向她的耳膜。在她的眼里，所有听戏的人，脸上都露出了诡异的笑容，然后这些人的脸一个个变得十分模糊。最后招娣就倒在了台上，那把花锄扔得很远。

招娣醒来的时候，光夫已经在她身边守了三天。这三天的光阴里，光夫一直用棉球棒沾水，来打湿她干燥的嘴唇。而且他不时地用热毛巾，搭在招娣的额头。广慈医院那个姓董的医生认真负责地告诉光夫，没有什么特效药的，不能脱水，脱水就完了。所以在招娣的半梦半醒之间，光夫为她灌了许多的水。三天以后，招娣醒了过来，光夫叫了辆车子把她接回了秋风渡。

招娣在家里又睡了一天。她是被蛐蛐的叫声吵醒的，醒来的时候看到一尺开外就是光夫那张露出白牙的笑脸。光夫还为她炒了一碗绿油油的蒜泥菠菜，端到招娣的床前。光夫从日本回来了，他一直陪着招娣，还给招娣看一沓照片。在招娣眼里，从来没有看到过日本是什么模样，她看到了光夫的娘和妹妹，他们坐在有着三间平房的院子里的一条凳子上，院里有一只老气横秋的猫，娘和妹妹穿着和服。这样一张静止的照片，好象是从前一个朝代的剪影。

招娣笑了。她平静地躺在床上，吃了一筷光夫夹给她的菠菜，然后仔细而缓慢地咀嚼着。她的眼光一直停留在老虎窗上，从她的角度看出去，能看到零星的爬山虎的绿藤，除此以外其实是灰朦朦的一片。但招娣仍然专注地看着，她不知王佳宝是什么时候出现的，但是招娣闻到了一股烟味，就知道王传宝来了。果然王佳宝拄着一根竹竿，手叉着腰把身子倚在门框上，冷着一张脸说，你们可不能在一起过日脚啊。

招娣想了想，对天花板说，为什么？

王佳宝说，你迟早会后悔的。

招娣就愣了一下，眼前闪过来凤鸣的身影。是的，凤鸣去哪儿了？那个会咬嘴唇，会开枪会用刀，也会舍了命救她的凤鸣，像水蒸汽一样蒸发了。小四子说，凤鸣已经不在上海，他是死是活，都要看老天菩萨是不是保佑他。那么，凤鸣是死了还是活着？

好久以后，招娣才把思绪给拉了回来。招娣说，不后悔！

招娣又说，就算真后悔，人活一辈子，没几件后悔的事能算活过吗？

几天以后招娣的病全好了，她要去唱戏，走到石库门那秋风渡三个字下的时候，突然站住了。她觉得这三个字就是一出戏。然后她看到了不远处站着的光夫，光夫穿着一件套头衫，他说了两句话，第一句是，我不许你再去唱戏。第二句是，你帮我管药材吧。

17

来凤鸣回来的时候，是一年以后的秋天。他好象苍老了许多，有点儿胡子拉碴的味道。他出现在秋风渡的门口，最先看到他的是光夫。光夫又找来了一只缸，和原先招娣的那只缸并排放在一起。光夫搬来了泥，也种了一株梅花在里头，白安华就把手探在缸里玩泥巴。光夫的意思是，一株梅花，终归是寂寞的。光夫正在填土的时候，抬头看到了门口像一棵荒草一样的凤鸣。凤鸣穿着一身黑绿色的西装，他甚至还戴了一顶崭新的礼帽。但是仍然能从他脸上，一眼看出这一年来他的沧桑。他的脸上，有了一条很长的疤痕，不用说也能猜到这是被人用刀削的。光夫笑了起来，说，嗨，凤鸣，你到哪儿去了？

招娣腆着肚皮匆匆地走了出来，她的身上系着围裙，因为她正在灶披间里给一只猪脚拔毛。她看到了久违的凤鸣，久久地看着。来凤鸣也看着她的肚皮，他凄惶地笑了一下，一步步向招娣走去。他的手里拿着一块布作料，用一张黄纸包着。凤鸣说，这块布作料是给你做一件旗袍穿的。

招娣缓慢地摇头，说我从来不穿那种把屁股包起来的衣裳。

这让凤鸣很尴尬。凤鸣说，那你就做别的衣裳穿吧，做夹袄也行，或者就做一件单衫。

凤鸣的眼光在天井里穿梭。他看到了一个用木头搭起来的秋千，两根麻绳下面吊着一块木板。刚才还在玩泥巴的白安华，走到了秋千边上，坐上去，自顾自地荡起来，一边荡一边好奇的望着凤鸣，嘴里奶声奶气地哼着一首童谣。

小船荡荡，荡到西门。

西门有个杀头坯。

小船荡荡，荡到南门。

南门有个寡妇婆……

听着白安华唱的童谣，凤鸣的脸上慢慢露出了苍凉的笑意。光夫说，进屋里坐吧，喝杯茶。

凤鸣没有理会光夫。他是倒退着离开秋风渡的，他一步又一步地倒退着，退得缓慢而坚决。凤鸣退到了大门边，然后很正规地戴上了托在手里的那顶黑色礼帽。他朝招娣笑了一下，但是眼眶里却蓄满了泪花。

第二天来凤鸣就娶了一个叫姚三的女人。姚三一直在都在怀德路上日本人开的杨树浦纱厂里上工。她是一个勤快的能吃苦的女人，每个月拿的都是甲等工资。她的大哥姚大和二哥姚二，在老家都是很著名的道士。

招娣是一个礼拜后才去来凤鸣的新房补礼金的。这件事不知道为什么，反而是光夫先知道了。光夫说，招娣你要去送礼。招娣说，送什么礼。光夫说，凤鸣结婚了……

招娣是风风火火跑去的，她封了一个红纸包，将五块钞票稳妥地封在红纸里。然后她腆着她的大肚皮，大步流星地赶往怀德路上的一间民居。她敲开了凤鸣家的门，将手里的红纸包递给凤鸣。凤鸣没有接，说我啥也不缺。

招娣盯着凤鸣的眼说，嫌少你就别拿。

凤鸣最后拿下了红纸包。这时候招娣才看到，那个在龙江里石库门金丽贞家门口碰到的纺织女工，原来就是姚三。姚三很热情地泡糖水给招娣喝，她叫招娣姐。她说姐，你肚里的孩子什么时候生？她又说姐，你喜欢男娃还是女娃，你喜欢孩子像爹还是你妈。她还说，我和凤鸣也要尽快生一个。

招娣笑了，说，你太聪明了。

姚三把招娣送到门口，她一直紧挽着招娣的手臂，送出很远的地方，看上去她们亲热得如同姐妹。在分开的时候，姚三回头看看凤鸣没有跟上来，就说，姐，要是我还活着，你就别再来找他。算我求你。

招娣说，为什么？

他是我的命。他没了我的命就没了。

招娣没说话。姚三又说，你是不是叫招娣?

是!

姚三的眼圈就红了，说他在梦里老是喊你的名字。

招娣愣了一下。一会儿招娣说，懂了。

这后来，在很长的一段时间里，招娣一直都没有见过凤鸣。其实她很想问一问凤鸣，金丽贞是怎死的？

18

第二天初春，招娣在同仁医院生下了一个女儿，光夫欢喜得不得了，抱着孩子搂在怀里高兴得直掉泪。光夫说要带招娣和孩子回一趟日本，还得意忘形地在静安寺附近的一家樱花馆宴请了他的日本老乡。那天夜深人静，所有的客人都撒油哪啦的散去了。走在回家的路上，路灯把他们俩的影子拉得像面条一样长，一切都很安静。在这样的安静里，招娣突然说，能让这丫头姓楼吗？我想给国栋留个种。

光夫一下子就愣了，他不知道该怎么回答。

招娣说，我们以后可以再要一个。

光夫抬起头说，只要你高兴，姓什么她都是我的孩子。

第二天早上，王佳宝拄着一根竹竿，艰难地把自己移到了招娣的房门口。她诡异地笑了，看着那一大把从老虎窗洒进来的阳光，举起了左手。她的手中拎着串着红丝线的一只小金花生说，不能再生了。再生就把我给生穷了。又说，取了个啥名？

招娣说，楼伊豆。

王佳宝若有所思，好久以后她喷出一口烟，冷笑一声说，原来光夫是伊豆人。

19

楼伊豆满月那天，招娣听到大门外熙熙攘攘的声音，她抱着孩子打开了大门，看到一群人正围在石库门的门口。那个曾经为招娣修过秋风渡三个字，并且重新修好了老虎窗的砖瓦匠皮四，戴着一顶看上去滑稽的呢帽子，正喷着唾沫大声地说这秋风渡的好处。招娣看到了一个穿着青灰色长衫的人，他穿着干净的老北京布鞋，还带着一把长柄的黑雨伞。看到招娣的时候，他微微地弯了一下腰。在他的身边，站着一个有了花白头发的男人，脸一直板着。男人身边站着两个黑衣人。后来招娣终于明白，穿青灰长衫的人叫董三桥，老家在宁波慈溪，后来移居上海，最后又去了南洋。当初就是他父亲把房子卖给了白全喜，说白了，他和白全喜之间还是远房姑表兄弟。那个皮四，这一次当了眼线，他觉得他的功劳很大，所以兴致勃勃地把他们引到了这儿。他说，这幢房子，下面是石头，还箍了地箍的，质量是交关好的。

董三桥温和地说，皮先生，你能不能少说两句。

皮四就不说话了。大家都看着董三桥不停地抚摸着秋风渡的墙壁，他们还走进了大门，看到天井里的两株梅花。董三桥的眼圈红了，说，我想把这房子买回来，要几钿呀？

招娣说，多少钞票也不卖的。

这时候董三桥身边的那个男人咳嗽了一声说，卖不卖，不由你说了算！

招娣一下子就懵了，她一直盯着这个板着脸的男人看。皮四凑过去，说我老早就同你说过的，虞洽卿是我们慈溪老乡。虞老板和董先生像兄弟一样的，在上海滩，虞老板让人搬房子，还没有敢不搬的。

搬家的车子叫好了。那个普通的清晨，所有的行李都已经收拾好，落脚的房子也已经租好。只要他们一搬走，就有一笔钞票会送到王佳宝和招娣的手中。王佳宝手里紧紧捧着那只画着嫦娥的月饼箱子，以及镶着女儿白秋官照片的相框。她在春风里不停地颤抖着，像一片挂在深秋枝头的树叶。打开大门的时候，招娣看到了一个面容姣好但是有一点儿憔悴的女人，她是杨巧稚。

杨巧稚和招娣对视了好久。招娣仿佛明白了什么，说，你什么都不用说了，他果然是个混蛋。

杨巧稚说，那我能不能住回来？我离不开秋风渡。我当初离开秋风渡就错的。我把这儿当根了。叶落归根。

招娣说，好，你住回来。

光夫说，我们不是要搬家了吗？

招娣想了想，把手里抱着的孩子塞到光夫的怀里说，先不搬了。

招娣一手拉着杨巧稚，一手拎起了那只单薄的皮箱，说，二姐，你跟我来。招娣牵着杨巧稚的手，穿过了天井，她们上了楼，然后招娣打开了杨巧稚的房门。招娣笑了一下说，进去吧。

这时候杨巧稚才看到，屋子里还是原来的摆设，窗明几净，一切都没有改变。而且看上去是有一个人专门在打扫这个房间。杨巧稚的眼泪随即流了下来，说，你是不是算到我会有回来的那一天。

招娣说，男人不能长得太好看，眉眼周正的男人，眼睛乱飘的男人，一般都靠不住。

杨巧稚问，为什么？

招娣说，因为招惹他们的女人太多。

那你为什么还要给我五百块钞票？都被周正骗走了。

因为不试一试怎么知道周正的心思不周正？钞票骗走了就骗走了，人回来就好。

杨巧稚一把抱住了招娣，招娣不停地拍着杨巧稚的后背，轻声说，你一定要知道，这个世界上，除了生死，没有什么是大不了的事。

这天招娣匆匆地去找皮四，把二十块钞票放在了皮四的面前。皮四正在一个叫春光的小茶馆里泡茶喝，看到二十块钞票以后，他脸上的肌肉抖动了一下说，什么意思？招娣说，你告诉我，秋风渡这样的石库门，要怎么样保养？皮四的两眼放出了光芒，说这个你算找对人了，你晓不晓得沙逊大厦就是我造的。招娣知道他在掼浪头，但还是点了点头说，就因为沙逊大厦是你造的，我才来找你。那天招娣不仅听皮四吹了半天的牛，还为他付了茶钱。这让皮四高兴得有点儿得意忘形。皮四看到招娣跨出小茶馆的门时大声地喊，有什么事你找我，我都能办！

招娣没有理他，直接去了上海饭店，她去找董三桥。门僮领着招娣出现在房门口，然后悄无声息地退了下去。董三桥这天换了一身西装，他竟然在拉着小提琴。招娣就一直听完他拉小提琴，然后说，董先生。我想同你说几句话。

董三桥说，请坐。

招娣说，不用坐，我站着说就行。第一，董先生我一直住在秋风渡，知道这屋子不住人是会烂掉的。你住在南洋，不太回来住。你总不愿这石库门烂掉吧。第二，如果你不让我搬，那你给我留一个房间，你随时回来住，就当这儿是家。我做的菜挺好吃，你要是愿意，可以当我是你妹妹。第三，秋风渡里有白蚁，需要经常治白蚁。秋风渡在民国二十六年，被炸毁过一次，我都找皮四修好了。但是仍然需要经常保养。现在我反过来说，董先生，你是不是想要叶落归根，或者说你是不是认为祖宅是不能卖的？如果是，那就算你把这屋买下了租给我，我替你养着护着。你是做生意的人，算算这一笔账，我都觉得你会愿意让我住下去。

董三桥盯着招娣看，说，秋风渡对你有那么重要吗？

招娣想了想，咬着嘴唇说，秋风渡像我的命一样。

董三桥双手插在裤袋里，在房间里不停地踱步，后来他停住了脚步，笑了。董三桥说，如果我再在上海造一幢石库门，你可不可以当我的女管家。

招娣说，我要管秋风渡，我只当秋风渡的女管家。

董三桥拍了一下手掌，大声地说，好，秋风渡归你。

招娣深深地弯下腰去，好久以后才站直了身子，说，我一辈子都不会忘记你。

招娣刚回到宝珠弄门口，一个叫刘关张的邻居匆匆跑来，看到招娣的时候大呼小叫说出事体了，杨巧稚吞了安眠药。

那天光夫背着杨巧稚直奔广慈医院，灌肠，抢救，最后杨巧稚终于活了过来。招娣也终于明白，杨巧稚从香港回来，是回到秋风渡来寻死的。她想叶落归根。

杨巧稚出院的时候，招娣让光夫从祥生公司叫了辆车，把她们送到宝珠弄门口，然后她搀着杨巧稚的手顺着弄堂一步步走到秋风渡。左邻右舍都来看热闹，看着杨巧稚像看着西洋镜一样。招娣说，挺直腰，你没欠谁。杨巧稚就挺直了腰，目光看着前方，大步流星地走着。走到秋风渡门口，推开大门的时候，王佳宝从二楼的窗口探出头来，对着天井把杨巧稚狠狠地骂了一通，说你不是你自己的，你是你爹你娘的，你爹娘把你养大就是要看你活得好，你活得不好就是对不起伊位，晓得伐！

招娣松开杨巧稚的手臂，抬头对王佳宝说，你不用骂她了，你骂她没用。

王佳宝仍然在二楼的窗口不停地骂。招娣突然伸手在杨巧稚脸上重重地甩了一个耳光，像是要把她拍扁了似的。杨巧稚捂着自己的脸，懵然地望着招娣，像在看一个陌生人。招娣说，骂人没用，还是我一个耳光打醒你吧。你要是敢再死一次，我不救你了。我连后事也不替你料理。你死吧！

这时候杨朽稚的眼泪才纷纷扬扬地落了下来，刹车失灵一样的。招娣看了一眼围在天井里的那些男人女人，对杨巧稚大声说，你给我哭！哭出声音来！大声地哭！

杨巧稚就呼天抢地的哭了起来，哭了好久以后，她才抽抽噎噎地慢慢平息了。招娣就笑了，说现在你笑一笑，杨巧稚就和她面对面地笑，笑声越来越大。招娣对围观的人群说，她哭完了，你们也可以走了。

刘关张就喊，散散散，都散了，旺啥花头精的。

人群散完以后，招娣关上了大门，然后牵着杨巧稚的手上楼。她把那只狗牌手摇留声机从王佳宝房里，搬回到了杨巧稚的屋里，然后放了一张唱片。歌声又响了起来，等着你回来，等着你回来……

杨巧稚像是有些撒娇似地说，你要给我找一个男人。

招娣说，好，一定要找一个好的。

杨巧稚说，我想洗一个头，你能不能帮我洗个头。

招娣说，马上就洗，我去灶披间给你弄热水。

招娣端了热水给杨巧稚洗头，还给她用了青岛王子平监制的美女牌洗发露，把整个屋子都搞得香喷喷的。洗完了头发，用干毛巾替杨巧稚包了头，杨巧稚安静地在床边坐下，像一株养在露台上的青中带白的葱。招娣一步步地后退，稍远距离地端祥着杨巧稚，说，漂亮。要是我是个男人，我也会娶你。

杨巧稚脸上就浮起红晕，说，嫁给白全喜做二房是命，和你碰见了是缘份。

杨巧稚又问，那本《新月集》还在不在？

招娣拉开了床头柜的抽屉，把那本《新月集》放在杨巧稚手里。杨巧稚才明白，这本周正和她都爱看的《新月集》并不是招娣喜欢的，招娣认得的字不多，也不会喜欢这样的书。招娣更喜欢唱戏，听评弹。这样想着杨巧稚就叹了一口气，她找来一只火盆，点着了洋火，当着招娣的面一页一页把《新月集》撕下来烧了。招娣看着那些火光把纸头卷起来，最后像是蝴蝶的样子，疲软地躺到在火盆里，就知道杨巧稚把她的从前都一古脑儿烧掉了 。

杨巧稚说，书和过日脚是两回事，你帮我找一个普通男人吧。

招娣想尽办法给她找男人。找了一个又一个，有杨浦发电厂的技术员；也有学校总务科的老师；还有一个是亚美电台的，头发梳得油光锃亮；还有一个是知乎书店的店员，很腼腆的一个后生哥。她都没答应，她说这些人眉眼长得太周正。

最后招娣给杨巧稚找了一个吴淞口码头上搬麻包的工人，名叫王大毛。王大毛实心得像一块丢在地上的铁，如果没有踢他一脚，他不会动也不会吭声。王大毛对杨巧稚很好，把什么好吃的都让给她。杨巧稚怀孕的时候，王大毛高兴得发了疯，他回到老家绍兴安昌镇，带回来一墙的腊肠和腊猪脸，还带来了湖里捞起来的扁鱼给杨巧稚熬鱼汤。儿子王小毛出身后，王小毛就成了杨巧稚的命，一天到晚抱着儿子。有时候她会打开留声机，在等着你回来的歌声里，抱着王小毛转圈跳舞。

招娣就坐在自己的屋子里，抱着楼伊豆，边上站着白安华，安静得像一张照片。她对着老虎窗笑，她想，杨巧稚重生了一次。

20

招娣清晰地记得，日本人战败那天，是民国三十四年七月初八。接下来的日脚，正是上海开始热的时候。知了的叫声成群结队地开始响起来，蒋总统的大幅画像被挂在了大新游乐场的外墙上。游行的队伍很狂热，黑压压的人群像一堆浅水沟里乱蹿的黑色蝌蚪。

那年冬天，光夫被人从招娣屋里揪了出来，连同招娣。他们被拖到天井里，各浇上了一盆凉水，随即两个人就颤抖得厉害。白安华和楼伊豆的哭声此起彼伏，是王佳宝艰难地移动着自己僵硬的身体去照料两个孩子。王大毛抱着王小毛，傻愣愣地站着，杨巧稚则一言不发，看着这些人来讨伐光夫。如果光夫是日本人，那么招娣就是汉奸。那天光夫被吊了起来，就吊在他自己搭起来的秋千架上，还被剃光了头，又狠狠地打了一顿，最后把他像一条癞皮狗一样扔在天井冰凉的地上。有个瘦男人，瘦得不能再瘦的瘦，迈着一双麻杆似的细脚，走路的时候都走不稳，他也走过去解廾裤带在光夫脸上尿了一泡臊热的尿。

王佳宝冷笑一声，说你们这样打人，你们还是人吗？结果王佳宝也被人从楼上拖了下来，扔在了天井里。王佳宝索性仰天躺在冰凉的地上，翘着二郎腿用那根白玉烟竿抽烟，她说我老早就同你们讲过，不要在一起。你们要是在一起，会连肠子都悔青。

招娣是记得这话的。但是招娣觉得没有什么好悔。她的两只手被人死死地扭到了背后，由两个年轻的小后生押着。小后生说，你不要乱动，你乱动我们就索性锄奸了。

招娣咬着牙说，我不是汉奸。

小后生说，你不是汉奸，你是什么？你都和日本人睡觉了，你比汉奸还下作。汉奸还没和日本人睡觉呢。

这是一个热闹的日脚。招娣抬头的时候，看到二楼的杨巧稚关上了窗，悄无声息地躲了起来。这时候来凤鸣来了，穿一套黑色的西装，还带着小四子和另外四个男人。他们都叼着烟，摇摇晃晃地走进了秋风渡的天井。凤鸣把烟头吐在了地上，用脚碾灭了，对这帮人说，你们在审汉奸？

小后生上前说，对，这是一对狗汉奸。

来凤鸣说，蒋委员长说了，他们不是汉奸。这个男人是日本人，这个女人是日本人的老婆，但是他们不是汉奸。为日本人卖命叫汉奸，他们有没有卖命？

小后生就不说话。凤鸣挥了一下手说，他们没有卖命！现在我说了算， 他们不能是汉奸。你们走吧！

这批莫名其妙的人，带着畏惧的眼神，吵吵嚷嚷地离开了秋风渡。凤鸣去扶地上的光夫，但是光夫没有起来，光夫就那么在地上躺着，眼神呆滞。凤鸣一用力，把光夫像一只风筝一样拎了起来。光夫说，我可能会被遣返吧？我会不会被遣返？要是遣返了，楼伊豆怎么办？招娣怎么办？

来凤鸣笑了起来，说这有什么好怕的，水来土掩，兵来将挡。

招娣好多年没有见到凤鸣了，她突然觉得凤鸣有些发胖，连脸上的那道鼓起的疤痕也微微地胖了一些。这天来凤鸣留在秋风渡吃饭，吃饭的时候，凤鸣说世道已经变了，他现在在黄金荣下面的荣社里干一个小头目。闸北区警察局的蔡少培副局长经常找他吃饭，雅仙也经常跟着他一起混。雅仙经常向凤鸣暗送秋波，但是凤鸣只当她是妹妹，会时常带她去舞厅。她现在不唱戏了，在舞厅里串场子陪人跳舞。在外头，雅仙常对人说凤鸣是她的男人，凤鸣就当没事一样，任由雅仙这样说。凤鸣说，雅仙也苦的，雅仙老家屋里的人经常问她要钞票。

招娣也好多年没见雅仙了，听凤鸣说雅仙的事，心里就有些怅懵。她想，十来岁的时候她和雅仙的那些好日脚，都已经一去不返了。这样想着，她就不可遏止地想起了遥远的嵊县崇仁镇。招娣突然很喜欢这样的回忆，在这样的回忆里招娣留凤鸣聊到很晚。两个孩子都睡了，光夫却连晚饭也没有吃。他忧心忡忡的样子，总让招娣觉得会有什么大事发生。

第二天光夫果然就失踪了。后来有人在苏州河捞起了他的尸体，就那么湿淋淋的扔在一条沙船上。听到消息的时候，招娣正在屋子里哄孩子。刘关张的大嗓门响了起来，说，招娣，不好了不好了，出事体了。有人从河里捞起一个人，说像你家的光夫。

那天招娣开始了有生以来最快的一场狂奔，她不知道自己是怎么样跑到苏州河边的。她跌跌撞撞地冲进了水里，然后攀上了沙船。在小小的船板上，招娣看到了湿淋淋的光夫，像一条鱼一样仰躺着。他的两只手向前伸去，仿佛是要抓住一些什么？看上去他的肚皮鼓了起来，脸孔白得让人害怕。他显然已经醒不过来了，阳光底下，一些苍蝇在嗡嗡叫着飞舞。招娣慢慢跪了下去，仔细而小心地摸着光夫的脸，咬着牙说，懦夫，懦夫……

三天以后发的丧，把光夫埋在了沪西新泾港的息焉公墓。来凤鸣带了小四子，叫了一批兄弟来帮忙。招娣一手抱着楼伊豆，一手牵着白安华的手，一滴眼泪都没有了。她从来都不知道日本国的伊豆是一个什么样的地方，她其实是很想去遥远的婆家看看的，她甚至想象过她和婆婆以及小姑子见面时的场景。但是现在这个念头被她悄无声息地掐灭了。杨巧稚从头至尾都没有参加葬礼，她把门合了起来。杨巧稚对王大毛说，不能让小毛出去，一点闪失也不能有。王大毛就拼命点头，说我晓得。但是一会儿王大毛又说，咱们是不是太势利了。

杨巧稚说，为了王小毛，咱们不能和招娣走得太近。她有可能会被定成汉奸。

从息焉公墓发丧回来的时候，来凤鸣和招娣坐在秋风渡天井的一张方桌边上，两个人对坐着喝酒。招娣问凤鸣，金丽贞年纪轻轻是怎么死的？凤鸣说，是为我死的，安盛帮跟人火拼，她帮我挡了一刀，脖子就斜斜地断了一半，血喷出来有半丈高。她用手掌按住血口，看了我一眼只来得及说四个字，给我烧纸。话说完就倒地上死了。我逃到嘉善住了一年养伤，一直都住在斜桥镇上。我学过剃头的，我在那儿给人剃了半年的头。

说到后来，凤鸣的眼圈越来越红，狠狠地喝下一杯酒，又忿忿地倒上酒说，都不是活得长的货，册那。连姚三也不在了，难产，留下一个孩子。这些我都没告诉你，是因为我觉得死个人太容易了。说不定什么时候，我也死了。我被乱刀砍死在街头。

凤鸣不再说话，专心地喝着酒。招娣在这时候突然想起了老家崇仁的童谣，她就喝一口酒，说，我给你唱首我老家嵊县崇仁的童谣好不好。

凤鸣就大着舌头说，好。

招娣轻轻地哼了起来：

小船荡荡，荡到西门。

西门有个强盗坯。

小船荡荡，荡到南门。

南门有个寡妇婆……

童谣还没唱完，来凤鸣已经喝得趴在桌子上了，他是完全的喝醉了，醉得不省人事。一会儿，来凤鸣软软地滑倒在地上，咕咚一声就倒在了桌子低下，招娣没有去扶他，任由他癞皮狗一样躺在地上。招娣一个人继续喝酒，招娣边喝边想，凤鸣才是苦命人。

招娣又想，真是好笑，现在她就是那个童谣里的寡妇婆。这样胡乱地不着边际的想着，让她又倒了一杯酒，一口喝了下去。招娣的酒量是极好的，她的脸色已经是一片酡红，是那种好看的粉色的红。招娣就拍了拍发热的脸，用脚踢踢地上的凤鸣说，强盗坯！

凤鸣醉了三天三夜。醒来以后他洗了一把冷水脸，摇摇晃晃地从秋水渡走了出去。走的时候他对招娣说，我会替他们活下去的。你等我五年吧！你等我五年。我就怕给不了你安耽的日脚。

招娣什么也没有说。对她而言，五年是一段漫长的岁月，五年，能发生多少意想不多的事体啊。招娣的心已经像秋天的水一样宁静了，宁静得不会起一丝波纹。她只是对着凤鸣的背影说，走好。她一点也没有想到，来凤鸣这话是当真的，他开始安安耽耽地过完他的五年。

21

来凤鸣从黄金荣下面的荣社脱离了开来。他找到小头目的时候，小头目正在吃茶，他不知道来凤鸣想干什么。凤鸣一言不发地抽出了刀子，当着一大帮兄弟的面，把自己的脚筋给砍断了。他惨叫了一声，然后用双手捂住伤口，那些血就从他的指缝钻了出来。凤鸣用颤抖的声音说，按规矩我自断脚筋。我离开荣社。

小头目冷冷地看着凤鸣。他慢条斯理地掏口袋，掏出一小迭纸币扔在凤鸣的面前说，做小买卖最合适。凤鸣颤抖着伸出手去，摸到纸币塞进了口袋里。他挣扎着站起身来，向小头目和弟兄们抱了抱拳，拖着一条血糊糊的腿，缓慢地在众人的目光中渐渐离开。

凤鸣后来在八大埭开了一家凤鸣南货店，经营高邮的双黄鸭蛋，还有绍兴老酒，山东大枣等等南北果品。他开始像一个生意人了，但是他走路的样子怎么看都是一个混子。因为脚筋断了的缘故，他走路的时候就一摇一摆的像在摇船。没多久，小四子来找他，当了他店里的伙计。两个刀里来枪里去的男人，选择一个晴好的天气，去苏州河边为金丽贞和小六子烧纸。凤鸣说，以前的日脚，真当像是一场梦。

凤鸣后来为小四子娶了一房媳妇，一个从桐乡来的女人，在一家大户人家那儿当佣人。凤鸣对小四子说，以后好好过日脚，你要是对你女人不好，我剥你的皮！

凤鸣就一直这样盘算着，如果五年一到，我还能平安活着，而且这五年风平浪静，我就娶了招娣。那天雅仙穿着一件旗袍来找凤鸣，雅仙是来问凤鸣借钞票的。她说热煞了热煞了，然后拿起一把很小的丝绸折扇拼命地扇起来。她身上香粉的气息，就不停地在南货店里弥漫开来。雅仙的目光在那些南北货品上一一掠过，然后她的目光落在了一个安静的两三岁的小男孩身上。雅仙扭了一把男孩的脸说，你自己带孩子啊。叫什么名字？

孩子没有说话。凤鸣笑了，说，他叫国生 。

雅仙就说，国生？怎么那么土的名字。

那天凤鸣留雅仙吃饭，清蒸鲫鱼，红烧狮子头，清炒鸡毛小菜，清蒸螺蛳，四只清爽的小菜，都是从宏盛馆里现成叫的。凤鸣把国生抱在腿上吃，小四子坐在凤鸣的一侧，埋头默不作声地扒饭。雅仙就坐在凤鸣的对面，她吸螺蛳的时候声音很响。她说姚三呢，你老婆姚三呢。

来凤鸣埋着头吃饭，不说话。雅仙仍然紧盯着问，说我问你呢，姚三呢。

凤鸣抬起头温厚地笑了，说我一直没有告诉过你，她生下孩子就不在了。

雅仙的笑容，就慢慢慢慢地收紧了。她看到凤鸣脸上还留着一丝很淡的笑容，他缓慢地站起身来，用洋火柴点着了一炷香，把香插在小香炉里说，我对不起她，我没让她享福。

那天雅仙离开凤鸣南货店的时候，已经快黄昏了。她看到夕阳从很远的地方漫过来，给南货店里的货品涂上了一层金黄。雅仙走的时候，问凤鸣借走了十块钞票。凤鸣说，不用还了，你是招娣的朋友。

雅仙不太爱听这话，说，招娣是招娣，我是我，都是你朋友。

雅仙又说，我这个人拎得清的，必须还，还得加利息给你。

后来她转了转眼睛又说，要不……我嫁给你算了，便宜你了。

凤鸣就笑，说，我不敢占你的便宜。我怕养不起你。

雅仙叹口气说，你以前不是格种样子的，你以前风风火火，多少的威风啊。现在你软不啦叽的，不像个男人了 。

雅仙说完，一扭一扭地往店铺外面走去，走出很远的时候，她像是想起什么似的突然转过身问，我忘了问，国生妈是怎么没的？

难产。大出血。凤鸣说。

22

按照招娣的讲法，这个世界真当是无常的。四九年夏天还没有真正到来的时候，城外的炮声又轰隆隆地响了起来，报纸上讲，上海被解放军给围住了，围成了一只水桶一样。五月二十七号上海解放，城市迅速被人民政府接管了。没过几天，招娣还参加了欢迎解放军的游行队伍，人们在高声喊着毛主席万岁，彩车上是毛主席和朱总司令的巨幅画像，游行队伍举着“向人民领袖毛主席致敬”“跟着共产党走”等等横幅标语，有人在演活报剧，有人在走高跷，扭秧歌，还有舞狮队舞龙队敲锣打鼓地从街上走过。每个人的脸上都洋溢着笑容。这让招娣想起日本人刚刚被打跑时，蒋总统的大幅画像被挂在了大新游乐场的外墙上。那时候游行的队伍同样狂热，像一群乱蹿的黑色蝌蚪。短短四年，就发生了那么巨大的变化。在欢呼的人群里她觉得朝代肯定是变了，朝代变不变，招娣是不太关心的。她只是关心，能不能过安生的日脚。

公私合营后，招娣进了宝珠弄不远的新沪钢厂工作，学会了开笨重的行车。那天下午新厂长要来上任，招娣站在了厂区操场欢迎的人群里，举着纸做的鲜花，有节奏地挥舞着。招娣挥舞鲜花的手，后来没力气再举起来了，她看到了那个崇仁镇上会扎花圈的根灿。根灿穿着一身旧军装，领章早已没有，风纪扣却扣得好好的。顶重要的是，十多年过去了，他的酒糟鼻仍然十分红亮。他向着工人们十分得体却又不失威严地挥着手。显然他没有看到人群里的招娣。

招娣想，原来这个世界是那么小的。招娣又想，原来老古话说的十年河东十年河西，也是有道理的。那天下班，招娣突然觉得从厂门口回秋风渡的路途变得无比漫长，走走停停，主要是在回忆她在崇仁的时光，以及那个不太爱说话的根灿。她在想，根灿是怎么就变成厂长的？

推开秋风渡大门的时候，她看到了一个扎武装腰带穿军装的姑娘。她就站在天井里，背对着她仰着头望着二楼的窗户。她的腰身很细，被腰带扎出好看的形状。看着这个姑娘的背影，招娣的心就格登了一下，说你寻谁。

姑娘转过身来，明眸皓齿的样子，说你是谁？

招娣说，我是住这儿的。

姑娘说用怀疑的目光看招娣，那我爹呢？

你爹是谁？

姑娘说，我爹是白全喜。

招娣就明白了，这个姑娘，是白全喜在北京上学的女儿白秋官。

招娣说，你是秋官。

这时候楼上的窗户突然被推开了，探出王佳宝的半个身子，和她那张密布泪痕的脸。原来她早就看到了白秋官像小白杨一样地出现在天井里，也听到了招娣和白秋官有一搭没有搭的说话。她只是想要好好哭一场，所以她十分专心地躲在楼上屋子里的窗户后面哭着。哭得差不多了，她才推开了窗户。然后，招娣听到了王佳宝的一声哀号：儿哪……

没多久。招娣住的那间房被没收了，军管会的人来下通知，让招娣带人限期搬离。那天王佳宝正在吃早饭，白秋官带人来了，双手叉在细得像灯芯一样的腰上，说招娣，你马上搬家，这幢石库门被政府没收了。

王佳宝慢条斯理地吃着早餐。招娣一步步走到她的房里，看到王佳宝正在喝一碗豆浆，手里还捏着半根油条，小巧的碟子里，装了一点儿醋。而碗里放着两只油亮的生煎。招娣知道，王佳宝一直都在吃上面是有些讲究的，她十分缓慢地把该吃的都吃完了，又让招娣扶她到窗口。王佳宝开始了慢条斯理的谩骂，她狠狠地骂着，她把白秋官骂得体无完肤，她说你还不是我胯下钻出来的？她说做人不是这样做的，从此以后你不是我女儿。

白秋官急了，说娘你要在宝珠弄带个头。你不要给我的脸上抹黑。

王佳宝说，你又不是这儿的人，招娣才是秋风渡的人。

招娣的心头被像被热毛巾焐过似的。王佳宝说了这么一句话，她觉得那么多年和王佳宝的交往已经值了。她的眼泪差点流出来，说大姐，我会搬的，你不要为难秋官

王佳宝就大声地说，没有过不去的坎，你用不着怕。我是清朝三品参将王三斤之后，我罩牢你。

招娣一直都不知道，向军管会揭发的是杨巧稚，是她抱着王小毛找到了白秋官，说招娣这儿住过一个叫光夫的日本人。白秋官问，为什么会住一个叫光夫的日本人。杨巧稚就说，她还给日本人生了一个叫楼伊豆的孩子。她肯定是亲日的。你娘没问题，我和王大毛也没问题。你想，王大毛是个受苦受累的工人，受够了资本家的剥削。只有招娣，又开老虎灶，又开澡堂子，还开过轧棉厂，完全是剥削阶级。

白秋官就拿一双丹凤眼紧紧地盯着杨巧稚看，看得杨巧稚低下头去。

白秋官说，你为什么要说这些？

杨巧稚把怀里抱着的王小毛又紧了一紧说，我只有一个儿子，你懂的。

白秋官盯着杨巧稚说，你说的我会向上头汇报，但是你真的连我娘都不如！

招娣搬出秋风渡那天，恋恋不舍地在老虎窗前坐下来，专心地梳了一次头发。其实她是经常想起给她梳头的白全喜的，现在她要和老虎窗作一次不能回头的别离。然后她把所有的家什，装了满满的一车。招娣叫了来凤鸣帮忙，帮她把家搬到街道纸盒厂闲置不用的阴暗的仓库。她左手牵着楼伊豆，右手牵着白安华，在刘关张以及邻居们的目光中，一步一步地走出宝珠弄。白安华已经懂事了，楼伊豆却一次次地回头望向那幢石库门，很是舍不得的样子。

招娣一直没有回头。她不知道杨巧稚家的门和窗一直都闭着，而王佳宝用一双阴郁的眼睛，望着招娣远去的背影。

凤鸣说，要不你搬我那儿去吧，我那儿比你这湿答答暗簇簇的仓库好多了。

招娣说，你自己说过的，五年。你这五年要是过得太平，我才会嫁你。

来凤鸣就叹口气说，招娣，你的心真硬。

招娣住进纸盒厂的仓库，看到了一堆乱糟糟的纸箱纸盒，有老鼠飞快地蹿过，像一道一闪而过的光阴一样。招娣就在仓库里发了半天的呆，但是她没有想到的是三天以后，有人来敲门，是一个不认识的拉车工人。那人说，有人要搬进这儿来。

招娣就推开门，走到仓库的门口，看到了瘦弱的王佳宝。她的两只手撑在改装过的小凳子上，小凳子的四只脚上接了四根棍子。她的头发梳得一丝不乱，靠着移动凳子，把自己坏掉的身体移到了仓库。她一直在笑着，她看到招娣一张想哭的脸，就有点儿不高兴了。但是招娣还是慢慢地露出了笑容，招娣一边笑，一边眼泪啪啪地往下掉。

王佳宝说，不许哭！

这时候招娣看到了那辆拉货用的板车头上，是那盆当初自己送给王佳宝的刺牡丹。王佳宝说，你自己说过的，要是这盆刺牡丹养死了，我就不管你了。还记不记得。

招娣说，谢谢你。

王佳宝说，什么破刺牡丹，不就是月季花吗？现在这花归你养，你要是养死了，我也不管你了。

招娣又说，谢谢你。

王佳宝说，我搬来和你一起住，秋风渡没你在，味道变了。

招娣想了想，她觉得应该说点儿别的，但是最后还是那句，谢谢你。

招娣开始整理这间仓库了。她把所有的纸箱纸盒，都堆到了个角落。还叫来工人把破败的窗修好，装上了玻璃，并且安上了窗帘。那盆刺牡丹，就放在窗前不远的案几上，可以每天能晒到两个钟头的阳光。她还在屋前搭了一个白铁皮棚棚，找来一根自来水管横架着晾衣裳用。所有的一切都在变化着，她甚至喜欢上了不远处她上班的新沪钢铁厂的烟囱。她不喜欢烟，她其实是喜欢上了浓烟滚出来时像野马一样奔向天空的形状。在烟雾升腾中，她能听到钢厂传来的巨大的轰隆声。

里弄开过几次小型的忆苦会，雅仙赶来了，主要是声讨招娣的罪行。她穿得很朴素，她穿的是工人装。就算是工人装，因为她玲珑的身段，穿在身上看上去也很素净利落。雅仙发言的时候，说得有点儿狠，说小时候招娣就不是好人，老是骗她的东西吃。长大了只知道不劳而获，不然怎么会嫁给资本家当小老婆。招娣低着头，但是她的脸上却浮着笑意，她一直在想，雅仙的旗袍和披肩藏到哪儿去了？

在宝珠弄的黄昏，被批累了的招娣晃晃悠悠地踩踏着一地的夕阳往前走着，雅仙在不远处等着她。雅仙穿着素净的工作服，说你给我站住。招娣没有站住，仍然晃悠着向前走。雅仙说，你心里头不要怪我，你能住秋风渡这样的好房子，我想不通。

招娣仍然往前走着。雅仙又说，十年风水轮流转，现在转到我身上了。

雅仙还说，知道根灿吗？我和根灿就要结婚了，我会给他生两个孩子。根灿很听我的话，他从部队转业，现在是新沪钢铁厂的厂长。

招娣终于站住了，缓慢地转过身来说，你说的这些都跟我没关系。

雅仙就很生气，本来是想发作的，想了想忍住了说，你就是脾气太硬。我说了，你不要怪我，现在这样的形势，作为根灿的未婚妻，我要站稳立场的。

在接下来的又一次忆苦会上，雅仙仍然很积极地发了言。这一次雅仙批的是高升泰的戏班主周伯龙，她的意思是周伯龙就是个戏霸，她被戏霸剥削了那么多年。周伯龙被人拉了过来，这时候招娣看到周伯龙老了，苍凉而稀疏的白发在风中微微颤动，口水鼻涕都挂了下来，像老去的一只懵懂的山羊。周伯龙的双目无光，呆呆地望着脚前的一小片空地，仿佛是要把那块空地望穿。这时候雅仙重重地在周伯龙的屁股上踢了一脚，周伯龙跌扑在地上，脸就紧贴着地上冰凉的石板。雅仙说，打倒戏霸！

大家就跟着喊，打倒戏霸！

忆苦会结束后，大家都像潮水一样散去了，空地上只留下蜷在地上的周伯龙。

他像一只冬天正在过冬的刺猬，紧紧地缩成一团。招娣没有离开，她走到周伯龙的身边，在石板地坐了下来。她的手里是一张黄油纸，纸里包着一块焦黄油脆的粢饭糕。招娣什么话也没有说，只是回忆了一下她在高升泰唱戏的短暂时光。然后她起身离开了，夕阳越来越浓重地泼洒下来，像凉水一样迅速地打湿了地面。远远地望过去，周伯龙像被随意丢弃的一堆烂稻草。

周伯龙是第二天清晨从新沪钢厂的厂房平台上往下跳的。那天招娣去上班，她走向她的行车岗位的时候，看到了厂区里围了一群人。根灿站在人群中间，用一只喇叭中气实足地往厂房平台上用嵊县口音的普通话喊话，他说冷静，一定要冷静，冷静是战胜一切的法宝。

周伯龙本来是坐在平台上的。现在他站起来了，他站在一堆朝霞里。他的衣服敞开，露出瘦骨嶙峋的胸膛，清晨的凉风直接吹拂着他的胸膛和骨头。周伯龙诡异地笑了一下，他开始唱戏，他大吼一声唱，林妹妹，今天是从古到今天上人间，是第一件称心满意的事啊……然后他像一只断线的风筝一样飘落下来。密集的人群在津津有味地看着热闹，他们在议论着周伯龙原本小朽而老旧的头颅。他们说册那，头颅像一只西瓜一样破了，脑浆和血水混和在一起流了一小滩。

人群喧哗。招娣没有挤上前去，她默默地站着原地，像河道里被打入河床深处的一个黑色木桩，任由河水或者浮萍从身边游过。她只是一直在想，当初她在周伯龙面前一边解衣扣一边说过的话，你会折寿的。

周伯龙说，折寿也不怕。

没多久，来凤鸣被政府管制，连大流氓黄金荣都在大街上贴出了《认罪书》，让他的徒子徒孙遵守新政府的法律。他的认罪书最后刊登在《文汇报》上，让几乎所有人都觉得，一个时代真正的过去了。来凤鸣没多久就被放了出来，政府让他改过自新。但是因为他以前在黄金荣的荣社里混过，所以他一出来就被人揪来批斗了一次。在他刚刚走到凤鸣南货店门口的时候，他被人趁乱用铁棍砖块狠砸了几下，随即他血肉模糊地软在了地上。

这消息是刘关张告诉招娣的。招娣正在仓库门口一只小煤炉子上炒青菜，刘关张兴匆匆地跑来，说，不好了不好了，来凤鸣出事体了。招娣炒菜的锅铲就停顿了一下，青菜在油锅里嗞嗞地尖叫着。白安华和楼伊豆在门口玩两个白铁皮做的青蛙，王佳宝坐在一张宽大的藤椅上用她的白玉烟竿抽烟。时间和世界都仿佛静止了。

好久以后，招娣手中的锅铲又动了一下，好象是在想着，凤鸣到底怎么不好？

刘关张说，凤鸣可能不来事了。

王佳宝一直拿冷眼看着招娣，说，你还不去？

这时候招娣把手中的锅铲扔在了锅里，像一阵乱头风一样向前跌跌撞撞冲去。她大概是想到了什么，又回转身拉起玩白铁皮青蛙的白安华和楼伊豆一起奔跑。一直跑到凤鸣南货店门口，才看到凤鸣被一圈人围了起来。招娣推开人群，俯下身抱起了地上凤鸣的头。

凤鸣吃力地笑了一下，嘴里的血水挂了下来。他的头上淌着血，身上到处都是伤。招娣慢慢地解开凤鸣的衣服时，才看到了一道道青紫的伤。招娣大声喊起来，说快叫救护车，快给我叫救护车。招娣披头散发地从地上爬过去，一把抱住了一个中年人的腿说，求求你爷叔，帮我叫救护车。

人群里有人喊，已经叫了救护车了。

这时候的来凤鸣露出了笑容，他沾了许多血的手开始摸索起来，摸到了衣角。招娣忙抓住凤鸣的衣角，才发现衣角有一小块硬硬的东西。招娣用力一把扯开了衣角，半颗牙齿掉了出来。凤鸣接着笑，看样子他已经说不出话来了。招娣突然想起，许多年以前，金丽贞扇了她一个耳光，她跌扑在地上折断了半颗门牙，还流了一嘴的血。这半颗门牙，一直都缝在凤鸣的衣角里……

在救护车呜哇呜哇的声音传来时，凤鸣用劲了全身的力气说，牙，牙，和我葬……葬一起……国生，国生……

招娣的眼泪像一场夏天的雷阵雨，磅礴起雾，滚滚而下。招娣大声地说，知道了，牙和你葬一起。知道了，国生我会养着他。

招娣说完，拿眼睛胡乱地看着，她看到了站在一边呆若木鸡的白安华和楼伊豆，大声地喊，过来，快叫爹，叫！

白安华和楼伊豆就齐刷刷地上前，叫，爹！

凤鸣的脸上又露出了痛苦的笑意。他仿佛很累了，想要闭上眼睛，招娣感到了一阵莫名的恐慌。救护车的声音呜哇呜哇地响着，终于停了下来，抬担架的医护人员匆匆地拨开人群。但是招娣的耳朵里，什么也没有听到。她惊惶得不知所措，和光夫自杀时候她的平静已经完全不是一般的模样。招娣大声地喊着，你得活下去。你说过让我等五年。我扳着手指头算过，再过97天就到五年了。你不能死，你要是敢死，我和你没完！！！

来凤鸣撑起精神，努力地点了一下头，但是他的眼泪却流了下来，全滴在地上。招娣看到了凤鸣对生的渴望，这是招娣第一次看到凤鸣流眼泪。此刻，凤鸣的靠山的靠山黄金荣，正在大世界的门口用一把扫帚勤勉而认真地扫着大街，他老迈的目光，无力地望着一片突然起变化的天地。

招娣的耳朵里什么也听不到。她猛然想起，当初她在嵊县崇仁镇的时候，慧能和尚恋恋不舍地拉着她的手，除了说她是小船撑出去，永远不回头以外，还说过她要嫁三次。可是她不是早就嫁过三次了么？竟然还在等着这迟迟没有到来的97天。她突然觉得一阵恐惧，心像一口被抽空了水的深井一样，空洞而悠长。来凤鸣终于合上了眼睛。招娣拼命地摇晃着来凤鸣的身体，摇晃得有点儿愤怒和歇斯底里。两名医生架起了她，说你不能摇他的身体。招娣的眼泪鼻涕口水全糊在了脸上，她的脸变形了，大声吼叫，用脚蹬踢着。两名医生架不牢她，招娣整个人都瘫在了凤鸣的身上。白安华紧紧拉着妹妹楼伊豆的手，伊豆在大哭，白安华用另一只手不停地拍着伊豆的后背。

像一场黑白无声电影一样，光线渐渐强起来，所有的镜头都淡去。

23

97天以后，小四子在新沪钢铁厂的厂门口等着招娣。小四子看到招娣从厂里出来的时候，笑了一下，不停地拿脚踢一块小石子。招娣走到小四子面前，说，你想说什么？

小四子说，凤鸣不是被人批斗死的，是以前他得罪过的人借批斗的名头把他打死的。现在公安局破了案。

招娣本来想说什么的，但是想了想，她觉得她没有什么可以再说。最后招娣说，小四子，你要好好过日脚。

小四子说，我会的。

小四子又说，招娣，我要当爹了。

招娣脸上就浮起了一个笑容说，当爹是福气。好好当爹。

小四子说，我想把国生接过去，让孩子有个哥哥。你晓得的，凤鸣对我也像亲哥一样。

招娣就惨淡地笑了，说，我养得起。

招娣又莫名其妙地说，到今天刚好五年。所以，我要带着三个孩子去吃碗馄饨。

那天黄昏，招娣背着国生，白安华和楼伊豆一左一右跟在她的身边。他们并排走进了宝珠弄。他们是想要穿过宝珠弄，去三观堂路上的为民饮食店吃馄饨的。

阿四的馄饨摊被政府叫停了，他进了这家里弄办的饮食店专门做馄饨。招娣想起当初她和凤鸣第一次一起吃馄饨，凤鸣说，热煞了热煞了……

路过秋风渡的时候，招娣看到杨巧稚爬在一架木头梯子上写字。原先镶在门楣上的秋风渡三个砖雕字被凿下来了，涂上了白灰，然后杨朽稚用黑漆在白灰上写下了“春在里”三个字。招娣想起当初秋风渡，本来就是叫做春在里的。杨巧稚写得很专注，她的一条裤子吊在那儿，露出白皙的一截小腿，还勾破了一只角。但是这仍然能勾勒出她玲珑得一塌糊涂的曲线，她是很女人的一个女人。招娣看到风吹起了她低垂如柳的鬓发。初秋的风一片冰凉。在这样的冰凉里，招娣仿佛能听到黄浦江波涛涌起来的水声，一记一记地拍着岸。杨巧稚写完了，从梯子上往下看了招娣一眼，腼腆地笑了一下说，男人都不是东西。

招娣定定要看着杨巧稚一步步从梯子上下来。杨巧稚在招娣面前站定了，说，别怪我。

招娣摇了摇头。风吹起招娣的短发，那些短发在她脸上胡乱地轻舞着，这让她觉得有些惬意。杨巧稚又说，连王大毛都靠不住。我一直蒙在鼓里，原来王大毛在码头上，帮一个寡妇白干了三年的活。

招娣笑了，说你不是还有王小毛吗。

这时候，招娣突然看到了有四个人正向她面对面的走来。走近的时候，她才看清这四个人分别是年糕和小麦、大豆、地瓜。他们是楼国栋楼连长在诸暨安华老家的老婆和三个儿子。他们并排站在一起，三个儿子明显高了许多，像一堵破旧而荒凉的篱笆。招娣终于明白了，原来他们自从来到上海以后，就一直没有再回诸暨的老家。

这时候招娣透过秋风渡半开着的门，看到天井里那两只缸里种着的梅花闹猛地开了， 缸是招娣种的， 缸是光大种的。风吹过来，枝头轻摇着，朵朵梅花开得有些触目惊心。招娣很轻地笑了一下，久久地望着那两缸烂漫得发疯似的梅花，然后她收起了笑容，认真地说，国生，安华，伊豆，我们要去吃阿四做的馄饨了。阿四的馄饨皮薄，馅大，是天底下顶好吃的馄饨。

招娣又说，凤鸣，你说过的五年今天终于到日脚了，我要去吃阿四的馄饨，我自己吃一碗，替你也吃一碗。

招娣背着国生，带着白安华和楼伊豆，缓慢而众容地顺着宝珠弄向前走去。她突然听到弄堂的上空，仿佛在蓝天白云间响起了老家崇仁镇的童谣。

> 小船荡荡，荡到西门。

西门有个强盗坯。
小船荡荡，荡到南门。
南门有个寡妇婆。
小船荡荡，荡到三江口。
三江口有个老外婆。
老外婆碰见了强盗坯。
强盗坯带着寡妇婆。
寡妇婆带着拖油瓶。
拖油瓶叫，娘娘我要吃糖糕。
小船荡荡，荡到西门……

在这样的童谣声中，招娣背着国生带着两个孩子缓慢地朝前走。他们的背影越来越远，最后在宝珠弄的弄堂口闪了一下，不见了。一切如此安静，仿佛从来都没有什么发生。

《人民文学》2016年第6期